浙江省哲学社会科学规划课题（项目批准文号17NDJC141YB）

绍兴文理学院越文化传承与创新研究中心资助出版

越文化研究丛书

越文化视阈中的现代越地散文研究

王黎君　宋浩成　著

ZHEJIANG UNIVERSITY PRESS
浙江大学出版社

目　录

绪论　现代越地散文:中国散文古今传承的范型

　　1922年胡适作《五十年来之中国文学》时,对刚刚过去五年的白话文学做了总结。他说:"白话散文很进步了。这几年来,散文方面最可注意的发展乃是周作人等提倡的'小品散文'。"①在有着鲁迅的《狂人日记》等短篇小说为底色的五四文学背景中,对短篇小说创作成绩的评价只是"渐渐的成立了",却夸赞"白话散文很进步了",不同的语气与用词明显表达了胡适对散文成就的肯定。之后的1928年,朱自清在《〈背影〉序》中呼应了胡适的观点,认为"最发达的,要算是小品散文……极一时之盛"②。鲁迅在1933年也提出了著名的"到五四运动的时候,……散文小品的成功,几乎在小说戏曲和诗歌之上"③的论断。这些评价的提出当然有着现代散文创作实绩的扎实支撑。回到新文学散文创作的现场,《新青年》"随感录"作家群、语丝派散文、言志派散文等散文创作流派纷呈,鲁迅、周作人、朱自清等散文大家引领了整个时代的散文风潮,能够留存于散文史册的经典文本更是不胜枚举。五四是一个散文创作成绩斐然的时代,这已然成为一种共识。

　　有意味的是,在现代散文的斐然成绩中,越地作家提供了非常丰厚的成分。周氏兄弟开创的"鲁迅风"和"启明风"构成了现代散文的两面旗帜并开创两大散文流派,引领了中国现代散文的潮流;以周氏兄弟、孙伏园、孙福熙、川岛等越地作家领衔并占据主导地位的语丝派散文,文字幽默泼辣、讽刺犀利,在五四散文时空中具有标识性的意义;越地本土形成的白马湖作家群,夏丏尊、丰子恺等的散文清淡素朴,又显示出极高的美学风范,构成了越地散文的一个重要支脉;其余的越地散文作家也多有建树。由此,在五四文学的版图中,越地的散文以群体性的现象出现在了现代的时空之中,成为推动中国现代散文历史进程不可或缺的元素。

---

①胡适:《五十年来中国之文学》,《胡适全集》第2卷,安徽教育出版社2003年,第343页。
②朱自清:《〈背影〉序》,《朱自清全集》第1卷,时代文艺出版社2000年,第25页。
③鲁迅:《小品文的危机》,《鲁迅全集》第4卷,人民文学出版社2005年,第592页。

这种群体性创作现象的形成,应该有其发生的原因,其中一个重要因素就是包括地域散文传统之内的地域文化。文学本就生长于一定的地域之中,地域环境与文化对文学的形式和风格起着重要的建构作用。刘勰《文心雕龙·乐府》篇明确提出,"涂山歌于'候人',始为南音;有娀谣乎'飞燕',始为北声;夏甲叹于东阳,东音以发;殷整思于西河,西音以兴"①,这植根于地域风土之中的四方之音,因山川地理风物的不同,演绎出风格的差异,或缠绵婉转,或慷慨悲凉,地域的差别造就了音的区别;北宋画家郭熙的《林泉高致》在讨论中国绘画理论问题时,也兼顾了地域的因素,认为"东南之山多奇秀""西北之山多浑厚",因而"近世画手,生吴越者,写东南之耸瘦;居咸秦者,貌关陇之壮阔;学范宽者,乏营丘之秀媚;师王维者,缺关仝之风骨"。②"耸瘦"与"壮阔"的地域特质,造就了画风中吴越的秀媚与咸秦的风骨。梁启超的"燕赵多慷慨悲歌之士,吴楚多放诞纤丽之文"③的断言、刘师培"北方之地,土厚水深,民生其间,多尚实际。南方之地,水势浩洋,民生其间,多尚虚无。民崇实际,故所著之文,不外记事、析理二端;民尚虚无,故所作之文,或为言志、抒情之体"④的分析,也与刘勰、郭熙的观点遥相呼应。丹纳《艺术哲学》更是以古希腊、文艺复兴时期的意大利、法兰西的文艺史实为例,提出著名的"种族、环境、时代"的观点,并且认为:"精神文明的产物和动植物界的产物一样,只能用各自的环境来解释"⑤,对后世影响深远。确实,地域文化为解读具有地方色彩的创作和独特文化内涵的文学现象提供了一种新颖的视角。而"文化对文学的影响,不仅表现在作品的人生内容、语言和艺术表现形式等外在的形态上,而且表现在它对特定的创作主体——作家的内在精神气质、审美情趣以至整个思想人格的熏陶熔冶上"⑥,从某种意义上说,地域文化就是地域人群的集体无意识,它将会以遗传密码的方式在代际之间承传,对本地域居民的性格气质、思维习惯、行为方式等等产生多种显在的影响。因此生活于特定地域中的个人,不可避免地被特定的地域文化所熏染和改造,无论是文化心理结构还是行为规范都将带上鲜明的地域特征。这就是周作

---

①(南朝梁)刘勰:《乐府第七》,王运熙、周锋:《文心雕龙译注》,上海古籍出版社1998年,第50页。

②郭熙:《林泉高致》,山东画报出版社2010年,第32—41页。

③梁启超:《中国地理大势论》,《饮冰室文集点校》(第三集),云南教育出版社2001年,第1807页。

④刘师培:《南北文学不同论》,《刘申叔遗书》,江苏古籍出版社1997年,第560页。

⑤[法]丹纳:《艺术哲学》,傅雷译,安徽文艺出版社1991年,第73页。

⑥胡光凡:《湖湘文化与文学"湘军"》,《岱宗学刊》1999年第3期。

人所说的："风土与住民有密切的关系,大家都是知道的。"①创作主体作家的地理基因,自然会映射在他的作品之中。由此可知,地域文化构成了文学及其发展中的重要因素。

具体到各种文体的写作中,几乎所有的文本都会涉及某个地域的历史、现实风光和风物的描写,熔铸于其中的个人的生命体验也与地域传统有关,可以说,文学的创作与地理的滋养是息息相关的。尤其是五四新文学变革以来的散文文体,呈现出跟地域更为密切的关系。现代的小说和诗歌,几乎是在全盘否定传统的基础之上的全新创造,是一种整体性的变化,戏剧本来就是对西方话剧的引入,唯有散文,没有放弃传统散文的丰厚资源。周作人曾说,"我相信新散文的发达成功有两重因缘,一是外援,一是内应。外援即是西洋的科学哲学与文学上的新思想之影响,内应即是历史的言志派文艺运动之复兴。"②而且,从某种程度上说,"现代的散文在新文学中受外国的影响最少,这与其说是文学革命的,还不如说是文艺复兴的产物"③。确实,在西方文化和文学大量引进并被广为推崇、主张"以欧化为是"④的五四时代,域外因素对散文创作的影响不可忽视,西方文学与思想的熏陶构成了作家们重要的文学滋养。但是作为体现历史继承性最为显著的散文文体,地域传统的潜移默化更值得关注。

而最能体现地域与散文发展变迁关系的是浙江。周作人说："近来三百年的文艺界里可以看出有两种潮流,虽然别处也有,总是以浙江为最明显。"⑤身处越地的浙江有着积累丰厚的散文创作传统和资源,"远传统"中有王充、嵇康等开风气之先,泼辣犀利而富有叛逆精神的文章自成一格,成为越地散文的源头。后期有"越中三百年文风"积累的"近传统",出现徐渭、张岱、王思任、王阳明、全祖望等散文大家,以晚明小品文的蔚然成风以及内含的文学精神,形成对后世的深远影响。所以,"在提倡小品文笔调时,不应专谈西洋散文,也须寻出中国

---

①周作人：《地方与文艺》,《周作人散文全集》第3卷,广西师范大学出版社2009年,第101页。

②周作人：《〈中国新文学大系散文一集〉导言》,《周作人散文全集》第6卷,广西师范大学出版社2009年,第729页。

③周作人《〈陶庵梦忆〉序》,《周作人散文全集》第4卷,广西师范大学出版社2009年,第832页。

④陈独秀：《答佩剑青年》,《新青年》第3卷第1号(通信栏目),1917年3月。

⑤周作人：《地方与文艺》,《周作人散文全集》第3卷,广西师范大学出版社2009年,第102页。

祖宗来,此文体才会生根"。① 传统的、地域的散文是现代散文"生根"发展不可缺失的肥沃土壤。正是在这样的土壤中,周氏兄弟开创"鲁迅风"和"启明风"两大散文流派,引领了中国现代散文的潮流,也生成了以周氏兄弟、孙伏园等越地作家领衔并占据主导地位的语丝派散文和植根于越地本土的白马湖作家群。

需要说明的是,现代的越地作家是主动从地域资源中汲取养分并对此有着明确的认知。鲁迅集23年之力校勘《嵇康集》,并写下《魏晋风度与文章与药及酒之关系》的长文,对嵇康推崇有加。周作人也多次提及张岱、王思任等越地散文作家,认为张岱的《陶庵梦忆》"兹编载方言巷咏、喜笑琐屑之事,然略经点染,便成至文"②,王思任的《文饭小品》"语极清妙"③,"其好处在于表现之鲜新与设想之奇辟"④,明显表达了对传统越地散文的追慕与欣赏。周作人甚至还梳理出了现代散文与晚明小品之间的承传关系,"现在的小文与宋明诸人之作在文字上固然有点不同,但风致实是一致","现在的文学——现在只就散文说——与明代的有些相像"。⑤ 朱自清也有类似的阐释:"明朝那些名士派的文章,在旧来散文学里,确是最与现代散文相近的。"⑥由此可见,在五四文学变革的背景之中,越地散文作家对传统的地域散文有着自觉的承传与接受,并体现在了自己的散文观与创作之中。

因此,中国现代散文承续"散文大国"传统又实现文学新变,成为最早介入五四文学革命并取得创作实绩的文体,越地散文当是最典型例证。而越地是一片富有生机的文化土壤,其独特的山川物理和文化习俗,特别是长期累积的人文传统,孕育出了丰厚的散文资源,后世得益甚多,实开中国散文古今传承先河。鉴于此,就有必要从地域文化的视角探究现代越地散文的生成原因以及在传统散文承继基础之上的发展流变,并从这一典型形态的研讨中理清散文发展与地域文化之间的关联,这对于推动我国现代散文的历史进程有不可或缺的范型意义。

---

① 林语堂:《小品文之遗绪》,周红莉主编:《中国现代散文理论经典》,苏州大学出版社2008年,第204页。

② 周作人:《越中游览记录》,《周作人散文全集》第1卷,广西师范大学出版社2009年,第435页。

③ 周作人:《越中游览记录》,《周作人散文全集》第1卷,广西师范大学出版社2009年,第436页。

④ 周作人:《文饭小品》,《周作人散文全集》第6卷,广西师范大学出版社2009年,第361页。

⑤ 周作人:《〈中国新文学大系散文一集〉导言》,《周作人散文全集》第6卷,广西师范大学出版社2009年,第724、726页。

⑥ 朱自清:《〈背影〉序》,《朱自清全集》(第1卷),江苏教育出版社1988年,第30页。

第一章　越地散文溯源：地域散文传统的现代承传

探究现代越地散文的成因，"外源性"因素自然不可忽视，但作为体现历史继承性最为显著的散文文体，"内源性"更值得重视，尤其是在散文资源极为丰富的越地。越地是有着丰厚文化累积的地理区域，越文化植被下的传统文化积淀，是现代越地散文的重要资源。多山、面海的艰辛自然地理环境，造就此地人们极富奋斗性格、叛逆特质和变革精神，最卓著的是治理蛮荒的"大禹文化"与艰难复国的"于越文化"，大禹、勾践始终是越地后人的骄傲与表率。晚近以来，作为远离中原的"小传统"区域，越地一直是启蒙文化思潮、人本主义思潮、叛逆封建道统甚炽区域，构成对以儒家文化为正宗的"大传统"的有力冲击，直至出于浙东的"残明遗献思想"①处在当时全国的文化中心地位。特定的地理时空造就了独特的文化空间和传统，其中又孕育出世代流转、一以贯之的散文精神。《吴越春秋》《越绝书》等记载构成了上古时期越地丰富的散文资源。中古时期散文大家王充、嵇康等的散文名作，与天道抗争、表达心灵自由，开越地散文风气之先。宋明以来浙东学派、散文名家（陈亮、叶适、吕祖谦、宋濂等）提倡文学启蒙，相当程度上主导了当时的思想文化潮流，散文创作注入剥离封建意识形态的"现代性"内涵。明清之际越地散文走向鼎盛，走出徐渭、王思任、张岱、李慈铭、章学诚直至章太炎等冠盖一时的散文大家，走出第一流启蒙文学大师龚自珍，标志着面海的中国"是导致变革的一条渠道"②，在散文创作中表现尤为鲜明昭著。特别是晚明小品，直接构成对五四现代散文的影响。因此，将越地传统散文与五四文学对接，不难见出两者的承传关系，诸如两次思想解放潮流的内在贯通，用"王纲解纽"字眼以喻社会变动促成文化与文学变革的可能性，启蒙文化思潮与人本主义思想的跨时代遇合等，正是在这样的层面上，周作人提

①梁启超：《中国近三百年文学史》，安徽师范大学出版社2016年，第34页。
②［美］费正清编：《剑桥中华民国史》（上卷），杨品泉等译，中国社会科学出版社1994年，第28页。

出"民国以来的这次文学革命运动"①是明末的文学运动的重演,"两次的主张和趋势,几乎很相同"②。而晚明散文家"以浙江为最甚",五四散文家浙江籍占主导地位,两者在一次历史赋予的机运里相遇,使固有的文化潜能得以充分释放,印证了优秀地域散文传统延续的可能性,同时,散文改革精神的承续、散文内容的更新与再造、散文文体的新变与创造等等,更彰显越地散文传统的新文学生成意义。

一、地域文化精神的承传

现代越地散文作家生长于越地的背景之中,又相互之间有着交流和沟通,形成了一个以周氏兄弟为核心的散文群体,在创作风格等多个层面显示出明显的群体性特征。这种群体的形成自然有历史、时代、机缘等多方面的因素,但是越地这一共同的文化渊源,显然是不可剥离的重要因素,地域文化精神又是其中的重要成分,可以说,地域作家群体的形成是与群体本身对地域文化精神的承传有关的。"地域文化传统在相当程度上成为联结作家之间的精神纽带,在同一精神指向下的作家群体也由是生成。"③落实到越地,地域文化精神的核心就是"浙东性"④,具体说来,就是富有叛逆特质的变革精神,以及内蕴的主体性自觉。

越是一个偏安于中国东南沿海的古老部族,面海背山,开放的海洋与峰峦起伏的丘陵构成了越人生存的整体背景。据《越绝书》记载,于越"西则迫江,东则薄海,水属苍天,下不知所止。交错相过,波涛濬流,沈而复起,因复相还。浩浩之水,朝夕既有时,动作若惊骇,声音若雷霆。波涛援而起,船失不能救,未知命之所维"。⑤ 这就是越民族生存的地理环境,面海迫江,又时时有海潮的泛滥,惊涛的激起。沿海而居的古越人又自然是"靠海吃饭",捕鱼为生。"考古发现,

---

①周作人:《中国新文学的源流・中国文学的变迁》,《周作人散文全集》第 6 卷,广西师范大学出版社 2009 年,第 71 页。

②周作人:《中国新文学的源流・中国文学的变迁》,《周作人散文全集》第 6 卷,广西师范大学出版社 2009 年,第 71 页。

③王嘉良:《晚明小品与语丝文体:古今散文文体的传承与流变》,《浙江学刊》2007 年第 1 期。

④周作人《〈雨天的书〉序二》中说:"我的浙东人的气质终于没有脱去。我们一族住在绍兴只有十四世,……这四百年间越中风土的影响大约很深,成就了我的不可拔除的浙东性……"见《周作人散文全集》(第 4 卷),广西师范大学出版社 2009 年,第 346 页。

⑤(东汉)袁康、吴平辑录:《越绝书》,乐祖谋点校,上海古籍出版社 1985 年,第 29 页。

生活在东南沿海'饭稻羹鱼'的古越人，在六七千年前即敢于以轻舟渡海；河姆渡古文化出土的木桨、陶舟模型与许多鲸鱼、鲨鱼的骨骼，都表现了海洋文明的特征。"①古越人凭借最为原始而粗糙的航海工具，以一叶扁舟穿行于广阔海洋的惊涛骇浪之中，捕猎的又是极为凶险的鲸鱼、鲨鱼，其间的困难险阻是显而易见的，这样的征服海洋的过程是需要以越人的敢于冒险、不畏艰险、顽强拼搏的进取精神为依托的。而随着海侵高潮的到来，越民族中的大部分先民不得不向更高处迁徙，渐次进入以会稽山、四明山为腹地的浙东山区。他们在这片丛莽林立、虫蛇野兽出没的土地上"乃复随陵陆而耕种，或逐禽鹿而给食"②，过着一种狩猎与迁徙农耕并存的原始而粗放的耕作生活，生存的艰辛和严酷比之宁绍平原更甚，越先民必须以坚韧与勤劳对抗生存的艰难。之后勾践也是在越地选择了种山（今府山，也称卧龙山）的东南麓建筑勾践小城，紧接着范蠡又在小城外围建筑了城周大于小城十倍的山阴大城，把周围的大部分山丘都网罗在内，尤其是种山、戢山、怪山（今塔山）三山构成了三足鼎立之势，越国的居民就主要聚集在这些山丘之中。广阔的海洋与环绕的群山，构成了越人基本的地理环境，显然，"险恶"二字是对越人生存环境的最恰当的概括。然而越民族面对茫茫的大海，表现出的是在险恶环境中积极进取的精神与征服海洋的勇气；厚重淳朴而又危机四伏的山莽也养育了越人坚硬劲直的气质。《吴越春秋·勾践伐吴外传》就称"悦兵敢死，越之常也"③，鲁迅也说："浙东多山，民性有山岳气，与湖南山岳地带之民气相同。"④这些精神气质在越地代代相传，形成越地文化的基本内涵。

当然，"地域对文学的影响是一种综合性的影响，绝不仅止于地形、气候等自然条件，更包括历史形成的人文环境的种种因素"，"而且越到后来，人文因素所起的作用也越大"。⑤ 越地文化的绵延中，自然有远古的地理影响，但更多的是来自人文精神的承传。

艰苦卓绝的大禹与报仇雪耻的勾践，可以看作是古越文化精神的典范，也是越地"远传统"人文精神的凝聚。"当尧之时，天下犹未平，洪水横流，泛滥于

---

① 《重写中华古史的建议书》，《文史杂志》1999 年第 4 期。

② （东汉）赵晔：《越王无余外传第六》，张觉校注：《吴越春秋校注》，岳麓书社 2006 年，第 172 页。

③ （东汉）赵晔：《勾践伐吴外传第十》，张觉校注：《吴越春秋校注》，岳麓书社 2006 年，第 286 页。

④ 徐梵澄：《星花旧影——对鲁迅先生的一些回忆》，《徐梵澄文集》第 4 卷，上海三联书店、华东师范大学出版社 2006 年，第 374 页。

⑤ 严家炎：《〈20 世纪中国文学与区域文化丛书〉总序》，《理论与创作》1995 年第 1 期。

天下"①,禹用因势疏导之法治理水患,终得功成,绍兴这片蛮荒之地从浅海沼泽重新恢复为宜垦殖的平原,也得益于禹的凿山疏浚引水入东海。而"因病亡死,葬会稽"②的禹,对后世越地民众的影响,不仅仅是治水的英雄,更是治水过程中"身执耒臿,以民为先"③的务实精神,他带领治水的官员与民工,跋山涉水勘察测绘地形,开山筑坝疏浚河道,一切都亲力亲为,不辞辛劳。为理水,"予娶涂山,辛壬癸甲,生启予不子,以故能成水土功"④,娶涂山氏四天即离家赴治水之事,"禹八年于外,三过其门而不入"⑤,更是成为千古佳话流传在越地民间。于是,踏实勤勉、卓苦坚定的大禹精神内化为一种文化基因在越地流布与传承。越地也至今留存着祭禹的传统,《水经注》曰:"夏后少康封少子抒以奉禹祠为越,世历殷、周,至于允常,列于《春秋》,允常卒,句践称王,都于会稽。"⑥自启开始,越地就建立禹庙,祭禹不绝,禹的精神流贯其中。

　　勾践是继大禹之后越地人文精神的重要建构者,司马迁说:"禹之功大矣,渐九川,定九州,至于今诸夏艾安。及苗裔勾践,苦身焦思,终灭强吴,北观兵中国,以尊周室,号称霸王。勾践可不谓贤哉!盖有禹之遗烈焉。"⑦作为大禹的后裔,勾践被吴国打败之后,能主动请降并带妻子前往吴国放羊牧牛、伺候吴王,忍辱负重之中有着报仇雪耻之志的支持。返回越国之后,更是牢记复仇的使命,"越王念复吴雠非一旦也。苦身劳心,夜以接日。目卧,则攻之以蓼;足寒,则渍之以水。冬常抱冰,夏还握火。愁心苦志,悬胆于户,出入尝之不绝于口。中夜潜泣,泣而复啸"⑧。时刻提醒自己,"女忘会稽之耻邪"⑨,以此刻苦自励,铭记自己所受的屈辱坚定复仇的志向。同时,又能"身自耕作,夫人自织,食不

①(战国)孟轲:《滕文公章句上》,杨伯峻、杨逢彬注译:《孟子》,岳麓书社2000年,第89页。

②(东汉)袁康、吴平辑录:《越绝书》,乐祖谋点校,上海古籍出版社1985年,第57页。

③(清)王先慎集解,姜俊俊校点:《五蠹第四十九》,《韩非子》,上海古籍出版社2015年,第537页。

④(西汉)司马迁:《夏本纪第二》,《史记》,易行、孙嘉镇校订,线装书局2006年,第7页。

⑤(战国)孟轲:《滕文公章句上》,杨伯峻、杨逢彬注译:《孟子》,岳麓书社2000年,第89页。

⑥(北魏)郦道元:《水经注》,谭属春、陈爱平点校,岳麓书社1995年,第585－586页。

⑦(西汉)司马迁:《越王勾践世家第十一》,《史记》,易行、孙嘉镇校订,线装书局2006年,第199页。

⑧(东汉)赵晔:《勾践归国外传第八》,张觉校注:《吴越春秋校注》,岳麓书社2006年,第214页。

⑨(西汉)司马迁:《越王勾践世家第十一》,《史记》,易行、孙嘉镇校订,线装书局2006年,第186页。

加肉,衣不重采,折节下贤人,厚遇宾客,振贫吊死,与百姓同其劳"①,与越国的百姓同甘共苦,发愤图强,终于"越十年生聚,而十年教训,二十年之外,吴其为沼乎"②,灭吴雪耻,创造了"三千越甲可吞吴"的伟大业绩。大禹理水与勾践复国中所蕴含的,正是越地的奋斗性格和叛逆精神。

有学者将这种古越文化概括为"剑文化","所谓剑文化,蕴涵着复仇、尚武、砺志自强的精神素质。换言之,剑之在古越,乃是复仇雪耻,绝处求生的生命力量的象征"。③ 身处险恶的自然环境中,又时时面临着周围强国的虎视的越族,寻求种族的生存成为他们的重要使命,于是在漫长的历史迁延中,逐渐形成了一种好剑善斗的地域风气。剑在古越民族的生活当中占据着特殊的地位,尚武好剑也成为越民族一种流行的民间风尚。据《吴越春秋》中记载:越王勾践兵败吴国之后,决定东山再起,但是苦于兵弩未精,听说有越女精于剑术,便遣使聘之。越女即与武艺高超的袁公比剑,结果袁公不敌,变白猿而去。勾践问以剑道,越女回答说:"妾生深林之中,长于无人之野,无道不习,不达诸侯。窃好击之道,诵之不休,……其道甚微而易,其意甚幽而深。道有门户,亦有阴阳。开门闭户,阴衰阳兴。凡手哉之道,内实精神,外示安仪。见之似好妇,夺之似惧虎;布形候气,与神俱往;杳之若日,偏如滕兔;追形逐影,光若佛彷;呼吸往来,不及法禁;纵横逆顺,直复不闻。斯道者,一人当百,百人当万。"④透过这一故事,越人的爱剑可见一斑。

越国的铸剑术更是驰名海内。《庄子·刻意》记载:"夫有干越之剑者,柙而藏之,不敢用也,宝之至也。精神四达并流,无所不极,上际于天,下蟠于地,化育万物,不可为象,其名为同帝。"⑤《说苑·杂言》称吴越之剑"试物不知,扬刃离金斩羽契铁斧,此至利也"。⑥ 出自汉代越人之手的《越绝书》,甚至立专章记载越国的铸剑术,即《越绝外传记宝剑》,还用神话般的笔墨描述了欧冶子冶铸宝剑的绚丽画面:"当造此剑之时,赤堇之山,破而出锡;若耶之溪,涸而出铜;雨师洒扫,雷公击橐;蛟龙捧炉,天帝装炭;太一下观,天精下之。欧冶乃因天之精

①(西汉)司马迁:《越王勾践世家第十一》,《史记》,易行、孙嘉镇校订,线装书局2006年,第186页。

②(春秋)左丘明:《哀公元年》,《左传》,蒋冀骋标点,岳麓书社1988年,第389-390页。

③杨义:《古越精神与现代理性的审美错综——鲁迅〈铸剑〉新解》,《绍兴师专学报》1991年第3期。

④(东汉)赵晔:《勾践阴谋外传第九》,张觉校注:《吴越春秋校注》,岳麓书社2006年,第242页。

⑤(战国)庄子:《刻意》,方勇译注:《庄子》,中华书局2010年,第247页。

⑥(西汉)刘向:《杂言》,卢元骏:《说苑今注今译》,商务印书馆1977年,第573页。

神,悉其伎巧,造为大刑三、小刑二:一曰湛卢,二曰纯钧,三曰胜邪,四曰鱼肠,五曰巨阙。"①把欧冶子的铸剑术说成是合天地之精气,神幻莫测,虽然不免夸张,但也可见当时铸剑技艺的高超。现有传世和出土的大量越国剑亦可以为之提供佐证,尤其是 1965 年在湖北江陵望山一号楚墓出土的越王勾践铜剑,"通长 55.7,身宽 4.6,柄长 4.8 厘米,柄处缚有丝绳,剑格两面有花纹,嵌以蓝色琉璃,整个剑身饰菱形暗纹,靠近格处有'越王鸠浅(句践)自作用铨(剑)'八个鸟篆铭文,保存完好,刃薄而锋刃"。② 这把在地下埋藏了两千多年的宝剑,出土时依然没有丝毫锈蚀,寒光逼人,锋利异常,从一个侧面表达了越国铸剑术的水平。

由此可见,在严酷的生存环境之下,越民族磨砺出了一种特殊的品格,那就是原始的顽梗不屈的野性。他们"尚武爱国,创新进取,奉献自强"③,刚烈豪侠之气充盈、滋长在越先民的血脉之中,体现在他们的性格层面。于是,他们选择了剑,以对铸剑技艺的熟谙和神化,对剑术的精通和宣扬,表达对剑的崇拜,在剑的崇拜之中投射的正是越先民的刚烈个性和尚武复仇的情结。

但是,越先民的原初基因和越国的抗争复仇精神孕育而成的剑文化,在中国进入大一统的时代之后,就面临了外来文化模式的冲击以及自身历史演进的变革要求。在列国争霸的年代,勾践能忍受屈辱,灭吴雪耻,而矢志报仇的精神也激起了越国民众的同仇敌忾之志,将剑文化演绎得淋漓尽致。然而随后的越国进入了连年的征战,再加上宫廷内部的纷乱不休、篡弑相继,蕴含着尚武复仇精神的剑文化显然已无法规范越国的精神取向,古老的越文化需要新的质素的注入。恰逢此时的晋室南渡给越文化提供了转型的契机,使越文化逐渐从以勇决善斗、"尚武"为表征的"剑文化"转向以"崇文"为内核的"书文化"。剑和书,一个锋利尖锐,一个儒雅飘逸,共同辉耀于越文化的历史发展中,并以各自的方式塑造着越人的性格。

西晋末年,中原地区战乱频仍,中央朝廷受到极大的威胁,而江南则远离中原文化中心,也远离了战争,再加上自然环境优裕气候适宜,财富非常充足。于是在晋建武年间,晋元帝司马睿听从王导建议,率领中原汉族臣民,迁都到建康(今南京),并安抚、礼待当地士族,终于在江南站稳脚跟。随后大量北方世族及

---

① (东汉)袁康、吴平辑录:《越绝书》,乐祖谋点校,上海古籍出版社 1985 年,第 79—80 页。

② 湖北省文化局文物工作队:《湖北江陵三座楚墓出土大批重要文物》,《文物》1966 年第 5 期。

③ 张兵:《越文化的特征》,费君清编:《中国传统文化与越文化研究》,人民出版社 2004 年,第 36 页。

皇族衣冠南渡,持续时间长达近 300 年,构成了中原汉人的第一次大规模南迁。值得关注的是,此次南迁的北方移民,不仅人数众多,而且聚集了大量的文人学士、官僚地主甚至皇室贵族等高素质的人才,他们对南方的发展、对越文化的转型起到了极大的推动作用。"根据谭(其骧)先生的统计,《南史》列传中(不计后妃、宗室、孝义等)有人物 728 位,原籍北方的有 506 人,南方籍的只有 222 人。东晋南朝的所有君主,都毫无例外是北方移民或其后裔。这说明在南朝的政治、军事、经济、文化、艺术各方面起主要作用的是北方移民。"[①]尤其是寓居会稽的北方移民,主要是中原的士子高僧,如谢安隐居在东山(今绍兴市上虞境内),王羲之在山阴(今绍兴),这使绍兴一度成为王谢大族的文化活动中心,形成了独特的文化小气候。至此,北方的中原文化开始以一种外来的姿态对本土的越文化形成了集束性的影响。而后的宋氏政权的南渡,移驻杭州;北方的文人学士纷纷南下,陆游、李清照,辛弃疾等,在绍兴、金华等地漂泊或者安居,朱熹、二程、叶适等哲学家、儒学大师到绍兴等地办学和讲学,包括越文化在内的东南区域成为宋王朝的文化中心。这更有力地促成了越文化在华夏文化系统中的融合与成长。

而且越文化对华夏文明的融合与吸收又是有选择的。越人以其独特的眼光,以某种精神的内在契合为依据,对中原文化作出了创造性的接受和发展。作为一个远离中原、偏处东南隅的古老部族,越人有着率真任性、质朴自然的审美情趣,这使他们对束缚自由个性的周孔礼乐教化,对长期以来一直占据着华夏文明正统地位的儒家文化,采取了一种本能的排斥态度,而对庄老佛教呈现出文化的热情。一时之间,起于中夏的玄谈之风,崇尚老庄,提出"越名教而任自然"的个性觉醒主张,成为越地的一种风尚;佛教随着大批高僧大德的入越游历和定居,在越地逐渐兴盛,不仅第一个教派天台宗诞生于越地,而且禅宗中的几大宗派也都在浙东建立了基地,逐渐使会稽成为与建康、庐山鼎足而立的三大江南佛教重镇之一;道教中被誉为"胜景"的 118 处洞天福地也有近三分之一散处于越地。同时,与佛老思潮的兴盛相适应的,是越地对自然适性、空灵超脱的审美情趣的崇尚。出生于会稽始宁(今绍兴市上虞境内)的谢灵运,其山水诗创作一改魏晋以来玄言诗的晦涩之风,而是纵情山水,道法自然,在自然山水中寻求诗性理趣,形成了一种清新自然恬静的诗歌韵味,自此,山水诗得以在越地奠基,并进而发展成为中国文学史上的一大流派。此后,从"吴中四灵"中的贺知章到南宋时的"永嘉四灵",一直到清代的袁枚、龚自珍,他们的文学与思想都与山水文化相连,以独抒性灵的书写表达出对自然山水的亲近。王羲之也是在

①葛剑雄:《中国移民史》(第二卷),福建人民出版社 1997 年,第 413 页。

山水中尽情,"遍游东中诸郡,穷诸名山,泛沧海,叹曰:'我卒当以乐死'"。① 尤其是东晋永和九年三月初三王羲之在绍兴兰亭召集的一次诗酒流觞盛会,这次盛大的青山绿水间的文人雅集给后人留下了《兰亭集序》,这不仅是一部被宋代米芾称为"天下行书第一"的书法佳作,也从中表达了人与自然的和谐,"群贤毕至,少长咸集"之处,是"此地有崇山峻岭,茂林修竹,又有清流激湍,映带左右"。也正是有了这样的景致和人在其中的适性,才有了山水诗、性灵文学和《兰亭集序》。学界将东晋以后的这样一种具有浓厚人文内蕴、以王羲之书法作为表征的越文化,指称为"书文化",以彰显出此后越文化的"崇文"内核。

由此,经过历史上的北人南迁,越文化受到了前所未有的异地文化的洗礼,开始有选择地融入华夏文明的中原文化体系中,从"尚武"的"剑文化"转向"崇文"的"书文化"。而书剑合一的越文化的生成直接导致了刚柔并济的地域性情的成长,内蕴的是刚硬的叛逆特质与对人的主体性的认同和张扬。越地历史上一代又一代的名士风流,其实演绎着的就是这种书剑之气。嵇康主张"越名教而任自然",崇尚摆脱约束、释放人性、回归自然、享受悠闲,而又"刚肠疾恶,轻肆直言,遇事便发"②,愤世嫉俗、桀傲不驯,显示出的是慷慨任气和叛逆性格。"铁马冰河入梦来"的陆游,也既有"胡未灭,鬓先秋,泪空流"的感慨,又有"红酥手,黄藤酒,满城春色宫墙柳"的儿女抒怀。鲁迅的外刚内柔、刚柔结合的性格特征,也是书剑绍兴的文化特征的反映。一方面被日本弘文学院的同学指称为"斯诚越人也,有卧薪尝胆之遗风"③,被陈西滢嘲讽为"都有他们贵乡绍兴的刑名师爷的脾气"④;另一方面也充满着温情:阴冷的精神气质中总是蕴含着难以抑制的生命热情,时时浮出地表纠缠着鲁迅的忧郁也无法遮掩他的开朗与幽默。这些元素,在鲁迅的身上不仅和谐地存在着,而且,包含着对立因子的各种元素又会随着鲁迅内心的冲突而充满矛盾和悖论,这就构成了鲁迅性格的复杂性和多元性,以及这种复杂性与越地文化之间的关联。

到了明清之际,这种富含着人的个性觉醒的变革精神,在越地更加蔓延开来。有着传奇人生的明代才子徐渭,不拘一格的书法是"笔意奔放如其诗,苍劲

---

① (唐)房玄龄等:《晋书》(卷三七—卷八一),曹文柱等标点,吉林人民出版社1995年,第1259页。

② (三国)嵇康:《与山巨源绝交书》,《鲁迅辑录古籍丛编》第4卷,人民文学出版社1999年,第39页。

③ 沈瓞民:《回忆鲁迅早年在弘文学院的片段》,鲁迅博物馆、鲁迅研究室、《鲁迅研究月刊》选编:《鲁迅回忆录》(上册),北京出版社1999年,第46页。

④ 陈西滢:《致志摩》,《晨报副刊》1926年1月30日。

中姿媚跃出……间以其余，旁溢为花鸟，皆超逸有致”[1]，戏剧中有着长歌当哭的《四声猿》和在游戏三昧中透悟人生的《歌代啸》，所有传承下来的书画精品和诗文创作以及民间的诸种传闻流言，都塑造出徐渭的书剑之气：叛逆的性格、向传统挑战的姿态、向往自由的精神，以及对高迈、超越的人生境界的追寻。“自宋元数百年来，历有渊源”[2]的浙东学派，以史学著称，南宋的吕祖谦以“中原文献之统”奠定重史传统，也蕴含着对主张格物致知的朱熹思想的对峙；绵延到清代章学诚，提出“六经皆史”的观点，直接“否定了孔子之后两千多年来作为中国人思维和行动典范的经书权威，其中更是隐藏了足以颠覆儒教之根本的起爆剂”[3]，有着对神圣和权威的解构之精神。此外，更有“矢口放言，略无忌惮”[4]的王思任，在顺治初年“寄书龙门解允樾，其词悖慢，追咎神宗追咎熹宗不已也，终之曰继之以崇祯勃剥自雄”。[5] 将明亡的原因直接归咎于皇帝，这样的胆识和气概是与王充、嵇康一脉相承的。王思任能“刻责忤俗”，是有着极强的叛逆性为支撑的。黄宗羲也直指封建君主“为天下之大害”[6]，提出要以“天下之法”取代“一家之法”，构成了“对于三千年专制政治思想为极大的反抗”[7]。因此，一部越地的文化和学术史，是满蕴着叛逆和变革的精神的。

　　在这样的背景和过程中，人的自觉性、主体精神也都发挥出来了。尤其是进入晚明时期，王纲解纽、王权衰落，为文人提供了言志的机会，人的内心、人的价值获得了更为深切的关注。浙东学派在与传统、儒学的反叛中，也自然显示出对“人”的关注。其中最有代表性的就是越地学人王阳明“心学”的建构。这一哲学体系提出的前提是王阳明的是非准则：“夫学贵得之心，求之于心而非也，虽其言之出于孔子，不敢以为是也，而况其未及孔子者乎？求之于心而是也，虽其言之出于庸常，不敢以为非也，而况其出于孔子者乎！”[8]不以孔子的是

---

　　①（明）袁宏道：《徐文长传》，钱伯城：《袁宏道集笺校》（中），上海古籍出版社2008年，第716页。

　　②（清）章学诚：《与胡雒君论校胡稚咸集二篇》，《章学诚遗书》，文物出版社1985年版，第117页。

　　③［日］山口久和：《章学诚的知识论——以考证学批判为中心》，王标译，上海古籍出版社2006年，第84页。

　　④（明）张岱：《王谑庵先生传》，《琅嬛文集》，栾保群点校，浙江古籍出版社2013年，第149页。

　　⑤（清）李慈铭撰，由云龙辑：《越缦堂读书记》，中华书局1963年，第728页。

　　⑥（明）黄宗羲：《原君》，《黄宗羲全集》第一册，浙江古籍出版社1985年，第2页。

　　⑦梁启超：《中国近三百年之学术史》，《梁启超全集》，北京出版社1999年，第4452页。

　　⑧（明）王阳明：《传习录》，邓艾民注：《传习录注疏》，上海古籍出版社2012年，第151页。

非为是非,一切落实到"心"的体悟之中,以自我之"心"去寻求真是和真非。那么"心"是什么?"心即理也。天下又有心外之事、心外之理乎?"①"身之主宰便是心,心之所发便是意,意之本体便是知,意之所在便是物……所以某说无心外之理,无心外之物。"②"心"才是具有超越性的终极本体,这对盛行的将"理"视为超越一切之上的程朱理学,构成了超越和批判。既然"心"是本体,就不必恪守被神圣化了的外在之"理",思维重心由外在的"理"而转向了内在的"心"。由此,在"存天理,灭人欲"的观念之下被漠视和放逐的人的主体精神获得了高扬。在王阳明的核心哲学范畴"良知"说中,同样有着对人本身的关注。"良知者,心之本体",是人人具备的一种无需外求的内在力量,也是个人判断善恶是非的标准,"尔那一点良知,是尔自家底准则,尔意念著处,他是便知是,非便知非,更瞒他一些不得。尔只不要欺他,实实落落依着他做去,善便存,恶便去。他这里何等稳当快乐。此便是'格物'的真诀,'致知'的实功"③。个体的人借助于自身拥有的良知获得了善恶判断的权利,人的主体精神和价值自然也就凸显出来。自称为"越之贱氓"④的章太炎也在承继王阳明心学的基础之上提出了"依自不依他"的哲学思想,贯穿的依然是对个体的人的肯定和自我精神意志的张扬。

因此,在越地文化的发展变迁中,富有叛逆特质的变革精神是被延续和承继的,透示出对人本身的关注和对人的主体精神的推崇。作为地域文化基因和遗传密码,这种精神也在现代越地文人中滋长和蔓延。鲁迅终其一生倾力于国民性的改造,早在1908年的《文化偏至论》中就提出了一条由"立人"而"立国"的振兴民族的道路,"首在立人,人立而后凡事举","国人之自觉至,个性张,……沙聚之邦,由是转为人国"。⑤ 而"立人"实质上就是国人个性和精神的觉醒,思想启蒙是达到"立人"目的的途径。这些观念的提出并不排除西方现代思潮的影响,"掊物质而张灵明,任个人而排众数"的表达中也有浓重的尼采超人哲学的影子,然而将鲁迅以"立人"为核心的思想体系,放到越地文化的背景中,也明显呈现出与浙东学派、越地文化资源之间的内在关联,尤其是与王阳明"心学"之间的内在关联,两者共同强调的就是人的精神个性的觉醒,对人本身的关注。

越地的文化精神就这样流淌在历史的长河里,经过漫长的时间的淘洗,已

---

① (明)王阳明:《传习录》,邓艾民注:《传习录注疏》,上海古籍出版社2012年,第8页。
② (明)王阳明:《传习录》,邓艾民注:《传习录注疏》,上海古籍出版社2012年,第13—14页。
③ (明)王阳明:《传习录》,邓艾民注:《传习录注疏》,上海古籍出版社2012年,第186页。
④ 章太炎:《訄书》,《章太炎全集》,上海人民出版社2014年,第55页。
⑤ 鲁迅:《文化偏至论》,《鲁迅全集》第1卷,人民文学出版社2005年,第57—58页。

经形成了独特的文化表征,也建构起了越地作家的文化资源,成为越地散文家的精神原乡与诗意的栖居之地,并熔铸到了散文作家的文字创造之中。

主张"越名教而任自然"的嵇康,在《与山巨源绝交书》中直言自己"有必不堪者七,甚不可者二",表明了他与名教之间的不可调和性,又以麋鹿作比,认为"少见驯育,则服从教制;长而见羁,则狂顾顿缨,赴蹈汤火;虽饰以金镳,飨以嘉肴,愈思长林,而志在丰草也"①,指向的是对人的自我意识的肯定和人性发展的张扬,礼法名教亦无法束缚其自由放达的心性,强烈的自我意识和叛逆精神充溢在嵇康的散文之中。以狂放不羁著名的徐渭,承学于王阳明的弟子季本、王畿等学者,"盖渭本俊才,又受业于季本,传姚江纵恣之派……及乎时移事易,侘傺穷愁,自知绝不见用于时,益愤激无聊,放言高论,不复问古人法度为何物"②。"放言高论,不复问古人法度为何物"之中深蕴的是徐渭的叛逆与纵诞,文章形成了奇崛狂傲的风格。他指责朱熹对苏轼文章的批评是:"谷里拣米,米里拣虫,只是张汤、赵禹伎俩。此不解东坡深。吹毛求疵,苛刻之吏,无过中求有过,暗昧之吏。极有布置而了无布置痕迹者,东坡千古一人而已。朱老议论乃是盲者摸索,拗者品评,酷者苛断。"③直斥朱熹的批评是张汤、赵禹等苛刻暗昧之吏吹毛求疵的苛断,用语颇为激烈,叛逆抗争之气从简洁的文字中透示出来。《赠礼诗序》《论中》等文章也充满着对儒学、对流行思潮的淋漓尽致的批驳和反对。他质疑"所谓君臣父子之懿,文物事为之盛,非吾儒之粗者耶"?④ 认为君臣父子的各种规则,以礼乐制度明贵贱、制等级的社会制度,都是儒学中的粗陋之物,自然需要被否定;而儒家所崇扬的"圣人",徐渭也有自己的解读,"自上古以至今,圣人者不少矣,必多矣,自君四海、主亿兆,琐至治一曲之艺,凡利人者,皆圣人"⑤。将圣人定义为自"君四海"到"治一曲之艺"的"利人者",就颠覆了儒家传统中的圣人形象与圣人崇拜,也呈现出对王氏"心学"的继承与发展,散文中印刻的正是浙东地域文化的精神。

李慈铭笔下也常常无所顾忌,他抨击科场弊端丛生,批判史书的夸张伪饰等等,常常言辞激烈文字犀利不羁,流露出真实的自我人格精神。《纣之不善论》从子贡的"纣之不善,不如是之甚也"入题,认为各类史书中所记载的纣王暴

---

① (三国)嵇康:《与山巨源绝交书》,《鲁迅辑录古籍丛编》第 4 卷,人民文学出版社 1999年,第 37—38 页。

② (清)纪昀等:《钦定四库全书总目》(整理本,下),中华书局 1997 年,第 2474 页。

③ (明)徐渭:《评朱子论东坡文》,刘祯选注:《徐文长小品》,文化艺术出版社 1996 年,第205 页

④ (明)徐渭:《赠礼诗序》,《徐渭集》第 1 册,中华书局 1983 年,第 532 页。

⑤ (明)徐渭:《论中》,《徐渭集》第 1 册,中华书局 1983 年,第 488 页。

行,较之后世的慕容熙、高湛、完颜亮等"穷凶极暴,堕灭三纲,其罪固百不逮一",而为何在亡国之罪上独悬纣王"以为百世之鉴"?原因就在于"后世史官不知此义,与前代亡国之主必备列罪状,披抉隐私,以见其恶之万无可逭。又或阿其世主,景饰增加,以快所欲",而"晋时十六国君主,皆目见其事,国灭之后,观其史书,皆非实录,莫不推过于人,引善自向"。①纵观史官对历史的记录,或阿谀新朝,或取悦旧主,自然就丧失了真实的精神,这样的史书当然是不可信的,"诚非人主所宜观也",从而对《宋书》《十六国春秋》等所谓的"正史"提出了严厉的批判。散文文本中对历史的态度,对史书的批判,以及对史书书写中的夸张伪饰原因的深究,都显示出李慈铭的历史观与历史文献解读中的独特眼光和批判精神。因而,无论是对科场弊端的揭露还是对史书的清醒认识,体现的都是李慈铭对现实与历史的拷问。

由此,从嵇康到徐渭到李慈铭,显示的正是浙东地域精神在散文中的流转。

周氏兄弟的散文,在浙东地域精神的内蕴上有着与嵇康徐渭散文相似的叛逆性与主体性自觉。鲁迅认为:"生存的小品文,必须是匕首,是投枪,能和读者一同杀出一条生存的血路的东西",是"含着挣扎和战斗"②的文字。在此观念之下,鲁迅的文章充满着叛逆的力度和主体性的张扬,他抨击时政,颠覆儒家传统,也以对国民性的思考表达着个体的人的觉醒意识。"墨写的谎言,决掩不住血写的事实。血债必须用同物偿还。拖欠得愈久,就要付更大的利息"③;请愿的学生"待到到得首都,顿首请愿,却不料'为反动派所利用',许多头都恰巧'碰'在刺刀和枪柄上,有的竟'自行失足落水'而死了"④;"四十七个男女青年的生命,完全是被骗去的,简直是诱杀"⑤。满蕴着情感的文字直接指向当政者的残暴、杀戮和无耻。《我之节烈观》是对传统节烈观的审判与拷问,行文中透示出的是对封建礼教和主流话语的激烈反叛。《我们现在怎样做父亲》则是对"父为子纲"的儒家观念的猛烈攻击,不仅颠覆了"长者本位"的传统伦理观,内中蕴含的对童年生命本身的关注,也表征着人的觉醒,对人的主体意识的肯定。《过客》里明知前面是坟却偏要前行反抗绝望的过客,《复仇》里以拒绝表演报复无聊看客的复仇者,也都是作者叛逆、反抗、斗争意识的承载和表达。而以冲淡平和见称于世的周作人散文,也蕴含着浮躁凌厉的叛逆气质。周作人自称心里住

---

①(清)李慈铭:《纣之不善论》,《越缦堂诗文集》(中),刘再华校,上海古籍出版社2008年,第745—748页。

②鲁迅:《小品文的危机》,《鲁迅全集》第4卷,人民文学出版社2005年,第592—593页。

③鲁迅:《无花的蔷薇之二》,《鲁迅全集》第3卷,人民文学出版社2005年,第279页。

④鲁迅:《逃的辩护》,《鲁迅全集》第5卷,人民文学出版社2005年,第11页。

⑤鲁迅:《空谈》,《鲁迅全集》第3卷,人民文学出版社2005年,第296页。

着绅士鬼与流氓鬼，"有时候流氓占了优势，……我简直可以成为一个精神上的'破脚骨'"①。这"破脚骨"就是越地乡间对"流氓"的称呼，在周作人看来，"破脚骨"虽属无赖却有其侠义和叛逆之气，"他们也有自己的道德，尚义与勇，即使并非同帮，只要在酒楼茶馆会过一两面，他们便算有了交情，不再来暗算，而且有时还肯保护"②。既然是"破脚骨"，自然时不时地要做一些"流氓"之文，甚至"希望我的趣味之文里也还有叛徒活着"③。于是，周作人的散文，抨击祖先崇拜，认为"这事既于道德上不合，又于事实上有害，应该废去才是"④，倡导思想革命，主张以人的文学替代非人的文学，成为五四新文学运动中的重要理论支柱；他也讽刺北洋政府的无耻，将军警打伤请愿教员的行为宣称为"碰伤"，并以反语进一步论断："碰伤在中国实是常有的事。至于完全责任，当然有被碰的去负担。"⑤三一八惨案发生以后，周作人对段祺瑞政府的谴责、控诉和抗议，更有多篇文章的集束性表达："这是北京城中破天荒的大残杀，比五卅上海事件更为野蛮，其责任除政府当局段祺瑞章士钊贾德耀诸人直接负担，我们要求依法惩办外，对于国民军的首领也不能曲为谅解。"⑥文字中洋溢着叛逆反抗精神和斗争之勇气。周作人对自己散文的评价也是："总是不够消极，在风吹月照之中还是要呵佛骂祖，这正是我的毛病，我也无可如何。……这实在只是一点师爷笔法绅士态度。"⑦这"呵佛骂祖"的"师爷笔法"是与鲁迅、徐渭、李慈铭等都有相通之处的，也彰显出越地文化精神在不同时期知识分子身上的流贯与呈现。

鉴于周氏兄弟在越地文人中的领衔地位以及在整个新文学中的影响力、越地文化对于越中文人的哺育和滋养，以及与晚明类似的王纲解纽的时代背景等等，这些因素也促使现代越地的作家自然地张扬出了越地的地域特征。许钦文、王鲁彦等越地作家追随鲁迅从事乡土小说的写作，以对故乡人事的叙述反观生活在底层的民众的愚昧和悲哀，是五四"为人生"写作的重要力量，他们的散文也在对越地民间生活和风俗人情的描述中透示出对人的思想启蒙，这既是

①周作人：《两个鬼》，《周作人散文全集》第 4 卷，广西师范大学出版社 2009 年，第 708 页。

②周作人：《"破脚骨"》，《周作人散文全集》第 3 卷，广西师范大学出版社 2009 年，第 428 页。

③周作人：《〈泽泻集〉序》，《周作人散文全集》第 5 卷，广西师范大学出版社 2009 年，第 281 页。

④周作人：《祖先崇拜》，《周作人散文全集》第 2 卷，广西师范大学出版社 2009 年，第 129 页。

⑤周作人：《碰伤》，《周作人散文全集》第 2 卷，广西师范大学出版社 2009 年，第 361 页。

⑥周作人：《为三月十八日国务院残杀事件忠告国民军》，《周作人散文全集》第 4 卷，广西师范大学出版社 2009 年，第 535 页。

⑦周作人：《〈瓜豆集〉题记》，《周作人散文全集》第 7 卷，广西师范大学出版社 2009 年，第 460 页。

五四人性解放思潮的呼应，也是越地素有的反叛和启蒙的文化因子的传承。白马湖作家群也是站在"人"的立场上来从事教育和文学创作。他们认为："我们所行的是人的教育"，因为"真正的教育需完成被教育者的人格"①，"学生们入学校，一面固是'求学'，一面也是学做人"②。秉承这样的教育理念，白马湖作家群的文人们在浙江一师、春晖中学实施着"人格教育"，试图通过"纯正的教育"推动和构建新的"人"的产生，体现出对鲁迅"立人"思想的继承延续和五四"人的解放"时代主题的地域化呈现，也与越地的文化精神息息相通。而对"人"的关注落实到文学创作中，就有着对人和人生诸问题的真切观照和批评。丰子恺的《吃瓜子》《作客者言》是对传统陋习、礼仪的批判，并由此延伸到对国家、民族命运的忧虑；朱自清《航船中的文明》《生命的价格——七毛钱》有着深重的人生慨叹和犀利的现实批判。白马湖作家群似乎是隐居于青山绿水的山野之间，有着"出世"的情怀，然而地域文化精神的滋养和五四时代气氛的熏染又促使他们以独特的文学方式"入世"和参与现实，以平和的姿态表达对人生和现实的关注，以温和的文字承担一定的文明批评和社会批评功能。他们的文学同样贯穿着"人"的基因，和周氏兄弟、许钦文等浙东乡土作家散文以及语丝派散文等创作群体，以明显的越地文化特质，呈现出对越地深富叛逆的变革精神和人的觉醒萌芽的文化传承。

因此，越地作家的散文中，流淌着的是越这一地域所特有的文化精神，或者说正是越地的文化精神的传承与熏陶才造就了越地散文的独特的风姿。散文与地方文化的深刻关联在越地作家身上有着明显的烙印。当然这种关联并不仅限于越地散文作家，贾平凹身处陕西，八百里秦川与多个朝代的古都，粗犷浑放的乡土气息与深沉凝重的传统文化，建构起了独特的秦汉文化环境，贾平凹的散文里处处充溢着的就是这样的文化气息和精神；沈从文生长于边地湘西，少数民族聚居以及地域上与主流文化的距离，使湘西充溢着原始、古朴、真率而又自由的精神，《湘西》《湘行散记》等散文集就是湘西精魂的书写；郁达夫浸润于浙西，尽管与浙东只隔一条钱塘江，但浪漫飘逸的诗性气质显然不同于浙东。由此可见，散文与地方文化精神的关联流贯在每个地域作家的血脉之中，只是在越地，这样的流转线索清晰而连贯，并且有着一个相对稳定作家群体，从而也就具备了典型性和代表性。

---

①夏丏尊：《教育的背景》，《中国现代文学名著文库·夏丏尊》，大众文学出版社2005年，第196页。
②朱自清：《教育的信仰》，《春晖》第34期，1924年10月16日。

二、文体样式的流变与承传

　　越地的文化造就了越地散文的精神内涵，叛逆变革的人文精神是越地散文的精魂，在越地的散文中世代流转，从《越绝书》到王思任、章太炎等作家的散文中一以贯之。这样的散文精神也生成了越地散文富有个性的文体样式，现代的越地作家对此有着自觉的承传，由此而产生了颇为明显的接受效应。

　　越地散文发展到现代阶段，已经获得了明确的文体界定和审美规范。周作人提出的"美文"概念，从文学的角度申明了散文是"叙事与抒情"①的，是"言志的散文，他集合叙事说理抒情的分子，都浸在自己的性情里，用了适宜的手法调理起来"②，强调的是叙事抒情议论的融合和个人的融入。这样的散文就远离了古代正统的文以载道的散文观念，而与魏晋、明末散文尤其是张岱、王思任等为代表的越地小品文产生勾连。小品文在"皇帝祖师等等要人没有多大力量了，处士横议，百家争鸣，正统家大叹其人心不古"③的万历年间，逐渐取代曾经风行的复古思潮（提倡"文必秦汉"前后七子、推崇唐宋散文的唐宋派），随着公安派、竟陵派的相继登上文坛，成为晚明最为兴盛的散文文体，它不再拘泥于传统古文的体式和载道的主旨，强调"独抒性灵，不拘格套。非从自己胸臆流出，不肯下笔"④，文章既传达出鲜明的个性和自我意识，也呈现出活泼自由、率性灵动的文体风格。在这场文学的变动中，越地的作家没有置身事外，他们与公安派的关系颇为密切，陶望龄曾慕名前往江苏拜访袁宏道，袁宏道也在次年来到绍兴与陶望龄共同游历越中山水，并在陶望龄的家里发现徐渭的《阙编》，对之非常推崇，写下了著名的《徐文长传》。而作为"晚明重自我、追寻自我物欲与情欲的满足、追问自我心灵之最终归宿的士人群落中重要的一员"⑤的屠隆，更是明确提出"性灵"观念，认为："夫文者华也，有根焉，则性灵是也。士务养性灵，而为

　　①周作人：《美文》，《周作人散文全集》第 2 卷，广西师范大学出版社 2009 年，第 356 页。

　　②周作人：《〈中国新文学大系散文一集〉导言》，《周作人散文全集》第 6 卷，广西师范大学出版社 2009 年，第 724 页。

　　③周作人：《〈中国新文学大系散文一集〉导言》，《周作人散文全集》第 6 卷，广西师范大学出版社 2009 年，第 724 页。

　　④（明）袁宏道：《叙小修诗》，钱伯城：《袁宏道集笺校（上）》，上海古籍出版社 2008 年，第 187 页。

　　⑤罗宗强：《明代后期士人心态研究》，南开大学出版社 2006 年版，第 378 页。

文有不钜丽者,否也。"①"苟不本之性情,而欲强作假设,如楚学齐语,燕操南音,梵作华言,鸦为鹊鸣。其何能肖乎? 故君子不务饰其声,而务养其气;不务工其文字,而务陶其性情。"②屠隆强调的是性灵和性情是文学创作的根本,文学要表达的是人的个性与真情。这与公安、竟陵的观念是相通的。而徐渭、王思任、张岱、屠隆等越地作家的小品文也是明清小品的重要构成部分,他们的文章短小精悍,随意写来,轻松活泼,又有着真实性情的流露。如张岱的《湖心亭看雪》:

> 崇祯五年十二月,余住西湖,大雪三日,湖中人鸟声俱绝。是日更定矣,余挐一小舟,拥毳衣炉火,独往湖心亭看雪。雾凇沆砀,天与云与山与水,上下一白。湖上影子,惟长堤一痕,湖心亭一点,与余舟一芥、舟中人两三粒而已。
>
> 到亭上,有两人铺毡对坐,一童子烧酒炉正沸。见余大喜,曰:"湖中焉得更有此人!"拉余同饮,余强饮三大白而别。问其姓氏,是金陵人,客此。及下船,舟子喃喃曰:"莫说相公痴,更有痴似相公者!"③

作者以简练的文笔,写出了西湖雪景"天与云与山与水,上下一白"的清新雅致和阔大静寂,自我"独往湖心亭看雪"的高雅脱俗和悠闲清逸,更为难得的是,在这"人鸟声俱绝"的雪后西湖,在"更定"时分,居然遇到了来湖心亭喝酒赏雪的高雅之人,不禁发出"湖中焉得更有此人"的惊叹,透示出的是通达洒脱的人生态度。王思任的《天姥》《游天台记》《游庐山记》等文章也写得洒脱不拘,任情任性。

于是,散文的发展终于逐渐集中到了比较自由的、漫谈式的文体类型之中,蕴含着创作者的思想和情感,这与现代越地散文是相通的。即使是以应用性为主的墓志铭,到了晚明的越地作家徐渭、张岱笔下,也成了文情俱佳的小品散文的典范。墓志本是墓葬文化的一部分,"墓志记年月、姓名及生平事迹,系之以铭,故又谓之墓志铭"④,有固定的格式和规范,主要用歌功颂德的文字颂扬亡者勉励后世,这样的文章自然难免中规中矩缺乏个性甚至千篇一律。而徐渭和张岱的墓志铭是个人生前对人生的回望和评价,写得无拘无束、自由率性。

> 山阴徐渭者,少知慕古文词,及长益力。既而有慕于道,往从长沙公究

---

① (明)屠隆:《鸿苞·文章》,《屠隆集》第7册,浙江古籍出版社2012年版,第423页。
② (明)屠隆:《鸿苞·诗文》,《屠隆集》第7册,浙江古籍出版社2012年版,第453页。
③ (明)张岱:《湖心亭看雪》,《陶庵梦忆　西湖梦寻》,夏咸淳、程维荣校注,上海古籍出版社2001年,第56页。
④ 马衡:《凡将斋金石丛稿》,中华书局1977年,第89页。

王氏宗，谓道类禅，又去扣于禅，久之，人稍许之，然文与道终两无得也。贱而懒且直，故悍贵交似傲，与众处不浣袒裼似玩，人多病之，然傲与玩，亦终两不得其情也。生九岁，已能习为干禄文字，旷弃者十余年，及悔学，又志迂阔，务博综，取经史诸家，虽琐至稗小，妄意穷及，每一思废寝食，览则图谱满席间。故今齿垂四十五矣，藉于学宫者二十有六年，食于二十人中者十有三年，举于乡者八而不一售，人且争笑之。而己不为动，洋洋居穷巷，傲数橡储瓶粟者十年。①

徐渭并不忌讳自己"贱而懒且直，故悍贵交似傲，与众处不浣袒裼似玩，人多病之"，性格也是颇有特色"为人度于义无所关时，辄疏纵不为儒缚，一涉义所否，干耻诟，介秽廉，虽断头不可夺"②。字里行间，流淌的是徐渭的真性情，是个性的宣泄和挥洒。张岱更是直接标明："少为纨绔子弟，极爱繁华，好精舍，好美婢，好娈童，好鲜衣，好美食，好骏马，……"③也不避讳"学书不成，学剑不成，学节义不成，学文章不成，学仙学佛，学农学圃俱不成。任世人呼之为败子，为废物，为顽民，为钝秀才，为瞌睡汉，为死老魅也已矣"④。行文的坦诚和率真里，蕴含着的正是个性精神的张扬和个人意识的觉醒。这些文章从内心倾泻而出，真诚无伪饰，突破了传统墓志铭拘泥于叙述志主身世，颂扬功德、寄托哀思的顺序结构，以浓郁的自我意识和个性驱遣组织材料，任情而发、率性为文，是晚明文学崇尚个性和自由的一个见证。

徐渭、张岱等越地作家的这些创作，也符合他们对文学和散文的认识和理解。徐渭强调行文的真率和个性的张扬，反对模仿与拟古："人有学为鸟言者，其音则鸟也，而性则人也；鸟有学为人言者，其音则人也，而性则鸟也。此可以定人与鸟之衡哉？今之为诗者，何以异于是。不出于己之所自得，而徒窃于人之所尝言，曰某篇是某体，某篇则否，某句似某人，某句则否，此虽极工逼肖，而已不免于鸟之为人言矣。"⑤如果文章只是对他人的模仿，而"不出于己之所自得"，那么这样的文章就跟鸟儿学人说话无异，真正的好文章应该像叶子肃一样，"其情坦以直，故语无晦，其情散以博，故语无拘，其情多喜而少忧，故语虽苦而能遣其情，好高而耻下，故语虽俭而实丰，盖所谓出于己之所自得，而不窃于

---

①（明）徐渭：《自为墓志铭》，《徐渭集》第 1 册，中华书局 1983 年，第 638－639 页。

②（明）徐渭：《自为墓志铭》，《徐渭集》第 1 册，中华书局 1983 年，第 639 页。

③（明）张岱：《自为墓志铭》，《琅嬛文集》，栾保群点校，浙江古籍出版社 2013 年，第 157 页。

④（明）张岱：《自为墓志铭》，《琅嬛文集》，栾保群点校，浙江古籍出版社 2013 年，第 157 页。

⑤（明）徐渭：《叶子肃诗序》，《徐渭集》第 1 册，中华书局 1983 年，第 519 页。

人之所尝言者也"①。出之己所得,而不是窃之于他人,呈现出的正是创作者的主体意识以及自我的体验和感受。而且如此"出乎己而不由于人"②、"时时露己笔意"③的文章,就不仅仅是表现内容的真率和个人化,同时也是创作形式、技艺上的个性化。张岱更是推崇为人为文的真率与个性,强调"人无癖不可与交,以其无深情也;人无疵不可与交,以其无真气也"④,只有有癖有痴之人才具有"深情"和"真气",就像他笔下的王月生和柳敬亭。王月生是南京名妓,却"不喜与俗子交接"⑤,柳敬亭是说书人,但若听众中有耳语之声,"欠身有倦色,辄不言"⑥,都是任情任性之人。这样的观念投射到散文创作中,就是"自出手眼,撇却钟、谭,推开王、李。毅儒、陶庵还其为毅儒、陶庵,则天下能事毕矣。学步邯郸,幸勿为苏人所笑"⑦,坚持文章"何论大小哉,亦得其真、得其近而已矣"⑧。因而嘲笑"学《史》而《史》,学《左》而《左》,学《骚》而《骚》,学子而子"的当时文坛领袖王世贞,为文不出自手眼,只是"书簏一大盗侠耳"!⑨ 文章应该是真性情的流露与表现,有着独抒性灵的率真与任性而发的坦然,不拟古不模仿,从胸臆自然流出,带有作家的个性和独特气质。晚明的另一位越地小品文大家王思任,也主张"诗以言己者也"⑩,"造物者既以我为人矣,舌自有声,手自有笔,心自有想,何以拟之议之为,而必欲相率呼以为拟议之人"?⑪ 从徐渭到王思任到张岱,他们的文学观呈现出延续性,都强调作家艺术创作的个性,在他们的意识里,只有出自本性,才是"独抒性灵"的好文章。在这样的文学观的指引之下,徐渭、张

---

① (明)徐渭:《叶子肃诗序》,《徐渭集》第 1 册,中华书局 1983 年,第 519—520 页。

② (明)徐渭:《跋张东海草书千文卷后》,《徐渭集》第 4 册,中华书局 1983 年,第 1091 页。

③ (明)徐渭:《书季子微所藏摹本兰亭》,《徐渭集》第 2 册,中华书局 1983 年,第 577 页。

④ (明)张岱:《祁止祥癖》,《陶庵梦忆 西湖梦寻》,夏咸淳、程维荣校注,上海古籍出版社 2001 年,第 72 页。

⑤ (明)张岱:《王月生》,《陶庵梦忆 西湖梦寻》,夏咸淳、程维荣校注,上海古籍出版社 2001 年,第 128 页。

⑥ (明)张岱:《柳敬亭说书》,《陶庵梦忆 西湖梦寻》,夏咸淳、程维荣校注,上海古籍出版社 2001 年,第 81 页。

⑦ (明)张岱:《又与毅儒八弟》,《琅嬛文集》,栾保群点校,浙江古籍出版社 2013 年,第 107 页。

⑧ (明)张岱:《张子说铃序》,《琅嬛文集》,栾保群点校,浙江古籍出版社 2013 年,第 5 页。

⑨ (明)张岱:《石匮书》(第三册),上海古籍出版社 2007 年,第 106 页

⑩ (明)王思任:《倪翼元宦游诗序》,《王季重十种》,任远点校,浙江古籍出版社 2010 年,第 25 页。

⑪ (明)王思任:《朱宗远定寻堂稿序》,《王季重十种》,任远点校,浙江古籍出版社 2010 年,第 39 页。

岱等晚明越地作家的创作自然就流贯着作家纯粹个人的率真、自由之气,并作为一种传统,延续到现代的越地语境中。朱自清就肯定了晚明文学与现代散文之间的关联性:

> 近来有人和我论起平伯,说他的性情行径,有些像明朝人。我知道所谓"明朝人",是指明末张岱、王思任等一派名士而言。这一派人的特征,我惭愧还不大弄得清楚;借了现在流行的话,大约可以说是"以趣味为主"的吧? 他们只要自己好好地受用,什么礼法,什么世故,是满不在乎的。他们的文字也如其人,有着"洒脱"的气息。平伯究竟像这班明朝人不像,我虽不甚知道,但有几件事可以给他说明;你看《梦游》的跋里,岂不是说有两位先生猜那篇文像明朝人做的? 平伯的高兴,从字里行间露出。这是自画的供招,可为铁证。标点《陶庵梦忆》,及在那篇跋里对于张岱的向往,可为旁证。而周启明先生《杂拌儿序》里,将现代散文与明朝的文章,相提并论,也是有力的参考。[①]

强调现代越地散文在文章的真率、自由和个性上对晚明小品文的传承关系,并非指认明代之前就都是载道的文学、有着明显的形式规范。柳宗元的《永州八记》、苏轼的《记承天寺夜游》等都写得空灵而情感深蕴,与传统的正统散文颇为不同。尤其是苏轼的小品文,"随物赋形,信笔挥洒,不拘一格,故虽澜翻不穷,而不见有矜心作意之处……"[②]苏轼对自己文章的评价也是:"吾文如万斛泉涌,不择地而出。在平地,滔滔汩汩,虽一日千里无难。及其与山石曲折。随物赋形,而不可知也。所可知者,常行于所当行,常止于不可不止,如是而已矣!"[③]随物赋形,当行则行,当止则止,也就无拘无束,率性随性,后代崇尚性灵的公安派对苏轼的推崇,也就在这一点上。但是,这些率性的文字只是苏轼作品中的一小部分,"不是正经文章,只是他随便一写的东西……在他本认为不甚重要,不是想要传留给后人的",而"他的作品中的一大部分,都是摹拟古人的,如《三苏策论》里面的文章,大抵都是学韩愈,学古文的……从这里,可以见出他仍是属于韩愈的系统之下,是载道派的人物"。[④] 周作人对苏轼的评判,既肯定了他小品文的价值,也指出了他整体创作上的载道特征。正因为此,周作人对唐宋文人作出了这样的判断:"唐宋文人也作过些性灵流露的散文,只是大都自认为

---

① 佩弦(朱自清):《燕知草序》,《语丝》第 4 卷第 36 期,1928 年 9 月 3 日。

②(清)赵翼:《瓯北诗话》,霍松林、胡主佑校点,人民文学出版社 1981 年,168 页。

③(宋)苏轼:《苏轼文集》,孔凡礼点校,中华书局 1986 年,第 2069 页。

④周作人:《中国新文学的源流》,《周作人散文全集》第 6 卷,广西师范大学出版社 2009年,第 66 页。

文章游戏,到了要做正经文章时便又照着规矩去做古文。明清时代也是如此[1],因而这些文人的文学态度是二元的,而公安派、现代散文作家的文学态度,则是一元的,因为"公安派的人能够无视古文的正统,以抒情的态度作一切的文章,虽然后代批评家贬斥他们为浅率空疏,实际却是真实的个性的表现"[2]。"抒情的态度""真实的个性",这确实是现代越地作家与晚明作家的相通之处,也是晚明作家区别于一般传统作家的重要质素。

以抒情的态度发而为文,文章自然就自由灵动,蕴含着创作者的思想与情感,是作者真实个性的表现,周作人就说张岱"洒脱的文章大抵出于性情的流露"[3]。在这样的文学态度之下,晚明出现了公安派和竟陵派,出现了张岱等小品文大家,在现代的越地,则形成了语丝派和白马湖作家群,出现了鲁迅、周作人这样的散文大家。《语丝》创刊的宗旨是"自由思想,独立判断,和美的生活"[4],对自我的自由表达是语丝散文的精神品质,自我人格的独立和精神的自由是语丝文体的重要质素;鲁迅的散文也有着浓重的个人色彩的介入,"我早有点知道,我是大概以自己为主的。所谈的道理是'我以为'的道理,所记的情状是我所见的情状。听说一月以前,杏花和碧桃都开过了。我没有见,我就不以为有杏花和碧桃"[5]。文章都是来自"我"的所见所闻和"我以为"的道理,具有明显的个人化特征,讲究的是自由和个性,是内心情绪的自然流露和书写。《阿长与〈山海经〉》就是鲁迅的个性创造。文章伊始就表达了"我"对长妈妈的多元情绪:"我平时叫她'阿妈',连'长'字也不带;但到憎恶她的时候,——例如知道了谋死我那隐鼠的却是她的时候,就叫她阿长。"这样的表述中其实蕴含着一个孩子的心理反应和感觉。"我"对长妈妈的"不佩服"也是这种情绪的延续。"最讨厌的是常喜欢切切察察,向人们低声絮说些什么事。还竖起第二个手指,在空中上下摇动,或者点着对手或自己的鼻尖。"到了夏天,就在床上睡成一个"大"字,将"我"挤得没有翻身的余地,甚至母亲委婉地提醒长妈妈注意"睡相",长妈

---

①周作人:《〈杂拌儿〉跋》,《周作人散文全集》第 5 卷,广西师范大学出版社 2009 年,第 455 页。

②周作人:《〈杂拌儿〉跋》,《周作人散文全集》第 5 卷,广西师范大学出版社 2009 年,第 455 页。

③周作人《〈陶庵梦忆〉序》,《周作人散文全集》第 4 卷,广西师范大学出版社 2009 年,第 832 页。

④周作人:《〈语丝〉发刊词》,《周作人散文全集》第 3 卷,广西师范大学出版社 2009 年,第 510 页。

⑤鲁迅:《新的蔷薇》,《鲁迅全集》第 3 卷,人民文学出版社 2005 年,第 308 页。

妈也没有听懂并且改进,仍然"满床摆着一个'大'字,一条臂膊还搁在我的颈子上"①。长妈妈是一个如此粗鲁、愚钝但也是没有什么心眼的"心宽体胖"的乡下女人。而且她还有很多"我所不耐烦"的规矩和让人觉得"烦琐之至""非常麻烦"的道理,比如新年的恭喜仪式;人死了要说老掉了;不能进生了孩子的屋子里等等。从文字和叙述的表面看,长妈妈确实是一个让人厌烦的女人,这也是童年时期的"我"对于长妈妈的真实感受。但是从一个成年人回忆的角度,再仔细品读长妈妈的言行,就能触摸到长妈妈言行中所蕴藏着的乡下女人的质朴和对孩子的爱,甚至睡成一个"大"字的睡相,都带着一种可爱的姿态。尤其是长妈妈提到的这些道理,都是与乡间的迷信有关的。正月初一见到人说的第一句话必须是"恭喜恭喜",这关系到一年的运气;生了孩子的屋子不吉利,不能进去;裤子底下,尤其是女人的裤子底下,也是绝对不能钻的,那会给人带来晦气。这些语言,就像《从百草园到三味书屋》里长妈妈讲完美女蛇的故事之后,对"我"的叮嘱一样:"倘有陌生的声音叫你的名字,你万不可答应他"②,都是出自对"我"的关爱,一个粗鲁的乡下女人最质朴的关爱,虽然有点"迂",但并不掩盖爱的表达。更使"我"震撼的是,长妈妈这个大字不识一个、粗笨的乡下女工,也不懂《山海经》是什么,只是因为"我"的念念不忘,就费心费力地找来,也可以想见将《山海经》误作"三哼经"的过程中,找书的不容易。由此呈现的,正是一个乡间保姆对于孩子的真诚关爱,她心疼着孩子,尽心尽力地满足着孩子的愿望。因此,鲁迅站在当下的立场上,回顾童年,用记忆中温暖的人物照亮他寂寞的内心,也在对童年的反顾中,获得了纷扰中的闲静,《从百草园到三味书屋》《藤野先生》等等,也是给鲁迅带来温暖的回忆。这些文本之中,飘逸着的是鲁迅怀念家人、亲朋和师友的真挚情感,有着真率的抒怀与平等亲切的对话,是从内心深处流淌出来的文字。

丰子恺的散文也是作者个性的真实表现。他俯身于儿童,以散文的形式展现孩子的真率、自然与热情。在丰子恺心里,孩子有着"天地间最健全的心眼","天赋的健全的身手与真朴活跃的元气",③他盛赞儿童是"身心全部公开的真人",是"出肝肺相示的人",艳羡孩子"要把一杯水横转来藏在抽斗里,要皮球停在壁上,要拉住火车的尾巴,要月亮出来,要天停止下雨"的童真稚拙,④钦慕孩

①鲁迅:《阿长与〈山海经〉》,《鲁迅全集》第2卷,人民文学出版社2005年,第250—255页。
②鲁迅:《从百草园到三味书屋》,《鲁迅全集》第2卷,人民文学出版社2005年,第288页。
③丰子恺:《儿女》,《丰子恺文集》第5卷,浙江文艺出版社1992年,第112—116页.
④丰子恺:《给我的孩子们》,《丰子恺文集》第5卷,浙江文艺出版社1992年,第253—256页。

子嫌花生米给得太少就咧嘴大哭(漫画《花生米不满足》)、穿了爸爸的衣服会立刻认真地变成爸爸(漫画《穿了爸爸的衣服》)、两把芭蕉扇可以认真地变成脚踏车(漫画《瞻瞻底车》)的那份真诚与自然,那种丰富的想象与独创。这些朴朴实实、自自然然的散文叙述,表达的正是丰子恺对孩子的欣赏与钦羡。而且,丰子恺甚至会设身处地做了儿童,《华瞻的日记》是从瞻瞻的视角写出儿童在成人世界里的困惑:与郑德菱玩的兴味正好却要被强行拉回去吃饭;商店里的玩具分明是给小孩子用的,爸爸却不肯拿回家;宝姐姐整天夹了书包去上学却不愿跟"我"玩;更可怕的是爸爸被一个穿长衫的麻脸陌生人又割又打,众人却无动于衷,任"我"一个人又恐惧又疑惑。成人世界对瞻瞻有着太多的不解与太远的距离,他根本不懂内在的游戏规则,而成人门却往往不顾及孩子的感受去任意地主宰他们的世界,不懂得他们对剃头的恐惧而只会一味地责怪他们"会哭"。丰子恺完全用一种儿童的思维方式和逻辑推理,站在孩子的角度,写出了一个完全是儿童眼里的荒谬的成人世界,他本人也在叙述中变成了天真烂漫的孩子,真正设身处地做了儿童。一切的文字,都是来自丰子恺心性的自然流露与对儿童的深切理解和关爱。

现代越地作家的散文,讲究的是自由和个性,是内心情绪的自然流露和书写。"正如一切的文艺作品一样,自我表现为作品的生命,作者个性、人格的表现,尤为小品文必要的条件。"①所以郁达夫在总结第一个十年的散文时说:"现代的散文就不同了。作者处处不忘自我,也处处不忘自然与社会。就是最纯粹的诗人的抒情散文里,写到风花雪月,也总要点出人与人的关系,或人与社会的关系来,以抒怀抱;一粒沙里看世界,半瓣花上说人情,就是现代的散文的特征之一","现代散文的最大特征,是每一个作家的每一篇散文里所表现的个性,比以前的任何散文都来得强"。② 说的是整个五四散文,尤其适用的是以周氏兄弟

---

①李素伯:《什么是小品文》,王钟陵:《二十世纪中国文学史文论精华·散文卷》,河北教育出版社 2000 年,第 41 页。

②郁达夫:《导言》,《中国新文学大系·散文二集》(影印本),上海文艺出版社 2003 年,第9、5 页。

为代表的越地现代散文。①

　　追求自我和个性的散文的写法上,自然是不拘一格,自由率性的。周作人写《菱角》,从给小孩买菱角起笔,细数菱角的种类以及在越地的多种吃法,行文之中也抄录了汪日桢的《湖雅》、李日华《味水轩日记》之中关于菱角的内容,以及范寅《越谚》里的"大菱"条目;《苍蝇》中也引入了古今中外有关苍蝇的诗文、谜语、传说等内容,文章写得流畅率性,各种材料似乎信手拈来,但又贴切自然,古今中外,无所不谈,随意又有着一种超然物外的淡泊的情致。所以,鲁迅说"散文的体裁,其实是大可以随便的,有破绽也不妨……与其防破绽,不如忘破绽"。② 散文最重要的还是"随便",如果注重方法与技巧,写出来的文章"就是'制艺',普通叫'八股'"③。鲁迅散文的谋篇构局就是"随便"的典范。《琐记》是"走异路,逃异地"离开故乡去南京求学的经历和过程,起笔却是"衍太太现在是早经做了祖母,也许竟做了曾祖母了;那时却还年青,只有一个儿子比我大三四岁"④,似乎与全文没有太大的关系,然而正是在这荡开笔墨的书写里,徐徐道出了是衍太太的看似和蔼实则颇多挑拨和是非,促成了"我"远离故乡的决心和行动,去南京学洋务,开启了"我"的人生的新经历,整篇文章如讲故事一般,娓娓而谈。《藤野先生》也是从上野的樱花、清国留学生的辫子开始写,似乎是很随意地说起"东京也无非是这样",于是离开东京到了仙台,再以浙江的"胶菜"和北京的"龙舌兰"为题发了一通"物以稀为贵"的感慨之后,才引出藤野先生这一主角。然后再从初见面时的深刻印象到藤野先生帮"我"修改讲义的细节;从匿名信事件到幻灯片事件,并直接导致了"我"离开仙台弃医从文,等等;一件件往事纷至沓来,缓缓流出,而"我"对藤野先生的回忆与怀念就贯穿在这似乎漫不经心、从容随便的叙事里面。这种不直奔主题的写作方式避免了行文的急促,使整个文本显得从容有致。鲁迅的行文中甚至还常常越出书写主题,增加一些

---

　　①郁达夫编选的《中国新文学大系·散文二集》共收录散文 131 篇,其中出自周氏兄弟的有 81 篇之多,另外还有白马湖作家群的朱自清和丰子恺分别有 7 篇和 5 篇,语丝派的川岛也有 1 篇入选。可见越地现代散文在郁达夫视野里的分量,以及在整个五四散文中的分量。在《导言》中,郁达夫也声称:"中国现代散文的成绩,以鲁迅周作人两人的为最丰富最伟大,我平时的偏嗜,亦以此二人的散文为最所溺爱。一经开选,如窃贼入了阿拉伯的宝库,东张西望,简直迷了我取去的判断;忍心割爱,痛加删削,结果还把他们两人的作品选成了这一本集子的中心,从分量上说,他们的散文恐怕要占得全书的十分之六七。"这"十分之六七"的分量,一方面是郁达夫的"溺爱",一方面当然更是周氏兄弟散文的极高品味。

　　②鲁迅:《怎么写》,《鲁迅全集》第 4 卷,人民文学出版社 2005 年,第 25 页。

　　③鲁迅:《做"杂文"也不易》,《鲁迅全集》第 8 卷,人民文学出版社 2005 年,第 418 页。

　　④鲁迅:《琐记》,《鲁迅全集》第 2 卷,人民文学出版社 2005 年,第 301 页。

闲来之笔,《五猖会》里抄录了一段《陶庵梦忆》的文字;《狗·猫·鼠》《无常》更是远古与现实、民间传说与文学典籍等等融为一体,恣意铺排,天马行空,显示出自由和率性的笔墨趣味。这样的表达也符合了鲁迅"夹杂些闲话或笑谈,使文章增添活气"①的文学诉求。

因此,在随意、随便这一点上,现代越地散文对晚明文体有着传承性。晚明小品追求的就是"不拘格套",只要是独抒性灵,文体、语言、风格、表现内容等等都是可以随意,现代越地散文的"信心而出,信口而谈"②,符合了晚明小品文"信腕信口,皆成律度"③的审美规范。但是,进入现代阶段的越地散文,自然不是晚明文体的照搬,而是有着现代质素的融入,同样"以抒情的态度"出发的创作,不同时代的创作主体的观念、所处的语境已经发生了很大的变化,对"抒情"的把握也就有所不同。因此,现代越地散文作家在五四人的发现的语境之中,主体意识与文体意识获得了自觉,并将自我沉浸在散文文本之中,使文本显现出个人的充分特质,从而将散文的文学性推进到了一个新的高度,也展示了与晚明越地散文之间的提升路径。晚明的作家由传统的文化孕育生成,在晚明王权衰落、市民文化兴起的背景中,文人的性情自然地融化在散文之中,但这样的性情与人的觉醒之后的个人是有着内涵上的不同的。所以,周作人提出"中国新散文的源流我看是公安派与英国的小品文两者所合成的"④,即现代散文的发达有"外援"与"内应"两重的因缘,"外援即是西洋的科学哲学与文学上的新思想之影响,内应即是历史的言志派文艺运动之复兴。假如没有历史的基础,这成功不会这样容易,但假如没有外来思想的加入,即使成功了也没有新生命,不会站得住"⑤。人的解放等思想首先是来自西方的先进观念,而西方的文学如英国的Essay对个性的张扬,也是一重外援,"在 essay,比什么都紧要的要件,就是作者将自己的个人底人格的色采,浓厚地表现出来。……其兴味全在于人格底调子(Personal note)"⑥。这段出自鲁迅翻译的厨川白村的《出了象牙之塔》中关于Essay 的文字,应该能够表达鲁迅对 Essay 的欣赏态度,而文字的核心就是"个

---

① 鲁迅:《忽然想到》,《鲁迅全集》第 3 卷,人民文学出版社 2005 年,第 16 页。
② (明)袁宏道:《张幼于》,钱伯城:《袁宏道集笺校(上)》,上海古籍出版社 2008 年,第 501 页。
③ (明)袁宏道:《雪涛阁集序》,钱伯城:《袁宏道集笺校(中)》,上海古籍出版社 2008 年,第 710 页。
④ 周作人:《燕知草跋》,《周作人散文全集》第 5 卷,广西师范大学出版社 2009 年,第 519 页。
⑤ 周作人:《〈中国新文学大系散文一集〉导言》,《周作人散文全集》第 6 卷,广西师范大学出版社 2009 年,第 729 页。
⑥ [日]厨川白村:《出了象牙之塔》,鲁迅译,人民文学出版社 2007 年,第 6—7 页。

人底人格"。因而进入到现代的越地散文，是"经过西洋现代思想的陶镕浸润，自有一种新的色味"①的文章，这种"新的色味"是越地散文在传统散文继承之上的新变。

　　因此，越地丰厚的传统散文资源，为现代越地散文的生成提供了充足的滋养，现代越地作家也有着对传统散文的自觉承传，他们汲取地域文化中的精神，尤其得益于"越中三百年文风"，呈现出颇为明显的中国现代散文的古今传承特质，从而在文学地理上建构起了独树一帜的现代地域散文，鲁迅、周作人、语丝派、白马湖作家群等散文作家，也因他们的独特创造而成为中国现代散文史进程中不可或缺的力量。

---

①周作人：《〈中国新文学大系散文一集〉导言》，《周作人散文全集》第 6 卷，广西师范大学出版社 2009 年，第 730 页。

第二章　浙东性：现代越地散文的地理叙事

现代越地作家在越地文化与传统散文资源的滋养中获得文学的积累，在现代的语境中生成个性化的创造，以丰硕的成果和不俗的造诣成为中国现代散文的主要力量。这些作家生于越地长于越地，越地的文化精神自然已经内化为他们散文的气质，在散文的脉络中承传，而越地的山川河谷、民俗风情等等地理元素，也是他们笔端常常关注的事项。这一方面是故乡的情缘难以割舍，无论行走多远，故乡的山水与人文，永远是回忆里最清晰最温情的部分，即使如鲁迅般背对故乡，也时时有着"思乡的蛊惑"，当他陷入内心的芜杂，想"在纷扰中寻出一点闲静来"时①，就自然回到了记忆中的故乡，故乡的人情物理构成了《朝花夕拾》里温暖的底色。周作人自称"我住过的地方都是故乡。故乡对于我并没有什么特别的情分"②，然而故乡的印记又渗透在人生里不能拔除，"余生长越中，十八岁以后流浪在外，不常归去，后乃定居北京，足迹不到浙江盖已二十有五年矣。但是习性终于未能改变，努力说国语而仍是南音，无物不能吃而仍好咸味，殆无异于吃腌菜说亨个时，愧非君子，亦还是越人安越而已"③。于是对越地的风俗和风物念念不忘，时时涌现于笔端。许钦文、川岛、文载道等等越地作家也常常有对故乡的文学返顾。故乡几乎是每一位生命个体的精神原乡。另一方面也与作者的文学观念有关系。周作人早在1923年的《地方与文艺》一文中就提出要关注"风土的影响，推重那培养个性的土之力"，文学创作"须得跳到地面上来，把土气息泥滋味透过了他的脉搏，表现在文字上，这才是真实的思想与文艺"④，这"土气息泥滋味"很多都是来自于故乡的风土之力。这一观点的提出对

---

①鲁迅：《朝花夕拾·小引》，《鲁迅全集》第 2 卷，人民文学出版社 2005 年，第 235 页。

②周作人：《故乡的野菜》，《周作人散文全集》第 3 卷，广西师范大学出版社 2009 年，第 393 页。

③周作人：《〈桑下丛谈〉小引》，《周作人散文全集》第 8 卷，广西师范大学出版社 2009 年，第 730 页。

④周作人：《地方与文艺》，《周作人散文全集》第 3 卷，广西师范大学出版社 2009 年，第 103 页。

于现代文学的影响是不俗的,浙东乡土小说的流行就是很好的例子,散文诗歌当中自然也应如此,他为同乡刘大白的诗集《旧梦》作序时就颇为直接地指出:"我不能说大白先生的诗里有多大的乡土趣味,这是我要请他原谅的。我希望他能在《旧梦》里更多的写出他的真的今昔的梦影,更明白的写出平水的山光,白马湖的水色"①,在周作人看来,乡土滋味的流失恰恰是刘大白诗歌的缺憾,绍兴特有的山光水色本应成为刘大白诗歌中非常有亮色的部分。鲁迅在 30 年代也多次谈到木刻、文学的地方色彩,他说"现在的世界,环境不同,艺术上也必须有地方色彩,庶不至于千篇一律"②,地方色彩是文艺获得个性化的重要途径,因而主张创作当中"杂入静物,风景,各地方的风俗,街头风景"③,以地方特色的彰显推动文艺走向世界。推重地方性和割不断的乡土情结,使越地的现代散文作家自然地进入了故乡的回忆空间,书写地方的自然风物、民俗事象等等,从而形成独特生动的富有浙东气质的地理叙事。

一、地理空间叙述

地理空间,是"指作家在文学作品中所创造的与地理相关的空间"④。越地作家的创作关注越地的自然人文地理和风物习俗节气,在文本之中建构起了独特的地理空间,有着生动的地方趣味。鲁迅的创作中,由寿镜吾先生执教的、绍兴城里最严厉的书塾三味书屋、有着"碧绿的菜畦,光滑的石井栏,高大的皂荚树"的百草园、祝福的习俗、女吊无常的戏文以及茴香豆等等,形成了被称之为 S 城的地理空间,而这 S 城是鲁迅对绍兴的常用的称呼,"不但是'绍兴'二字威妥码式拼音的头字"⑤,而且《〈呐喊〉自序》中鲁迅将自己曾经寓居的位于北京宣武门外南半截胡同的绍兴会馆称为"S 会馆",《朝花夕拾·琐记》里鲁迅在叙说离开绍兴前往南京时,也有这样的表达:"S 城人的脸早经看熟",显然,S 城可以被认为就是绍兴,故乡绍兴提供了鲁迅创作的文化想象资源,是他小说、散文中人物的生活空间和文化场域。周作人的散文中则常常将绍兴称作"乡下"。无论

---

① 周作人:《旧梦》,《周作人散文全集》第 3 卷,广西师范大学出版社 2009 年,第 56 页。

② 鲁迅:《340108 致何白涛》,《鲁迅全集》第 13 卷,人民文学出版社 2005 年,第 5 页。

③ 鲁迅:《340419 致陈烟桥》,《鲁迅全集》第 13 卷,人民文学出版社 2005 年,第 81 页。

④ 邹建军、周亚芬:《文学地理学批评的十个关键词》,《安徽大学学报(哲学社会科学版)》2010 年第 2 期。

⑤ 周作人:《彷徨衍义·酒楼》,《周作人散文全集》第 12 卷,广西师范大学出版社 2009 年,第 371 页。

是 S 城还是乡下,都是周氏兄弟在文学之中建构起来的独特的绍兴地理空间。这个绍兴空间与曹聚仁的兰溪、唐弢的镇海、文载道的定海等等,又相互呼应形成了对越地的地理空间的书写。当然这种书写是具体的,在文本中主要呈现为自然地理空间和人文地理空间的建构。

1. 自然地理空间

越地作家生存于特定的地域空间之中,独特的山水自然等地理景观顺理成章地进入了他们的文本和记忆,在散文之中形成了富有地方色彩的自然地理空间。

越地面山背海,山水相依,"海洋与岛屿环绕其外,而内陆则是河湖与沼泽"①,形成"千岩竞秀,万壑争流"②、"山川自相映发,使人应接不暇"③的地理景观。四明山、会稽山连绵起伏,横亘于越的南部,北部则是河网交错的宁绍平原。20 多条河流从会稽山北麓流出,其中以若耶溪为最大最著名,早在唐代就成为文人墨客的向往之所,是浙东唐诗之路的重要景致之一。而马臻在永和五年完成的南塘的围筑,又形成了八百里鉴湖这一人工水库,不仅使民众远离了洪水之苦,获得了灌溉的便利,也以其青山叠翠水波浩渺的秀丽风姿成为历代文人吟咏书写的对象。在鉴湖边建有"三山别业""快阁"的陆游、辞官回乡居于鉴湖的贺知章等越地文人以近水楼台之利留下诸多诗文:"镜湖俯仰两青天,万顷玻璃一叶船。拈棹舞,拥蓑眠,不作天仙作水仙"(陆游《渔父》);"稽山罢雾郁嵯峨,镜水无风也自波。莫言春度芳菲尽,别有中流采芰荷"(贺知章《采莲曲》)。李白、杜甫、孟浩然、白居易、元稹等也曾游历浙东,有"越女天下白,鉴湖五月凉""我欲因之梦吴越,一夜飞度镜湖月""一泓镜水谁能羡,自有胸中万顷湖"等诗句流传于后世。张岱也在《明圣二湖》中将鉴湖喻为"名门闺淑",突出其"淡远"④。由鉴湖水系滋养起来的越地现代作家,创作中当然是很难撇开鉴湖的。刘大白出生于鉴湖三十六源头的若耶溪上游,"若耶溪上的水声,秦望山头的云影"⑤,浮现在他的创作之中,周作人《乌篷船》《苦雨》等小品也书写了乌

---

① 陈桥驿:《越文化与水环境》,《吴越文化论丛》,中华书局 1999 年,第 506 页。

② (南朝宋)刘义庆:《言语第二》,《世说新语》,黄征、柳军晔注释,浙江古籍出版社 1998 年,第 54 页。

③ (南朝宋)刘义庆:《言语第二》,《世说新语》,黄征、柳军晔注释,浙江古籍出版社 1998 年,第 55 页。

④ (明)张岱:《明圣二湖》,《陶庵梦忆 西湖梦寻》,夏咸淳、程维荣校注,上海古籍出版社 2001 年,第 149 页。

⑤ 刘大白:《〈龙山梦痕〉序》,夏弘宁编:《白马湖散文随笔精选》,中国文联出版社 2001 年,第 219 页。

篷船在鉴湖中的穿行。不过,能细腻地建构起鉴湖这一地理空间的还是许钦文的《鉴湖八百里》和《鉴湖风景如画》,尤其是后者:

> 快阁所在,是爱国大诗人陆游写过"风吹麦饭满村香"的地方,大片银波粼粼的水,远处衬着青青的山,湖光山色依然。在那青山绿水之间,金黄黄的早稻穗和碧油油的晚稻苗一方一方地隔在田间;还有杨柳、柏树排列在河岸和田塍上。且不说经过鱼荡的箔时,那竹笆刮着船底飕飕的清脆悦耳声,在菱荡旁垂钓鲈鱼的渔翁的幽然的姿态,往往我也只有在画面上见到过。绍兴极大部分是平地,所以河流通常总是静止的样子。水面如镜,这就成了"镜湖",也称"鉴湖"。一个魁星阁,一座三眼桥,几株柏树,一丛松树,砖墙的楼房,茅草的平屋,摇着橹的出畈船和供行人休息的路亭等等,分开来个别观看,没有什么特别,可是配置在稽山镜水之间,这就千变万化,形成了许多醒目的景象。有名的峨眉山,所谓风景奇特,五步一小变,十步一大变的,我欣赏过一个星期。虽然多变化,可是气势太短促,岩石峰峦,近近地迫在眼前,往往看得透不过气来的样子。会稽山脉在鉴湖水上观望,似乎淡淡的几笔,远远的,只是衬托的背景。可是我能想见,那里禹陵、兰亭等古迹的所在,崇山峻岭之间长着茂林修竹,雄伟、庄严,也是秀丽的,坐在船上摇动着,也可以说是"五步一小变,十步一大变"的,却处处使人眼开眉展、爽神悦目。我坐在踏桨船上,一桨一桨地踏过去,眼前景物渐渐地转变,一幅一幅的图画,好象是在看优美的风景片子的电影,真是百看不厌的。[1]

在许钦文笔下,鉴湖的山光水色和稻穗树影连接在一起,伴随着船底揉过鱼荡的箔时发出的清脆悦耳的声音,呈现出一种秀丽而又悠然的姿态,湖岸边的魁星阁、三眼桥甚至出畈船和路亭,也那么妥帖地融入了鉴湖的山水之中,成为了鉴湖风光里醒目的风景。而最让人心动的是作为鉴湖的背景的会稽山脉,虽然只是淡淡的几笔,但是生于越地的许钦文深知,那一抹抹的淡色里,恰恰就隐藏着兰亭、大禹陵,他以一个熟知越地和鉴湖的故人的身份,读出了淡淡远山里的茂林修竹和雄伟庄严,这一份懂得和心意,是属于越地作家的。

风景如画的八百里鉴湖是绍兴的地标性景观,带着历史的沉积和众多诗文的附加,成为了文人常常倾心的地理空间。绍兴的柯岩、东湖、香炉峰等也以类似的方式进入作家的文本。俞平伯笔下的东湖,"潭水深明浓碧。石壁则黑白绀紫,如屏如墙,有千岩万壑气象,高松生其颠,杂树出其罅。……雨乍止,挈舟

---

①许钦文:《鉴湖风景如画》,《许钦文散文集》,浙江文艺出版社1984年,第101—102页。

行峭壁下。洞名仙桃,舟行其中,石骨棱厉,高耸逼侧,幽清深窈,不类人间"①。任教于绍兴浙江省立第五中学的徐蔚南,以《山阴道上》写鉴湖的清冷幽妙,以《香炉峰鸟瞰》呈现香炉峰的峭拔壮丽,抓住的正是鉴湖和香炉峰的地理特点。在这些地理空间中,尤其值得关注的是白马湖,与鉴湖、东湖的名声在外不同,白马湖只是一个地处偏僻的普通的湖,"在北方说起这个名字,管保一百个人一百个人不知道"②,然而却因为春晖中学、因为白马湖作家群而声名鹊起,成为越地散文中一个颇为重要的地理空间。夏丏尊的《白马湖之冬》、王世颖的《既望的白马湖》《黄昏泛舟》、丰子恺的《山水间的生活》《杨柳》、朱自清的《白马湖》《春晖的一月》《"海阔天空"与"古今中外"》、俞平伯的《忆白马湖宁波旧游》等散文,或以白马湖为书写对象,或与白马湖有关,或多或少地呈现出了白马湖这一地理空间。然而无论白马湖在作家的文本中是主体还是配角,这湖都是雅致清淡、令人神往的。

> 这是一个阴天。山的容光,被云雾遮了一半,仿佛淡妆的姑娘。但三面映照起来,也就青得可以了,映在湖里,白马湖里,接着水光,却另有一番妙景。我右手是个小湖,左手是个大湖。湖有这样大,使我自己觉得小了。湖水有这样满,仿佛要漫到我的脚下。湖在山的趾边,山在湖的唇边;他俩这样亲密,湖将山全吞下去了。吞的是青的,吐的是绿的,那软软的绿呀,绿的是一片,绿的却不安于一片;它无端的皱起来了。如絮的微痕,界出无数片的绿,闪闪闪闪的,像好看的眼睛。湖边系着一只小船,四面却没有一个人,我听见自己的呼吸。想起"野渡无人舟自横"的诗,真觉物我双忘了。③

这是朱自清第一眼看到的白马湖的样子,静谧、优美而又充满野趣。即使是在阴天,也丝毫不减白马湖的风致。由青山包围着的白马湖,山倒映在湖里,湖也映衬着山,湖和山是如此的亲密,"湖在山的趾边,山在湖的唇边",于是山水相依中山"青得可以"水绿得宜人,使作者不由自主地进入到了物我两忘的境地。沿着如此优美的白马湖进入白马湖畔的春晖中学,开启朱自清的春晖中学教学生涯,似乎是一种非常完美的链接方式。

王世颖的《既望的白马湖》则将笔墨转向月下的白马湖,一样的澹泊清幽、

---

① 俞平伯:《山阴五日记游》,孙玉蓉编:《俞平伯散文选集》,百花文艺出版社 2009 年,第 147 页。

② 朱自清:《白马湖》,夏弘宁编:《白马湖散文随笔精选》,中国文联出版社 2001 年,第 8 页。

③ 朱自清:《春晖的一月》,夏弘宁编:《白马湖散文随笔精选》,中国文联出版社 2001 年,第 12 页。

浑朴自然:

> 横度不过两丈的溪涧里,只有一柱散乱的织纹形的月光,隐约还看见鱼儿唼水的泡沫,它们惯常浴在水底之月光里,它们并无所谓惊异了。隔溪一带平原,田畦间一片黝黑,稻叶西倾,俯仰中含有自然浑朴的节奏。稀朗的树木,零落的人家,在清光里显得一切都澹泊、凄绝。再放眼过去,重叠的山峦,壁垒森严似地摆在我眼前。山麓下一粒微光,大概是沿山的小河里渔家底灯火了。①

和平宁静里透示出孤高娴静之气。

当然,现代越地作家笔下的地理空间,远不止此。曹聚仁将浙东兰溪,称作生命史中"最值得记忆的一页"②,那里风景美丽:"兰溪上接衢江,下连富春,如吴均所说的:'风烟俱净,天山共色。从流飘荡,任意东西。……奇山异水,天下独绝,水皆缥碧,千丈见底。游鱼细石,直视无碍。'就是这样美丽的自然景色。"③风景里的兰溪女子、船娘、茶娘更是秀美温柔富有人情味,还有李渔和他的《闲情偶寄》;唐弢时时回顾位于东海之滨的故乡,因为故乡是在海边,所以海这一空间就是对故乡的最清晰的记忆,落潮的时候去"海滩上捉螃蟹,拾螺蛳儿",晚上就"听风刮着海潮怒啸"④,是童年最深刻的印记,于是,作者在幽静和雄伟的大海里,回忆"黧黑而健康的童年",只是这童年再也不能遇见。由此可见,生于斯长于斯的越地现代作家在捉笔行文之时,越地的地理景观就自然地进入了他们的文本,形成了文本独特的地方趣味。

2.人文地理空间

每一个个体的生存环境,是由自然地理空间和人文地理空间所构成,这两个空间有时甚至是难以分割地交织在一起,共同对人的生命与生活形成影响,因而越地现代作家的散文建构中,同样有着人文地理空间的纳入。

百草园和三味书屋可能是越地散文中最为著名的人文地理空间。鲁迅笔下的百草园,虽然只是一个荒园,却是童年记忆里的乐园,那里有皂荚树、桑葚、何首乌、覆盆子,也有鸣蝉、黄蜂、云雀、蟋蟀和蜈蚣,在"我"的眼里,这是一个充

---

① 王世颖:《既望的白马湖》,夏弘宁编:《白马湖散文随笔精选》,中国文联出版社2001年,第25页。

② 曹聚仁:《兰溪——李笠翁的家乡》,云惟利编:《曹聚仁散文选集》,百花文艺出版社1991年,第126页

③ 曹聚仁:《兰溪——李笠翁的家乡》,云惟利编:《曹聚仁散文选集》,百花文艺出版社1991年,第124页。

④ 唐弢:《海》,《唐弢代表作》,华夏出版社2008年,第224页。

满着多元的色彩和无限趣味的生机勃勃的园子，"我"可以去探索百草园的每一个角落，聆听每一种虫子的鸣叫，也拔出何首乌的根来看看是否像人形。冬天的百草园更是有着别样的乐趣，可以拍雪人、塑雪罗汉，最好玩的是雪地里捕鸟。当然，这样的荒园一定是要带一点神秘性的，美女蛇的故事是必不可少的。于是，百草园具备了"我"的乐园的诸多要素。作为一个温情而自由的园子，当鲁迅返顾童年的时候，百草园就成为了一个标志性的空间。其实，"百草园的名称虽雅，实在只是一个普通的菜园，平常叫作后园，再分别起来这是大园，在它的西北角有一小块突出的园地，那便称为小园。大园的横阔与房屋相等，那是八间半，毛估当是十丈，直长不知道多少，总比横阔为多，大概可能有两亩以上的地面吧。小园一方块，恐怕只有大园的四分之一"①。这是周作人在《鲁迅的故家》里对百草园的再一次书写，显然这是一个普通的后花园，这样的花园在越地是常见的，许钦文也写过《父亲的花园》《花园的一角》等散文，只是鲁迅在百草园中有着与自然贴近的自由和乐趣，许钦文却感慨鲜花盛开的父亲的花园因为家境败落父亲的外出谋生而凋敝，其乐融融的家人也已经离散，"我想父亲的花园就是能够重行种起种种花来，那时的盛况总是不能恢复的了，因为已经没有了芳姊。我不能再看见像那时的父亲的花园了"！心境是如此的悲凉与无奈。鲁迅说许钦文"在还未开手来写乡土文学之前，他却已被故乡所放逐，生活驱逐他到异地去了，他只好回忆'父亲的花园'，而且是已不存在的花园"②，家族衰败花园荒芜，更重要的是花园里家人的和谐温馨已经不再，颠沛流离的许钦文只能在对曾经的父亲的花园这一空间的回忆里获得安慰。周作人的补写百草园，也是因为"园属于一个人家，家里有人，在时代与社会中间，有些行动，……那么一个园，一个家族，那么些小事情，都是鸡零狗碎的，但在这空气中那时鲁迅就生活着"③，园和家、园和人是勾连在一起的，人生活在花园里，因而这个普通的花园又是一个不普通的花园。

鲁迅离开百草园之后就进入了三味书屋。周作人说："自百草园至三味书屋真正才一箭之路，出门向东走去不过三百步吧，走过南北跨河的石桥，再往东

①周作人：《百草园·后园》，《周作人散文全集》第11卷，广西师范大学出版社2009年，第584页。
②鲁迅：《〈中国新文学大系〉小说二集序》，《鲁迅全集》第6卷，人民文学出版社2005年，第255页。
③周作人：《百草园·关于百草园》，《周作人散文全集》第11卷，广西师范大学出版社2009年，第577页。

一拐,一个朝北的黑油竹门,里边便是三味书屋了"①,老师是寿镜吾先生,"极方正,质朴,博学",然而并不严厉,是塾师之中颇为开通明朗的一个,虽有戒尺,有罚跪的规则,但多是不常用的,总是瞪几眼以示批评,即使偶尔用了,也只是"拿戒方轻轻的扑五下,再换一只手来扑五下了事。他似乎是用蒲鞭示辱的意思,目的不在打痛"②,不像别的塾师的狠打。而且,寿先生还一边读着"铁如意,指挥倜傥,一坐皆惊呢……金叵罗,颠倒淋漓噫,千杯未醉嗬……",一边"微笑起来,而且将头仰起,摇着,向后面拗过去,拗过去"③,完全是尊而可亲的样子。所以周作人说"这书房是严整与宽和相结合,是够得上说文明的私塾吧"④。在这样自由的三味书屋里,鲁迅能够保有他的快乐,可以在小园里捉苍蝇喂蚂蚁,可以去桂花树上寻蝉蜕,也可以用荆川纸蒙在小说的绣像上画画。看似最严厉的私塾三味书屋里,充满着的是温暖的气息,虽与百草园有所不同,然而内蕴的温情是相通的,这可能也是此时期的鲁迅回忆三味书屋的原因。周作人也写过《三味书屋》《广思堂》等私塾主题的文章,并用广思堂私塾先生的严厉衬托出了三味书屋的自由和温情。这些文本,以及陆蠡的《私塾师》、丰子恺的《子恺自传》中关于私塾的书写等等,共同建构起了越地私塾的常见样子,而且因为私塾的记忆都是童年记忆中的重要部分,回忆之中自然就夹带着情感,也显现出了私塾在每个作家记忆里的不同颜色和对作家人生的不同造就。

私塾是旧式的学校,与私塾相对的现代学校,也是越地作家多方塑造的空间。不少的越地作家做过中小学的教师,文本中自然会涉及学校的地理空间。尤其是夏丏尊、朱自清、冯三昧、丰子恺等作家曾一度集聚于春晖中学,或到春晖中学交游讲学,使春晖中学成为了现代散文中一个颇为重要的人文地理空间。夏丏尊、朱自清等都有书写春晖中学的散文作品流传后世,俞平伯尽管只应朱自清之邀到访春晖中学,也在《忆白马湖宁波旧游》一文中对春晖中学环境的优美平和感慨不已,认为不砌围墙的春晖中学"好像一个人敞着怀躺在绿野里,是我当时最感兴味的一点"⑤,有点桃花源的境地。张孟闻则在多年之后回

---

①周作人:《百草园·三味书屋》,《周作人散文全集》第 11 卷,广西师范大学出版社 2009年,第 651 页。

②周作人:《百草园·广思堂》,《周作人散文全集》第 11 卷,广西师范大学出版社 2009年,第 655 页。

③鲁迅:《从百草园到三味书屋》,《鲁迅全集》第 2 卷,人民文学出版社 2005 年,第 291 页。

④周作人:《知堂回想录·三味书屋》,《周作人散文全集》第 13 卷,广西师范大学出版社 2009 年,第 161 页。

⑤俞平伯:《忆白马湖宁波旧游》,夏弘宁编《白马湖散文随笔精选》,中国文联出版社 2001 年,第 427 页。

忆春晖中学的任教经历:"春晖的校风朴实笃学,同学们对功课都很认真勤奋,课余师生们在一起游嬉,相处十分和谐"①,无论是从教室楼的长廊远眺湖光山色还是与同事同学的殷勤交接,内蕴的诗意与温情厚意,都是春晖中学的美好部分。当然,对春晖中学形象建构上最突出与完整的应该是朱自清的《春晖的一月》。在文章中朱自清梳理出了春晖给与他的三件礼物:"美的一致,一致的美"、"真诚,一致的真诚"和"闲适的生活",这其实就是对春晖中学形象的完整建构。春晖中学位于景致优美的白马湖畔,外在环境的清幽雅致自不待言,校舍的格局和布置又是疏落有致,里面的用具颇具匠心,连教师们的居所都是清雅有序,校园与白马湖的环境是如此的妥帖与融洽,有着一致的美;春晖中学地处偏僻的乡间,简单而幽静,外人几乎不至,为闲适的生活提供了基本的条件;尤其是春晖的人文环境,在夏丏尊、经亨颐等的努力经营下,有着别的中学所没有的自由和真诚:

> 我到春晖教书,不觉已一个月了。在这一个月里,我虽然只在春晖登了十五日(我在宁波四中兼课),但觉甚是亲密。因为在这里,真能够无町畦。我看不出什么界线,因而也用不着什么防备,什么顾忌;我只照我所喜欢的做就是了。这就是自由了。从前我到别处教书时,总要做几个月的"生客"然后才能坦然。……但在这里,因为没有层迭的历史,又结合比较的单纯,故没有这种习染。这是我所深愿的!这里的教师与学生,也没有什么界限。……无论何时,都可自由说话;一切事务,常常通力合作。感情既无隔阂,事务自然得开诚布公,无所用其躲闪。学生因无须矫情饰伪,故甚活泼有意思。又因能顺全天性,不遭压抑,加以自然界的陶冶,故趣味比较纯正。②

散文从外在的环境、校舍的建筑、春晖中学的人文氛围,三个层面建构起了一个立体的春晖中学的空间,这样的学校,在越地甚至在中国的地理版图中都是有着独特的气质的。

当然,在普通民众的世俗生活中,仅有学校、私塾、家族的花园,是不够的,民众更常出入的是酒店、茶馆、药店等公共空间。越地有着发达的酿酒业,又有喝茶的传统,所以大小的酒店和茶馆遍布城乡,成为了民间的娱乐场所和信息的集散地。鲁迅在《〈促狭鬼莱哥羌台奇〉译者附记》中曾记载:"还记得中日战

---

①张孟闻:《白马湖回忆》,夏弘宁编:《白马湖散文随笔精选》,中国文联出版社2001年,第469页。

②朱自清:《春晖的一月》,夏弘宁编:《白马湖散文随笔精选》,中国文联出版社2001年,第13页。

争(一八九四年)时,我在乡间也常见游手好闲的名人,每晚从茶店里回来,对着女人孩子们大讲些什么刘大将军(刘永福)摆'夜壶阵'的怪话,大家都听得眉飞色舞。"①又由于父亲病故、家道中落,药店和当铺在鲁迅的散文中也多次出现,成为鲁迅思想发展历程中的一个显在标识。他在《呐喊·自序》中回忆:"我有四年多,曾经常常,——几乎是每天,出入于质铺和药店里,年纪可是忘却了,总之是药店的柜台正和我一样高,质铺的是比我高一倍,我从一倍高的柜台外送上衣服或首饰去,在侮蔑里接了钱,再到一样高的柜台上给我久病的父亲去买药。"②周作人在《鲁迅的故家》中曾提到东昌坊口西南拐角的"泰山堂药店",离鲁迅家很近,鲁迅出入的药店大概有此一家。鲁迅还多次提到中医,并一直对中医抱着不满的态度。在《父亲的病》一文中,鲁迅对绍兴城中当时所谓的名中医作了深入而情绪化的刻画,可以看作是药店空间的延伸。于是,越地作家通过对酒店、茶馆、学校等明确的地理空间的书写,将一个地理概念上的写实的越地移进了自己的散文文本中。

　　在越地,还有一类在散文中经常出现的空间是颇为独特的,即庵堂寺庙。传统社会里,庵堂寺庙是民众寄托信仰、祈福求安的场所,在地域社会中占有非常特殊的地位。越地自唐代以来佛教盛行,庵堂寺庙众多,历史悠久,既有受传统佛、道观念影响的大寺庙,又有具备浓郁地域特色的小庵小寺,而后者更能体现地域历史文化的独特性,这些庵堂寺庙成为了越地普通民众的信仰空间。在鲁迅的作品中,明确提到的绍兴庵堂寺庙有十余处,最著名的一处恐怕就是《阿Q正传》里的土谷祠和静修庵。阿Q赖以栖身的土谷祠,是绍兴民间的土地庙,就在鲁迅故里东昌坊口,是一间供奉土地神的狭小庙宇;静修庵是绍兴常见的庵堂名称,鲁迅生活的年代,绍兴同名的静修庵有好几个,鲁迅经常路过的有两个:一个在南门外的田野中,四周有高大的围墙,庵后有园地,长满了秀竹和参天大树,鲁迅去扫墓要路过这个静修庵;还有一个就位于鲁迅故居东南罗门畈陶家漊,鲁迅到乡间走亲访友都要经过这个静修庵。然后就是长庆寺,"我生在周氏是长男,'物以稀为贵',父亲怕我有出息,因此养不大,不到一岁,便领到长庆寺里去,拜了一个和尚为师"③。这里的长庆寺在鲁迅故居的西北面,离都昌坊口仅百余米之遥,周作人《长庆寺》中说这"是坐西朝东的一座大寺"④,俗称

　　①鲁迅:《〈促狭鬼莱哥羌台奇〉译者附记》,《鲁迅全集》第10卷,人民文学出版社2005,第433页。

　　②鲁迅:《呐喊·自序》,《鲁迅全集》第1卷,人民文学出版社2005年,第437页。

　　③鲁迅:《我的第一个师父》,《鲁迅全集》第6卷,人民文学出版社2005年,第596页。

　　④周作人:《随笔外篇·长庆寺》,《周作人散文全集》第10卷,广西师范大学出版社2009年,第740页。

斑竹庵,据《(嘉泰)会稽志》记载:长庆寺"在府东南一里二十八步,宋永徽二年建,本晋尚书陈嚣竹园,因号竹园寺。唐会昌五年毁废。周显德五年,僧德钦重建,号广济院,大中祥符元年七月,改赐今额"①,是一座有着千年历史的古寺。当地百姓常在寺里做法事,周作人曾回忆说"小姑母家在那里做过水陆道场,我住了好几天"②,可见香火之盛。长庆寺又附属有唐将军庙,即是鲁迅在《怀旧》中提到的"拟借张睢阳庙庭缩其半"③。周作人在《长庆寺》一文中对此有修正,"鲁迅在小说《怀旧》中说及张睢阳庙,原是指塔子桥的唐将军庙,不过事实上还有点出入。唐将军庙附属在长庆寺里,只有一间庙,一座坟"④。唐将军庙是后人纪念南宋勇士唐琦而建造的,宋建康年间,金兵南犯,唐琦只身刺敌被俘而死,后人尊其为唐将军,并由皇帝下诏立祠致祭,所以又称为"旌忠庙"。鲁迅在《论照相之类》一文中曾提到"S城庙宇中常有一种菩萨,号曰眼光娘娘。有眼病的,可以去求祷"⑤,这里的"眼光娘娘"就供奉在长庆寺斜对面的穆神庙,座东朝西,与土谷祠、财神堂并行排列。禹迹寺和梁朝遗物的大善寺,也分别进入了周作人、王世颖的散文里,唐弢亦留下《化城寺》一文。这些庵堂寺庙存在于越地的乡间,是民间信仰的承载,作家以此为文,或只是将之作为文化的风景,或又寄寓着深刻的思考。《五猖会》专门提到了东关的两座特别的庙,一是梅姑庙。据《聊斋志异》记载,梅姑守节而亡被立祠供奉,然而成神的梅姑却在死后违抗了封建的伦理,将一位书生招为夫婿,梅姑庙里塑着的便是一对眉开眼笑的少年男女。一是五猖庙,神像是五个男人,后面列坐着五位太太,也没有按照礼教的约束"分坐",所以鲁迅说这两座庙的塑像是"殊与'礼教'有妨"⑥的。然而自招夫婿的梅姑庙依然香火鼎盛,不合礼教的五猖庙每年都有庙会,表达的正是民众对于封建礼教的态度。

越地作家生存于越地这一片富有生机的文化地理区域,获得越地山水自然与人文环境的滋养,特定的地理时空不仅造就了作家的个性气质,也影响了作家的题材选择,越地的地理空间自然地进入了作家的文本,鉴湖、东湖、香炉峰

---

① (南宋)施宿,(南宋)张淏等撰:《(南宋)会稽二志点校》,李能成点校,安徽文艺出版社 2012 年,第 121 页。

② 周作人:《随笔外篇·长庆寺》,《周作人散文全集》第 10 卷,广西师范大学出版社 2009 年,第 740 页。

③ 鲁迅:《怀旧》,《鲁迅全集》第 7 卷,人民文学出版社 2005 年,第 227 页。

④ 周作人:《随笔外篇·长庆寺》,《周作人散文全集》第 10 卷,广西师范大学出版社 2009 年,第 740 页。

⑤ 鲁迅:《论照相之类》,《鲁迅全集》第 1 卷,人民文学出版社 2005 年,第 190 页。

⑥ 鲁迅:《五猖会》,《鲁迅全集》第 2 卷,人民文学出版社 2005 年,第 271 页。

等自然景观,三味书屋、春晖中学以及庵堂庙宇等人文空间,都呈现于作家的笔端,从而在散文之中,建构起了一个相对比较完整的越地的地理空间。

二、民俗事象叙写

地理空间叙述提供给文本的是物质形态化的环境,是一个框架,填充物应该是民俗事象。而从文化人类学的角度而言,最能体现地域文化个性的内容也是民俗文化。钟敬文先生曾经在 20 世纪 80 年代提出,民族文化具有上中下三个层次:上层是主流的文化,由统治阶级创造和享用的文化;中层是市民文化;下层是由广大农民和其他劳动人民所创造和传承的文化。这中、下层文化就是民俗文化。① 作为民间的一种文化形态,民俗文化在地域文化的整体结构中处于底层,以物质或非物质的形态存在,其与处于上层的主流文化之间确实存在着比较大的区别,但又是民族文化中不可忽视的部分,正如费孝通先生所指出的那样:“从基层看去,中国社会是乡土性的”②。而乡土性是地域文化的核心内涵,地域文化的个性也因此在乡土社会中以民俗文化的形式保存下来,以“节庆、饮食、婚丧嫁娶、方言、宗教和民间信仰”③等形式为每一个地域之“民”所习得、继承和拥有。民俗的形成是人类基于生存与发展的自然选择,又“极大地控制着个人与社会的活动,并且是它们孕育了人们的世界观和生活策略”④。从这个意义上讲,作家对地域民俗的表现不仅是作品的背景,同时也植入于人物的个性之中,更深入而言,作家本身作为地域文化场中生长起来的个体,他的作品也受到了以民俗为核心内容的地域文化的深刻影响。美国社会学家萨姆纳也指出,民俗起源于人类为了实现生存与发展而逐渐养成“合宜”的生活方式,并且固化为一种“德范”,“变成了知识源泉和生活艺术”⑤。越地民俗的产生与越人社会的形成密切相关,是越人在宁绍平原这片土地上为生存和发展而形成的生活方式,有着悠久的历史和不断变化的文化内涵。

在越地作家的散文中,我们可以梳理出越地民俗的几乎所有内容,重点表现的是岁时节日民俗、民间信仰和民间曲艺。

---

①钟敬文:《民俗文化学发凡》,《民俗文化学:梗概与兴起》,中华书局 1996 年,第 15 页。

②费孝通:《乡土中国生育制度》,北京大学出版社 1998 年,第 6 页。

③葛剑雄:《谈地域文化》,王建华主编:《浙学、秋瑾、越地师爷研究》,人民出版社 2008 年,第 8 页。

④高丙中:《民俗文化与民俗生活》,中国社会科学出版社 1994 年,第 172 页。

⑤高丙中:《民俗文化与民俗生活》,中国社会科学出版社 1994 年,第 175 页。

1. 岁时节日民俗

越地的岁时节日民俗起源于对自然的天象和物候周期性变化规律的认识。根据《尚书·尧典》中对仲春、仲夏、仲秋、仲冬等岁时的记载,中国古代在商末周初已经产生对节气的认识,迟至战国时代,二十四节气即已定型。越人对节气的认识始于何时,孰难考证。但是,在河姆渡出土的陶器中已经出现了天上的飞鸟和太阳的图画作品,这表明河姆渡的越人已经十分注意天上的景物和天象的变化。另外,根据《吴越春秋》卷八"勾践归国外传"记载,在勾践从吴国返回后,欲筑城立国,"范蠡乃观天文,拟法于紫宫,筑作小城……西北立飞翼之楼,以象天门;为两蠕绕栋,以象龙角。东南伏漏石窦,以象地户。陵门四达,以象八风"①。这就说明当时越人对天象的认识已经比较全面,再结合越王勾践归国后对农时的重视,显示对岁时节气的把握当已相当成熟。但这仅仅是节日形成的第一步,节日形成的另一个重要因素是"节期中有特定的民俗活动"②。比如良渚文化时期,祭坛的大量出现,表明先民已经开始了"祭天礼地"的原始宗教活动。到了宋代,庙会的迎神赛会和社日的敬天礼地活动已经大量流行,据宋《(嘉泰)会稽志》记载:"社在府城南二百九十步",而且诸县皆有社稷,"古者诸侯建国,各有社稷,虽曹、滕、邾、莒五十里之国,皆与齐、晋等,不独诸侯也,有民人则有社稷矣,故一邑之小亦有之……会稽八邑皆有社稷焉"③。这就可知宋代的社祭活动,已经非常成熟。随着民俗活动的形成,完整的岁时节日便产生了,从此年复一年、代代相传,成为越人生活的固有程式。这些岁时节日习俗,也进入了越地文人的创作之中。著名的《兰亭集序》是"兰亭雅集"的结果,而雅集是为"上巳日"的"修禊事",这种古老的民俗是民间迎春习俗的一种,在每年的三月初在水边进行祓祭仪式,用香薰草蘸水洒身上,或沐浴洗涤污垢,感受春意,祈求消除病灾与不祥,这显然是一种春祈。陆游的"箫鼓追随春社近,衣冠简朴古风存"(《游山西村》)、"禹庙争奉牲,兰亭共流觞。空巷看竞渡,倒社观戏场"(《稽山行》)等诗句,显示出的也是社日中的热闹民俗。

越地的节令民俗中最为世人所熟知的大概是祝福,因为鲁迅小说里祥林嫂的故事,"致敬尽礼,迎接福神,拜求来年一年中的好运气"④的年终祝福大典,家

---

① (东汉)赵晔:《勾践归国外传第八》,张觉校注:《吴越春秋校注》,岳麓书社2006年,第208页。

② 钟敬文:《民俗学概论》,上海文艺出版社1998年,第130页。

③ (南宋)施宿,(南宋)张淏等撰:《(南宋)会稽二志点校》,李能成点校,安徽文艺出版社2012年,第18页。

④ 鲁迅:《祝福》,《鲁迅全集》第2卷,人民文学出版社2005年,第5页。

喻户晓,祝福确实是越地非常重要的民俗。此外,越地散文中书写的越地岁时节令民俗主要有祭灶、上元节、清明的活动等。

　　鲁迅《庚子送灶即事》诗、杂文《送灶日漫笔》,周作人《祭灶》《关于送灶》等都写到了祭灶的风俗。越地民俗中腊月廿三夜要送"灶神",传说这一天晚上是"灶神上天白人罪状"的时间,关系到一个家庭的祸福危祥。"乡下一律是二十三日送灶,除酒肴外特用一鸡,竹叶包的糖饼,《雅言》云胶牙糖,《好听话》则云元宝塘,俗语直云堕贫糖而已。又买竹灯檠名曰各富,糊红纸加毛竹筷为杠,给灶司菩萨当轿坐,乃是小孩们的专责。那一天晚上,一家老小都来礼拜,显得很是郑重,除夕也还要接灶,同样的要拜一回。"①周作人的《祭灶》一文详细地记述了祭灶的民俗。按照习俗,在灶神上天前,百姓要备酒菜祭祀,其中必备鸡和糖,即"只鸡胶牙糖"(鲁迅《庚子送灶即事》),"只鸡"一般是用年糕做成的年鸡,周作人《关于送灶》中也说:"送灶所供食物,据记录似均系糖果素食,越中则用特鸡……祭毕,仆人摘取鸡舌,并马料豆同撒厨屋之上,谓来年可无口舌。"②"胶牙糖"用麦芽制成,形似烧饼,每在送灶前一二日由绍兴"堕民"中的老媪送来,所以周作人说"俗语直云堕贫糖而已",其作用正是鲁迅在《送灶日漫笔》中写到的:"本意是在请灶君吃了,粘住他的牙,使他不能调嘴学舌,对玉帝说坏话。"③到年三十,绍兴百姓还要行接灶神之礼,并把新绘的灶神贴于"灶司堂"上,两边贴对联一副:"上天奏好事,下界保平安。"

　　接回灶神,迈入新年,被称为"元日"的正月初一,在越地有着颇多的仪式。鲁迅在《阿长与〈山海经〉》中关于年节的"烦琐"而"古怪"的礼仪,正是很好的记录。正月十五的上元节,主要的民俗是灯,张岱《陶庵梦忆》中写:"绍兴灯景,为海内所夸者,无他,竹贱、灯贱、烛贱;贱,故家家可为之;贱,故家家以不能灯为耻。故自庄逵以至穷檐曲巷,无不灯,无不棚者",而且还处处"鼓吹弹唱,施放烟火"④,足见绍兴灯节之繁盛热闹。与绍兴的家家为灯不同,文载道笔下的定海灯景又是别样的风致,"灯市普通皆定为旧历正月既望,也即上元节。惟吾乡则以十三日为上灯,十八日为落灯。……大抵指定寺庙,饰以绫彩,悬以灯烛,并征列富室的器玩字画等,供市民的参观。此即所谓摆祭"⑤,很少见到闹灯花

　　①周作人:《百草园·祭灶》,《周作人散文全集》第11卷,广西师范大学出版社2009年,第602页。

　　②周作人:《关于送灶》,《周作人散文全集》第9卷,广西师范大学出版社2009年,第27页。

　　③鲁迅:《送灶日漫笔》,《鲁迅全集》第3卷,人民文学出版社2005年,第263页。

　　④(明)张岱:《绍兴灯景》,《陶庵梦忆 西湖梦寻》,夏咸淳、程维荣校注,上海古籍出版社2001年,第96页。

　　⑤文载道:《灯市》,《乡土小记》,辽宁教育出版社1998年,第29页。

或者放烟火。摆祭的灯节方式，使灯会本身少了一点世俗的烟火气，与绍兴的家家为灯、锣鼓声错的热闹有所不同。

清明扫墓又是越地作家感兴趣的话题。据《越谚·风俗部》记载，越地的墓祭一般是一年三次，即："拜坟岁，上元之前，儿孙数人，香烛纸锭谒墓"；"上坟，即扫墓也，清明前后，大备船筵鼓乐，男女儿孙尽室赴墓，近宗晚眷助祭罗拜，称谓上坟市"；"送寒衣，十月祭墓之名，亦数人而已"。① 显然，清明扫墓的规模和隆重程度是远超于拜坟岁和送寒衣的，在文学作品中也多有呈现。鲁迅将小说《药》的结局设置为夏瑜的母亲和华小栓的母亲在清明的坟地相遇，在1934年写过题为《清明时节》的杂文，丰子恺的《清明》、许钦文的《晒干鹅肉》、川岛的《晒开鹅肉》等散文都记叙了上坟的程序和给童年带来的无上乐趣。周作人更是有《上坟船》《扫墓》《风俗异同》《祝文》《山头的花木》《上坟船里》《故乡的野菜》《吃烧鹅》等，一再谈及清明的上坟。从所坐的船只的大小规模、鼓吹的组成到"上坟酒"里的"十碗头"以及周作人多年之后依然念念不忘的"烧鹅"……无不一一细数。尤其是对上坟仪式的书写，极富民俗色彩：

> 最先祀后土，墓左例设后土尊神之位，石碑石案，点香烛，陈小三牲果品酒饭，主祭者一人跪拜，有二人赞礼，读祝文，焚帛放爆竹双响者五枚。次为墓祭，祭品中多有肴馔十品，余与后土相似，列石祭桌上，主祭者一人，成年男子均可与祭，但与祭大概只能备棕荐三列，分行辈排班，如人数过多则亦有余剩。祭献读祭文，悉由礼生引赞，献毕行礼，俟与祭者起，礼生乃与余剩的人补拜，其后妇女继之，拜后焚纸钱而礼毕，爆竹本以祀神。但墓祭亦有用者，盖以逐山魈也。②

从周作人的文章可知，越地的清明扫墓，有着严格的程式，祭祀的先后内容的安排、跪拜的顺序、祭品的数量都有明确的规定，庄严而富仪式感，从而带上了肃穆和悲哀之气。需要说明的是，周作人对上坟扫墓、祭祖的风俗是认同的，并非是为纯粹的民俗记录而书写节日礼俗，他认为这不是迷信而是人情："我以为祭祖不是宗教仪式，不是迷信，这只是对于父母的敬意的延长，所用的方式虽与祀神相似而意义实不一样。……只是无目的的一种感情的表示而已，所以我觉得这尽可以保留的，至于形式也是随意，无论香花灯烛，或茶饭酒肴，都无不

① 周作人：《百草园·风俗异同》，《周作人散文全集》第11卷，广西师范大学出版社2009年，第735页。
② 周作人：《上坟船》，《周作人散文全集》第8卷，广西师范大学出版社2009年，第564页。

可,我的意见以为宁实毋虚,明知死者无知,而羹饭罗列,虽是矛盾,却尚本于人情。"①用祭祖的方式表达对祖先的敬仰、对父母的感激和追思,出发点还是在周作人所关注的人情物理上。而且,清明的扫墓是在春暖花开的季节,又有妇女孩子的参与,肃穆之外就呈现出了郊游踏春的喜气,"在旧时代里,上坟时节顶高兴的是女人,其次是小孩们。从前读书人家不准妇女外出,其唯一的机会是去上坟,固然是回娘家或拜忌日也可以出门,不过那只是走一趟路,不像上坟那样坐了山轿,到山林田野兜一个圈子。况且又正是三月初暖的天气,怎能不兴会飙举的呢"?② 难得从家里面出来的妇女与孩子,在扫墓之余,感受更多的恐怕还是游春之乐。

从古老的历史中走来的越人,在时间的迁移中形成了颇为丰富而多元的岁时节令民俗,如除夕、元宵、清明、端午、中秋、重阳、冬至等等都有相应的仪式内容,而散文中对这些极富地方特色的看灯、送灶、上坟、"分岁"等岁时节日民俗的书写,又构成了现代越地散文明显的地理标识。

2.民间信仰

越地有着"信鬼神,好淫祀"的民间信仰,《国语》中就有越人信山魈的记载,《史记》也明确提出"越人俗鬼"的概念。这些鬼神信仰与崇拜在现代的越地民间依然是延续的。

收录于《朝花夕拾》的《五猖会》就是鲁迅对童年时期看迎神赛会的回忆:

> 开首是一个孩子骑马先来,称为"塘报";过了许久,"高照"到了,长竹竿揭起一条很长的旗,一个汗流浃背的胖大汉用两手托着;他高兴的时候,就肯将竿头放在头顶或牙齿上,甚而至于鼻尖。其次是所谓"高跷"、"抬阁"、"马头"了;还有扮犯人的,红衣枷锁,内中也有孩子。③

迎神赛会在绍兴被称为"社赛",起源很早,南宋陆游有"到家更约西邻女,明日河桥看赛神"的诗句,本意为祈求五谷丰登,以迎祭土谷社稷神为主,后来加入了各个行业神。迎神赛会一般有两种形式:一种是单纯纪念性的迎神,把神抬出庙外去巡游,另一种是为了求雨。赛会多在春耕之前举行,鲁迅在《五猖会》中的记载即在春天,有的还同时演社戏,一演就是三天,绍兴俗称"过会市"。

①周作人:《祭祖的商榷》,《周作人散文全集》第 10 卷,广西师范大学出版社 2009 年,第 117—118 页。

②周作人:《百草园·山头的花木》,《周作人散文全集》第 11 卷,广西师范大学出版社 2009 年,第 740 页。

③鲁迅:《五猖会》,《鲁迅全集》第 2 卷,人民文学出版社 2005 年,第 270 页。

绍兴最盛的赛会,就是鲁迅介绍的五猖会。清宣统元年七月十日《绍兴公报》(第 256 号)载:"会稽东关五猖会,为八县之冠,极尽奢华,异常热闹。"①周作人《关于祭神迎会》又特别记录了绍兴乡间的独特的赛会方式,因为河道众多,神的出巡是在船上的:"神像坐一大船中,外有彩棚,大率用摇橹者四五人,船首二人执竹篙矗立。每巡行至一村,村中临河搭台演戏以娱神,神船向台蓦进,距河岸约一二尺,咄嗟间二篙齐下,巨舟即稳定,不动分寸,此殆非有数百斤力者不办,语云,南人使船如马,正可以此为例,执篙者得心应手,想亦必感到一乐也。未几神船复徐徐离岸,向别村而去"②,更带有水乡的气息,但是对神的崇拜亦可见一斑。

社赛是敬神的,而平安戏则是事鬼的。"绍俗称五、六月为凶月,所以每年此两月中,该地必有做平安戏之事。……一到天色傍晚,便有许多伶人,扮着魔王及小鬼种种可怕的装式,排着队伍,更附以锣鼓旗帜,在村中送游,俗谓召丧。据云系召集一般小鬼去看戏之意。"③鲁迅的杂文《女吊》中就有"召丧"的描写,"'起殇'者,绍兴人现已大抵误解为'起丧',以为就是召鬼,其实是专限于横死者的。……在薄暮中,十几匹马,站在台下了;戏子扮好一个鬼王,蓝面鳞纹,手执钢叉,还得有十几名鬼卒,则普通的孩子都可以应募。……疾驰到野外的许多无主孤坟之处,环绕三匝,下马大叫,将钢叉用力的连连掷刺在坟墓上,然后拔叉驰回,上了前台,一同大叫一声,将钢叉一掷,钉在台板上。"④这是鲁迅在童年时在"起殇"中多次扮演"义勇鬼"的经历。越地盛行的鬼神信仰使鲁迅作品中时时出现"鬼"的形象:"华夏大概并非地狱,然而'境由心造',我眼前总充塞着重迭的黑云,其中有故鬼,新鬼,流魂,牛首阿旁,畜生,化生,大叫唤,无叫唤,使我不堪闻见。我装作无所闻见模样,以图欺骗自己,总算已从地狱中出离"⑤,不过鲁迅作品中着墨最多的鬼还是《无常》《女吊》,许钦文也认为志在复仇的女吊,"无论她的打扮、举动,和配合的音乐,都有点恐怖,可是很美"⑥,这两个鬼确实是越地民间的重要形象。周作人也有《水里的东西》《鬼的生长》《说鬼》《谈鬼论》《活无常与女吊》等多篇以鬼为题材的散文。只是鲁迅要借女吊张扬复仇精

---

①裘士雄等著:《鲁迅笔下的绍兴风情》,浙江教育出版社 1985 年,第 69 页。

②周作人:《关于祭神迎会》,《周作人散文全集》第 8 卷,广西师范大学出版社 2009 年,第 792 页。

③胡朴安:《中华全国风俗志》(下编),河北人民出版社 1986 年,第 247—248 页。

④鲁迅:《女吊》,《鲁迅全集》第 6 卷,人民文学出版社 2005 年,第 638—639 页。

⑤鲁迅:《"碰壁"之后》,《鲁迅全集》第 3 卷,人民文学出版社 2005 年,第 72 页。

⑥许钦文:《活无常和吊死鬼》,高松年、龙渊编:《许钦文散文选集》,百花文艺出版社 2009 年,第 59 页。

神，以"鬼而人，理而情"的无常嘲讽现实中虚伪的知识分子，是通过鬼世界的书写完成社会批评和文明批评。周作人却认为："我知道这是迷信，我确信这样虚幻的迷信里也自有其美与善的分子存在"①，从普通民俗里所蕴含的人情物理中读到的是中国人生活的真情真意。

与鬼神信仰相联系的是禁忌习俗。鲁迅《阿长与〈山海经〉》里说阿长有很多"道理"，"例如说人死了，不该说死掉，必须说'老掉了'；死了人，生了孩子的屋子里，不应该走进去；饭粒落在地上，必须拣起来，最好是吃下去；晒裤子用的竹竿底下，是万不可钻过去的……"②这"生了孩子的屋子"不能进去，就是一种民间禁忌，产妇的房子有血光，绍兴民间俗称"暗房"，是不吉利的，若不小心进入了，又不小心在几年内死掉，那在阴间就要遭受血池浸泡之难。显然，这是一种与鬼灵相关的禁忌。这样的禁忌几乎是与越地民众的生活共生的。比如看平安戏的时候，"必须看至天明，始可回去。盖若不终局而散，必有真恶鬼随之而去也"③；结婚的时候，"男家发轿时照例有人穿了袍褂顶戴，（现在大约是戴上了鸟壳帽了吧？）拿一面镜子一个熨斗和一座烛台在轿内乱照，行'搜轿'的仪式"④，这搜的也是鬼，而新娘戴纸制的"花冠"，穿"红绿大袖"的衣服，也是"意在以邪辟邪"⑤；周作人还说过："今绍兴回丧，于门外焚谷壳，送葬者跨烟而过，始各返其家，其用意相同，即防鬼魂之附着也。"⑥这是一种丧葬习俗中的禁忌。有意思的是，周作人还和川岛专门行文讨论过花煞。川岛从周作人《回丧与买水》里谈到的回丧说到了煞神和花煞："绍兴人所常说的'煞神'，大概是指回殃时和死者同来的那个。……可是煞不仅是在人死才有，即婚礼中也有'花煞'的；……这些东西都不是好惹的，就是亲属冲撞了他也不免遭殃。"⑦周作人则认为"煞本是死人自己"，而花煞"则单是一种喜欢在结婚时作弄人的凶鬼，与结婚的本人别无系属的关系"，但这个花煞确实是不好惹的，"听说一个人冲了花煞就要死或者至少也是重病，则其祸祟又波及新人以外的旁人了，或者因为新娘

①周作人：《暗辞》，《周作人散文全集》第4卷，广西师范大学出版社2009年，第181页。

②鲁迅：《阿长与〈山海经〉》，《鲁迅全集》第2卷，人民文学出版社2005年，第252页。

③胡朴安：《中华全国风俗志》（下编），河北人民出版社1986年，第248页。

④周作人：《花煞》，《周作人散文全集》第4卷，广西师范大学出版社2009年，第417页。

⑤周作人：《花煞》，《周作人散文全集》第4卷，广西师范大学出版社2009年，第419页。

⑥周作人：《回丧与买水》，《周作人散文全集》第4卷，广西师范大学出版社2009年，第414页。

⑦川岛：《吠声》，《语丝》第66期，1926年2月15日。

子遍身穿红,又熏透芸香,已经有十足的防御,所谓有备故无患也欤。"①这样的讨论就有了民俗研究的性质,也是周作人书写民间禁忌的基本态度,和鲁迅将禁忌作为塑造长妈妈形象的手段是有区别的。

禁忌风俗源自对鬼神的敬畏,也凸显出了鬼神的权威,与社戏、赛会等共同构成了越地民间信仰中富有地方元素的部分。越地现代作家生长于这样的民俗语境中,作品之中自然会有对本地民间信仰的细致描述与表达,并使之服务于自己的创作目的。

3. 民间曲艺

越地的民间曲艺可追溯至盛唐年间越州"参军戏",范摅在《云溪友议》中记载:"有俳优……善弄陆参军,歌声彻云。"②又,元和年间,曾任越州地方官的元微之《赠刘采春》诗有"选词能唱望夫歌"句。据《云溪友议》记载,"《望夫歌》者,即罗贡之曲也。采春所唱一百二十首,皆当代才子所作。其词五、六、七首……采春一唱是曲,闺妇行人莫不涟泣。"③陆游晚年回绍兴里居所写诗中多有言绍兴地方曲艺的句子,如"斜阳古柳赵家庄,负鼓盲翁正作场。死后是非谁管得,满村听说蔡中郎"(《小舟游近村》),"空巷看竞渡,倒社观戏场"(《稽山行》)等。可知绍兴的说唱艺术、"社戏"等扮演艺术在当时已经颇为流行,而且很可能已经出现了专职或兼职演戏的"村伶",多在夜晚演出以不误农事,因此称为"夜场",此时也出现了专门演戏的场所,陆游称之为"戏场"或"优场"。入元,祝允明《猥谈》、徐渭《南词叙录》中都提到原绍属八县之一的余姚,出现了一种"戏文子弟"以余姚方言及声腔演唱的南戏称余姚腔,被称为江南四大腔之一。有明一代,越地士大夫家族大兴尚曲之风,名门望族多养有"家班",张岱在《自为墓志铭》中曾自许"好梨园、好鼓吹",也出现了以徐渭、王骥德、祁彪佳为代表的一大批戏曲理论家,后世称为"越中曲派"。

明末的越地地方曲艺已分裂成文人戏与民间戏两个不同的审美取向,越地作家重点描述的是完全在民间演出的社戏。社戏源于古代的"祭社"活动,分春秋二季进行,一般由几个村庄合作演出,常常演出三天三夜,极其隆重。祭社的习俗后来慢慢衰落,代之以"庙会戏",也称为社戏。绍兴的这一类庙会戏极其发达,演出的时间也已经不再局限于春秋二季而是凡菩萨生辰都有演戏祭神,如三月廿八绍兴俗称为"东岳大帝"生日,九月廿七日为"舜王大帝"生日,都有

①周作人:《花煞》,《周作人散文全集》第 4 卷,广西师范大学出版社 2009 年,第 416—417 页。

②佘德余:《越中曲派研究》,中国文联出版社 2000 年,第 4 页。

③佘德余:《越中曲派研究》,中国文联出版社 2000 年,第 4 页。

大型的演出活动。而演戏的目的,当然首在祭神,但也在娱人。周作人在《鲁迅小说中的人物》中回忆说:"根据《社戏》里所讲的,只是说绍兴戏而已。绍兴戏的特色是说白全用本地口音,也不呀呀的把一个字的韵母拼命的拉长了老唱,所以一般妇老都能了解,其次是公开演唱,戏台搭在旷野上或河边,自由观看"。① 鲁迅在《女吊》中也说:"我所知道的是四十年前的绍兴,那时没有达官显宦,所以未闻有专门为人(堂会?)的演剧。凡做戏,总带着一点社戏性,供着神位,是看戏的主体,人们去看,不过叨光。"② 这是社戏的性质由过去的祭祀娱神向人们的自娱自乐转变。周氏兄弟介绍的即是这样一种绍兴戏,后来演变成著名的地方剧种——绍剧,当时或称为"绍兴乱弹"。

在《女吊》一文中,鲁迅又说到"非普通的社戏",这是指上述为祭神而演出的社戏之外,绍兴还有一种演给鬼看的戏,主要内容是"目连戏"和"大戏"。鲁迅在其作品和书信中对目连戏多有提及,它主要演出中国传统戏曲中"目连救母"的故事。绍兴的目连戏的起源,民间传说和张岱《陶庵梦忆》记载是由安徽传入,演出的目的在于消灾求安,绍兴目连戏的演出只有一夜,从太阳即将下山演至太阳出山,俗称"两头红",以表示吉祥之意。《无常》《女吊》即是目连戏中的重要关目。周作人专门谈论过目连戏:"为纯民众的,所演只有一出戏,即'目连救母',所用言语系道地土话,所着服装皆极简陋陈旧,故俗称衣冠不整为'目连行头';演戏的人皆非职业的优伶,大抵系水村的农夫,也有木工瓦匠舟子轿夫之流混杂其中,临时组织成班,到了秋风起时,便即解散,各做自己的事去了"③,也将童年时期去赵庄看戏的经历写成了《村里的戏班子》的散文。

文载道《故乡的戏文》对民间戏则有颇为全面的叙述。他认为,在浙东的定海乡间,正式的地方戏是很少的,勉强可算的是宁波滩簧,即"四明文戏","大抵为牧歌或山歌的衍流,故其辞多涉及性的描写,因此就带来了严整的命运。演时多在深夜偏僻之处,以避官厅的耳目,台址用木板搭成,略加化装,但仍不脱本地风光,对白即纯用乡音,显出原始的情调"④,然而其"猥亵而多风情",显示出大胆贴切、粗犷朴拙的特质。然而定海乡间尽管地方戏极少,却不缺戏文,比如陆游诗里面的"仅有唱白没有表演的""负鼓盲翁",依然存留于越地的民间;堕民表演着"以示忏悔和酬祷"的傀儡戏;苍凉激越的"绍兴高腔"、"有本有末"

---

① 周作人:《呐喊衍义·地方戏》,《周作人散文全集》第 12 卷,广西师范大学出版社 2009 年,第 343 页。

② 鲁迅:《女吊》,《鲁迅全集》第 6 卷,人民文学出版社 2005 年,第 638 页。

③ 周作人:《谈目连戏》,《周作人散文全集》第 4 卷,广西师范大学出版社 2009 年,第 72 页。

④ 文载道:《故乡的戏文》,《风土小记》,辽宁教育出版社 1998 年,第 43 页。

文静的"台州班"等乡间的庙戏,更是有着风土之胜,尤其是演皮簧之时,与鲁迅笔下绍兴乡间社戏开场前有"起殇"类似,皮簧"开始必闹头场,跳加官,间有加跳'武财神'的,戴金色面具,穿黑袍,状貌如魁星,而身段则跳跃类舞蹈,然忌于财神殿,恐有所亵渎也。一台戏演至中段,由检场者持画桌放向台前,但须用力猛击台板,锵脱一声与锣鼓合拍,仿佛文章之有顿笔,名曰'煞中台',下即演正本戏"。① 而记忆最深刻的恰恰也是这些富有民俗兴味的"开场"。

鲁迅、周作人、文载道等作家对越地地方曲艺的描述,以及岁时节日民俗、民间信仰的书写,也许出发点是不同的,但基本上带有对故乡童年美好生活的眷恋和对故乡民间精神的肯定之意,与浙东乡土小说中常以对地方陋俗的书写完成启蒙之意图不同。这些散文中带有鲜明的地方气息的记述,为我们重塑了清末民初越地的民间世俗生活,也使越地这一地域形象得到了强化并广为人知。

三、地理意象构建

克罗齐说:"知识有两种形式:不是直觉的,就是逻辑的;不是从想象得来的,就是从理智得来的;不是关于个体的,就是关于共相的;不是关于诸个别事物的,就是关于它们中间关系的;总之,知识所产生的不是意象,就是概念。"②按照克罗齐的观点,艺术与科学构成了知识的两种形式,意象是艺术的基本单位,由此可见意象对于艺术的标志性意义。作为艺术重要样式的文学,当然也关注意象的营构,中国古代诗歌讲究意象的选择和意境的营造,西方也有意象主义文学流派的形成,因而,意象是中外文学创作中一个共通的元素,也由此而形成了中外文学理论中关于意象研究的重要话题,尽管在理论建构上存在差异,但都强调具体物象与情感体验的融合,内在的"意"借助于外在的"象"获得表达,完成"意象"的建构。随着文化地理学的兴起,"地理意象"的概念也随之浮出地表,"意象"之前冠之以"地理",也就意味着这意象是与地理相关的,是"以地理物象作为载体而表现自我感觉与想象、情感与思想而产生的一种'心象'"③,"首先必须有其独特的地域性,其次必须有其独特的历史文化内涵"④,是意象当中

①文载道:《故乡的戏文》,《风土小记》,辽宁教育出版社1998年,第46页。
②[意]克罗齐:《美学原理》,朱光潜译,商务印书馆2012年,第1页。
③杜雪琴:《易卜生戏剧地理空间研究》,武汉大学出版社2015年,第32页。
④曾大兴:《文学地理学概论》,商务印书馆2017年,第328页。

颇为独特的部分。越地现代散文作家是一个自觉追求创作的地方性的群体,又在越地这一富有独特地理景观和文化传承的区域中生存和生活,地理背景作用于作家文本的意象选择,散文文本往往展示和建构出深富地理特质的意象群体。确切地说,前文所讨论的鉴湖、三味书屋、春晖中学等地理空间以及各种民俗和信仰,换一个角度考察,很多也是地理意象,因而本节主要考察越地特有的饮馔意象和行路意象。

1.饮馔意象

夏丏尊《谈吃》中说:"中国人是全世界善吃的民族",有客临门要吃,婚丧嫁娶要吃,各种节日要吃,朋友相会要吃分别要吃,"不但人要吃,鬼要吃,神也要吃,甚至连没嘴巴的山川也要吃",不仅吃,还讲究,"食不厌精,脍不厌细",蒸煮烤炖、炒熘拌烩方法繁多,甚至"古来许多名士至于费尽苦心,别出心裁,考案出好几部特别的食谱来"。[1] 由此可见中国食文化的发达。而且不同的地理环境又形成了不同的饮食文化,如北方的面食和南方的稻米,贵、湘嗜辣和南方喜糖,东北的酸菜和四川的火锅等,地理物候的差异形成了饮食的地方性。越地作家在越的地理空间中长大,越的物产与饮食形成了他们的基本生活习惯,周作人自称在离开绍兴二十五年之后,习性依然没有改变,喜欢吃咸味和腌菜。以此为通道进入越地作家的散文创作空间,阅读他们对于故乡风物和饮食不厌其烦的书写,读者触摸到的正是背井离乡的现代越地散文作家对故乡的留恋和乡愁。"我有一时,曾经屡次忆起儿时在故乡所吃的蔬果:菱角、罗汉豆、茭白、香瓜。凡这些,都是极其鲜美可口的;都曾是使我思乡的蛊惑。后来,我在久别之后尝到了,也不过如此;惟独在记忆上,还有旧来的意味留存。他们也许要哄骗我一生,使我时时反顾。"[2]也许,故乡的蔬果在久别之后重尝,也不过如此,但是在记忆中,融合着童年经验的故乡风物依然亲切鲜美,具有"使我时时反顾"之力,其力量就在于对故乡的忆念。于是,在散文之中塑造具有故乡味道的饮馔意象就成为了现代越地作家不约而同的选择。

绍兴盛产黄酒,有家庭酿酒的传统,周作人《谈酒》中就说:"我虽是京兆人,却生长在东南的海边,是出产酒的有名地方。我的舅父和姑父家里时常做几缸自用的酒",做几缸酒以自用,可见酒与越地民众生活的密切程度。越地文学中酒也不曾缺席,陆游的"红酥手,黄藤酒,满城春色宫墙柳"、"莫笑农家腊酒浑,丰年留客足鸡豚"等诗句,李慈铭《越缦堂日记》"东浦十里吹酒香"的记载,鲁迅

---

①夏丏尊:《谈吃》,夏弘宁编:《夏丏尊散文译文精选》,中国文联出版社2001年,第34—37页。

②鲁迅:《朝花夕拾·小引》,《鲁迅全集》第2卷,人民文学出版社2005年,第236页。

的小说散文中关于酒的书写,柯灵的《酒》借酒谈绍兴的文化,等等,似乎越地是一个被酒浸泡的区域,飘着氤氲的酒香。酒的盛产再加上文人对于酒的亲近,酒意象就自然流转于越地散文之中。周作人的《谈酒》娓娓而谈故乡的酿酒习俗、喝酒的器具、酒的种类、喜欢喝酒而不善饮的自己等等,在对故乡的酒这一意象的书写中表达作者从世俗生活中感受的趣味,这也是整篇文章的核心,所以散文一开篇就说:"这个年头儿,喝酒倒是很有意思的",在谈论了一圈故乡的酒事之后,再一次回到酒的趣味这里:"酒的趣味只是在饮的时候,我想悦乐大抵在做的这一刹那,倘若说是陶然那也当是杯在口的一刻吧",享受着酒所带来的陶然和闲适,这是悠然超脱的生活情态。然而,周作人一边喝着酒,一边还是发出了"杞人之忧":"生恐强硬的礼教反动之后将引起颓废的风气,结果是借醇酒妇人以避礼教的迫害,沙宁(Sanin)时代的出现不是不可能的。"①在酒这一物象之上,寄寓的是作者的闲适和忧虑。白马湖作家群的生活、交往与文学中,酒也是一个不可或缺的元素,在春晖中学之时,每当黄昏白马湖最美的时刻,朱自清、丰子恺等就会集聚到白马湖畔的夏丏尊家里喝黄酒,常常是在微醺中尽兴而归,后来又组建有开明酒会,入会条件是有五斤绍兴黄酒的酒量。丰子恺尤其痴迷不易醉的绍兴酒,因为"吃酒是为兴味,为享乐,不是求其速醉。譬如二三人情投意合,促膝谈心,倘添上各人一杯黄酒在手,话兴一定更浓。吃到三杯,心窗洞开,真情挚语,娓娓而来。古人所谓'酒三昧',即在于此"。②这也是白马湖作家们喝酒的真正滋味。丰子恺《湖畔夜饮》表达的正是这样的乐趣。曾经的开明酒友丰子恺与郑振铎,阔别十年之后重逢于西子湖畔,已各有一斤酒打底的他们,一个说"我们再喝酒",一个说"好,不要甚么菜蔬",于是对坐共饮,佐酒的一是苏步青的诗,一是"话旧","阔别十年,身经浩劫。他沦陷在孤岛上,我奔走于万山中。可惊可喜,可歌可泣的话,越谈越多。谈到酒酣耳热的时候,话声都变了呼号叫啸,把睡在隔壁房间里的人都惊醒"。③这样的酒,同样带着享受和趣味,但又与周作人的不同,呈现出文人之间的种种情谊和惺惺相惜之感。

　　酒是越地的特产,越地的饮食也颇具地方特色。越地处于东南沿海,"那里

---

　　①周作人:《谈酒》,《周作人散文全集》第 4 卷,广西师范大学出版社 2009 年,第 647—650 页。

　　②丰子恺:《沙坪的酒》,丰一吟编:《丰子恺散文漫画精选》,中国文联出版社 2001 年,第268 页。

　　③丰子恺:《湖畔夜饮》,夏弘宁编:《白马湖散文随笔精选》,中国文联出版社 2001 年,第190—191 页。

民生寒苦……吃的通年不是很咸的腌菜也是很咸的腌鱼"①,"因此也养成了我们的嗜咸腥的习性"②,绍兴的霉干菜臭豆腐鱼干酱鸭、宁波的霉菜头臭冬瓜白鲞鳓鲞鳗鱼干,等等,都是带有越地特质的腌制类食物,鲁迅、周作人、川岛、许钦文、文载道等越地作家,在创作中多有涉及,有代表性的,应该是周作人的"苋菜梗",确切地说,是霉苋菜梗,"制法须俟其'抽茎如人长',肌肉充实的时候,去叶取梗,切作寸许长短,用盐腌藏瓦坛中;候发酵即成,生熟皆可食",是将苋菜的梗腌制之后的一种食物,外乡人"大抵众口一词地讥笑土人之臭食",在越地却"几乎家家皆制,每食必备",是平民日常生活中不可或缺的东西,即使腌制过程中出现的气味变化,也是"别具风味",以苋菜梗卤蒸豆腐,更"别有一种山野之趣"。究其原因,是"绍兴中等以下的人家大都能安贫贱,敝衣恶食,终岁勤劳,其所食者除米而外唯菜与盐,盖亦自然之势耳。干腌者有干菜,湿腌者以腌菜及苋菜梗为大宗,一年间的'下饭'差不多都在这里"。由此,在苋菜梗这一物象之上,附加着的正是越地百姓安于贫贱终岁勤劳的精神,即"第一可以食贫,第二可以习苦"。而这种食贫习苦的平民精神,在城市生活中却已逐渐流失,周作人文章的重心最后是落在这里:"这个年头儿人们似乎应该学得略略吃得起苦才好。中国的青年有些太娇养了,大抵连冷东西都不会吃,水果冰激淋除外,我真替他们忧虑,将来如何上得前敌,至于那粉泽不去手,和穿红里子的夹袍的更不必说了。"③借助于苋菜梗这一意象,从看似闲适的故乡风物的介绍,滑入了深刻的忧虑。

点心,是带有地理印记的又一种风物,在这类意象当中,越地作家常常更多地带上了乡愁。周作人因友人送来绍兴土产"香糕"而引发对故乡的记忆,然而对于故乡"可以一谈的也就只是物产这一方面了,而其中自然以关于吃的为多"。只是与鲁迅在《朝花夕拾·小引》中所说的菱角、罗汉豆等蔬果不同,"我所记得的却是糕团",④绍兴香糕是用米粉做成的越地名产,周作人认为最好吃的是加了松花的松花香糕,"有一种特别的清香,非常好吃,但就是平常的那种也很不错,他自有别的茶食所无的淡远的风味,或者可以说代表和平的乡村的

①周作人:《日本的衣食住》,《周作人散文全集》第6卷,广西师范大学出版社2009年,第657页。
②文载道:《关于风土人情》,《风土小记》,辽宁教育出版社1998年,第2页。
③周作人:《苋菜梗》,《周作人散文全集》第5卷,广西师范大学出版社2009年,第786—789页。
④周作人:《绍兴的糕干》,《周作人散文全集》第12卷,广西师范大学出版社2009年,第573页。

空气吧"。① 在周作人这里,香糕不仅仅是越地一种大众化的点心,更是怀旧的情绪承载,对故乡的怀恋就熔铸在香糕这一带有地域特性的物象之中。而且,在周作人笔下,糕团意象是颇为常见的,除了香糕,还有麻糍、印糕、黄花麦果糕、等等;许钦文也写过黄花果糕,用黄花果汁,"和以米粉,加上白糖,捣烂,蒸熟以后变成青色,吃起来有一股清香的气味"②,同样带着故乡的清新气息;文载道津津乐道的是"虾饺",一种将虾或者面条鱼加到粉里制成的饼;等等。无论是周作人的各种糕团、许钦文的黄花果糕还是文载道的虾饺,都是带有鲜明的地域性的食物,也是他们的童年记忆中鲜活的味道,这些故乡的味觉是与作家的乡愁结合在一起的。当然故乡的味觉不仅仅是糕团。周作人虽然宣称关于故乡"所记得的却是糕团",但他也念念不忘"腌菜笋片汤、白鲞虾米汤、干菜肉、鲞冻肉"③、在上坟船里吃味道最好的烧鹅等这些小时候吃惯了食物,也写过荠菜、黄花麦果等故乡的野菜,"特别有一种爽口的鲜甜味"④的夏白桃、"乡味"之中"无可替代"的杨梅、"肥甘好吃"的毛笋。尤其是杨梅,越地的余姚、上虞等都有其独特的品种和口感,鲁彦的《杨梅》、文载道的《关于风土人情》等散文中都有记载。川岛关于故乡的记忆里,也是毛笋、上坟时吃过的杜鹃花的味道⑤。所以周作人引用莫切崖的诗句"五月杨梅三月笋,为何人不住山阴",并说"莫疯子的两句诗很能表现住在北方的越人的心情"。⑥ 这些果蔬,自然也能列入饮馔意象的范畴之中。

绍兴黄酒、腌菜、越地独特的点心和果蔬,是越地作家散文中颇有地理特性的意象。周作人说:"看一地方的生活特色,食品很是重要,不但是日常饭粥,即点心以至闲食,亦均有意义,只可惜少人注意,本乡文人以为琐屑不足道,外路人又多轻饮食而着眼于男女,往往闹出《闲话扬州》似的事件,其实男女之事大同小异,不值得那么用心,倒还不如各种吃食尽有趣味,大可谈谈也。"⑦越地作家们将地方的食品纳入自己的表现领域,借助这些地理意象寄托他们的乡愁,发掘地方的民间精神,传达他们对社会文化的思考,也探索一个地方的地理特色。

---

①周作人:《进京香糕》,《周作人散文全集》第 10 卷,广西师范大学出版社 2009 年,第378 页。

②许钦文:《黄花果》,《许钦文散文集》,浙江文艺出版社 1984 年,第 21 页。

③周作人:《烤越鸡》,《周作人散文全集》第 11 卷,广西师范大学出版社 2009 年,第 139 页。

④周作人:《桃子》,《周作人散文全集》第 12 卷,广西师范大学出版社 2009 年,第 788 页。

⑤川岛:《晒开鹅肉》,《语丝》第 30 期,1925 年 6 月 8 日。

⑥周作人:《闲话毛笋》,《周作人散文全集》第 14 卷,广西师范大学出版社 2009 年,第265 页。

⑦周作人:《卖糖》,《周作人散文全集》第 8 卷,广西师范大学出版社 2009 年,第 33 页。

2.行路意象

越地是水乡,无论是城镇还是乡村,都是港汊林立、河湖交错。周作人在《水乡怀旧》中说:

> 我的故乡是在浙东,乃是有名的水乡,唐朝杜荀鹤送人游吴的诗里说:
> 君到姑苏见,人家尽枕河。古宫闲地少,水港小桥多。
> 他这里虽是说的姑苏,但在别一首里说:"去越从吴过,吴疆与越连。"
> 这话是不错的,所以上边的话可以移用,所谓"人家尽枕河",实在形容得极好。①

水环境是越地百姓的基本生存背景,河网密布、房屋也常常是临水而筑,"人家尽枕河""水港小桥多"确实是对越地环境的贴切书写。越地作家散文中的行路意象,明显地跟水有着密切的关联,常见的就是船和桥,有着水乡的地域性特征。

船是越地的重要交通工具,勾践迁都琅琊走的是水路,普通百姓的行旅交通甚至田舍往返,也习惯于舟船代步。周作人在散文中不止一次地说"绍兴是水乡,到处是河港,交通全用船"②,"乡下没有这许多桥,可是汊港纷歧,走路就靠船只,等于北方的用车"③,船的种类也是颇为繁多,"有钱的可以专雇,工作的人自备有'出坂'船,一般普通人只好趁公共的通航船只。这有两种,其一名曰埠船,是走本县近路的,其二曰航船,走外县远路,大抵夜里开,次晨到达。埠船在城里有一定的埠头,早上进城,下午开回去,大抵水陆六七十里,一天里可以打来回的,就都称为埠船"④,其他还有渡船、类似于店铺的"船店"等等。鲁迅小说里的七斤是撑航船的,爱姑坐航船去离婚⑤,去看五猖会是坐船,坐在船里看社戏则是故乡特别的情状;文载道坐船回乡,许钦文坐踏桨船赏鉴湖;周作人更是在《乌篷船》《水乡怀旧》《水乡的船店》《夜航船》《航船与埠船》《踏桨船》等诸多散文中专门书写故乡绍兴的船。其中最有特色的便是脚划的乌篷船意象。绍兴民间将这种船称作"小船","船长丈许,广三尺,坐卧容一身,一人坐船尾,

---

①周作人:《水乡怀旧》,《周作人散文全集》第 14 卷,广西师范大学出版社 2009 年,第84－85 页。

②周作人:《风的话》,《周作人散文全集》第 9 卷,广西师范大学出版社 2009 年,第 499 页。

③周作人:《水乡怀旧》,《周作人散文全集》第 14 卷,广西师范大学出版社 2009 年,第 85 页。

④周作人:《水乡怀旧》,《周作人散文全集》第 14 卷,广西师范大学出版社 2009 年,第 85 页。

⑤周作人在《水乡怀旧》里说爱姑应该是"坐埠船去的",按照周作人的这一说明和关于航船和埠船的介绍,七斤撑的应该也是埠船不是航船,因为七斤是清晨"从鲁镇撑航船进城,傍晚回到鲁镇",早晚往返于镇与乡之间。

以足踏桨行如飞，……无舵，以楫代之"①，其两大特征，一是小，二是用脚划。船小而有篷，船身高了就容易翻，危险之中带点水乡特有的趣味；用脚划船解放了手可以饮茶喝酒，划船本身似乎都带着一种悠闲。于是，坐着乌篷小船行走在山阴道上，是充满诗意的。"我仿佛记得曾坐小船经过山阴道，两岸边的乌桕，新禾，野花，鸡，狗，丛树和枯树，茅屋，塔，伽蓝，农夫和村妇，村女，晒着的衣裳，和尚，蓑笠，天，云，竹，……都倒影在澄碧的小河中，随着每一打桨，各各夹带了闪烁的日光，并水里的萍藻游鱼，一同荡漾。"②岸上的景与河里的影相互映衬，随着船桨的划动，景在变换，影在摇动，共同叙说了一个关于故乡的"山阴道上行，如在镜中游"的"好的故事"。在这样的小船里，走过山阴道，既是对故乡的怀念也是对如此美好的世界的憧憬。然而这只是记忆里的梦境般的存在，美丽而深邃，现实是"昏沉的夜"，"何尝有一丝碎影，只见昏暗的灯光，我不在小船里了"，美丽的梦境和昏暗的夜两相对照，表达的正是鲁迅对于现实和人生的哲学思考。周作人的写乌篷船，突出的是坐船的趣味，"小船则真是一叶扁舟，你坐在船底席上，篷顶离你的头有两三寸，你的两手可以搁在左右的舷上，还把手都露出在外边。在这种船里仿佛是在水面上坐，靠近田岸去时泥土便和你的眼鼻接近"③，或者"卧在乌篷船里，静听打篷的雨声，加上欸乃的橹声，以及'靠塘来，靠下去'的呼声，却是一种梦似的诗境。倘若更大胆一点，仰卧在脚划小船内，冒雨夜行，更显出水乡住民的风趣，虽然较为危险，一不小心，拙劣地转一个身，便要使船底朝天"④。然而即使船底朝天，依然是愉快而有趣味的，"是水乡的一种特色"。因为坐在乌篷船里，人与自然是如此的贴近，山光水影、橹声与雨声，与坐船的自己，自然地交融在一起，仿佛进入了物我两忘的超越境地，而在这样的境界中，"要看就看，要睡就睡，要喝酒就喝酒"的自由闲适的人生态度也就顺利地传递出来。

河流纵横，舟船穿行，是水乡的独特景观，在陆地上，就需要由桥将路连接起来，"在水乡的城里是每条街几乎都有一条河平行着，所以到处有桥，低的或者只有两三级，桥下才通行小船，高的便有六七级了"⑤。这些桥有的有典故有故事，如后人为感念大禹劳身焦思"履遗不蹑"而建的夏履桥、留下王羲之与卖扇老妇故事的题扇桥，等等，有的则只是横跨在河上的一座普通的桥。然而无

---

①周作人：《风的话》，《周作人散文全集》第 9 卷，广西师范大学出版社 2009 年，第 500 页。
②鲁迅：《好的故事》，《鲁迅全集》第 2 卷，人民文学出版社 2005 年，第 190 页。
③周作人：《乌篷船》，《周作人散文全集》第 4 卷，广西师范大学出版社 2009 年，第 796 页。
④周作人：《苦雨》，《周作人散文全集》第 3 卷，广西师范大学出版社 2009 年，第 451 页。
⑤周作人：《水乡怀旧》，《周作人散文全集》第 14 卷，广西师范大学出版社 2009 年，第 85 页。

论这桥是有故事的还是没有故事的,都与越地普通民众的生活息息相关,是他们日日需要行走的通道,鲁迅走路上学也要经过一座南北跨河的石桥才能进入三味书屋。越地的桥进入文学,也就成为了越地文学中一个很富有地理性的意象,陆游曾经写下悼念唐琬的诗句"伤心桥下春波绿,曾是惊鸿照影来"的诗句,这伤心桥就是沈园附近的春波桥。许钦文《绍兴的桥》则借绍兴江桥坡度较陡车行不易,过路的行人就会自觉地"前面拉一把,后面推一下"帮助过桥,以此来凸显绍兴的淳朴民风和互助精神。周作人也对故乡的桥念念不忘:"这在江南是山水风景中的一个重要分子,在画面上可以时常见到。绍兴城里的西边自北海桥以次,有好些大的圆洞桥,可以入画,老屋在东郭门内,近处便很缺少了,如张马桥,都亭桥,大云桥,塔子桥,马梧桥等,差不多都只有两三级,有的还与路相平,底下只可通小船而已。禹迹寺前的春波桥是个例外,还是小圆洞桥,但其下可以通行任何乌篷船,石级也当有七八级了"①,对故乡的桥的如数家珍,正是远离故土的周作人对故乡的一种回望方式,在这样的心境之下,甚至桥边本意在照明而实际上只有微光的天灯,也是"有趣味的事"。

桥连着路,在越地,这路常常是石板路。越地有开山取石的传统,著名景点东湖和柯岩都是取石之后的遗留,许钦文的小说《石宕》书写的就是开石宕的石匠的惨剧,开下来的石板的用途之一就是铺路。绍兴城的街衢以石板铺之,周作人的《石板路》里说是从宋代开始,"查志载汪纲以宋嘉定十四年权知绍兴府,至清康熙六十年整整是五百年,那街道大概就一直整理得颇好,又过二百年直至清末还是差不多。我们习惯了也很觉得平常,原来却有天下绍兴街之谣,这是在现今方才知道。小时候听唱山歌,有一首云:知了喳喳叫,石板两头翘,懒惰女客困旰觉"。经过多次修建,绍兴的石板路已成为最普通的风景,童谣以富有人情味的描写方式映证了绍兴石板路的常见。石板路的两边商铺摊位林立,周作人着意描写的是一个高呼"来驮哉"(意思是来拿吧)的卖秋白梨的大汉的独特推销法,这样的叫卖声穿越几十年的时空,回响在周作人的文本之中,内中夹杂的正是关于故乡世俗味的记忆与情缘,所以文章一开头就说,关于石板路"自己最为熟悉,也最有兴趣的,自然要算是故乡的,而且还是三十年前那时候的路,因为我离开家乡就已将三十年,在这中间石板恐怕都已变成了粗恶的马路了吧"②。故乡的石板路才是周作人的兴趣所在,马路之前冠以"粗恶"二字当然有审美的考虑,恐怕更为深层的心理原因还是因为石板路才是与故乡连在

①周作人:《石板路》,《周作人散文全集》第 9 卷,广西师范大学出版社 2009 年,第 651 页。

②周作人:《石板路》,《周作人散文全集》第 9 卷,广西师范大学出版社 2009 年,第 648—652 页。

一起的记忆,石板路、石桥、回荡在石板路上的市声,才是故乡非常有生机的部分,带着日常生活的趣味。与周作人回忆石板路不同,柯灵写绍兴的小巷,和平静穆、古雅冲淡,与 30 年代初写作《龙山杂记》时的柯灵孤独寂寞的心境构成一种呼应与融汇。这些巷子、石板路和石桥、乌篷船,一起构成了越地作家对故乡的鲜活记忆,对于故乡的思恋与乡愁也借助这些富有鲜明地理特征的意象获得了很好的传达。

在现代越地散文的文本空间中,作家们书写记忆中留存下来的食物、有着鲜明故乡印记的路和桥,当然还有本书没有论及的故乡的雨、故乡的动植物等等,通过这些意象的建构来表达他们对故乡的情谊和留恋,对人生和社会的看法与思考。这些从故乡熏陶出来的意象,与散文对于越地地理空间的叙述、民俗事象的叙写,以及文本之中时时夹杂着的方言土语,使越地的现代散文呈现出明显的地理特征。只是从越地出发的文本,并非都局限于越地。鲁迅写无常女吊,是要张扬人情味和复仇,《清明时节》嘲讽的是封建迷信和荒谬的"扫墓救国",也用故乡戏班子里的二丑角色,隐喻"帮闲"者,与其社会批评和文明批评的总思路是一致的。周作人记故乡的风物,蕴含着一个去乡者的浓浓乡思,更多关注的是人与人、人与自然的和谐,是生活的趣味和艺术化,并表达"民间趣味和思想……实在是国民性的一斑"①的观念;也有着一个民俗学者的视野和动机,所以他写故乡的迎神赛会"礼有余而情不足……中国人民之于鬼神正以官长相待,供张迎送,尽其恭敬,终各别去,洒然无复关系,故祭祀迎赛之事亦只是一种礼节,与别国的宗教仪式盖迥不相同"②。是从民俗学角度的展开,写目连戏,"应该趁此刻旧风俗还未消灭的时期,资遣熟悉情形的人去调查一回,把脚本纪录下来,于学术方面当不无稗益"③,又是民俗学里的田野调查,因为在周作人看来"从事于国民生活之史的研究,虽是寂寞的学问,却于中国有重大的意义"④。于是周作人的强调"风土的力在文艺上是极重大的,……知道的因风土以考察著作,不知道的就著作以推想风土;虽然倘若固就成见,过事穿凿,当然也有弊病,但我觉得有相当的意义"⑤,对故乡风土人情的书写,是从周作人的怀旧和民俗学研究的维度里延伸出来的。川岛、文载道又和周作人有所不同,川

---

① 周作人:《谈目连戏》,《周作人散文全集》第 4 卷,广西师范大学出版社 2009 年,第 73 页。

② 周作人:《关于祭神迎会》,《周作人散文全集》第 8 卷,广西师范大学出版社 2009 年,第 793 页。

③ 周作人:《谈目连戏》,《周作人散文全集》第 4 卷,广西师范大学出版社 2009 年,第 74 页。

④ 周作人:《风土志》,《周作人散文全集》第 9 卷,广西师范大学出版社 2009 年,第 409 页。

⑤ 周作人:《〈旧梦〉》,《周作人散文全集》第 3 卷,广西师范大学出版社 2009 年,第 55—56 页。

岛与周作人谈"煞神"这一民间凶鬼,行文之中时不时地要顺带着讽一下陈源,文载道从故乡的戏文里,引发的是"天地大戏场,戏场小天地"的感慨,不满于"满眼是小丑们的世界"①。因此,作家们从故乡的维度出发,借故乡的空间、民俗传递他们的创作意图,而文本本身也形成了有关越地的地理叙事。

---

① 文载道:《故乡的戏文》,《风土小记》,辽宁教育出版社 1998 年,第 47 页。

第三章 群体性散文现象：外地语丝派散文

越地散文在五四的文学语境中，有着一个明确的作家群体。周氏兄弟自然是越地作家的领军人物和精神领袖，群集在周氏兄弟周围的，是孙伏园、孙福熙、川岛、许钦文等越地青年作家，他们与周氏兄弟之间，常常既有师生之情又有朋友之谊，文学上仰慕追随周氏兄弟，周氏兄弟也对他们多有扶植指导。孙伏园早年主编《晨报副刊》创办《语丝周刊》都与鲁迅的推荐与支持有关；许钦文更是自封为鲁迅的"私淑弟子"，以对乡土的文学关照而呈现出与鲁迅明显的师承关系，鲁迅对许钦文也是多方扶持和提携，亲自编选校对、资助出版《故乡》集，并将之纳入主持的"乌合丛书"之中，尤其是《幸福的家庭》在副标题特意点出是"拟许钦文"，又在文末的《附记》中说明原委，明显形成了广告效应，也直接推进了许钦文在文学史上的地位。俞平伯则与周作人关系密切，被视为周作人的"得意门生"，受周作人的鼓励而重刊张岱的《陶庵梦忆》，周作人也为包括《陶庵梦忆》在内的俞平伯的几乎每一本文集写了序或者跋，可见交往至深。

尤其是语丝时期，充分呈现出了一个作家群体的特质。作为在中国现代散文发展进程中一个不能被忽略的文学流派，语丝作家集合在创刊于1924年的《语丝》杂志旗下，以周作人和鲁迅为核心，以"任意而谈，无所顾忌"为文体和风格追求，完成了旨在社会批评和文明批评的杂文的建构，以及强调闲适和心灵自由的美文的写作，将五四散文从《新青年》随感录时期的议论体引向丰富和多元。因此，语丝散文因其"展呈了主体自主自由的现代性的精神内质"和"完整地建构了现代散文格局"，而被认为是"现代散文文体自觉的代码"，[1]成为了中国现代散文发展史上一个值得标举的事件。

而在这个生成于北京的文人群体之中，越地作家毫无疑问是主力军。陈西滢曾指责"北京教育界占最大势力的某籍某系的人"[2]，并由此而激起了语丝派

---

[1] 丁晓原：《行进中的现代性——晚清"五四"散文论》，中国社会科学出版社2016年，第193页。

[2] 陈西滢：《闲话》，《现代评论》第1卷第25期。

与现代评论派的激烈交锋,这"某籍"就指的是浙江籍,鲁迅直接指称"我生长于
浙江之东,就是西滢先生之所谓'某籍'"①以应对陈西滢,周作人更是出诸反语:
"我真倒运,偏偏生而为某省人……照例人又不可没有籍贯,那么唯一的办法只
好改籍……我在北京已有十年……那么我最好就改籍贯为京兆人,从公布日起
实行,不复再受某籍之拘束"②,"某籍"基本上成为了论辩双方对语丝群体的指
称。这个关于"某籍"的命名中透示出来的正是浙江籍文人尤其是越地文人在
语丝社里的主体地位。因此,从某种程度上说,语丝社是一个越地作家在异地
集结的社团。

一、越地作家与《语丝》杂志

语丝派的形成和语丝散文的出现,与一份杂志和一个社团有关,即《语丝》
杂志和语丝社。作家是因为杂志而群集,自然形成的一个结构相对松散、没有
正式的章程和宣言的语丝社。而考察《语丝》杂志的创刊、文学成就的呈现、文
学策略的制定等等,大多是出自越地作家的努力。

《语丝》杂志的创刊缘起于绍兴人孙伏园。孙伏园曾在鲁迅担任监督(即校
长)的绍兴山会初级师范学堂就读,与鲁迅有师生之谊,又因为是同乡,交往颇
为密切。孙伏园编辑《晨报副刊》期间,曾得到鲁迅先生的勉力支持,《阿Q正
传》《故乡》《肥皂》等小说以及大量的杂文,都经孙伏园之手刊载在《晨报副刊》
上,有学者曾经作过统计:"1921年12月到1924年10月……三年间鲁迅共在
《晨报副刊》发表各类文章129篇。"③对此,孙伏园也是心存感激:"他为《晨报副
刊》写文字,就完全出于他要帮助一个青年学生的我,使我能把报办好,把学术
空气提起来。"④然而,孙伏园在《晨报副刊》的"椅子颇有不稳之势",最终导致了
孙伏园的辞职和创办《语丝》杂志,此间的情形,鲁迅在《我和〈语丝〉的始终》中
有较为详细的记录和解释:

> 因为有一位留学生(不幸我忘掉了他的名姓)新从欧洲回来,和晨报馆

①鲁迅:《论"他妈的!"》,《语丝》第37期,1925年7月27日。
②周作人:《京兆人》,《周作人散文全集》第4卷,广西师范大学出版社2009年,第185—186页。
③崔燕、崔银河:《鲁迅与〈晨报副刊〉始末》,《鲁迅研究月刊》2018年第5期。
④孙伏园:《哭鲁迅先生》,孙伏园、许钦文等:《鲁迅先生二三事——前期弟子忆鲁迅》,河北教育出版社2002年,第49页。

有深关系,甚不满意于副刊,决计加以改革,并且为战斗计,已经得了"学者"的指示,在开手看 Anatole France 的小说了。

……

"我辞职了。可恶!"

这是有一夜,伏园来访,见面后的第一句话。那原是意料中事,不足为异。第二步,我当然要问问辞职的原因,而不料竟和我有了关系。他说,那位留学生乘他外出时,到排字房去将我的稿子抽掉,因此争执起来,弄到非辞职不可了。①

因为代理总编刘勉己(即鲁迅文中的"留学生")临时抽掉了鲁迅的《我的失恋》一诗,使孙伏园非常气愤,直接导致了孙刘之间的冲突和孙伏园的辞职。这成为了创办《语丝》杂志的一个触发点。更为重要的是,孙伏园编辑的《晨报副刊》是《新青年》之后现代知识分子的重要言说阵地,周作人、钱玄同、林语堂等都是《晨报副刊》的积极撰稿人,周作人甚至在副刊上开设专栏"自己的园地",在专栏内外,发表了数量不俗的作品,"总计起来,1922 年周作人在《晨报副刊》及《晨报》上发表的文章将近百篇,平均不到四天即有一篇文章发表"②。然而孙伏园的辞职使这一言说的重要园地也随之失去,常在《晨报副刊》投稿的现代知识分子,敏锐地"感到在孙伏园辞职之后,《晨报副镌》将是另一副面目"③,新文学领域迫切需要一个新的杂志的出现来替代《晨报副刊》,于是才有了孙伏园自办杂志的设想。这一设想迅速获得了鲁迅的支持,"答应愿意竭力'呐喊'"④,也获得了其他《晨报副刊》投稿人的认同:"在孙伏园辞去晨报副刊的编辑之后,有几个常向副刊投稿的人,为便于发表自己的意见不受控制,以为不如自己来办一个刊物,想说啥就说啥。"⑤"大家赞助伏园办《语丝》是为了便于写了文章有地方发表。"⑥由此,《语丝》的创刊既是孙伏园对《晨报》的一次"复仇",更是以鲁迅为代表的五四知识分子对自由言说空间的一次集体建构。正是在这个意义上,周作人在《语丝》的《发刊辞》里将创刊的意图表述为:"我们几个人发起这个刊物,并没有什么野心奢望。我们只觉得现在中国的生活太枯燥,思想界太沉闷,

---

①鲁迅:《我和〈语丝〉的始终》,《鲁迅全集》第 4 卷,人民文学出版社 2005 年,第 169 页。

②陈怀琦:《语丝社研究》,复旦大学博士学位论文 2005 年。

③川岛:《忆鲁迅先生和〈语丝〉》,《和鲁迅相处的日子》,四川人民出版社 1979 年,第 29 页。

④鲁迅:《我和〈语丝〉的始终》,《鲁迅全集》第 4 卷,人民文学出版社 2005 年,第 170 页。

⑤川岛:《说说〈语丝〉》,《和鲁迅相处的日子》,四川人民出版社 1979 年,第 43—44 页。

⑥李小峰:《鲁迅先生与〈语丝〉的诞生》,《文汇报》1956 年 10 月 11 日。

感到一种不愉快，想说几句话，所以创办这张小报，作为自由发表的地方。"①

因此，《语丝》杂志创刊的缘起是与两个绍兴作家的故事密切关联，与鲁迅、周作人、川岛等越地作家密切相关。而在《语丝》的刊发过程中，也离不开越地作家的支持。

《语丝》杂志创刊从一次聚会开始：

> 由伏园和几个熟朋友联系，在那年的十一月二日正好是星期天，钱玄同、江绍原、顾颉刚、周作人、李小峰、孙伏园和我在东安市场的开成豆食店集会，决定出一个周刊，大家写稿，印刷费由鲁迅先生和到场的七人分担，每月每人八元。刊物的名称大家一时都想不出来，就由顾颉刚在带来的一本《我们的七月》中找到"语丝"两字，似可解也不甚可解，却还象一个名称，大家便同意了。就请钱玄同先生题签。次日即由伏园去报告鲁迅先生，他表示都同意。②

这是章川岛（章廷谦，字矛尘，笔名川岛）对《语丝》筹备会议的回忆和记录，这份会议内容也可从同样参会的周作人和顾颉刚的日记中获得佐证。周作人在 1924 年 11 月 2 日的日记中记载："至东安市场开成北楼同玄同伏园小峰矛尘绍原劼刚诸人议刊小周刊事定名曰语丝大约十七日出板晚八时散"③；顾颉刚同一天的日记中也载："到市场开成食堂，为伏园办周刊事，夜饭而归。伏园以晨报侵夺文字之权，辞出。拟办一周刊，今日开会。到者有启明先生、绍原、小峰、廷谦、伏园，及予。命名久不决，予看平伯诗中有'语丝'二字，颇写意，不落褒贬，提出之，通过。"④从这些史料中可以得出，《语丝》的第一次会议是由孙伏园召集，出席者一共七人，鲁迅虽然没有参加会议，却同样分担印刷费，《语丝》杂志的命名也经过了鲁迅的首肯，所以实际上《语丝》杂志的发起人是包括鲁迅在内的 8 人。而这 8 人中，周氏兄弟、川岛和孙伏园都是绍兴人，钱玄同也是浙江人，越地作家在《语丝》杂志创刊中的作用是毋庸置疑的。有意思的是，"语丝"两字的出典，来自上海亚东图书馆 1924 年 7 月出版的《我们的七月》杂志，这实质上也是一个浙江的刊物，由居住于杭州的俞平伯编辑，作者分别为俞平

---

① 周作人：《发刊辞》，《语丝》第 1 期，1924 年 11 月 17 日。

② 川岛：《说说〈语丝〉》，《和鲁迅相处的日子》，四川人民出版社 1979 年，第 44 页。

③ 周作人：《周作人日记（中）》（影印本），大象出版社 1996 年，第 408 页。所引日记文字已全部转换成简体字。

④ 顾颉刚：《顾颉刚日记》（第 1 卷），联经出版事业公司 2007 年，第 548 页。

伯、刘大白、潘训、张维祺、朱自清、叶圣陶等人①，其中前四位都是浙江人，朱自清此时也在浙江宁波和上虞的中学任教。"语丝"这一词语就明确出现在张维祺的《小诗》中：

> 伊底凝视，
>
> 伊底哀泣，
>
> 伊底欢笑，
>
> 伊底长长的语丝，
>
> 一切，伊底；
>
> 我将轻轻而淡淡地放过去了。②

由此也呈现出了浙江作家在"语丝社"成立过程中的另一种影响方式。

杂志的刊行需要设置刊物的立场和基本理念，形成基本的文学策略。又是周作人撰写的《发刊辞》率先表达了《语丝》的态度：

> 我们并没有什么主义要宣传，对于政治经济问题也没有什么兴趣，我们所想做的只是想冲破一点中国的生活和思想界的昏浊停滞的空气。我们个人的思想尽自不同，但对于一切专断与卑劣之反抗则没有差异。我们这个周刊的主张是提倡自由思想，独立判断，和美的生活。我们的力量弱小，或者不能有什么着实的表现，但我们总是向着这一方面努力。
>
> ……
>
> 周刊上的文字大抵以简短的感想和批评为主，但也兼采文艺创作以及关于文学美术和一般思想的介绍与研究，在得到学者的援助时也要发表学术上的重要论文。③

尽管《语丝》是一份"本无所谓一定的目标，统一的战线"④的同人刊物，又"因为本来说不出一个什么一定的宗旨，所以只好说得笼统"⑤，但《语丝》毕竟是

---

① 《我们的七月》出刊之时，文章皆不署名，只在版权页的编辑者一项上署名为"O. M."即"我们"，对这一举措，出版于1925年6月的《我们的六月》专门发"本刊启事"做过解释，是为了表达"本刊所载文字，原 O. M. 同人共同负责"的意思，然而这一不署名的行为引起了"读者们的议论，觉得打这闷葫芦很不便，颇愿知道各作者的名字"，于是在《我们的六月》上以"附录"的形式重新刊登了包含作者的《我们的七月》的目录。

② 张维祺：《小诗》，《我们的七月》，亚东图书馆1924年，第150页。

③ 周作人：《发刊辞》，《语丝》第1期，1924年11月17日。

④ 鲁迅：《我和〈语丝〉的始终》，《鲁迅全集》第4卷，人民文学出版社2005年，第170页。

⑤ 周作人：《〈语丝〉的回忆》，《周作人散文全集》第12卷，广西师范大学出版社2009年，第773—774页。

有着相同志趣的文人的集结,他们有着共同的"对于一切专断与卑劣之反抗",提倡的是"自由思想,独立判断,和美的生活",刊载的文字"大抵以简短的感想和批评为主",也兼采"文艺创作"、"学术上的重要论文",等等。周作人的《发刊辞》已经将《语丝》的基本定位和刊物的取向阐述清楚。之后的 1925 年,周作人又发表了类似的观点:"《语丝》还只是《语丝》,是我们这一班不伦不类的人借此发表不伦不类的文章与思想的东西,不伦不类是《语丝》的总评,倘若要给他下一个评语。"[1]言语措辞稍有不同,但是观念上还是在强调语丝行文的自由和随意。之后的《语丝》杂志基本践行了这些构想。

在《语丝》刊行近一年之后,杂志的核心作家,依然是以越地作家为主,对《语丝》的文体展开了讨论和阐释,这是继周作人的《发刊辞》之后关于刊物理念的一次集体发声。孙伏园的《语丝的文体》写于 1925 年 10 月 27 日刊载于《语丝》第五十二期(1925 年 11 月 9 日),在文章中,孙伏园向周作人阐明,他同意林语堂在 10 月 26 号的谈话会上提出的"扩大范围,连政治社会种种大小问题一概都评论"的观点,并认为"林先生所云,只是语丝内容的扩大,与语丝文体无涉;进一步说,即使连文体也一气扩大了,我还是赞成林先生的建议"。因为:

> 我们最尊重的是文体的自由,并没有如何规定的。四五十期以来的渐渐形成的文体,只是一种自然的趋势;既是自然的趋势,那么渐渐转移也是无碍的。
>
> ……
>
> 那一位爱谈政治,便谈政治好了,那一位爱谈社会,便谈社会好了;至于有些人以为某种文体才合于语丝,语丝不应登载某种文体,都是无理的误会。[2]

孙伏园在这里主张的是内容上范围的扩大,几乎是无所不包,完全取决于作者的选择,同时,孙伏园也主张文体上的范围扩大,认为语丝是一种自由的、没有任何拘束的文体,"自由"就是语丝文体最鲜明的元素,没有既定的框架,没有固定的内容,一切都是"随意"。对孙伏园的观点,周作人因为发高热没有迅速作出回应,但在身体稍微好转后即写出《答伏园论"语丝的文体"》刊载在 1925 年 11 月 23 日《语丝》第 54 期上,在文章中,周作人呼应了孙伏园:"你所说的推广范围,这是很好的事,不过本来没有什么限制,所以也就无须新加修正。"并做了进一步的阐发:

---

①周作人:《答伏园论"语丝的文体"》,《语丝》第 54 期,1925 年 11 月 23 日。

②孙伏园:《语丝的文体》,《语丝》第 52 期,1925 年 11 月 9 日。

我们的目的只在让我们可以随便说话。我们的意见不同,文章也各自不同,所同者只要不管三七二十一地乱说。

……

大家要说什么都是随意,唯一的条件是大胆与诚意,或如洋绅士所高唱的所谓"费厄泼赖"(fair play)……①

"随意""随便"是周作人在文中一再强调的用词,与孙伏园的观点在实质上没有太大的偏差。考察《语丝》杂志刊载的文章,确实是从内容到形式都是"随意"的,林语堂曾说《语丝》"有时忽而谈《盘庚今译》,有时忽而谈'女裤心理',忽又谈到孙中山主义,忽又谈到胡须与牙齿,各人要说什么便说什么"②,确实显示出了杂志文章的包罗万象。而且,每一篇文章的写作也没有固定的程式,作者想怎么写就怎么写,是不拘一格随意自在的,即使是文章的体式也是无所不包,有《野草》这样的散文诗,也有小说《示众》《离婚》《高老夫子》、小品文《喝茶》、杂文《论雷峰塔的倒掉》《吃烈士》《论"费厄泼赖"应该缓行》、序跋文《〈竹林的故事〉序》《〈海外民歌〉序》、剧本《生日的礼物》、民间故事《蛇郎精》《菜瓜蛇》、诗歌、学术论文,以及大量的翻译作品等等,形式上不一而足。内容和形式上的自由和随意,正是从周作人《发刊辞》以来到语丝文体讨论所形成的刊物定位和理念的具体实践。所以,鲁迅总结语丝散文的特色是"任意而谈,无所顾忌,要催促新的产生,对于有害于新的旧物,则竭力加以排击"③,可谓简洁而精准。

因此可以说主要是孙伏园、周作人等越地作家为《语丝》杂志制定了基本的方略,从而为语丝散文的走向提供了明显的指引,也为《语丝》杂志成长为中国20世纪20年代的重要刊物奠定了基础。当然,《语丝》杂志的风行,与其撰稿人和编辑以及出版发行都有着不可分割的关联性。

《语丝》创刊初期,孙伏园曾发过广告,称长期撰稿人有周作人、孙伏园、川岛、斐君女士、王品青、钱玄同、林语堂等共计十六位,但这也只是广告上的说辞,孙伏园自己"只做过三回文字,末一回是宣言从此要大为《语丝》撰述,然而宣言之后,却连一个字也不见了"④,而名列"长期撰稿人"之中的斐君女士,更是从未在《语丝》上刊文。再加上世事流转,待鲁迅接编《语丝》之时,"最初的撰稿者,所余早已无多,中途出现的人,则在中途忽来忽去","《语丝》的固定的投稿

①周作人:《答伏园论"语丝的文体"》,《语丝》第54期,1925年11月23日。
②林语堂:《插论语丝的文体——稳健,骂人,及费厄泼赖》,《语丝》第57期,1925年12月14日。
③鲁迅:《我和〈语丝〉的始终》,《鲁迅全集》第4卷,人民文学出版社2005年,第171页。
④鲁迅:《我和〈语丝〉的始终》,《鲁迅全集》第4卷,人民文学出版社2005年,第170页。

者,至多便只剩了五六人"①。然而《语丝》又确实形成了一个比较固定的撰稿人群体,包括鲁迅、周作人、林语堂、川岛、钱玄同、刘半农、俞平伯等作家,尤其是周氏兄弟、川岛等越地作家,从《语丝》的创刊号起,就成为了刊物文章的主要来源。创刊号共发文 10 篇(包括《发刊辞》),分别为开明《发刊辞》、开明《生活之艺术》、伏园《记顾仲雍》、鲁迅《论雷峰塔的倒掉》、钱玄同《恭贺爱新觉罗溥仪君迁升之喜并祝进步》、开明《清朝的玉玺》、川岛《夜里的荒唐》、绍原《译自骆驼文》、衣萍《月老和爱神》、鲁迅《"说不出"》,10 篇之中 7 篇出自越地作家之手。这些越地作家也是之后《语丝》杂志的重要固定撰稿人之一,有学者曾经整理过京版《语丝》上的文章数量:

> 据初步统计,在北京版第 1—156 期《语丝》中,周作人共撰文 351 篇
> (含《语丝》创刊号上未署名的《发刊词》),鲁迅撰文 78 篇,刘半农撰文 57
> 篇,废名 29 篇,章依萍撰文 29 篇,章川岛撰文 27 篇,林语堂撰文 21 篇,江
> 绍原撰文 16 篇(其中以《小品》为题的系列短文多篇,未重复计算),钱玄同
> 撰文 14 篇,俞平伯撰文 10 篇,顾颉刚撰文 9 篇(以上统计均含翻译)。②

显然,周氏兄弟的文章数量远超《语丝》的其他作家,川岛也贡献了 27 篇,再加上钱玄同和俞平伯,"浙籍"作家成为了《语丝》的当然主力。而且,在北京时期的《语丝》上发文章的不仅仅是这几位越地作家,孙伏园之弟孙福熙发表了《回国》《别北京》等 11 篇,许钦文撰写《哥哥底寂寞》《元正的死》等 7 篇,陈学昭撰文《别绪》《钓鱼》等 6 篇,鲁彦有 3 篇译文发表在此时期的《语丝》上,董秋芳、蔡元培、郑振铎、冯三昧等作家也时有文章刊载。于是,远在北京的《语丝》成为了越地作家的发言之所,《乌篷船》《谈酒》《论雷峰塔的倒掉》《野草》等文章也历经时间的淘洗成为了文学的经典。这种状况在《语丝》1927 年冬天南迁上海之后并没有改变。

值得关注的是,越地作家不仅是《语丝》撰稿人的主力,也担任了《语丝》的主要编辑工作。《语丝》初创时期的编务工作主要由孙伏园、李小峰、川岛三位担任,对此,川岛、孙伏园和鲁迅先生都曾经有过记录。川岛在 1956 年的回忆中是如此描述《语丝》的编务工作的:

> 李小峰当时没有职业,恃译书为生,就多出些劳力。可是《语丝》的一
> 些零碎事,仅仅小峰一个人还是忙不过来的,就由伏园和我随时帮忙。每
> 星期六、星期日,工作紧张时,即使三个人一起动手,也忙不过来。于是编

---

① 鲁迅:《我和〈语丝〉的始终》,《鲁迅全集》第 4 卷,人民文学出版社 2005 年,第 173、170 页。
② 陈怀琦:《语丝社研究》,复旦大学博士学位论文 2005 年。

辑、校对、接洽稿子、跑印刷所等事，由伏园、小峰和我三个人轮流担任。发行工作最繁重：一张一张地叠起来，包好，写上收件人的姓名地址，贴好邮票，寄出……我们三个人连着忙两天，忙得上气不接下气，……《语丝》头几期刚出版时，于星期日一早，从住处赶到真光电影院门前以及东安市场一带去兜售。三个人都穿着西装……①

这段回忆与鲁迅先生在 1930 年《我和〈语丝〉的始终》中的表述是基本一致的：

当开办之际，努力确也可惊，那时做事的，伏园之外，我记得还有小峰和川岛，都是乳毛还未褪尽的青年，自跑印刷局，自去校对，自叠报纸，还自己拿到大众聚集之处去兜售……②

两段文字都肯定了伏园、小峰、川岛这三位"乳毛还未褪尽的青年"，在《语丝》的编辑、出版、发行中所做的努力，从接洽稿子、校对、跑印刷所，到邮寄、兜售，都是这三位年轻人在付出劳力。孙伏园还在《语丝》第 12 期刊登了《亲"送语丝"记》，讲述其为某位读者亲自送《语丝》杂志的故事，开头第一句话也与川岛的回忆相符："'三个蹩脚洋鬼子'夹着《语丝》沿街叫卖，这是《语丝》初出时我们给读者的一个深刻的印象。"③可见，伏园等三人穿着西装兜售《语丝》的场景，是《语丝》初创时期售卖的典型形式，尽管这种零售的方式效果并不是很好，但是他们的努力是可敬的。后来因为孙伏园被邵飘萍请去担任《京报副刊》的编辑，这编务工作就基本上由李小峰和川岛负责了，而至鲁迅、孙伏园和川岛南下厦门之后，北京"《语丝》的一切事情，就偏劳了周作人先生和李小峰了"④。可见，从创刊伊始，越地作家一直担任着《语丝》的编务工作。

而《语丝》杂志的主编之职，又主要是由越地作家担任的。即北京时期的周作人（第 1—156 期），上海时期的鲁迅（第 4 卷第 1—52 期）、柔石（第 5 卷第 1—26 期），柔石辞去编辑职务后才有李小峰编了第 5 卷第 27—52 期，然后终刊。在所有 260 期《语丝》中，出自越地主编的有 234 期。不过，关于周作人是否为京版《语丝》的实际主编是有不同的观点的。鲁迅曾说："我和《语丝》的渊源和关系，……这样地一直继续到我走出了北京。到那时候，我还不知道实际上是

----

①川岛：《忆鲁迅先生和〈语丝〉》，《和鲁迅相处的日子》，四川人民出版社 1979 年，第 30—31 页。

②鲁迅：《我和〈语丝〉的始终》，《鲁迅全集》第 4 卷，人民文学出版社 2005 年，第 171 页。

③孙伏园：《亲"送语丝"记》，《语丝》第 12 期，1925 年 2 月 2 日。

④川岛《忆鲁迅先生和〈语丝〉》，《和鲁迅相处的日子》，四川人民出版社 1979 年，第 33 页。

谁的编辑。"①周作人还专门在《语丝》上刊文澄清:"我不是主任的编辑人"②。这样的说辞可能跟《语丝》从来没有明确宣布过杂志主编是谁有关,也可能跟语丝社松散的建制有关,但是,周作人又无疑是"实际的编辑",尽管这编辑者的权力是有限的:"凡社员的稿件,编辑者并无取舍之权,来则必用,只有外来的投稿,由编辑者略加选择,必要时且或略有所删除。"③然而,一份杂志要形成它的风格和影响,离不开编辑的理念和对稿件的处理和编排,周作人应该在这些方面起到了重要的作用,从《发刊辞》到文体问题的讨论、对读者来信的答复、"编者按"之类的写作、等等,都显示了周作人"实际的编辑者"身份以及对刊物理念的建设和推行。鲁迅在1933年致姚克的信中表达"《语丝》是周作人编的,我但投稿而已"④,算是对周作人主编身份的明确肯定。也正是在周作人的带领之下,京版《语丝》达到了它的全盛时期。在《语丝》被奉系军阀查封迁移到上海之后,李小峰邀请鲁迅担任主编之职:"这一年,小峰有一回到我的上海的寓居,提议《语丝》就要在上海印行,且嘱我担任做编辑。以关系而论,我是不应该推托的。于是担任了。"⑤可是在之后的编辑过程中,鲁迅与李小峰的合作并不愉快,终而在编满52期后提出辞呈,并应李小峰的要求推荐了同是浙东人的柔石担任编辑,柔石对此是颇为兴奋的,在1929年1月17日的日记中,柔石有这样的记录:"四个月以前,我还不敢做将我的短篇小说寄到《语丝》里来发表的尝试,我唯恐失败了。虽则我那时很想卖一篇文来过活。现在却由我的手来选择里面的揭登作品:这不是机会给我的么?"⑥毕竟,《语丝》是一份声名显赫具有重要地位的杂志。半年之后,柔石编完第5卷的上半卷后辞职。

综上所述,《语丝》杂志从它的创刊到编辑到出版发行,到基本方略的制定,越地作家都起到了不容小觑的作用,尤其是周氏兄弟"是《语丝》的中心"⑦,也正是以越地作家为主体的语丝群体的共同努力,使这一份小小的同人杂志能够"一纸风行","第一期只印两千份,原打算卖不掉就送人的,但在几天内就卖完了,订购者尤其是外埠的,还不断的汇款来订阅。记得第一期就先后再版了七次,共印了一万五千份"⑧,作家也因杂志而群集,以《语丝》为阵地进行社会批评

①鲁迅:《我和〈语丝〉的始终》,《鲁迅全集》第4卷,人民文学出版社2005年,第172—173页。
②周作人:《启事》,《语丝》第18期,1925年3月16日。
③鲁迅:《我和〈语丝〉的始终》,《鲁迅全集》第4卷,人民文学出版社2005年,第173页。
④鲁迅:《331105致姚克》,《鲁迅全集》第12卷,人民文学出版社2005年,第479页。
⑤鲁迅:《我和〈语丝〉的始终》,《鲁迅全集》第4卷,人民文学出版社2005年,第173页。
⑥柔石:《柔石日记》,山西教育出版社1998年,第110页。
⑦郁达夫:《回忆鲁迅》,黄乔生编:《郁达夫散文》,现代出版社2014年,第296页。
⑧川岛:《说说〈语丝〉》,《和鲁迅相处的日子》,四川人民出版社1979年,第44页。

与文明批评,涉及女师大事件、三一八惨案等重要政治文化事件,也展开了与现代评论派、后期创造社等革命文人的论争,从而奠定了杂志在中国文化历史上的重要地位。

二、语丝散文与越地散文传统

同人刊物《语丝》周刊的核心作用,形成了作家的汇聚,由此而成就了在中国文学史上有着重要地位的"语丝社",并生成了独具特色的"语丝文体",影响了中国现代散文的艺术走向。而作家群体中越地作家的群集,也使语丝散文与越地文化、越地传统散文产生了勾连。

《语丝》创刊的宗旨是"自由思想,独立判断,和美的生活"[①],主张思想和表达的自由,于是,对社会、文化的批评,对日常生活的艺术化书写,都进入了《语丝》的题材领域之中,用周作人的话说就是:"这里边是无所不谈,也谈政治,也谈学问,也谈道德,自国家大事以致乡曲淫词,都与以同样的注意。"[②]体现在文体上,就是"任意而谈,无所顾忌"[③],是"大家要说什么都是随意,唯一的条件是大胆与诚意"[④]。"随意"是《语丝》对文体的要求。于是,鲁迅的《记念刘和珍君》《无花的蔷薇之二》、周作人的《关于三月十八日的死者》《新中国的女子》等文章都是对三一八惨案受难者的同情和对段祺瑞政府暴行的批判,"中华民国十五年三月十八日,段祺瑞政府使卫兵用步枪大刀,在国务院门前包围虐杀徒手请愿,意在援助外交之青年男女,至数百人之多。还要下令,诬之曰'暴徒'!如此残虐险狠的行为,不但在禽兽中所未曾见,便是在人类中也极少有的"[⑤];"凡青年夭折无不是可惜的,不过这回特别的可惜,因为病死还是天行而现在的戕害乃是人功。……'中国人似未知生命之重,故不知如何善舍其生命,而又随时随地被夺其生命而无所爱惜。'这回的数十青年以有用可贵的生命不自主地被毁于无聊的请愿里,这是我所觉得太可惜的事"[⑥]。对政府的抨击,对死难者的惋

①周作人:《发刊辞》,《语丝》第 1 期,1924 年 11 月 17 日。

②周作人:《北京的一种古怪周刊〈语丝〉的广告》,《周作人散文全集》第 4 卷,广西师范大学出版社 2009 年,第 481 页。

③鲁迅:《我和〈语丝〉的始终》,《鲁迅全集》第 4 卷,人民文学出版社 2005 年,第 171 页。

④周作人:《答伏园论"语丝的文体"》,《语丝》第 54 期,1925 年 11 月 23 日。

⑤鲁迅:《无花的蔷薇之二》,《鲁迅全集》第 3 卷,人民文学出版社 2005 年,第 278-279 页。

⑥周作人:《关于三月十八日的死者》,《周作人散文全集》第 4 卷,广西师范大学出版社 2009 年,第 596 页。

惜,都呈现在这沉郁而犀利的话语之中。川岛的《"西滢"的"吃嘴巴"》也写得泼辣幽默:

> "吃嘴巴",我要是诬赖了西滢,即使从此没有人"给我一栏,让我上天下地,随便瞎说",我也没法。倘若由于"流言",因为我把"流言"写在纸上要负责去"吃嘴巴",我就大胆一下,改"吃"为"打",先就请诸"某籍某系"者打了西滢的嘴巴再说。要真是"应当",打或吃,我并不计较,就说西滢因被我诬赖而想私自解决的话,除我因现在比他多一个老婆和孩子,有点犯不着和他决斗外,别的都可以,雇老妈子或者请流氓来对打。但是事实上却并不如西滢所说,倒是西滢诬赖了我,"是应当吃嘴巴的"不? 着令西滢自说。可是原谅我,即使有人为我预备好了洗手水——水中掺花露水的,我也不一定愿意去打西滢的嘴巴。以嘴巴为解决问题的方法,一经"正人君子"或者"通品"认为应当,我就不屑采用了。[①]

此文是川岛对陈西滢发表在《现代评论》上的文章的批驳,陈西滢因为川岛的《反周事件答问》中提及的《现代评论》社接受章士钊的津贴等问题,著文解释并判明"叫什么川岛的先生""应当吃嘴巴",从而引发了川岛的此文,嬉笑怒骂,颇有鲁迅之风。

与这些汪洋恣肆、沉郁犀利的杂文相对,鲁迅在"语丝"时期,也写作了包括《秋夜》《死火》等散文诗,后来结集为《野草》出版,这些作品是鲁迅在心灵的探寻和思考中形成的诗,是内在心理在散文诗文本中的投射,用相对艰涩难懂的象征性文本披露和呈现出来的内心真实,并用个性化的表达建构了独属于鲁迅的文本空间。《野草》有着鲁迅一贯的凌厉和冷峻,"铁似的直刺着奇怪而高的天空"的枣树的枝条,对立于旷野之上手提利刃的复仇者,以及"两手尽量向天"的垂老女人荒废颓败的身躯,等等,无不显示出紧张和焦灼之气,是一种有着内在力度的富含张力的表达。而周作人在创作金刚怒目式的杂文的同时,也有"美文"的创作,平和冲淡、散漫支离,写的也都是平常之物,如菱角、乌篷船、故乡的黄酒等等,但以渊博的学识和对生活的理解为基石,又呈现出与《野草》不同的另一种"随意"。所以,语丝散文是一种无所顾忌的任意而谈,自由随意是语丝的文体和风格,对自我的自由表达是语丝散文的精神品质。

也正是在文体自由这一点上,现代越地散文对晚明文体有着传承性。王思任的散文既有对现实、社会的抨击和批判,也有真挚的抒怀和纯粹的描写,都是从心底里流出,率真而自由随意。《让马瑶草》(即《致马士英书》)用词犀利,语

---

① 川岛:《"西滢"的"吃嘴巴"》,《语丝》第 70 期,1926 年 3 月 15 日。

藏机锋,直斥马士英的种种劣迹:"当国破众疑之际,拥立新君,……然而一立之后,阁下辄骄气满腹,政本自由,兵权独握,从不讲战守之事,而但知贪黩之谋。酒色逢君,门墙固党,以致人心解体,士气不扬。叛兵至则束手无措,强敌来而先期以走。致令乘舆迁播,社稷邱墟。阁下谋国至此,即喙长三尺,亦何以自解也?"①而他的游记小品虽也有对晚明现状的讽刺与抨击,但常常灵动诙谐,呈现出另一种风致。《游满井记》一反袁宏道同题散文对"满井"景色的工笔细描,将笔致转向游人的众生相:"传闻昔年有妇即此坐蓐,各老妪解襦以帷者,万目睖睖,一握为笑。而予所目击,则有软不压驴,厥天扶掖而去者;又有脚子抽登复堕,仰天丑露者;更有喇唬恣横,强取人衣物,或狎人妻女,又有从旁不平,斗殴血流,折伤至死者。一国狂惑。予与张友买酌苇盖之下,看尽把戏乃还。"②嬉笑诙谐,以幽默的话语完成了对各色人等的调侃。《历小洋记》里的这一段文字,则是对落日风景的纯粹细描了:"落日含半规,如胭脂初从火出。溪西一带山,俱似鹦绿鸦背青;上有猩红云五千尺,开一大洞,逗出缥天,映水如绣铺赤玛瑙。"③因此,王思任的散文书写,以谐谑幽默为总体风格和气质,有着出自内心的率直和真诚,也是任意而谈的。张岱的散文更偏向于日常生活和世俗人生的书写,取材越出了晚明作家常见的山水描画,而写女戏、扫墓、茶叶、西湖的香市、绍兴的灯景、越中的方物等等,题材庞杂似乎是信手拈来,也更为生活化。《柳敬亭说书》中经典的片段自然是柳敬亭说武松景阳冈打虎的场景,"勃夬声如巨钟,说到筋节处,叱咤叫喊,汹汹崩屋。武松到店沽酒,店内无人,謈地一吼,店中空缸空甓皆瓮瓮有声",确实是"描写刻画,微入毫发",寥寥数语之间,已将柳敬亭的神韵、气质以及高超的说书技艺,尽情展现。然而文章的起笔却是:"南京柳麻子,黧黑,满面疤癗,悠悠忽忽,土木形骸。善说书,一日说书一回,定价一两,十日前先送书帕下定,常不得空。南京一时有两行情人:王月生、柳麻子是也。"④将满面疤癗、土木形骸而又技艺绝伦的柳麻子与色艺双全的秦淮名妓王月生并举,既是对现实的贴近,也从侧面更进一步地突出了柳敬亭的形象,生发出世俗生活的鲜活样态。而且,张岱的散文,又是众体皆备,并能达到不俗的境地,刘大杰先生评价其"任何体裁,到他手中,都解放了,如序跋、像赞、碑铭这些文体,出之三袁、钟、谭,也都板起面孔规规矩矩地写,到了他,也写

①(明)王思任:《让马瑶草》,李鸣选注:《王季重小品》,文化艺术出版社1996年,第13页。
②(明)王思任:《游满井记》,《文饭小品》,蒋金德点校,岳麓书社1989年,第243—244页。
③(明)王思任:《历小洋记》,《文饭小品》,蒋金德点校,岳麓书社1989年,第283页。
④(明)张岱:《柳敬亭说书》,《陶庵梦忆 西湖梦寻》,夏咸淳、程维荣校注,上海古籍出版社2001年,第81页。

得滑稽百出,情趣跃然,同时也是用的小品文体"①。这样的行文方式,自然也体现出晚明小品"不拘格套"的文学主张,以及内蕴的文学审美风格追求,并开启晚明以来的一代文风。

晚明越地作家的幽默和讽刺也影响着语丝散文的风格。早在 20 世纪 30 年代,陈子展和王哲甫就对语丝散文的特质进行了概括:"生辣的深刻的批评文……最富于俏皮的语言,和讽刺的意味"②,"《语丝》嬉笑怒骂、冷嘲热讽的杂文,在当时最为流行,并且开了一派的风气,影响到许多青年作家的文笔"③。幽默和讽刺正是这些评价里的核心词,也是公认的语丝散文的特质。鲁迅的杂文是嬉笑怒骂皆成文章,对讽刺的运用的精到上自然是最有代表性,无论是《牺牲谟》(《语丝》第 18 期)、《论"他妈的!"》(《语丝》第 37 期),还是《杂谈管闲事·做学问·灰色》(《语丝》第 62 期)等杂文,都亦庄亦谐,辛辣机智,以讽刺幽默的笔墨,完成了对批判对象的无情揭露。体现的正是鲁迅对于文章的认识,即行文不能"为玩笑而玩笑",然而"夹杂些闲话或笑谈,使文章增添活气,读者感到格外的兴趣,不易于疲倦"④,又是杂文应取的策略。周作人、川岛、刘半农、钱玄同、林语堂等语丝作家,文章也常常呈现出庄谐杂出的气质。《语丝》第 35 期刊载了《川岛启事两则》和川岛写给启明先生的信,在信件中,川岛解释了为什么要求《语丝》刊载这两则启事的原因,是正陷于经济窘境的川岛,"日前见报载阁议通过一件国家大事的议案,要把金佛郎余款怎样的津贴私立大学等,这于我恰如在重雾的航路中瞧见灯塔"⑤,于是拟创办一所私立的"爱国大学","启事"里是拟就的建私立大学的计划:

> 学校的名称拟定为爱国大学。校址暂在敝寓——也许将来去租一所民房或商店旧址。其间使我不敢独断的是教学内容:英日文当然不教,中文则中国出过卖国贼和奸臣也不当教,其他,总之一切学课都有流弊,我们绝不该思嘉惠青年者反遗害之。可是这等我们的学校正式成立之后总可想到妥善的方法,都是要凭仗诸位。
>
> 我还要凭我忠诚来告你们一件事,这就是现在我没有筹到开办的经费。然而只要挂起学校的招牌,便可以得到多少的报名费,倘若我们决心创办并且招考。阁议也曾经通过将金佛郎余款怎样的津贴私立学校,我们

---

① 刘大杰:《中国文学发展史》(下卷),商务印书馆 2015 年,第 924—925 页。
② 陈炳堃:《最近三十年中国文学史》,太平洋出版社 1930 年,第 273 页。
③ 王哲甫:《中国新文学运动史》,上海书店 1986 年,第 73 页。
④ 鲁迅:《忽然想到二》,《鲁迅全集》第 3 卷,人民出版社 2005 年,第 16 页。
⑤ 川岛:《川岛启事两则》,《语丝》第 35 期,1925 年 7 月 13 日。

学校的经常费也便在此,教育部里有我熟识的人。①

"人本幽默"②的川岛在"启事"里一本正经地讨论拟创办的大学的名称、地址、开课的设想、准备招聘名流来担任学校的董事和教员等等具体事宜,摆出一副要全力办成"爱国大学"的架势。然而,所有的这些具体事宜又仅仅只是空谈,校址是设在自己的公寓里,拟开设的课程是未知的,创办这个名义上的大学的目的只是为了获得教育部的津贴,文章以幽默的方式讽刺了官僚们的行为。有意思的是,在川岛的"启事"和致周作人的信的后面,《语丝》即刊载了周作人的回复,告诉川岛他也正准备创立一所"护国大学",并邀请川岛担任护国大学的教务长,也自荐担任川岛爱国大学的教务长,从而不花一文钱就解决了两所大学的校长和教务长问题。当然,建立大学最关键的不是"教员和功课",而是"先得做一块洋铁招牌",挂起招牌才可以有"分润金款之权利"。文章同样地含蓄而又尖锐,幽默中暗含着讽刺,与川岛的文章相得益彰。

语丝散文中幽默与讽刺的并存是一种颇为普遍的现象,文章常常以幽默的手段以达到讽刺的目的,而这样的幽默也就区别于一般的滑稽。周作人曾经就读者对《语丝》"太多滑稽分子"的质疑专门做过辩解:"我以为滑稽不论多少,都没有什么妨碍……我只觉得我们不很能说'为滑稽的滑稽',所说的大抵是'为严正的滑稽'"③。1926年替《语丝》在《京报副刊》打广告的时候,周作人再一次强调"我们的滑稽放诞里有道学家所没有的端庄"④。由此可见,关于语丝散文,周作人与鲁迅的观念是相通的,都认可行文的滑稽和幽默,但是这滑稽是严正、端庄的,也就与一般的为滑稽而滑稽作了区分。

这种幽默的文学风格与品性,与晚明越地的散文气质形成了传承关系。晚明作家生在动荡的社会环境之中,内心郁积又有反抗之气,发而为文就常带幽默和讽刺。王思任就是以谑闻名的小品文作家,张岱曾作《王谑庵先生传》,评价其为"先生对之调笑狎侮,谑浪如常,不肯少自贬损也。晚乃改号谑庵,刻《悔谑》,以志己过,而逢人仍肆口诙谐,虐毒益甚"。⑤ 钱谦益也有类似的评价,称王思任"通脱自放,不事名检。性好谑浪,居恒与狎客纵酒,谈笑大噱……好以诙

①川岛:《川岛启事两则》,《语丝》第 35 期,1925 年 7 月 13 日。

②郁达夫:《导言》,《中国新文学大系・散文二集》(影印本),上海文艺出版社 2003 年,第 17 页。

③周作人:《滑稽似不多》,《语丝》第 8 期,1925 年 1 月 5 日。

④周作人:《北京的一种古怪周刊〈语丝〉的广告》,《周作人散文全集》第 4 卷,广西师范大学出版社 2009 年,第 481 页。

⑤(明)张岱:《王谑庵先生传》,《琅嬛文集》,栾保群点校,浙江古籍出版社 2013 年,第 150 页。

谐为文"①。这些评价都凸显出了王思任为人为文的谐谑特质,王思任也在其自我调侃的《谑庵自赞》中说:"遂初服,四十五,发见白,齿渐龋。兴还高,人不腐。舌如风,笑一肚。要读书,恨愚鲁。半通今,半博古。友子瞻,师杜甫。性喜客,肯作主。酒不让,棋甚赌。爱山水,怕官府。奉高堂,居乐土。迟起床,早闭户。任天公,皆有数。不告贫,不诉苦。"②而行文的"谑"自然是其个性和人格的投射,也是王思任为文的自觉追求,他在《夏叔夏先生文集序》中说:"诗以穷工,书因愁著,定论乎?曰非也。文章有欢喜一途,惟快士能取之,宋玉、蒙庄、司马子长、陶元亮、子美、子瞻,吾家实甫,皆快士也。其所落笔,山水腾花,烟霞划笑,即甚涕苦愤叹之中,必有调谐佯舞之意。"③在王思任的观念中,"诗以穷工,书因愁著",并非文学创作的规定形态,宋玉、苏东坡们的创作是有着"山水腾花,烟霞划笑"的喜剧色彩的,即使是愁苦的内容,也必然有"调谐佯舞"的喜剧元素,因此,文章也可以走"欢喜一途"。

而王思任的"谑"里面又有着"庄"的意味,同时代的越中士子、上虞人倪元璐评价王思任是:"谑庵既悔谑祸。将定须庄语乞福。夫向所流传。按义选辞。摘葩敲韵。要是谑庵所为庄语者矣。"④王思任确实是在对日常生活、社会政治的幽默书写中,完成对现实的讽刺。所以他写不学无术的学子是:

　　一秀才专记旧文,试出果佳。夸示谑庵定当第一,谑庵曰:"还是第半。"秀才不喻。谑庵曰:"那一半是别人的。"⑤

"那一半是别人的",直接讽刺了秀才的迂腐和对"旧文"的生吞甚至抄袭。也在著名的《致马士英书》中嬉笑怒骂,表达了对马士英的嘲笑和蔑视。为人为文中都是谑而庄的。

也许正是在这个层面上,周作人对王思任颇为激赏,专门写文《关于谑庵〈悔谑〉》,对王思任的谐谑特质进行阐发,认为"谑庵的谑总够得上算是彻底了,在这一点上是值得佩服的。……他的一生好像是以谑为业",尤其是肯定了王

---

①(清)钱谦益:《列朝诗集小传》(下册),上海古籍出版社2008年,第574页。
②(明)王思任:《谑庵自赞》,《文饭小品》,蒋金德点校,岳麓书社1989年,第46页。
③(明)王思任:《夏叔夏先生文集序》,《王季重十种》,任远点校,浙江古籍出版社2010年,第94页。
④(明)倪元璐:《叙谑庵悔谑抄》,《鸿宝应本(二)》,台北学生书局1970年,第443页。
⑤周作人:《关于谑庵〈悔谑〉》,《周作人散文全集》第7卷,广西师范大学出版社2009年,第509页。

思任"他的戏谑乃是怒骂的变相,即所谓我欲怒之而笑哑兮也"。① 戏谑里面蕴含着的是讽刺,是"怒骂",不是为戏谑而戏谑的。这样的行文风格,在明代的越地散文中并非个案,徐渭的《自为墓志铭》同样流淌着谐谑意味,而张岱的小品文更是"有中郎的清新,有竟陵的冷峭,又有王谑庵的幽默"②,以诙谐的手法描述七月半的西湖的五类游人,在《西湖香市》中辛辣地讽刺贪腐的官僚。也正是在这个层面上,鲁迅提出"明末的小品虽然比较的颓放,却并非全是吟风弄月,其中有不平,有讽刺,有攻击,有破坏"③,是有着讽刺和反抗的文学。周氏兄弟是语丝派的领袖,他们对明末小品幽默和讽刺风格的认同,自然会影响到语丝派对于语丝文体的创造,或者说,越地传统散文的语体特色对语丝文体的形成是有着重要的借鉴意义的。

三、语丝散文与现代散文的自觉

在中国的文学体系中,散文最初是与韵文相对的一个概念,因而所涉及的文体范畴比较宽广,先秦的诸子散文、司马迁《史记》为代表的传记散文、唐宋以来的山水游记、以及各种序跋、奏议、诏令、箴铭等等,都被纳入了散文的文体领域之中。所有这些文体,在文学的演进中又形成了自己独特的发展轨迹,奏议、诏令等应用性散文随着王朝的覆亡而消失,山水游记等文学性散文也在时代的更迭、文学观念的变革中呈现出不同的风格和追求。而不同的风格和追求,实质上就蕴含了作者的个性化特征,凸显的是创作主体的自主精神和自由意志,这正是散文发展的重要基础。这样的个性化追求自然会带来文体样式的变革,形成散文发展的脉络和逻辑,从而建构起散文的历史。语丝散文正是在五四这个节点上,以其多方面的现代建构,完成了对传统散文的继承和超越以及现代散文的自觉。

首先,语丝作家有着清晰的文体意识,他们站在文学的诗意的立场上讨论和建构现代散文的文体,从文学本质的意义上理解和从事散文的写作。周作人早在 1921 年就提出了"美文"概念,1925 年,周作人、孙伏园等又在《语丝》杂志上就语丝的文体问题展开讨论,而这场被誉为"20 世纪里散文批评家第一次自

①周作人:《关于谑庵〈悔谑〉》,《周作人散文全集》第 7 卷,广西师范大学出版社 2009 年,第 505 页。

②刘大杰:《中国文学发展史》(下卷),商务印书馆 2015 年,第 926 页。

③鲁迅:《小品文的危机》,《鲁迅全集》第 4 卷,人民文学出版社 2005 年,第 591—592 页。

觉地、有意识有目的地围绕现代散文的'体'所进行的批评活动"①的文体讨论,也意味着散文文体意识在语丝作家中的理论自觉。在讨论的理论奠基之下,语丝派的作家率意为文,创制了一种被称之为"语丝文体"的散文文体,这种"四五十期以来的渐渐形成的文体,只是一种自然的趋势"②,没有规定的要素,强调的是率性和自由,在文体内部也是复杂多元的,有鲁迅为代表的注重社会批评和文明批评的犀利的杂感,也有孙伏园的《伏园游记》、孙福熙的《山野掇拾》、川岛的《月夜》等抒情小品,然而对散文的文学性的共同追求,将这些作家集结在了《语丝》的旗帜之下,"语丝文体"成为了现代散文文体意识彰显的一种标识。

　　而文体意识的自觉是与作家主体意识的自觉相关联的。"散文作家主体意识的自觉也就是散文文体意识的自觉,而散文文体意识的自觉,也意味着作家主体意识的自觉……意识自觉的核心是对人作为精神主体的恢复与张扬。"③作家主体意识的自觉应该得益于五四标举个人、张扬人的个性和独立自主的精神的时代氛围,在人的发现的背景之下,"人的发见,即发展个性,即个人主义,成为五四时期新文学运动的主要目标"④。尤其是散文,与小说戏剧不同,侧重于表现个体的生活和体验,与自我有着更为紧密的联系,作家主体性的表现也就更加清晰。郁达夫在总结五四散文的创作时就说:"现代的散文之最大特征,是每一个作家的每一篇散文里所表现的个性,比从前的任何散文都来得强。……带有自叙传的色彩……这一种自叙传的色彩是什么呢,就是文学里所最可宝贵的个性的表现。"⑤作家主体意识的张扬,也就形成了语丝散文不同的个性气质和风格。鲁迅的杂文如投枪匕首,有着深刻尖锐的特质;周作人的散文则以平和冲淡见长;川岛《一个小动物之诞生》反复陈述对女儿"慈父的爱",尽显抒情体式的特质……

　　因此,语丝散文作家在五四"人的发现"的语境之中,主体意识与文体意识获得了自觉,并将自我沉浸在散文文本之中,使文本显现出个人的充分特质,从而将散文的文学性推进到了一个新的高度。

　　其次,语丝散文对文学性进行了强化。语丝散文作家对语丝文体的讨论,已经显示了他们对散文这一文体的文学本质有着清晰的认识,这使他们规避了传统散文中文笔不分而导致的散文文学性因素被挤压的弊端,也超越了晚清到

---

　　①范培松:《中国散文批评史》,江苏教育出版社2000年,第22页。

　　②孙伏园:《语丝的文体》,《语丝》第52期,1925年11月9日。

　　③丁晓原:《"五四"散文的现代性阐释》,《中州学刊》2005年第2期。

　　④茅盾:《关于"创作"》,《茅盾全集》第19卷,人民文学出版社1991年,第266页。

　　⑤郁达夫:《导言》,《中国新文学大系·散文二集》(影印本),上海文艺出版社2003年,第5页。

五四初期的议论性散文中政论色彩对文学性的淹没,从而将杂感、小品文的文学性推进到新的层面。

中国现代散文的开端是《新青年》随感录作家群的创造,再往前推,有梁启超所倡导的文界革命推广的平易畅达的新文体。然而无论是梁启超还是《新青年》群体,他们的散文都带有明显的政论色彩。《论小说与群治之关系》常常被引用的一段话是:"欲新一国之民,不可不先新一国之小说。故欲新道德,必新小说;欲新宗教,必新小说;欲新政治,必新小说;欲新风俗,必新小说;欲新学艺,必新小说;乃至欲新人心,欲新人格,必新小说。何以故?小说有不可思议之力支配人道故。"①充满着理性的评论性文字宣泄的是一个改良主义知识分子的政治激情,是理胜于文的,所以周作人评价清末民初的散文是"那时的作者自然也是意不在文,因为目的还是教育以及政治的"②,以教育和政治为目的的散文自然还不能算作严格意义上的文学散文。《新青年》时期的李大钊、陈独秀的散文,也没有脱却"政论"的气质。

> 破坏!破坏偶像!破坏虚伪的偶像!吾人信仰,当以真实的合理的为标准;宗教上,政治上,道德上,自古相传的虚荣,欺人不合理的信仰,都算是偶像,都应该破坏!此等虚伪的偶像倘不破坏,宇宙间实在的真理和吾人心坎儿里彻底的信仰永远不能合一!③

> 由今以后,到处所见的,都是 Bolshevism 战胜的旗。到处所闻的,都是 Bolshevism 凯歌的声。人道的警钟响了!自由的曙光现了!试看将来的环球,必是赤旗的世界!④

无论是陈独秀还是李大钊的文字,都有着充沛的感情和磅礴的气势,用语直接不容置疑,直接指向对社会和文明的批评,以及对未来的期许,透示出政治家的气质和五四特有的青春激情,在五四特定的语境中,在反封建的启蒙主题之下,起到过非常重要的作用,或者说,这些散文本就是五四气质的构成部分。但是从文学的层面上来讲,艺术性、文学性是相对缺失的,它们更多地呈现出新闻性和政论性,带有时事评论、理论短评的性质,具有比较浓郁的说教色彩。同属于《新青年》作家群的刘半农、钱玄同,甚至鲁迅的散文,也有着类似的特质。所以鲁迅在 1925 年曾经写下这样的话:"在一年的尽头的深夜中,整理了这一

---

① 梁启超:《论小说与群治之关系》,《新小说》第 1 号,1902 年 11 月。

② 周作人:《〈中国新文学大系散文一集〉导言》,《周作人散文全集》第 6 卷,广西师范大学出版社 2009 年,第 720 页。

③ 陈独秀:《偶像破坏论》,《新青年》第 5 卷第 2 号,1918 年 8 月 15 日。

④ 李大钊:《Bolshevism 的胜利》,《新青年》第 5 卷第 5 号,1918 年 11 月 15 日。

年所写的杂感，竟比收在《热风》里的整四年中所写的还要多。意见大部分还是那样，而态度却没有那么质直了，措辞也时常弯弯曲曲。"①鲁迅将这一年的散文放在五四时期作品的参照系中，指出语丝时期的杂文，尽管依然有着明显的社会批评和文明批评的功能，但不再"质直"，而是"弯弯曲曲"，用艺术化的形式替代了直接剖示的议论。这"弯弯曲曲"包括用幽默的方式讽刺批判社会，以调侃、揶揄的笔墨揭示批判对象，从而使散文在社会功能和审美价值上都获得提升，强化了散文的艺术性。同时，更指向一种形象化的议论，从某种具体的事物描写入手，从中透示出社会生活、思想文化的各个层面。在这些文章里，"事件、人物、典故或其他形式的形象描写成为文章的主要成分，成为包容思想的本体"。② 又因为思想浸润在形象之中，形象本身也就带上了隐喻的特质。如关于雷峰塔的倒掉，鲁迅在1924年和1925年写了《论雷峰塔的倒掉》《再论雷峰塔的倒掉》两篇文章，分别刊登在《语丝》的第1期和第15期。在鲁迅的文章里，雷峰塔是镇压白娘子的塔，行文从"破破烂烂的映掩于湖光山色之间"起笔，然后细数祖母给"我"讲的白蛇被法海压在雷峰塔下的故事以及法海变成"蟹和尚"的故事，潜隐的内容是白娘子与许仙的悲剧是来自于法海这一外在的压迫力量，所以，在文章中，"我"多次表达"希望他倒掉"。文章围绕雷锋塔而建构，融合了许仙和白娘子的故事，最终指向的是，雷峰塔不仅仅是西湖边上镇压白娘子的塔的实物，也是礼教的象征这一符合五四时代精神的内涵。《再论雷峰塔的倒掉》更是在雷峰塔倒掉后西湖十景缺了一景的游客感叹中，发掘出了"十景病"的民族文化病灶，并由此而提出："无破坏即无新建设，大致是的；但有破坏却未必即有新建设"，"奴才式的破坏，结果也只能留下一片瓦砾，与建设无关"，而"瓦砾场上还不足悲，在瓦砾场上修补老例是可悲的"③。在鲁迅的散文里，雷峰塔的倒掉不仅仅是风景的改变，更是以此为由头，直指整个民族灵魂上的弱点，"奴才式"政治文化带来的恶果，从而将批判引向更为深刻的历史文化层面。所以李欧梵说雷峰塔是一个"象征"，"用精神分析学的隐喻观点来解释，雷峰塔便几乎成了一个图腾的象征，通过它，文化的'超我'力量在压迫着'本我'或'伊底'的潜能"④，鲁迅将雷峰塔倒掉的事件作为文章的主体，曲折地表达出了思想的本体。同样，《论照相之类》《说胡须》《看镜有感》《牺牲谟》《马上支

①鲁迅：《华盖集·题记》，《鲁迅全集》第3卷，人民文学出版社2005年，第3页。
②林焱：《论"语丝体"杂文的艺术特色》，《中国现代文学研究丛刊》1986年第1期。
③鲁迅：《再论雷峰塔的倒掉》，《鲁迅全集》第1卷，人民文学出版社2005年，第202—204页。
④李欧梵：《生命与现实的全方位审视》，《鲁迅研究动态》1989年第8期。

日记《学界的三魂》等鲁迅刊载在《语丝》周刊的文章,也都采用的是形象化的议论手法,避免了《新青年》杂感中过于直露的理论传达方式。

形象化议论是鲁迅在《语丝》时期创作上的重要特质,也是《语丝》散文所呈现出来的共通追求。周作人《狗抓地毯》从"狗抓地毯"这一动物"蛮性的遗留"进而讨论两性关系上种种"荒谬迷信的恶习",从普通人对恋爱事件的"猛烈的憎恨"里挖掘出人类意识深处野蛮心理的根源。林语堂对中国"文明"的抨击,对此种"文明"熏陶下的中国人的"驯服""中庸""识时务""少年老成"等等民族弱点的揭示,都是假借 Zarathustra 在中国的见闻和感悟表达出来的,最终得出的结论是,在这少年"讲仁义,崇孔,卫道"、青年的特长则是"哭啼号哭"的国度里,"我能够同这样的民族做什么大事呢? 连他们的青年都稳健了"[1],充满了对毫无生机、死气沉沉的中国现实的不满。川岛《夜里的荒唐》、孙福熙《回国》、周建人《论求婚》等散文也是以形象化的议论深化了文章的艺术表现。可以说,在语丝散文这里,艺术表达的强化使之从文学本质上超越了以往的议论性散文。

最后,文体样式得到了丰富。这是伴随着散文文体意识的自觉而生成的创作形态,而《语丝》丰富的文体样式也推动了散文的现代化进程。

《语丝》周刊从《发刊辞》到后来的文体讨论以及所秉持的编辑理念,都为散文文体的充分自由提供了理论和实践上的支持,也使语丝散文不再局限于五四时期散文的"随感录"形态,走向了丰富和多元。在《语丝》杂志中,鲁迅的《马上支日记》采用的是日记体,《野草》是散文诗,《记念刘和珍君》更多融合了散文的叙事和抒情笔法;周作人有《喝茶》《谈酒》《乌篷船》之类的美文;《疑古玄同与刘半农抬杠》是钱玄同与刘半农的通信,《神户通信》《"岂非头等文明也哉"》是张定璜、川岛写给周作人的信;《蛇郎精》《小五哥的故事》是收集自民间的故事;冯沅君《镜花缘与中国神话》、顾颉刚《古史杂论》是论文。此外还有随感录、闲话、序跋、随笔、语录、抒情小品等等多种样式,语丝作家完全根据自己的情志和表达的需要,选择合适的样式"任意而谈",对散文的体式有着颇为广泛的拓展。这种丰富的文体样式,周作人在四十年代的时候用"杂文"一词来指称。在他的散文观念里,"并无一定形式"、"文体思想很夹杂的是杂文"[2],这是一个非常广义的"杂文"概念,涵盖了周作人的所有创作文体,所以有论者说:

> 广义的"杂文"既然"并无一定形式",写法也就无所不包,可以是当代文艺批评(后来很少再写)、简单回忆经历记录遭遇或一时感想的"随想录"

---

① 林语堂:《Zarathustra 语录》,《语丝》第 55 期,1925 年 11 月 30 日。
② 周作人:《杂文的路》,《周作人散文全集》(第 9 卷),广西师范大学出版社 2009 年,第 423—426 页。

("五四"以后仍偶一为之)、短兵相接的驳论(后来越写越委婉了)、怀人之作(晚年干脆联络一气而成为《知堂回想录》)以及单纯的叙事抒情的随笔、议论和述学之作,所采取的体裁形式则可以是序跋、书信、随笔小文或长篇论文、"近于前人所作的笔记"、记录读书心得的"文抄公"式摘录与略事评点的学术札记。这些都可以包含在"杂文"里面。①

无论是随笔小文、序跋书信还是长篇论文,都在周作人的"杂文"范畴之内。鲁迅的16本杂文集中,也包含序跋、日记、读书随笔、论文、书信、驳论、随感录等等不同的样式,他也从广义的范畴之内来界定"杂文"的概念:"近几年来,所谓'杂文'的产生,比先前多……作者多起来,读者也多起来了。其实'杂文'也不是现在的新货色,是'古已有之'的,凡有文章,倘若分类,都有类可归,如果编年,那就只按作成的年月,不管文体,各种都夹在一起,于是成了'杂'。分类有益于揣摩文章,编年有利于明白时势,倘要知人论世,是非看编年的文集不可的……"②在这里,鲁迅强调的是"不管文体",与周作人的"并无一定形式"在立意上是相通的,都指向的是在文章的写作上是没有规定的成法的,若有那也是"无论什么文章总只是一个写法,信口信手,皆成律度"③。尽管这些概念的提出是在20世纪的30—40年代,《语丝》因为诸种原因早已经停刊,因《语丝》杂志而汇聚的作家群体已经流散,周氏兄弟经过多年的思考和探索在散文的观念上也有变化,然而,在文体的"杂"上,与《语丝》时期的观念和创作实践上还是有一脉相承之处,《语丝》对文体本没有要求,一切都是随意,强调自由不拘,是"不伦不类的文章与思想"④,正是这样的观念引领了《语丝》散文文体的灵动和多元。

当然,就大的体式而言,语丝散文主要还是杂感和美文两类。蔡元培曾指出:"《语丝》——为周树人、作人兄弟所主编,一方面,小品文以清俊胜;另一方面,讽刺文以犀利胜。"⑤犀利的杂感和清俊的美文确实占据了《语丝》杂志的主体空间。

《语丝》作家中的重要组成鲁迅、周作人、钱玄同、刘半农等,都是从《新青年》走过来的,也曾是《新青年》随感录作家群的重要构成,仅鲁迅在《新青年》中

①郜元宝:《从"美文"到"杂文"——周作人散文论述诸概念辨析(下)》,《鲁迅研究月刊》2010年第2期。

②鲁迅:《且介亭杂文·序言》,《鲁迅全集》第6卷,人民文学出版社2005年,第3页。

③周作人:《再谈俳文》,《周作人散文全集》第7卷,广西师范大学出版社2009年,第784页。

④周作人:《答伏园论"语丝的文体"》,《语丝》第54期,1925年11月23日。

⑤蔡元培:《二十五年来中国的美育》,《蔡元培美育论集》,湖南教育出版社1987年,第226页。

就发表 27 则杂感。进入《语丝》阶段，延续了《新青年》启蒙立场的作家，自然也延续了杂感的写作，而且，20 年代的语境，也需要杂感这种文体来完成对社会和文化的批判。这一点在周作人的《发刊辞》中表达得很清楚：

> 我们只觉得现在中国的生活太是枯燥，思想界太是沉闷，感到一种不愉快，想说几句话，所以创刊这张小报，作自由发表的地方。……我们并没有什么主义要宣传，对于政治经济问题也没有什么兴趣，我们所想做的只是想冲破一点中国的生活和思想界的昏浊停滞的空气。①

鲁迅也对北京的环境颇为不满：

> 在北京这地方，——北京虽然是"五四运动"的策源地，但自从支持着《新青年》和《新潮》的人们，风流云散以来，一九二〇至二二年这三年间，倒显着寂寞荒凉的古战场的情景。②

沉闷枯燥的思想界，类似于寂寞古战场的北京，都需要有一种力量来进行冲破，杂感显然是有效的途径。作者"通过杂文这种形式，自由地伸入现代生活的各个领域，迅速地接纳、反映瞬息万变的时代信息，做出政治的、社会历史的、伦理道德的、审美的评价与判断，并及时地得到生活的回响与社会的反馈"③。从而达到对"昏浊停滞的空气"④的突破。《语丝》承担起了这样的责任，开设随感录、通信、大家的闲话、我们的闲话等栏目，为作家提供话语空间。而鲁迅等作家虽然与《新青年》的陈独秀、李大钊以激昂的文字宣泄他们的政治热情等不同，语丝作家是纯粹的文人，但他们同样有着对现实的关注，需要以杂感的形式进行社会批评和文明批评，表达一个人文知识分子的情怀和担当，并由此而实现自己的存在价值。于是，杂感成为《语丝》杂志最主要的文体，据不完全统计，《语丝》杂志上的杂感占据了总篇目的百分之六七十，有着非常大的数量和比重，并在实际的论战中起到了重要的作用。语丝派与现代评论派围绕着女师大事件、三一八惨案等展开的论争、语丝派与后期创造社的论战等等，都借用了杂感这种充满斗争锋芒的文体，而在这论证中，杂感的文化特质获得强化，文学性日趋彰显，这又将杂感推进到了新的文学阶段。鲁迅《无花的蔷薇之二》《看镜有感》《"醉眼"中的朦胧》《文艺与革命》、川岛《欠缺点缀的中国人》、周作人《上

---

① 周作人：《发刊辞》，《语丝》第 1 期，1924 年 11 月 17 日。
② 鲁迅：《〈中国新文学大系〉小说二集序》，《鲁迅全集》第 6 卷，人民文学出版社 2005 年，第 253 页。
③ 钱理群等：《中国现代文学三十年》，北京大学出版社 1998 年，第 289 页。
④ 周作人：《发刊辞》，《语丝》第 1 期，1924 年 11 月 17 日。

下身》《日本浪人与顺天时报》《吃烈士》、林语堂《谬论的谬论》《论骂人之难》等等，不仅是最能体现《语丝》泼辣气质的杂感，也是现代散文史上的经典性文本。

《语丝》周刊中与杂感双峰并置的是美文。美文是周作人在 1921 年提出的概念，他在这篇发表于《晨报》的小文章中专门探讨了新文学中散文的形式要求："外国文学里有一种所谓论文，其中大约可以分为两类，一批评的，是学术性的。二记述的，是艺术性的，又称作美文，这里边又可以分出叙事与抒情，但也很多两者夹杂的。"①周作人在此区别了"学术性"的论文与"艺术性"的论文，完成了"美文"的命名。美文概念的提出为中国现代散文的发展指明了可行的路径，并在当时的文坛引起了关注，胡适在 1922 年的《五十年来中国之文学》中对此有充分的肯定："白话散文很进步了。散文方面最可注意的发展，乃是周作人等提倡的'小品散文'。这一类小品，用平淡的谈话，包含着深刻的意味；有时很像笨拙，其实却是滑稽。这一类作品的成功，就可彻底打破那'美文不能用白话'的迷信了。"②从"文白之争"的语境中胡适认同周作人对于美文一类文体的提倡，"就可彻底打破"的表达里也暗含着对美文"成功"的预期，而这一预期的实现，就是在《语丝》时代。如果说杂文关注的是外部世界，以对社会的批评呈现知识分子的责任和价值，呈现出浮躁凌厉的泼辣风格，那么美文则转向内心，以对个人生活领域的摹写表达知识者对自我生命的尊重和关注，风格偏向于平和从容。周作人在《语丝》第 48 期开始刊载《茶话》时专门做过解释："茶话一语，照字义说来，是喝茶时的谈话。但事实上我绝少这样谈话的时候，而且也不知茶味，——我只吃冷茶，如鱼之吸水。标题茶话，不过表示所说的都是清淡的，如茶余的谈天，而不是酒后的昏沉的什么话而已。"③清淡"如茶余的谈天"是《茶话》的特色，也是周作人在《语丝》时期的美文的风格，发表于《语丝》的美文典范《喝茶》《乌篷船》《谈酒》等都是在清淡之中显出人生的情味：

> 你坐在船上，应该是游山的态度，看看四周物色，随处可见的山，岸旁的乌桕，河边的红蓼和白殇，渔舍，各式各样的桥，困倦的时候睡在舱中拿出随笔来看，或者冲一碗清茶喝喝。……夜间睡在舱中，听水声橹声，来往船只的招呼声，以及乡间的犬吠鸡鸣，也都很有意思。雇一只船到乡下去看庙戏，可以了解中国旧戏的真趣味，而且在船上行动自如，要看就看，要睡就睡，要喝酒就喝酒，我觉得也可以算是理想的行乐法。④

---

① 周作人：《美文》，《周作人散文全集》第 2 卷，广西师范大学出版社 2009 年，第 356 页。
② 胡适：《五十年来中国之文学》，《胡适全集》第 2 卷，安徽教育出版社 2003 年，第 343 页。
③ 周作人：《茶话》，《语丝》第 48 期，1925 年 10 月 12 日。
④ 周作人：《乌篷船》，《语丝》第 107 期，1926 年 11 月 27 日。

在这篇《乌篷船》里，表面上的文字是在介绍故乡的风物乌篷船，涉及乌篷船的大小、形制、功用等等，最终却指向一种自由率性的人生态度，在如良朋话旧的平淡行文中，呈现出对生活的理解。鲁迅的《从百草园到三味书屋》同样写得细致美好：

> 不必说碧绿的菜畦，光滑的石井栏，高大的皂荚树，紫红的桑椹；也不必说鸣蝉在树叶里长吟，肥胖的黄蜂伏在菜花上，轻捷的叫天子（云雀）忽然从草间直窜向云霄里去了。单是周围的短短的泥墙根一带，就有无限趣味。油蛉在这里低唱，蟋蟀们在这里弹琴。翻开断砖来，有时会遇见蜈蚣；还有斑蝥，倘若用手指按住它的脊梁，便会"拍"的一声，从后窍喷出一阵烟雾。何首乌藤和木莲藤缠络着，木莲有莲房一般的果实，何首乌有臃肿的根。①

文章写出童年的百草园的美丽景致，在令人回味的意境中寄寓着有关人生和现实的思考，充满审美的力量。所以周作人说散文"必须有涩味与简单味，这才耐读……有知识与趣味的两重的统制，才可以造出有雅致的俗语文来。我说雅，这只是说自然，大方的风度，并不要禁忌什么字句，或者装出乡绅的架子"②。这正是衡量和品评美文的重要标杆。周氏兄弟之外，徐祖正的《山中杂记》、许钦文的《在湖滨》、孙福熙的《萤火》、陈学昭的《钓鱼》、章依萍的《第一个恋人》等等，共同成就了美文在《语丝》杂志中的蔚为大观。而且，对一个知识者来说，对内心生命的关注和对社会的批评都是需要的，正如鲁迅既有投枪匕首般的杂感，也有《好的故事》《雪》一般的漂亮艺术的文字；周作人以美文见长，也有湛然和蔼的叙述中包藏斗争锋芒的《风纪之柔脆》《关于三月十八日的死者》；林语堂、川岛等语丝作家也根据需要在杂感和美文之间游刃有余灵活切换。这恰恰也体现出了《语丝》的自由和兼容。

因此，《语丝》散文有着完备灵动的文体，其中又以杂感和美文为主体。这种创作生态的形成，与语丝作家"自由"的思想观念密不可分，而倡导"自由的文体"的《语丝》周刊也为适合表达自由意志的杂感和美文提供了重要的生存空间，梁遇春提出："有了'晨报副刊'，有了'语丝'，才有周作人先生的小品文字，鲁迅先生的杂感"③，这是有一定见地的。杂感和美文的成绩成就了《语丝》的地位和价值，而《语丝》周刊也为现代散文、为杂感和美文的发展和成熟提供了园

①鲁迅：《从百草园到三味书屋》，《鲁迅全集》第2卷，人民文学出版社2005年，第287页。
②周作人：《〈燕知草〉跋》，《周作人散文全集》第5卷，广西师范大学出版社2009年，第518页。
③梁遇春：《〈小品文选〉序》，北新书局1930年，第2页。

地和助力,可以说,正是《语丝》周刊和语丝作家的共同努力,建构起了现代散文的基本格局,以鲁迅为代表的杂感自然是之后中国散文的重要走向,以周作人为代表的美文,"在中国新文学运动中,是成了一个很有权威的流派"①,语丝作家对散文格局的完整建构、文体意识的自觉、散文文学性的强化等等,共同促成了中国现代散文的发展和成熟。

①阿英:《俞平伯》,《阿英文集》,生活·读书·新知三联书店 1981 年,第 114 页。

第四章　群体性散文现象:本土白马湖散文

语丝派散文是以越地作家为主体而在北京群集的群体性散文现象,属于越地作家在外地建功的发展模式;在越地本土,则形成了白马湖作家群。这是一个出现于 20 世纪 20 年代初、中期,与语丝散文有着类似时间节点的作家群体,他们聚集在浙江上虞的白马湖畔,以春晖中学为联结纽带,书写了一段独具特色的文学、文化历史,只是这段文学历史或者文化现象,在一个较长的时间里是被遮蔽与忽略的,没有将之作为一个作家群体加以确认。直到 80 年代,才有台湾作家杨牧关注到了这个群体,他在 1981 年出版的《中国近代散文选》的《前言》中率先提出了“白马湖风格”之说,并认为夏丏尊和朱自清是白马湖散文的领袖①。之后,学术界对群集于白马湖的这个作家群体的研究兴趣逐渐生成,学术论著和散文选本渐次出现,这些成果理清了白马湖作家群的一些基本问题,整理出了比较全面的创作情况,这对于一种作家群体的研究自然是有价值的。但在研究过程中也伴随着歧义和争论,甚至有学者直接质疑“白马湖散文流派”命名的可靠性,在对集聚方式、时间跨度、体裁、风格等多方考证之后,提出:“如此七折八扣,去掉那些似是而非、未经认定的东西,这个看似阵容相当可观的白马湖散文流派是否还能够存在,已经无需多言了。”②确切的命名应该是“开明派”,是一个文化流派而非单纯的文学流派,白马湖是“开明派”的酝酿期。确实,通常描述白马湖作家群的发展轨迹是“源起于‘白马湖’,延伸于‘立达’,发展于‘开明’”③,“开明”时期确实是一个更加稳健、作家队伍更加完整的阶段,以“开明”替代“白马湖”似乎也有一定的依据。但问题是“开明”并不能完全包容“白马湖”,作家们从“白马湖”到开明,不仅仅是从上虞到上海的地域迁徙,也包含着人员的流变,以及从 20 年代进入 30 年代世事流转环境更迭所带来的创

---

① 杨牧:《中国近代散文选·前言》,洪范书店 1981 年,第 6 页。
② 姜建:《“白马湖”流派辨正》,《南京审计学院学报》2005 年第 1 期。
③ 王嘉良:《试论“白马湖文学”的独特存在意义与价值》,《中国现代文学研究丛刊》2008 年第 6 期。

作追求上的变迁。更为重要的是,作为一个相对比较完整的文学阵容,其作为群体的文化个性和艺术风格,在白马湖阶段已经成型。夏丏尊、朱自清、丰子恺等先后到白马湖畔的春晖中学任教,他们之间志趣相投惺惺相惜,教学之余时常谈酒论诗酬唱应和,办刊物,做创作,已经呈现出明显的作家群体的性质。之后的"立达"和"开明"有对"白马湖"人文倾向的延续,但是不能完全替代"白马湖","白马湖"有其自身的存在意义。而在他们的创作中,虽诗文并重,散文又无疑是最为成功影响最大的文体,《白马湖之冬》《春晖的一月》《山水间的生活》等都堪称为现代散文史上的佳作,夏丏尊、朱自清、丰子恺等又是公认的散文名家。因此可以说,在现代散文的版图中,存在着白马湖作家群这一散文群体,于是,从特定的地域背景中,从作家们在春晖中学的集聚中来研究和探讨现代越地本土的散文创作,也就呈现出了独特的意义。

一、春晖中学:白马湖散文的坐标点

白马湖散文以"白马湖"命名,自然首先需要找到白马湖这一地理地标。白马湖地处浙江省上虞县的东北部,据《上虞县志》记载:

> 白马湖位于萧甬铁路驿亭站西南侧,距县城 5.5 公里。跨五驿、横塘二乡。白马湖原名渔浦湖,传说虞舜曾在此打渔。旧县志引《水经注》记载:"白马潭深无底,创始时堤塘屡坍,民以白马祭之。"《夏侯曾先地志》记载,晋县令周鹏举尝乘白马入湖中不出,人以为地仙,故名。湖面自西北向东南呈长条形,面积 250 亩,最深处约 8 米。三面环山,风景秀丽,湖畔有20 年代创办的春晖中学。①

显然白马湖是一个远离城镇地处偏僻的浙东乡村湖泊,它的命名跟很多的中国湖泊一样带有传奇的色彩,然而就是这样一个看似普通的湖泊,却成为了20 世纪中国文化和文学中不能忽略的存在,甚至以它来命名作家群体。这种声誉的获得,自然不是因为乡土传奇,而是兴建于白马湖畔的一所私立中学——春晖中学,文人因春晖中学而汇聚,白马湖作家群也因为春晖中学而生成。

春晖中学是由热心教育的上虞当地实业家陈春澜捐资兴建,经亨颐先生为首任校长并选址白马湖畔完成校园的建设,于 1922 年正式开学。值得关注的是,一所地处偏僻乡村的私立中学在短短的两三年里,就获得了"北有南开,南

---

①上虞县志编纂委员会编:《上虞县志》,浙江人民出版社 1990 年,第 127 页。

有春晖"的美誉,在全国打开了影响,这得益于校长的理念与夏丏尊先生对师资的招揽,由此也需要追溯经亨颐与夏丏尊曾经任教的浙江省立第一师范学校,以及他们在文学、教育、文化等方面的探索和实践。浙江一师成立于1913年,前身是浙江两级师范学堂,鲁迅曾在此任教,也就在鲁迅任教期间,发生过轰动全国的"木瓜之役"①,由此可见新文化的兴盛状态。进入到五四新文化运动阶段,经亨颐校长带领全校师生"唯北京大学之旗帜是瞻"②,在新思潮来临的语境中展开了一系列的改革措施,并积极介绍、推动新文化的传播。教师中也汇聚了一批支持新文化的人士,夏丏尊、陈望道、刘大白、李次九,因思想的先进性被称为浙一师的"四大金刚";学生则积极阅读《新青年》《星期评论》《每周评论》等进步期刊,并创办了《浙江第一师范校友会十日刊》《浙江新潮》等多种刊物,浓郁的新文化氛围在浙一师师生中形成。一时之间,浙一师已然成为浙江新文化运动的中心,与北京大学遥相呼应。陈望道在对浙江一师的回忆中有明确的判断:"在我的记忆当中,浙江对'五四'运动的反应,比上海要迅速、强烈。'五四'前后的新文化运动,从全国范围来讲,高等学校以北大最活跃,在中等学校,则要算是湖南第一师范和杭州第一师范了。"③冯雪峰、丰子恺、曹聚仁、柔石等现代作家的成长就得益于浙一师的熏陶。浙一师对新文化的倡导自然会引起保守派的不满,于是施存统发表在1919年11月7日《浙江新潮》的《非孝》一文成为了导火线,当局指责这篇被陈独秀誉为"天真烂漫,十分可爱,断断不是乡愿派的绅士说得出的"④文章是谬妄之作,责令校长经亨颐辞退"四大金刚",开除施存统,被经亨颐拒绝后,又下令撤换校长,由此而引发了轰动全国的"一师风潮"。浙一师师生经过两个多月的抗争,取得了胜利,但是经亨颐和四大金刚也随之离开了浙江一师。经亨颐回到故乡上虞创办春晖中学,1921年夏丏尊加盟春晖。随后,以经亨颐和夏丏尊的人格魅力为感召,浙江一师的先进知识分子如朱自清、丰子恺集聚到了白马湖畔,担任国文教师,陈望道、俞平伯、刘大白、刘延陵、李叔同等浙一师的同事也曾到春晖中学客居游学或者演讲,春晖中学

①夏震武在接任浙江两级师范学堂时,要求教员着礼服行"庭参"之礼,在对学生的演讲中又攻击新学和新派教员,引起教员的极大不满集体辞职,事件的发展引起了全省教育界的关注,最终斗争以夏震武撤职结束。鲁迅与其他25位教员合影留念,照片上题曰"木瓜之役"。

②姜丹书:《我所知道的经亨颐》,《浙江文史资料选辑》(第四辑),地方国营杭州印刷厂印刷1962年,第76页。

③陈望道:《"五四"时期浙江新文化运动》,《陈望道全集》第5卷,浙江大学出版社2011年,第304页。

④陈独秀:《随感录:〈浙江新潮〉——〈少年〉》,《陈独秀教育论著选》,人民教育出版社1995年,第223页。

替代浙江一师成为了这些文人的聚会之所。而且,他们对春晖中学有着很高的期待和设计,叶圣陶说夏丏尊"有一种想法,要把春晖办成全国的模范中学,招集多数学者,一面教育青年,一面研究学问,从事著作"①;夏丏尊在《春晖的使命》中也表达了延揽人才的设想:"你无门无墙,组织是同志集合的。你要做的事情既那么多而且杂,同志集合,实是最要紧的条件。你不该从此多方接引同志,使你底同志结合在质上更纯粹,在量上更丰富吗?"②于是,更多的先进知识分子,刘叔琴、刘薰宇、匡互生、朱光潜等先后抵达白马湖担任春晖的教职。对此,朱光潜有过明确的记录:"江浙战争中吴淞中国公学被打垮,我就由上海文艺界朋友夏丏尊介绍,到浙江上虞白马湖春晖中学教英文,在短短的几个月之中我结识了后来对我影响颇深的匡互生、朱自清和丰子恺几位好友。"③春晖中学和经亨颐、夏丏尊将这些知识分子汇聚在了一起,他们在白马湖畔结庐而居④,教育和文学是他们共同的追求,自然形成了一个有着一定声势和规模的越地本土作家群体。吴觉农在谈到开明的时候曾说:"开明的老一辈还有一个特点,就是大都有同乡、同窗或同事之谊的老关系,彼此意气相投,私交甚笃。开明同乡多绍兴人(包括上虞、余姚等县),多杭州一师和上虞春晖中学的教员(当时经亨颐老先生办的春晖中学集中了一批知名的教师如丰子恺、朱自清、李叔同等),大家把开明当作集体的事业,关心它的成长和发展。"⑤说的是开明,其实也点明了春晖教员与浙江一师之间的关联,以及与越地的关联。

　　春晖的校长与教员多直接从浙江一师而来,自然也将浙江一师的文化和精神带到了春晖中学,使春晖中学呈现出优良的品质。朱自清评价夏丏尊先生时说:"他给学生一个有诗有画的学术环境,让他们按着个性自由发展。学校成立了两年,我也去教书,刚一到就感到一种平静亲和的氛围气,是别的学校没有的。我读了他们的校刊,觉得特别亲切有味,也跟别的校刊大不同。我教着书,看出学生对文学和艺术的欣赏力和表现力都比别的同级的学校高得多。"⑥1924

① 叶圣陶:《叶圣陶集》第6卷,江苏教育出版社1989年,第288页。

② 夏丏尊:《春晖的使命》,《春晖》第20期,1923年12月2日。

③ 朱光潜:《作者自传》,《朱光潜全集》第1卷,安徽教育出版社1987年,第2页。

④ 出春晖中学校门经春晖桥右转,有几处背靠象山面临白马湖的屋宇,分别是弘一法师的晚晴山房、丰子恺的小杨柳屋、朱自清旧居、夏丏尊的平屋,以及刘叔琴、刘薰宇的寓所,一家与一家之间,几乎是贴邻而居,为他们的交游带来极大便利。

⑤ 吴觉农:《我和开明书店的关系》,中国出版工作者协会编:《我与开明》,中国青年出版社1985年,第82—83页。

⑥ 朱自清:《教育家的夏丏尊先生》,夏弘宁编:《白马湖散文随笔精选》,中国文联出版社2001年,第347—348页。

年俞平伯应朱自清之邀抵达春晖访问也有类似的感慨："是日为星期,春晖例不休息,我旁听了一堂。学生颇有自动的意味,胜第一师范及上海大学也。"[①]因为有夏丏尊们,地处乡间的春晖中学甚至已经超越了第一师范和上海大学,显示了白马湖群体在教育方面的成绩。

更为可贵的是,这群有着深厚同志情谊的教员,有着丰富的群体性文学活动的开展。在白马湖这红树青山的背景之中,贴邻而居的他们几乎朝夕相处有着情投意合之中的惺惺相惜,之间的友谊与交游甚为深厚,氛围温馨独特文学气息浓重。他们创办《春晖》半月刊,1924年和1925年又相继出版了由俞平伯和朱自清分别主编的《我们的七月》和《我们的六月》,显示了不俗的创作业绩;他们也常常聚集在夏丏尊的"平屋"和丰子恺的"小杨柳屋"里,把酒言欢吟诗作文:

> 同事夏丏尊朱佩弦刘薰宇诸人和我都和子恺是吃酒谈天的朋友,常在一块聚会。我们吃酒如吃茶,慢斟细酌,不慌不闹,各人到量尽为止,止则谈的谈,笑的笑,静听的静听。……我们大半都爱好文艺,可是很少拿它来在嘴上谈。酒后有时子恺高兴起来了,就拈一张纸作几笔漫画,画后自己木刻,画和刻都在片时中完成,我们传看,心中各自喜欢,也不多加评语。有时我们中间有人写成一篇文章,也是如此。这样地我们在友谊中领取乐趣,在文艺中领取乐趣。[②]

这是他们生活的真实写照,朝夕相处情意相投诗酒人生,也许并不刻意研讨,却又各自欢喜,浓厚的文学氛围引领了作家的创作。朱光潜直言自己的创作是从白马湖畔起步的,"学校范围不大,大家朝夕相处,宛如一家人。佩弦和丏尊、子恺诸人都爱好文艺,常以所作相传视。我于无形中受了他们的影响,开始学习写作。我的第一篇处女作——《无言之美》——就是在丏尊佩弦两位先生的鼓励之下写成的"[③];丰子恺也在《悼夏丏尊先生》《旧话》等文章中多次提及"我的写文,是在夏先生的指导鼓励之下学起来的"[④],申明了自己的创作与白马湖、与白马湖畔的作家们之间的关联性。他的漫画创作的起点也是在春晖中学,获得夏丏尊先生的极大鼓励,先是《经子渊先生的讲演》《女来宾——宁波女

---

①俞平伯:《朱佩弦兄遗念——甲子年游宁波日记》,《论语》第161期,1948年9月16日。

②朱光潜:《丰子恺的人品与画品》,《朱光潜全集》第9卷,安徽教育出版社1993年,第153页。

③朱光潜:《敬悼朱佩弦先生》,《朱光潜全集》第9卷,安徽教育出版社1993年,第487页。

④丰子恺:《悼夏丏尊先生》,夏弘宁编:《白马湖散文随笔精选》,中国文联出版社2001年,第354页。

子师范》发表在《春晖》半月刊的第 4 期（1922 年 12 月 16 日），后有《人散后，一钩新月天如水》经朱自清推荐刊载在俞平伯编的《我们的七月》（1924 年 7 月），从此声誉渐起。

不仅如此，白马湖作家群之间还有诸多的文章往来。俞平伯与朱自清同游秦淮河后，创作了同题散文《桨声灯影里的秦淮河》；朱自清与丰子恺也分别写有题为《儿女》的散文；丰子恺的画作受到了白马湖同人的热情赞誉，夏丏尊翻译的《爱的教育》、俞平伯的新诗集《忆》、朱自清的诗文集《踪迹》等，都由丰子恺绘制封面和插图，而当 1925 年《子恺漫画》出版时，夏丏尊、朱自清、刘薰宇、俞平伯等同人也分别作了序或跋。朱自清的《〈子恺漫画〉代序》以书信的形式写就，并刊登在了《语丝》的第 54 期上，在文章中，朱自清一方面表达他对漫画出版的"正中下怀，满心欢喜"和对白马湖畔生活的回忆，一方面盛赞丰子恺的画作"我们都爱你的漫画有诗意；一幅幅的漫画，就如一首首的小诗——带核儿的小诗。你将诗的世界东一鳞西一爪地揭露出来，我们就像吃橄榄似的，老咂着那味儿"[1]。俞平伯在为《子恺漫画》写了跋之后还不满足，1926 年又为文《关于〈子恺漫画〉的几句话》，对漫画几乎是逐一加以点评。朱光潜还特意写有《丰子恺先生的人品与画品》一文盛赞丰子恺的"画里有诗意，有谐趣，有悲天悯人的意味；它有时使你悠然物外，有时候使你置身市尘，也有时使你啼笑皆非，肃然起敬。……他的画极家常，造境着笔都不求奇特古怪，却于平实中寓深永之致。他的画就象他的人"[2]。这种互为序跋、相互批评和推介的情况在白马湖文人中是常见的，朱自清为俞平伯的《忆》写有跋，后来俞平伯出版《燕知草》时朱自清又写了序；夏丏尊翻译《爱的教育》，最初的评论者也是白马湖同仁，"邻人刘薰宇君，朱佩弦君，是本书最初的爱读者，每期稿成即来阅读，为尽校正之劳；封面及插画，是邻人丰子恺的手笔。都足使我不忘"[3]。此外，夏丏尊将朱自清的《踪迹》介绍到上海亚东图书馆出版，为朱光潜的《给青年的十二封信》作序，夏丏尊在长沙第一师范和春晖中学的国文讲义则由刘薰宇修订后出版为《文章作法》，等等。由此也呈现出白马湖畔生活的意气相投、气氛和睦，文人之间有着相互的影响、相互的支持、相互的促进，作家与作品在文学界的影响也在相互推荐与批评中扩大开来。

---

①朱自清：《〈子恺漫画〉代序》，《语丝》第 54 期，1925 年 11 月 23 日。

②朱光潜：《丰子恺先生的人品与画品》，《朱光潜全集》第 9 卷，安徽教育出版社 1993 年，第 153 页。

③夏丏尊：《〈爱的教育〉译者序言》，《夏丏尊文集·平屋之辑》，浙江人民出版社 1983 年，第 43 页。

文人群体在春晖中学的汇聚、白马湖畔浓郁的文学氛围的建构,再加上春晖"校址殊佳,四山拥翠,曲水环之。菜花弥望皆黄,间有红墙隐约。村户绝少,只数十家。校中不砌垣墙,亦无盗贼,大有盛世遗风"①,环境清幽少烟火气,为作家的创作提供了良好的土壤,一批有着明显特点的散文创作在白马湖推出,这也是白马湖散文群体成型的重要标志。朱自清的《白水漈》《生命的价格——七毛钱》《春晖的一月》《航船中的文明》《旅行杂记》《白种人——上帝的骄子》《"海阔天空"与"古今中外"》《女人》等散文都是在春晖中学任教期间完成的,诗文集《踪迹》的出版也是在春晖中学任教期间,他将自己的性情与思考都熔铸在这些散文里,也抒发着对白马湖风光水色与宁静和谐湖畔生活的挚爱,"我所以虽向慕上海式的繁华,但也不舍我所在的白马湖的幽静。我爱白马湖的花木,我爱 S 家的盆栽——这期间有诗有画,我且说给你"②。而且对朱自清来说,进入白马湖阶段之后,有着比较明显的创作文体的转变,从初入文坛时的诗歌更多地转向了散文,有学者就提出:"不知他自己是否意识到,这本书两辑的安排,带着某种暗示,它意味着朱自清诗歌创作期的结束和散文创作期的开端,因而不妨把《踪迹》看作朱自清创作生涯中的一个分水岭。"③可以说,正是在白马湖畔,朱自清顺利地从诗人转型为散文作家,成为白马湖散文的中坚力量,以自己的创作实绩增加了白马湖散文的艺术成色。此时期的散文也奠定了他在中国散文史上的位置。余光中虽然对朱自清的散文颇有微词,但也承认"朱的性格与风格近于散文",并对《白水漈》一文作出了这样的评价:"这一段拟人格的写景文字,该是朱自清最好的美文,……仅以文字而言,可谓圆熟流利,句法自然,节奏爽口,虚字也都用得妥贴得体"④,在余光中的视野里,创作于白马湖时期的《白水漈》是朱自清"最好的美文",超过他之后更负盛名的《背影》《荷塘月色》等。夏丏尊、丰子恺、朱光潜等也在春晖写出了《春晖的使命》《读书与暝想》《山水间的生活》《白马读书录》《美的世界与女性》《无言之美》等篇章。甚至没有在春晖中学任教的浙江一师曾经的同仁刘大白,也多次到白马湖小住,有时会居住两三个月之久,他的诗文中自然也有了白马湖的影子,之后的《〈龙山梦痕〉

①俞平伯:《朱佩弦兄遗念——甲子年游宁波日记》,《论语》第 161 期,1948 年 9 月 16 日。

②朱自清:《"海阔天空"与"古今中外"》,夏弘宁编:《白马湖散文随笔精选》,中国文联出版社 2001 年,第 175 页。

③姜建:《大地足印——朱自清传记》,江苏教育出版社 1993 年,第 99 页。

④余光中:《论朱自清的散文》,《名作欣赏》1992 年第 2 期。

序》《太阳姑娘与月亮嫂子》等散文也有着明显的"白马湖风格"。冯三昧①到春晖中学任教要稍微晚一些,其发表于《语丝》53 期的《初恋》、《春晖》半月刊中的《野草》《说抒情诗》等也都完成于白马湖畔。

　　春晖中学和白马湖成为了这些文人人生当中的重要节点,即使离开多年,湖畔的生活与朋友之间的交游,依然会时时泛起在他们的记忆里,涌注于他们的笔端,成为白马湖散文里非常富有情致的部分。朱自清在离开春晖中学三年之后,写下了《白马湖》一文,一再诉说白马湖春日、夏夜的"好",而"白马湖最好的时候是黄昏",因为"这个时候便是我们喝酒的时候。我们说话很少;上了灯话才多些,但大家都已微有醉意。是该回家的时候了。若有月光也许还得徘徊一会;若是黑夜,便在暗里摸索醉着回去"②,字里行间夹杂着的是对白马湖畔生活的无限眷恋,与初到春晖中学的《春晖的一月》正好形成呼应。作为白马湖散文标志性文本的《白马湖之冬》,也是夏丏尊离开春晖中学多年之后的 1933 年创作的,文末的一句"现在,一家僦居上海多日了,偶然于夜深人静时听到风声,大家就要提起白马湖来,说'白马湖不知今夜又刮得怎样厉害哩!'"③,透示出的正是夏丏尊浓重的白马湖情结。类似的续写白马湖生活的文章数量是颇丰富的,朱自清的《看花》(1930 年)、丰子恺的《杨柳》(1935 年)、俞平伯的《朱佩弦兄遗念——甲子年游宁波日记》(1948 年)、朱光潜的《丰子恺先生的人品与画品》(1943 年)等等,都有对白马湖生活场景的描述与忆念,这些文本构成了白马湖散文中的重要部分。

　　作家群体的形成常常需要刊物的支持,白马湖作家也在春晖中学创办了《春晖》《山雨》等杂志,作为文章刊发的重要基地。《春晖》半月刊是一份颇有影响的刊物,虽是一所中学的校刊,却有着不俗的雄心,"当以灌输思想学术为主旨,如近来《北京大学月刊》。……促进社会文化之职责,当然与大学并驾齐

---

　　①冯三昧在《春晖》半月刊中发文始于 1925 年 10 月的第 37 期,此时的春晖中学,夏丏尊、丰子恺等已经因"毡帽事件"集体离校,朱自清也已经于 8 月北上清华,丰子恺的小杨柳屋成了冯三昧的居所。然而,冯三昧与朱自清、夏丏尊等是早有联系的,他们是宁波省立第四中学的同事,朱自清日记中曾多次提及与冯三昧的交往,并记录了冯三昧对他的经济上的资助:"三昧允借我四十元,甚可感!"(1924 年 9 月 21 日,《朱自清全集》第 9 卷第 22 页)、"三昧日前寄来二十五元,可感。"(1924 年 10 月 27 日,第 30 页);朱自清编辑的《我们的六月》收录了冯三昧的《花瓣》一文。冯三昧也与夏丏尊、刘薰宇等展开过有关小品文的讨论。

　　②朱自清:《白马湖》,夏弘宁编:《白马湖散文随笔精选》,中国文联出版社 2001 年,第 9 页。

　　③夏丏尊:《白马湖之冬》,夏弘宁编:《白马湖散文随笔精选》,中国文联出版社 2001 年,第 4 页。

驱"①,而且要将这乡村中学的校刊能够被全国人民所阅读。这样的雄心是有底气的。刊物由夏丏尊担任出版主任,撰稿人就是白马湖作家群。《春晖》从1922年10月31日创刊,到1928年5月终刊,一共48期,其间因匡互生、夏丏尊、丰子恺、刘薰宇等人与校方的观念不合集体离校而致《春晖》停刊近一年,停刊前的36期中基本上是白马湖作家群的文章。其中影响比较大的有:朱自清《春晖的一月》(第27期)、《刹那》(第30期)、《教育的信仰》(第34期);丰子恺《山水间的生活》(第13期)、《艺术底慰安》(第1期)、《青年与自然》(第2期)、《艺术底创作与鉴赏》(第31期);夏丏尊《读书与瞑想》(第3期)、《中国底实用主义》(第5期)、《春晖底使命》(第20期);朱光潜《无言之美》(第35期);刘叔琴《昆仑奴》(第21期)、《汉民族西来说》(第32期);等等。《春晖》为作家们提供了言说之地,作家们的精彩文章也照亮了《春晖》的空间。

分别出版于1924年7月和1925年6月的《我们的七月》《我们的六月》,是白马湖作家群的另一个成果领域。两册文集由俞平伯和朱自清主编,丰子恺设计封面和插图,上海亚东图书馆出版。文集共收录朱自清和俞平伯的诗文33篇以及他们之间的通信《信三通》,占据了总篇目的一半,其中《温州的踪迹》《湖楼小撷》《西湖的六月十八夜》《"海阔天空"与"古今中外"》《〈忆〉跋》《文学的游离与其独在》等皆为文学史上的著名篇目,其他较著者有叶圣陶《泪的徘徊》《暮》、潘训《卖艺的女人》、刘大白《旧诗新话》、刘延陵《巡回陈列馆》、顾颉刚《不寐》等等。作者范畴略大于白马湖群体,但白马湖作家依然是刊物的主要力量,刊物的编辑活动也有着白马湖的印痕。俞平伯曾经就《我们》的相关问题作出这样的答复:"《我们》是二十年代,我与朱公共编的,只出了两期,就中止了。……我编《七月》,朱编《六月》,圣翁未编。"②即当时在杭州的俞平伯编辑《我们的七月》,在春晖中学与宁波省立四中教书的朱自清③编了《我们的六月》,朱自清也多次写信给已经北上的俞平伯,谈论《我们的六月》的组稿与出版等事宜。对这两个集子,朱自清是颇为喜爱的,在1924年8月4日的日记中明确表达了他的喜悦:"下午亚东寄《我们的七月》三册来,甚美,阅之不忍释手。"④也针对某些批评作出了回复:"徐奎说《我们的七月》不大好,似乎随便;又说没有小

---

① 经亨颐:《春晖中学计划书》,《经亨颐集》,浙江大学出版社2011年,第89页。

② 姜德明:《〈我们的七月〉和〈我们的六月〉》,《书边草》,浙江人民出版社1982年,第125页。

③ 春晖中学与宁波浙江省立第四中学的校长皆为经亨颐,因此,夏丏尊、丰子恺、朱自清等同时在两所学校任教,每周往来于宁波与白马湖之间。俞平伯应朱自清之邀到春晖与宁波访问时,就曾有"我们在驿亭与宁波之三等车中畅读"白采的诗歌《赢疾者的爱》之语(见《与白采书》,《俞平伯全集》第2卷,花山文艺出版社1997年,第115页)。

④ 朱自清:《朱自清全集》第9卷,江苏教育出版社1998年,第5页。

说风格。我说并不随便,但或因小品太多,故你觉如此。因思'小品文之价值'应该说明。我们诚哉不伟大,但自附于优美的花草,也无妨的。"①强调了文集编辑的"不随便"以及对小品文的提倡,之后编《我们的六月》还增加了散文的篇目。由此也显示出白马湖作家群的散文态度和散文创作方面的成绩。

因此可以说,以浙江上虞白马湖畔的春晖中学为坐标点,吸引了夏丏尊、丰子恺、朱自清、朱光潜、匡互生、刘薰宇等文人的汇聚,刘大白、俞平伯、陈望道、蔡元培、李叔同等也曾到春晖中学讲学、访问或者小住。一时之间,以春晖中学为核心,文人荟萃,他们同声相应,同气相求,最终而形成了一个以散文创作为主体的作家群体。

二、白马湖:散文创作的底色

夏丏尊、朱自清们来到春晖中学,居住于白马湖畔,白马湖的山光水色与"无论何时,都可以自由说话;一切事物,常常通力合作"②的生存空间,再加上文人之间的心意相投,使白马湖成为了理想的栖居之地,作家们在这里安家、教学与创作,散文中自然也就有了白马湖的气息和底色。

1.散文里的教育理想与策略

作家们汇聚到白马湖畔,是因为春晖中学,是作为国文教师、数学教师、图画音乐教师等等的身份任教于春晖中学,相似的教育理想和观念,是他们群集于白马湖畔的最基本的纽带,也正因为此,当所持的教育观念与校方发生冲突时,他们才会集体离开白马湖前往上海创办立达学园和开明书店。因此,白马湖畔的作家们首先是为教育而来的,他们有着共同的教师身份,教书育人是他们的主业。然而他们又与普通的中学教师不同,他们也是创作者,有着文学的理想与情怀,于是,借助文学、借助散文的形式表达有关教育的理念,成为了他们创作中非常有特色的部分。在《春晖》半月刊上,就发表有夏丏尊《春晖的使命》《一年间教育界的回顾和将来的希望》《作文教授上的一个尝试》、经亨颐《勖白马湖生涯的春晖学生》《我最近的感触和教育方针》、刘薰宇《所希望到春晖来的学生》《训练问题》、丰子恺《本校底艺术教育》《英语教授我观》、朱自清《教育的信仰》、等等文章,阐明他们的教育主张。

在白马湖作家的笔下和教育实践中,对学生的教育和教学不仅仅是知识的

①朱自清:《朱自清全集》第9卷,江苏教育出版社1998年,第7页。
②朱自清:《春晖的一月》,《春晖》第27期,1924年4月16日。

传达,更是学生理想人格的建构。朱自清在《教育的信仰》中对此有着明晰的阐释,文章认为,为求功利的目的,教育常常重视学业而轻"做人",殊不知:

> 学生们入学校,一面固是"求学",一面也是学做人。一般人似未知此义,他们只晓得学生应该"求学"罢了!这实是一个很重要的误会,而在教育者,尤其如是。一般教育者都承认学生的知识是不完足的,但很少的人知道学生的品格也是不完足的。……学生们既要学做人,你却单给以知识,变成了"教"而不"育",这自然觉得偏枯了。为学生个人的与眼前浮面的功利计,这原未尝不可,但为我们后一代的发荣滋长计,这却不行了。机械的得着知识,又机械的运用知识的人,人格上没有深厚的根基,只随着机会和环境的支使的人,他们的人生的理想是很模糊的,他们的努力是盲目的。在人生的道路上,他们只能乱转一回,不能向前进行;发荣滋长,如何说得到呢?①

将知识设置为教育的全体,忽略了"人"的成分,实质上就是教而不育,是对教育的偏狭的理解,实际的教育中自然就形成了对教育本身的偏离。朱自清的观点在白马湖文人中是有代表性的,夏丏尊也有过类似的表达,认为当时学校教育的弊端就是教师仅仅完成知识的传授,与学生之间没有人格上的接触,这样的教育是没有价值的,只是知识的贩卖,而"真正的教育需完成被教育者的人格,知识不过人格的一部分,不是人格的全体"②,因此,所行的教育应该是人的教育,以人为背景的教育,从而"促醒学生自觉"③。刘薰宇的《读书法》一文中也强调"读书的目的,就是人格的培养"④,培养学生的完满人格是教育的根本,也是春晖的使命,"春晖认定初级中学所教授的、都是完成一个人所不能少的、绝不愿培养一种偏枯的单调的人才"⑤。这种以"人"为核心的教育理念显然来自于五四的影响,白马湖文人本身就是五四新文化的推行者和践行者,从浙江一师到春晖中学,这样的态度始终没有改变,对人的尊重与强调,启蒙的文化立场,具体化到中学教育中,就是对被教育者完美人格的塑造和建构。

要塑造被教育者的人格,教育者和教育方式就成为了两个重要的环节。朱自清《教育的信仰》中给出的答案就是:"教育者先须有健全的人格,而且对于教

---

① 朱自清:《教育的信仰》,《春晖》第 34 期,1924 年 10 月 16 日。
② 夏丏尊:《教育的背景》,《中国现代文学名著文库·夏丏尊》,大众文学出版社 2005 年,第 196 页。
③ 夏丏尊:《近事杂感》,《春晖》第 28 期,1924 年 5 月 1 日。
④ 刘薰宇:《读书法》,《春晖》第 17 期,1923 年 10 月 16 日。
⑤ 刘薰宇:《所希望到春晖来的学生》,《春晖》第 15 期,1923 年 7 月 1 日。

育，须有坚贞的信仰，如宗教信徒一般。"①与夏丏尊"'以言教者讼，以身教者从'，教育者必须有相当的人格，被教育者方能心悦诚服"②的表述，实质上是相通的，都是在强调教育者自身的人格完善，其实也是夏丏尊、朱自清作为教师的自我人格要求。也只有以教育者的完善人格为基点，才能在教育过程中潜移默化地实施对学生的人格教育，以自身人格感化学生，并使学生信服。由此，"爱的教育"替代教训与惩罚成为教育的基本手段。在白马湖文人的教育观念里，没有爱的教育就跟买卖没有差别，没有爱的教育就类似于旧式师傅带徒弟半役使半指导的方式，虽然也可以成功，但显然脱离了教育的本质。夏丏尊认为"教育上的水是什么？就是情，就是爱。教育没有了情爱，就成为了无水的池，任你四方形也罢，圆形也罢，总逃不了一个空虚"③。情和爱是教育的基本。朱自清的表述更加文人化，将之称为"温热的心"，他说教育者"须有温热的心，能够爱人！须能爱具体的这个那个的人，不是说能爱抽象的'人'。能爱学生，才能真的注意学生，才能得学生的信仰；得了学生的信仰，就是为学生所爱。那时真如父子兄弟一家人，没有说不通的事；感化于是乎可言。但这样的爱是须有大力量，大气度的。正如母亲抚育子女一般，无论怎样琐屑，都要不辞劳苦的去做，无论怎样哭闹，都要能够原谅，这样，才有坚韧的爱；教育者也要能够如此任劳任怨才行！这时教育者与学生共在一个'情之流'中，自然用不着任法与尚严了"④。有了健全人格的教育者，自然就有着对被教育者的深厚的爱，不仅能在教育过程中获得愉悦，也能"润物细无声"地完成对学生的感化，"果然教育者养成了这样充满了爱的人格而生活于教育中，还有不受感化的学生吗"？⑤ 学生的健全人格在爱的感化中自然地形成。人的教育、爱的教育是白马湖文人秉持的教育理念，这一理念体现的正是以学生为本位的素质教育观念，以人为核心，从爱出发，完成对被教育者知识和做人的双重塑造。这样的教育理念与实践对当时的教育界无疑具有深远的意义，也在春晖中学的教育活动中体现出了明显的效果。朱自清在入教春晖中学一个月之时非常欣喜地描述了春晖的师生环境："这里的教师与学生，也没有什么界限。在一般学校里，师生之间往往隔开一无形界限，这是最足减少教育效力的事！学生对于教师，'敬鬼神而远之'，教师对于学生，尔为尔，我为我，休戚不关，理乱不闻！这样两橛的形势，如何说得到人

①朱自清：《教育的信仰》，《春晖》第 34 期，1924 年 10 月 16 日。
②夏丏尊：《教育的背景》，《中国现代文学名著文库·夏丏尊》，大众文学出版社 2005 年，第 196 页。
③夏丏尊：《〈爱的教育〉与作者》，《春晖》第 33 期，1924 年 10 月 1 日。
④朱自清：《教育的信仰》，《春晖》第 34 期，1924 年 10 月 16 日。
⑤刘薰宇：《训练问题》，《春晖》第 21 期，1923 年 12 月 16 日。

格感化？如何说得到'造成健全人格'？这里的师生却没有这样情形。无论何时，都可自由说话，一切事务，常常通力合作。校里只有协治会而没有自治会。感情既无隔阂，事务自然都开诚布公，无所用其躲闪。学生因无须矫情饰伪，故甚活泼有意思。又因能顺全天性，不遭压抑，加以自然界的陶冶：故趣味比较纯正。"①有着这样语境的春晖中学和春晖学生，显然是吸引朱自清前来的因素之一，也是对人格教育理念之下的春晖的教育成绩的肯定。

　　作为直接参与教学活动的中学教师，白马湖作家的散文不仅仅有对人的教育、爱的教育等教育理念的阐释和倡导，也有对具体教学活动的思考和实践。春晖中学地处偏僻乡间，"距本校二里许之西徐岙村有农户二十余，全村农人，一字不识"②。夏丏尊对于春晖的使命的认识中就包含了"乡村运动"的责任，"设法经营国民小学、半日学校等机关，至少先使闻得你钟声的地方，没有一个不识字的人"③，于是春晖中学的教员发起了农民夜校，并义务承担授课工作，夏丏尊、赵友三、叶天底等都是夜校的教员，叶天底有文章《白马湖上伴农民读书半年》(《春晖》第 11 期)记载了半年来与湖上农民夜读的情形以及对农民的读写水平提高的欣喜。作为国文教师的夏丏尊，也将作文教授上教学小品文的尝试、初中国语中兼教文言文的观点、国文教学中主张"传染语感于学生"等教学上的观念与尝试，在《春晖》半月刊上发表出来，即《作文教授上的一个尝试》(《春晖》第 14 期)、《作文的基本的态度》(《春晖》第 24 期)、《初中国语科兼教文言文的商榷》(《春晖》第 19 期)、《我在国文科教授上最近的一信念》(《春晖》第 30 期)等等。而《数学所给予人们的》(《春晖》第 6 期)、《评中国现有三部混合算学教科书》(《春晖》第 25 期)则表达了数学教师刘薰宇与匡互生从数学的维度的考察与反思。丰子恺是图画、音乐教师，他最直接地实践了"美的教育"，成为了白马湖文人主张德、智、体、美、群、劳六育全面发展中，美育维度的重要代表，在《美的世界与女性》(《春晖》第 6 期)中丰子恺提出："向来的教育，偏重真善，忘却了美。就是重视知识道德，看轻美育。"④因而他介绍贝多芬与《月光曲》(《裴德文与其月光曲》,《春晖》第 16 期)，也以王维的《辛夷坞》、Longfellow 的小诗和莫泊桑的 *Necklace* 为具体实例，来阐释艺术的创作与鉴赏问题⑤。朱自清的《文学的美》(《春晖》第 36 期)、朱光潜的《无言之美》(《春晖》第 35 期)传递

---

①朱自清：《春晖的一月》,《春晖》第 27 期,1924 年 4 月 16 日。

②《半月来的本校》,《春晖》第 3 期,1922 年 12 月 1 日。

③夏丏尊：《春晖的使命》,《春晖》第 20 期,1923 年 12 月 2 日。

④丰子恺：《美的世界与女性》,《春晖》第 6 期,1923 年 1 月 16 日。

⑤丰子恺：《艺术的创作与鉴赏》,《春晖》第 31 期,1924 年 6 月 16 日。

出来的也是以文学、艺术为媒介的美育观。

　　而且,他们此时期有关教育的研讨的文章基本上都发表在春晖中学的校刊《春晖》半月刊上,《春晖》半月刊的读者当然不限于本校学生,但也包含本校的学生,这自然会使他们兼顾到中学生的接受而规范自己的措辞和行文以及风格。再结合他们对美育的提倡与对艺术的张扬,清晰地传达出文艺在人的教育中有着毋庸置疑的作用的观念。这都会影响白马湖作家的文学思维路径和创作追求,到立达和开明时期,影响的痕迹更加明显。朱自清的《春》就是典型的范例。《春》被收录于上海中华书局 1933 年出版的《初中国文读本》第一册中,并且"在篇名的右上角都注有标记。编者在课文目录后附注,凡有此标记者'系特约撰述之作品',可见是《读本》的编者当时特约朱先生等撰写给中学生阅读的文章"①。《春》和之后常常被选入中学课本的《背影》、丰子恺的《杨柳》、叶圣陶的《藕与莼菜》等等,既有着对中学生的美的陶冶、人格的塑造,也是学习写作的优良范本。

　　因此,共同的教育理念与理想使夏丏尊、朱自清、丰子恺等文人汇聚到了白马湖畔的春晖中学,他们不仅以实际的教学活动实践他们的理想,也通过文学的形式表达与传递他们的教育理想,于是,在白马湖畔,文学与教育获得了很好的融合,散文成为了夏丏尊诸人承载和阐释教育观念的重要方式。

　　2.日常生活的艺术化审美与呈现

　　白马湖是一个美丽的湖,山水相依、风景清幽,自有一种天然的野趣。白马湖也是一个偏僻的湖,距上虞县城有 5.5 公里的路程,与城镇疏离,又地处山中,交通不便,类似于桃源之境。对此,朱自清有过清楚的描述:"白马湖最大的,也是最好的一个,便是我们住过的屋的门前那一个。那个湖不算小,但湖口让两面的山包抄住了。……湖的尽里头,有一个三四十户人家的村落,叫做西徐岙,因为姓徐的人多。这村落与外面本是不相通的,村里人要出来得撑船。后来春晖中学在湖边造了房子,这才造了两座玲珑的小木桥,筑起一道煤屑路,直通到驿亭车站。"②湖被山所围,与外界隔绝,直到春晖中学校舍建好后才造起小木桥和煤屑路,与外界连通。经亨颐也曾感叹:"唉!白马湖尤其偏僻吓!"③并担心白马湖这偏僻乡村的人文环境而致学生养成"浅"和"漫"的不良习性,与刘薰宇对春晖"大有'桃源好避秦'与世隔绝的景象"④的担忧如出一辙。他们的

①陈杰:《关于〈春〉的出处》,《临沂师专学报》1983 年第 2 期。
②朱自清:《白马湖》,夏弘宁编:《白马湖散文随笔精选》,中国文联出版社 2001 年,第 9 页。
③经亨颐:《勖白马湖生涯的春晖学生》,《春晖》第 32 期,1924 年 9 月 16 日。
④刘薰宇:《本年度的本校》,《春晖》第 16 期,1923 年 10 月 1 日。

担忧是建立在白马湖优美而又远离尘世喧嚣的自然环境之上的。当1922年夏丏尊的平屋落成之时,白马湖"还是一片荒野。春晖中学的新建筑巍然矗立于湖的那一面,湖的这一面的山脚下是小小的几间新平房,住着我和刘君心如两家。此外两三里内没有人烟。一家人于阴历十一月下旬从热闹的杭州移居这荒凉的山野,宛如投身于极带中"①。朱自清1924年沿着狭狭的煤屑路走到春晖,看到的"春晖是在极幽静的乡村地方,往往终日看不见一个外人"②。白马湖作家就偏居于这样的乡村一隅,幽静荒凉,甚至路上都常常不见人。

在偏僻而优美的白马湖畔,夏丏尊诸人的日常生活是简单而粗疏的,就像他们的屋宇,"虽系新建,构造却极粗率"③,然而他们将平凡简单的乡村生活过得充满生动的诗意和审美的意味,以闲适与自由的态度面对日常生活并发现生活的情趣,从而获得生活的质感和内心的充盈。丰子恺在寄居白马湖时刊发在《春晖》半月刊里的《美的世界与女性》就有对生活艺术化的解释与提倡:

> 我们对于日常生活,不可只用实利的眼光,应该于实在之外寻出别种趣味。譬如行路倘目的专在走到所要到的地方,那时只觉得路的崎岖、足的疲劳。反之,加一种趣味于行路时,实在行路就是我们的生活。在这生活中自然可以寻出许多愉快:望见青青的草地,拂着丝丝的垂柳,转过小桥,又现出流水孤村。都可愉悦我们的耳目,能在这等上求享乐就是在现实的世界以外寻到了美的世界。④

在琐碎的日常生活中寻出别种的趣味来,正是对生活的艺术化处理,由此收获快乐抵达美的世界。之后,丰子恺又多次阐释生活的艺术化,提出"'生活'是大艺术品","所谓艺术的生活,就是把创作艺术、鉴赏艺术的态度来应用在人生中,即教人在日常生活中看出艺术的情味来。对于一朵花,不专念其为果实的原因;对于一个月亮,不专念其为离地数千万里的星;……这样,我们眼前的世界就广大而美丽了"⑤,依然强调在生活中放弃实利的眼光,在看似琐碎的日常里寻找到趣味和情味,感受世界的美丽和广大。朱自清写于白马湖畔的《刹

---

①夏丏尊:《白马湖之冬》,夏弘宁编:《白马湖散文随笔精选》,中国文联出版社2001年,第3页。

②朱自清:《春晖的一月》,《春晖》第27期,1924年4月16日。

③夏丏尊:《白马湖之冬》,夏弘宁编:《白马湖散文随笔精选》,中国文联出版社2001年,第3页。

④丰子恺:《美的世界与女性》,《春晖》第6期,1923年1月16日

⑤丰子恺:《关于学校中的艺术科》,《丰子恺文集》第2卷,浙江文艺出版社、浙江教育出版社1990年,第226页。

那》也提出要"体会现在一刹那的生活的真味"①。而能将生活艺术化的典范是李叔同,"在他,世间竟没有不好的东西,一切都好,小旅馆好,统舱好,挂搭好,粉破的席子好,破旧的手巾好,白菜好,莱菔好,咸苦的蔬菜好,跑路好,什么都有味,什么都了不得。……琐屑的日常生活到此境界,不是所谓生活的艺术化了吗? 人家说他在受苦。我却要说他是享受"②。以对日常生活的艺术化观照而获得了对生活本身的充分品味和享受。夏丏尊诸人在白马湖畔以文会友、诗文唱和、意气相投的诗酒人生,也是生活艺术化的精彩呈现,朱光潜曾在《丰子恺先生的人品与画品》中对这样的文人雅集有颇为精当的描述,并肯定如此的"日常生活也别有一般趣味"③。因此,人生的艺术化、生活的艺术化是白马湖作家的生活方式,也是他们的审美理想与主张,"真的艺术,不限在诗里,也不限在画里,到处都有,随时可得。能把他捕捉了用文字表现的是诗人,用形及五彩表现的是画家。不会作诗,不会作画,也不要紧,只要对于日常生活有观照玩味的能力,无论如何都能有权去享受艺术之神的恩宠"。④ 以此为出发点,他们在白马湖畔流连于山水之静美,也在琐碎的日常家居中发现生活之趣味,于文人之间的诗酒交往中感受生活的情趣,从而"享受艺术之神的恩宠"。

而白马湖文人是作家,是画家,他们不仅在现实中超越实利的束缚咀嚼玩味日常生活,也用文字和五彩呈现白马湖的自然之美和白马湖畔的生活之趣,从中呈现和表达他们的人生艺术化的审美感受,由此而形成了独具特色的白马湖散文。夏丏尊的《白马湖之冬》一开篇就说,"冬的情味尝得最深刻的",是十年前移居白马湖的时候,迅速将读者和作者自己带入白马湖的环境之中,这种进入,自然就包含了对白马湖的回忆与情感,因此,感受到的不仅仅是冬天的景色,更是"冬的情味",重心是在"情味"之上,而以"情味"呼之,这个"冬"已成为了作者的审美对象。之后对风的种种描写,都是"冬的情味"的具体呈现,即使写风从门窗缝隙中的透入、寒风来时夹凳奔逃急关门窗的逃难式场景、对怒号的寒风澎湃的湖水的静听,等等,表达的是作者在远离白马湖之后对白马湖闲适自由生活的回忆与怀恋,有一种意趣蕴藉在字里行间。尤其是面对"差不多日日有的,呼呼作响,好像虎吼"的白马湖之风、"松涛如吼,霜月当窗,饥鼠吱吱

---

①朱自清:《刹那》,《春晖》第30期,1924年6月1日。

②夏丏尊:《〈子恺漫画〉序》,夏弘宁编:《夏丏尊散文译文精选》,中国文联出版社2001年,第132页。

③朱光潜:《丰子恺先生的人品与画品》,《朱光潜全集》第9卷,安徽教育出版社1993年,第154页。

④夏丏尊:《〈子恺漫画〉序》,夏弘宁编:《夏丏尊散文译文精选》,中国文联出版社2001年,第132页。

在承尘上奔窜"的环境,作者的应对与态度却是"深感到萧瑟的诗趣,常独自拨划着炉灰,不肯就睡,把自己拟诸山水画中的人物,作种种幽邈的遐想",[①]在生活的平凡甚至困顿中发现的是"萧瑟的诗趣",更张扬出生活的艺术化情味。丰子恺也在偏僻的白马湖畔发现了生活的诗意,他在《山水间的生活》一文里将白马湖的生活概括为"清净的热闹":"我对于山水间的生活,觉得有意义……上海虽热闹,实在寂寞,山中虽冷静,实在热闹,不觉得寂寞。就是上海是骚扰的寂寞,山中是清净的热闹。"山水间的学校和家庭,自然有它的不便和寂寞,这正如事物之中,有明有暗,然而任何事物实质上又是明暗一体的,"爱一物,是兼爱它的明暗两面。否则没有暗的明是不明的,是不可爱的。我往往觉得山水间的生活,因为需要不便而菜根更香,豆腐更肥。因为寂寥而邻人更亲"[②]。丰子恺以一个艺术家的眼光去打量和体味这山水间的生活,融艺术于山水间的日常琐碎中,清净的热闹、香肥的菜根豆腐、亲近的邻人构成了他对山水间生活的艺术化感知和审美,这样的生活本身就已经成为艺术。朱自清的《春晖的一月》和《白马湖》更是张扬出了白马湖的山水之美和白马湖畔文人之间自由无为随兴所至的交往之美。

> 白马湖的春日自然最好。山是青得要滴下来,水是满满的、软软的。小马路的两边,一株间一株地种着小桃和杨柳。小桃上各缀着几朵重瓣的红花,像夜空的疏星。杨柳在暖风里不住地摇曳。在这路上走着,时而听见锐而长的火车的笛声是别有风味的。在春天,不论是晴是雨,是月夜是黑夜,白马湖都好——雨中田里菜花的颜色最早鲜艳;黑夜虽什么不见,但可静静地受用春天的力量。夏夜也有好处,有月时可以在湖里划小船,四面满是青霭。船上望别的村庄,像是蜃楼海市,浮在水上,迷离恍惚的;有时听见人声或犬吠,大有世外之感。若没有月呢,便在田野里看萤火。那萤火不是一星半点的,如你们在城中所见;那是成千成百的萤火。[③]

朱自清笔下的白马湖时时都是好的。春日好,夏夜好,晴天雨天、月夜黑夜,都好,雨中有田里菜花的鲜艳,夏夜里有成千成百的萤火,白马湖在不同的季节不同的天气里呈现出不同的韵致,每一种韵致都是美好的。正如在李叔同的眼里,生活里的一切都是好的。坐落于白马湖畔的春晖中学,也是美的,"校

---

①夏丏尊:《白马湖之冬》,夏弘宁编:《白马湖散文随笔精选》,中国文联出版社2001年,第3—4页。

②丰子恺:《山水间的生活》,《春晖》第11期,1923年6月1日。

③朱自清:《白马湖》,夏弘宁编:《白马湖散文随笔精选》,中国文联出版社2001年,第9—10页。

里的房屋、格式、布置固然疏落有味,便是里面的用具,也无一不显出巧妙的匠意,绝无笨伯的手泽"①;生活于白马湖畔的文人的居室虽然是粗率的,但也有书有画,布置井井,"湖光山色从门里从墙头进来,到我们窗前、桌上。我们几家接连着;丏翁的家最讲究。屋里有名人字画,有古瓷,有铜佛,院子里满种着花。屋子里的陈设又常常变换,给人新鲜的受用"②。白马湖的作家们是用艺术的心去布置春晖和自己的居室,内蕴着他们对生活的艺术化观照。而最具艺术气质和情味的是白马湖作家之间审美的交往关系。夏丏尊"有这样好的屋子,又是好客如命,我们便不时地上他家里喝老酒。丏翁夫人的烹调也极好,每回总是满满的盘碗拿出来,空空的收回去"③。这样的品酒谈诗常常是在白马湖最好时候的黄昏,到上灯之时已是微醺,最终醉着摸索着回去。文章之中所呈现出来的优美的自然山水、精心布置的生活环境,文人之间心意相通的自在交往,富有情致和情调,透露出来的正是朱自清以及白马湖作家闲适自由的生活情趣。

白马湖作家居住在美丽的湖畔,乡野的自然之美给了他们寄情山水的基石,相似的教育理念使他们在春晖中学切实地推行着爱和美的教育,他们也把爱和美、把艺术渗透进日常的生活之中,在文人之间的心意相通诗酒交往中品味与享受生活的情趣,又将这艺术化的生活和人生、审美的艺术感知与视角植入文学艺术的创作里,从而构成了白马湖散文独具色调的成分。

3.佛家思想浸染下的创作选择

五四一代的文人常有从佛学中寻求心理抚慰和排遣的,以佛学的宁静出世对抗纷扰困顿的现实。安居于白马湖畔的作家们也是近佛的文人。夏丏尊自称"佛学于我向有兴味"④,是在家出家的"居士",也翻译过佛经;丰子恺更是潜心向佛。这种近佛现象的出现,自然有复杂的因素,但其中不能忽视的一个原因是李叔同,"当时一般朋友中有一个不常现身而人人都感到他的影响的——弘一法师"⑤。夏丏尊与李叔同是浙江一师时的同事,李叔同出家后两人之间依然有着颇为紧密的交往,弘一法师也多次到白马湖小住,所以夏丏尊曾说:"弘一和尚是我的畏友……出家后对我督教期望尤殷。屡次来信都劝我勿自放逸,

---

①朱自清:《春晖的一月》,《春晖》第27期,1924年4月16日。

②朱自清:《白马湖》,夏弘宁编:《白马湖散文随笔精选》,中国文联出版社2001年,第9页。

③朱自清:《白马湖》,夏弘宁编:《白马湖散文随笔精选》,中国文联出版社2001年,第9页。

④夏丏尊:《我的畏友弘一和尚》,夏弘宁编:《白马湖散文随笔精选》,中国文联出版社2001年,第398页。

⑤朱光潜:《丰子恺先生的人品与画品》,《朱光潜全集》第9卷,安徽教育出版社1993年,第154页。

归心向善。"①同样受弘一法师影响的还有朱光潜,弘一法师造访白马湖时曾与之有一面之缘,然而法师写的《华严经》中的一段偈文,则悬挂在朱光潜任教北京大学时的居室中,既是座右铭也是表示对法师的景仰,而且"弘一法师替我写的《华严经》偈对我也是一种启发",形成了他"以出世精神做入世事业"的人生理想②。当然,受弘一法师影响最深的,是丰子恺。在丰子恺的一生中,李叔同是他的楷模与范本,无论是在浙一师时对音乐、美术知识的学习,还是在李叔同出家后精神上的追随,丰子恺对李叔同的崇敬与膜拜是纯粹而持久的。在他的心目中,老师是一个完人,每做一事都能完满,做少爷时风流倜傥,做老师时认真敬业,出家时更成了高僧,教的虽是音乐 、美术,国学根基却远远甚于国文老师……李叔同的执着与完美使他成为了丰子恺的偶像,他的出家,无疑也为丰子恺提供了选择另一种生活方式的可能。于是在1927年30岁生日的时候,丰子恺在老师的主持下皈依了佛门,这种皈依并非完全自觉,说它是对李叔同敬仰与膜拜的副产品也许更合适。因此,丰子恺对佛教的理解,更多地来自于感知,弘一法师为他提供了活的、具体的宗教,对弘一法师的模仿也就形成了丰子恺的宗教态度。他看重空门中人的恬淡、宁静、自然的处世原则,着力的是生活方式的宗教化过程,这虽然与他的生性淡泊有关,但李叔同的高僧形象无疑是决定性的因素,丰子恺自己也承认:"弘一法师是我学艺术的教师,又是我信宗教的导师。我的一生,受法师影响很大。"③

对佛学的亲近,自然会影响文人的人生态度,佛家思想也顺理成章地渗透进了白马湖作家的文学创作之中。有学者提出:"在二十年代'逃禅'作家中,以夏丏尊为代表的亲近佛典、崇敬弘一法师的白马湖作家群(包括朱自清、俞平伯、叶圣陶、丰子恺、朱光潜等)和许地山、废名、宗白华等对佛教有着精深的理解。他们大都接受了佛家的苦空观,一方面承认现实世界的缺陷和人生的悲哀,另一方面也心平气和地接受它,顺从它,既不悲观,也不厌倦,苦乐双遣,沉静自守,豁达大度。"④白马湖作家以佛家苦空观为出发点,存在着对现实的悲叹,丰子恺的《渐》感叹人生的无常,孜孜于"佛家纳须弥于芥子"的永恒,给人以

①夏丏尊:《我的畏友弘一和尚》,夏弘宁编:《白马湖散文随笔精选》,中国文联出版社2001年,第398页。
②朱光潜:《以出世的精神做入世的事业》,《朱光潜全集》第10卷,安徽教育出版社1993年,第525页。
③丰子恺:《我与弘一法师》,夏弘宁编:《白马湖散文随笔精选》,中国文联出版社2001年,第401页。
④哈迎飞:《随缘任运 皈依自然——二十年代作家逃禅现象之一瞥》,《福建论坛》1999年第6期。

远离红尘的极乐幻境;《大帐簿》悲叹世事、人生的变迁,充斥着疑惑与悲哀;《秋》更是表达了他对春的厌恶,"觉得天地间的凡庸,贪婪,无耻,与愚痴,无过于此了",感叹"天地万物,没有一件逃得出荣枯,盛衰,生灭,有无之理",因而"觉得生荣不足道,而宁愿欢喜赞叹一切的死灭"。① 这种对死的体感,对死的礼赞,传达的正是他对现世的否定,显现的是一个空迹遁世的丰子恺。然而,在白马湖作家这里,他们对现实的态度,更多的是心平气和地接受,在人生的苦海中,以豁达的态度面对现实的苦难。"横竖'无奈'了,与其畏缩烦闷的过日,何妨堂堂正正的奋斗。用了'死罪犯人打仗'的态度,在绝望之中杀出一条希望的路来!'烦恼即菩提',把'无奈'从客观的改为主观的。所差只是心机一转而已。"②夏丏尊的这番话非常清晰地表达了白马湖作家的人生观,是立足现实直面苦难的。朱自清更明确强调了"现在"的意义,"我们目下第一不可离开的现在,第二还应执着现在。我们应该深入现在的里面,用两只手揿牢它,愈牢愈好","努力满足'此时此地此我'",③如此,生活才是实在而非空虚的。朱自清将"此时此地此我"命名为"刹那",并认为人生的意义和价值正是在这对刹那生活的真味的体会之中,俞平伯对"刹那观"的评价是:"他所持的这种'刹那观',虽然根抵上不免有些颓废气息,而在行为上却始终是积极的,肯定的,呐喊着的,挣扎着的。……他看人生原只是一种没来由的盲动,但却积极地肯定它,顺它猝发的要求,求个段落的满足。"④所以,夏丏尊们在白马湖畔安居,领略山水之美,在日常的琐碎中发现艺术的质地,也对日常生活细细品味并引发人生感悟和哲理思考,艺术化的人生态度和生活态度里内蕴着的是他们对生活本身的扑入与沉潜。"当时的朋友中浙江人居多,那一批浙江朋友们都有一股清气,即日常生活也别有一股趣味,却不像普通人风雅相高。"⑤白马湖文人的生活是有着世俗的烟火气的。他们集聚于白马湖的原因也并非逃避现实,而是因为共同的教育理想,以"纯正的教育"⑥培养学生健全的人格。校长经亨颐明确说过:"白马湖不是避人避世的桃源,是暂时立于局外,旁观者清,不受牵制,造成将来勇猛的生力军的所在。"⑦甚至担忧地处偏僻的春晖中学养成学生"乡村狭小的风

---

①丰子恺:《秋》,《丰子恺文集》第 5 卷,浙江文艺出版社 1992 年,第 162—165 页。

②夏丏尊:《课余两则》,《春晖》第 36 期,1924 年 11 月 16 日。

③朱自清:《刹那》,《春晖》第 30 期,1924 年 6 月 1 日。

④俞平伯:《读毁灭》,《燕郊集》,上海良友图书公司 1936 年,第 16 页。

⑤朱光潜:《丰子恺先生的人品与画品》,《朱光潜全集》第 9 卷,安徽教育出版社 1993 年,第 153—154 页。

⑥夏丏尊:《春晖的使命》,《春晖》第 20 期,1923 年 12 月 2 日。

⑦经亨颐:《勘白马湖生涯的春晖中学》,《春晖》第 32 期,1924 年 9 月 16 日。

度"和超然世外的态度,"努力使我们的小朋友们注意到现在中国的社会生活的状态,同时尽量造成一种训练社会生活所需的习惯的机会……绝不忍把他们养成一种超现实社会的人"①。白马湖文人在远离都市的春晖推行教育改革,实践爱与美的教育,培养理想的人格,这本身就是立足现实注重当下的"现世"事业。

佛家思想的润泽也使白马湖文人有着对儿童的特别关注,朱自清、丰子恺等都写过以儿童为题材的散文作品,尤其是丰子恺,他的儿童题材散文几乎在中国文坛是无人能及。佛家宣扬"心性本净,客尘所染",认为佛性自在人心中,佛性即人的清净本心,只要能保有这清净心,便能成佛,便能到达佛家的彼岸世界。但这种本性随着人的成长逐渐被世智尘劳所蒙贱,人也就逐渐失却本性。因此这种"本性"就只能集中体现在尚拥有一念之本心的儿童身上。丰子恺非常赞赏八指头陀的诗:"吾爱童子身,莲花不染尘。骂骂唯解笑,打亦不生嗔。对境心常定,逢人语自新。可慨年既长,物欲蔽天真",将它刻在了自己的烟斗上,并用自己的散文和漫画扩展和延伸了诗意。《给我的孩子们》《儿女》《从孩子得到的启示》等散文;《办公室》《你给我削瓜,我给你打扇》《穿了爸爸的衣服》等漫画直接表白了作者对儿童纯真洁净的推崇与膜拜。在丰子恺看来,"人间最富有灵气的是孩子",童心是人生的灵感,天地的灵气,儿童世界是美丽而幸福的。在他的笔下,瞻瞻看见天上的月亮会认真地要求父母捉下来,见了已死的鸟儿会认真地喊它活转来,一只藤椅子可以认真地变成黄包车,戴上铜盆帽就认真地变成新官人,为看见爸爸被人又割脖子又捶打(剃头)而痛哭失声却被众人不解而伤心等等,无论是散文和漫画,瞻瞻的纯洁和真诚都历历在目。在《给我的孩子们》中丰子恺写道:"瞻瞻!……你什么事体都象拼命地用全副精力去对付。小小的失意,像花生米翻落地了,自己嚼了舌头了,小猫不肯吃糕了,你都要哭得嘴唇翻白,昏去一两分钟。"只吃蛋黄不吃蛋白的阿宝更是"以为凡物较好者就叫做'黄'。所以有一次你要小椅子玩耍,母亲搬一个小凳子给你,你也大喊'要黄!要黄!'你要长竹竿玩,母亲拿一根'史的克'给你,你也大喊'要黄!要黄!'"。② 丰子恺用饱蘸舐犊之情的笔记录下这些儿童生活中司空见惯的景象,着力刻画孩子的天真无邪与自然,用欣赏、玩味的眼光审视着儿童的言行,用素淡的笔触呈现出儿童生活的实境。丰子恺也以他的疏淡之笔描述着被围在一群儿女中间的闲适生活:那是一个炎热的下午,他带领四个孩子坐在地上吃西瓜,孩子们充溢着生的欢喜:

---

① 刘薰宇:《本年度的本校》,《春晖》第 16 期,1923 年 10 月 1 日。
② 丰子恺:《给我的孩子们》,《丰子恺文集》第 5 卷,浙江文艺出版社 1992 年,第 253—256 页。

最初是三岁孩子的音乐表现,他满足之余,笑嘻嘻摇摆着身子,口中一面嚼西瓜.一面发出一种象花猫偷食时候的"ngam ngam"的声音来。这音乐的表现立刻唤起了五岁的瞻瞻的共鸣,他接着发表他的诗:"瞻瞻吃西瓜,软软吃西瓜,阿韦吃西瓜。"这诗的表现又立刻引起了七岁与九岁的孩子的散文的、数学的兴味,他们立刻把瞻瞻的诗句的意义归纳起来,报告其结果:"四个人吃四块西瓜。"①

丰子恺勾勒了一个吃西瓜的开心场景,在这场景中有孩子们的言笑举动,有充满童稚的思维与心理,洋溢着生机与家庭生活的情趣,呈现出孩子的一种至纯的生活情态,表达了作者对孩子的欣赏与靠近。由此丰子恺也自然地进入了一个纯真灿烂的儿童世界,憧憬于孩子们生活的真率,能解除事物间的一切关系而清晰地看见事物的真态。

白马湖作家对佛学有着自觉的靠近,认同世间的苦难,并以心灵的平静去超脱苦难,尽管这不能从根本上解除人生的苦闷和现实的困境,但也使文人的内心趋向平和从容,他们追求人生的艺术化、切实的教育工作以及对儿童生活的书写等等,呈现出了白马湖文人面对现实人生的积极态度。他们以心理上的亲和来感悟佛教与人生,以宗教的虔诚靠近儿童生命的本质,在现代散文史上呈现出独特的美学内涵。尤其是在进入物质文明日益发达的今天,人们的生存自由和精神自由越来越被技术时代和一体化的生产秩序所掠夺,从艺术世界中寻找精神的家园成为了现代人的一种诉求,白马湖作家的人生选择与态度、他们的艺术创造中所体现出来的对生命个体的人文理想,无疑是对现代读者的丰厚馈赠。

4.散文风格的真率自然与清新素淡

法国的布封有一句名言:"风格即人",中国古代的文论中也有"文如其人""诗如其人"等观点,风格常常是作家人格个性和禀赋才情的自然熔铸,"仰天长啸出门去,我辈岂是蓬蒿人"是属于李白的狂放不羁,"采菊东篱下,悠然见南山"显示的是陶渊明的隐逸淡定,同样,生活的艺术化、佛教思想的浸润以及个性的率真,也造就了白马湖散文真率自然、清新素淡的风格,台湾作家杨牧所提出的"白马湖风格"也指的是他们创作的"清澈通明,朴实无华,不做作矫揉,也不讳言伤感"②。

夏丏尊是白马湖散文的核心,为人真率朴质,郑振铎说他"没有机心;表里

①丰子恺:《儿女》,《丰子恺文集》第5卷,浙江文艺出版社1992年,第113—114页。
②杨牧:《中国近代散文选·前言》,洪范书店1981年,第6页。

如一。他藏不住话,有什么便说什么。所以大家都称他'老孩子'。他的天真无邪之处,的确够得上称为一个'孩子'的"①,对文艺的见解又是"最欣赏寄托深远,清澹冲和的作品……一切疏宕,浮薄,叫嚣芜杂的文章;或者加重意气,矫枉过正做作虚撑的作品,他决不加首肯"。② 从这样的心性和文艺观念出发,创作中自然就是:"毫不做作,只是淡淡的写来,但是骨子里很丰腴。虽然是很短的一篇文章,不署名的,读了后,也猜得出是他写的。在那里,言之有物,是那末深切的混合着他自己的思想和态度。他的风格是朴素的,正和他为人的朴素一样。他并不堆砌,只是平平的说着他自己所要说的话。然而,没有一句多余的话,不诚实的话,字斟句酌,绝不急就。在文章上讲,是'盛水不漏',无懈可击的。"③《白马湖之冬》里的结语:"偶然于夜深人静时听到风声,大家就要提起白马湖来,说'白马湖不知今夜又刮得怎样厉害哩!'"④只此一句,感情的真挚,行文的朴质无雕饰,已经获得了充分的表现,而质朴之中又透着耐人咀嚼的回味,这正是白马湖散文风格的核心内容。《猫》也是淡淡地写去,白马湖新居落成,妹妹来访,听闻老鼠猖獗就送了一只漂亮的小猫来,谁知妹妹却不幸逝去,猫成为了死者的纪念物,然而最终猫也被野兽咬死,"顿然失却了沉思过去种种悲观往事的媒介物,觉得寂寥更甚"。⑤ 表面上是写猫,又不仅仅是写猫,用语是平淡的,作者对妹妹的眷念与对人事的感慨,则从平淡的文字中渗透出来。正如夏丏尊自己所说:"高山不如平地大。平的东西都有大的涵义。或者可以竟说平的就是大的。"⑥平凡朴素的书写中内蕴着丰腴,文章清淡深远,反而获得了一种不俗的境界。《长闲》一文中也既有对湖光山色、盆栽插花的陶醉,又发出了"做了自然的奴隶"的警醒之语,对于艺术与人生提出了另一重思考。

生性淡泊的丰子恺,在佛家心语的领悟和儿童本性的把握中,自然走向了创作的真率、自然和质朴。六祖慧能佛性论认为,体现佛性的法身遍一切境,人人具有的净心就是佛性,因而成佛不假外求,只要明心见性,任运随缘,心净自可成佛。由此,佛家推崇的是真如本性,一念净心,欣赏的是朴素、真率的人性,而儿童的天性又正和这种人生态度吻合,因而,参悟佛理推崇童心的丰子恺自

①郑振铎:《悼夏丏尊先生》,《郑振铎选集》第 2 卷,四川文艺出版社 1990 年,第 290 页。

②王统照:《丏尊先生故后追忆》,夏弘宁编:《白马湖散文随笔精选》,中国文联出版社 2001 年,第 369—370 页。

③郑振铎:《悼夏丏尊先生》,《郑振铎选集》第 2 卷,四川文艺出版社 1990 年,第 293 页。

④夏丏尊:《白马湖之冬》,夏弘宁编:《白马湖散文随笔精选》,中国文联出版社 2001 年,第 4 页。

⑤夏丏尊:《猫》,夏弘宁编:《白马湖散文随笔精选》,中国文联出版社 2001 年,第 288 页。

⑥夏丏尊:《读书与冥想》,《春晖》第 11 期,1923 年 5 月 1 日。

然以真率、自然、质朴为自身的人格理想，并在生活、创作中体现出这种淡泊的人生操守。生活中的丰子恺是"胸有城府，'和而不流'"，是那样浑然本色，"没有一点世故气"①。艺术上，"他只是平易的写去，自然就有一种美，文字的干净流利和漂亮，怕只有朱自清可以和他媲美"②。丰子恺的散文忠实地记录了自己的思想、生活经历，生动、彻底地表露了自己的人格色彩、个性特征和精神追求，是真正的人、文、心的和谐统一。在散文《作父亲》中，在描写了小鸡贩子因见孩子们争着要买便不肯让价，致使小孩子们买不成小鸡之后，作者接着写道："我继续抚慰他们：'我们等一会再来买吧……但你们下次……'我不说下去了。因为下面的话是'看见好的嘴上不可说好，想要的嘴上不可说要。'倘再进一步，就变成'看见好的嘴上应该说不好，想要的嘴上应该说不要'了。在这一片天真烂漫光明正大的春景中，向哪里容藏这样教导孩子的父亲呢？"③在这种自我剖白式的表述中，一个毫无掩饰的率真丰子恺已从文本中凸显而出了。正如歌德所说："关键在于是什么样的人，才能做出什么样的作品。"④丰子恺的率真贯穿在了他所有的散文创作中，对儿童的盛赞体现出的也正是他作为艺术家的率真。率真的品性自然延伸出质朴与自然。佛家禅宗理论讲究顿悟，不用刻意地去追求打坐参禅，心净自然神明，任运随缘即可。这种淡泊与超然，正是丰子恺心性的体现。他崇尚自然，不假矫饰，浑朴归真，自认为叙述用的是"极真率、自然而又便利的笔"⑤。《给我的孩子们》就是典型。"宝姐姐讲故事给你听，说到'月亮姐姐挂下一只篮来，宝姐姐坐在篮里吊了上去，瞻瞻在下面看'的时候，你何等激昂地同她争，说'瞻瞻要上去，宝姐姐在下面看！'甚至哭到漫姑前去求审判。"⑥在这童话般透明空灵而又自然的描述中，作者返朴归真的文风已尽显无遗。用的是最质朴的文字，最自然的笔触，只是平易地写去，不见雕凿之痕，但这平易浅显的语言却能产生亲切感。司马长风在他的《中国新文学史》中将丰子恺的散文风格概括为"淡朴"、"自然而洒脱"⑦是颇为精当的。丰子恺的为人、写文、作画，推崇的都是真率、自然与质朴，在他看来，艺术犹如米和麦，应大众化，为普通大众所欣赏。因为佛家讲究一切众生，悉有佛性，讲究平常心是道，众生是平等的，艺术就应为众生所享用，追求自然、质朴之风。这种为文的风致

①朱光潜：《缅怀丰子恺老友》，《朱光潜全集》第10卷，安徽教育出版社1993年，第475页。
②赵景深：《文人印象·丰子恺》，丰一吟：《丰子恺传》，浙江人民出版社1983年，第84页。
③丰子恺：《作父亲》，《丰子恺文集》第5卷，浙江文艺出版社1992年，第260页。
④[德]爱克曼辑录：《歌德谈话录》，朱光潜译，人民文学出版社1978年，第174页。
⑤丰子恺：《热天写稿》，《丰子恺文集》第5卷，浙江文艺出版社1992年，第228页。
⑥丰子恺：《给我的孩子们》，《丰子恺文集》第5卷，浙江文艺出版社1992年，第253页。
⑦司马长风：《中国新文学史》（中），昭明出版社1978年，第122页。

与周作人接近,显示出冲淡的底蕴。但周作人的文章蕴含的是博学的名士气质,而丰子恺则是贴近儿童与佛教的真诚坦率,平淡朴素,从一个侧面体现出了他与儿童在心性、思想上的靠近。

夏丏尊与丰子恺的散文在风格上很能代表白马湖散文的清澈通透而又内蕴深远的特质,无论是对白马湖山水风光的书写还是艺术化人生的表达,都与真诚质朴的人格魅力融通,透示出真率自然与清新素淡的气质。这样的艺术风格几乎可以涵盖白马湖文人的散文创作。即使如朱自清,在进入白马湖之前已经有《桨声灯影里的秦淮河》《匆匆》等个人风格明显的散文名篇问世,到春晖中学任教之后,宁静素淡的白马湖自然风光和山水生活,也使他的散文融入了白马湖散文的气质风格。"挨着小径,抹过山角,豁然开朗;春晖的校舍和历落的几处人家,都已在望了。远远看去,房屋的布置颇疏散有致,决无拥挤、局促之感。我缓缓走到校前,白马湖的水也跟我缓缓的流着。我碰着丏尊先生。他引我过了一座水门汀的桥,便到了校里。校里最多的是湖,三面潺潺的流着;其次是草地,看过去芊芊的一片。我是常住城市的人,到了这种空旷的地方,有莫名的喜悦!"①文字同样周密妥帖,但又平淡质朴,与《匆匆》等文章中的着意为文已经有了明显的不同,所以杨振声评价他说:"我觉得朱先生的性情造成他散文的风格。你同他谈话处事或读他的文章,印象都是那么诚恳,谦虚,温厚,朴素而并不缺乏风趣。……他文如其人,风华是从朴素出来,幽默是从忠厚出来,腴厚是从平淡出来。"②而这朴素平淡的文风跟白马湖生活与环境的滋养与塑造显然有着不可剥离的关系。

因此可以说,白马湖的山水自然、人文化育,与白马湖畔文人的个性气质、共同的生活理想与教育追求,使他们的创作呈现出清淡素朴的总体风格。当然每位作家的创作又是独特的,散文的"味是什么? 粗一点说,便是生活,便是个性,便是自我"③,当他们将自我、个性和生活都熔铸在散文里的时候,文章的具体风格也就呈现出了个体的差异,但是由于有白马湖的"味"为底色,总体上相似的气质与风格也就酝酿而成。

白马湖散文是生成于越地的散文群体,反映出的是特定地域背景所生成的散文创作繁盛状况,与远在北京的语丝派形成遥相呼应。其实再往里深究的话,远在京城的语丝与生长于本土的白马湖作家群也是有内在关联的。白马湖

---

① 朱自清:《春晖的一月》,《春晖》第 27 期,1924 年 4 月 16 日。
② 杨振声:《朱自清先生与现代散文》,《杨振声文集》,线装书局 2009 年,第 306 页。
③ 朱自清:《水上》,《春晖》第 33 期,1924 年 10 月 1 日。

作家群的核心成员都来自浙江第一师范学校,夏丏尊、朱自清、俞平伯是浙一师的老师,丰子恺是浙一师的学生。在五四新文化运动之中,浙一师引领新文化的思潮,成为浙江的中心。而引领者正是校长经亨颐和夏丏尊、朱自清、俞平伯等新文化人士。经亨颐辞职还乡创办春晖中学,夏丏尊等也追随到春晖,似乎是避居到了地处偏僻的白马湖,然而创作态度和文本中的现实关怀依然表达着他们"为人生"的文学立场,五四新文化的滋养构成了他们的精神底色。从这个层面上讲,白马湖就与语丝发生了关联。而且语丝社与白马湖文人间也是多有交往,俞平伯是《语丝》杂志的主要撰稿人,也曾因朱自清之邀造访春晖中学,并为春晖中学学生做《诗底方便》的演讲,为丰子恺的《子恺漫画》作跋,主编《我们的七月》杂志,向周作人征询他对《我们的七月》的意见并为第2期刊物约稿;朱自清、冯三昧等白马湖文人也曾在《语丝》杂志刊发文章;等等。因此可以说,从散文流派的意义上看,从语丝作家到白马湖散文,越地的作家处在五四这一特殊的背景之中又有着共同的文化渊源,自然就呈现出了明显的群体性特征。

第五章 越地散文风格呈现："深刻"的鲁迅风

中国现代散文从"五四"起步,在观念、内容、形式等多个层面,完成了对传统散文的蜕变与转型,成长为能与小说、诗歌相抗衡的文体样式,并以鲜明的个性和富有活力的创作,获得了胡适、鲁迅、朱自清等的充分肯定和高度评价。面对"五四"小说和诗歌创作上的明显进步,鲁迅甚至提出散文是所有文体中最为成功的。朱自清也从流派风格的角度切入,认为这一时期的散文创作,"确是绚烂极了:有种种的样式,种种的流派,表现着,批评着,解释着人生的各面,迁流曼衍,日新月异:有中国名士风,有外国绅士风,有隐士,有叛徒,在思想上是如此。或描写,或讽刺,或委曲,或缜密,或劲健,或绮丽,或洗炼,或流动,或含蓄,在表现上是如此"。[①] 流派风格众多,表现的思想也各有特色,细致的梳理和详细的分类显示了朱自清对五四散文的整体把握和开阔视野。不过从总体的风格来区分的话,其实主要是两类,一是由鲁迅领衔,以深刻见长的鲁迅风散文,一是由周作人领衔,以飘逸见长的启明风散文,这两类散文之后也成为了中国散文发展脉络中的两条主要线索。而这"深刻"和"飘逸"的风格划分与界定,是来自周作人的表述。周作人曾在 20 世纪 20 年代为杭州《之江日报》十周年纪念所作的《地方与文艺》一文中审慎地指出,两浙文化内部存在着两种潮流的分野与对立:"近来三百年的文艺界里可以看出有两种潮流,虽然别处也有,总是以浙江为最明显,我们姑且称作飘逸与深刻。第一种如名士清谈,庄谐杂出,或清丽,或幽玄,或奔放,不必定含妙理而自觉可喜。第二种如老吏断狱,下笔辛辣,其特色不在词华,在其着眼的洞彻与措辞的犀利。"[②]清丽幽玄的飘逸文风多出自钱塘江以西的浙西,辛辣犀利的深刻文风多流传于浙东。尽管这一概括并不能映证所有浙江作家的创作取向与审美趣味,但从整体风格上去衡量还是符合两浙的创作现实的。而且周作人这里说深刻和飘逸,是浙江的文风,其实这

---

① 朱自清:《〈背影〉序》,《朱自清全集》第 1 卷,时代文艺出版社 2000 年,第 28 页。
② 周作人:《地方与文艺》,《周作人散文全集》第 3 卷,广西师范大学出版社 2009 年,第 102 页。

两者也是越地文风的典型形态,信守散文是投枪匕首观念的鲁迅与追慕平淡自然境地的周作人就是深刻和飘逸文风的传承者和现代的代表。

　　沿着深刻这一路文风往上追溯,周作人列出了这一派的谱系如毛西河、章实斋、章太炎等,毛西河的《四书改错》《诗传诗说驳议》等充满了疑古考辨的精神,章太炎的《谢本师》一文向传统的师道提出了挑战,都是深刻文风的体现者。而现代的越地散文,在"深刻"这一脉上,也有着充分的延展,由鲁迅所开创,许钦文、徐懋庸、唐弢、巴人、柯灵等越地作家承续鲁迅的风格,共同形成的"鲁迅风"谱系,是越地散文"深刻"文风的现代性推进。

　　鲁迅曾倾注其一生最成熟的思想和持久的热情,执着于散文的创作,他那始终直面社会、人生乃至人的灵魂的一篇篇杂文作品,犹如投枪和匕首,表达着对传统文化的反思和批判,对民族前途的忧虑和思考,对民众命运的悲悯和同情。与章实斋们相比,鲁迅更是"有过之而无不及,可以说是这一派的代表"①。甚至在言语的犀利、本质揭示的深度上都是超越了前人,也是后人常常难以企及的。郁达夫就这样评析鲁迅的散文:"提供了前不见古人,而后人又绝不能追随的风格,首先其特色为观察之深刻,谈锋之犀利,文笔之简洁,比喻之巧妙,又因其飘溢几分幽默的气智,就难怪读者会感到一种即使喝毒酒也不怕死的凄厉的风味。……"②根据郁达夫的解读,鲁迅散文能够生出"一种即使喝毒酒也不怕死"的强大的阅读魅力,其根源就在于杂文提供了"前不见古人,而后人又绝不能追随"的"风格",在文本上呈现为阴冷激越、慷慨悲凉甚至尖刻等独特的个性。鲁迅所开创的这种现代散文传统以"鲁迅风"的命名,在中国现代散文的发展中持续传承与蓬勃推进。此种散文的形成,自然有其内在的机理和外部的影响,但也不能忽略越地文化精神的浸润与孕育。实际上,地域文化与文体风格之间的逻辑关系,是地域文学研究中的常见课题。梁启超《中国地理大势论》、刘师培《南北文学不同论》等地域文学研究典籍和文章中都有过不同程度的阐述,北方的粗犷、南方的柔美也几乎成为一种共识。确实,生长于一定地域中的作者,多年沉浸于地方风物的滋养和地方文化的熏陶,其思维方式、性格特质中都带上了地方独特的文化心理和精神气息,落实到行文之中,自然就形成了或粗犷、或柔美、或缠绵婉转、或慷慨悲凉等等不同的文体风格。越地独特的山水滋养和人文化育,形成越地散文独具个性的深刻文风,是非常富有代表性的一种形态。

----

①周作人:《鲁迅的文学修养》,《周作人散文全集》第 12 卷,广西师范大学出版社 2009 年,第 641 页。

②郁达夫:《鲁迅的伟大》,黄乔生编:《郁达夫散文》,现代出版社 2014 年,第 310 页。

生于越地长于越地的鲁迅，尽管因为少年时家庭变故中的遭遇，使他看透了"S城人的脸"和心肝，于是"走异路，逃异地"，走出越地"去寻求别样的人们"，①但他的背对故乡并不是对故乡的舍弃，在他的《呐喊》《彷徨》中时时处处涉及着故乡的人、事，如鲁镇、未庄、咸亨酒店等场景，祝福、五猖会、社戏等风俗都蕴含着浓厚的绍兴气息。故乡几千年来的文化积淀也吸引着鲁迅对这一文化资源的认同，辛亥革命前后，处于生命灰色期的鲁迅以抄古碑打发时间消磨生命，而阅读抄录的作品中竟有相当一部分是越人的作品，并搜录编定了《会稽郡故书杂集》，也曾经历二十三年辑校《嵇康集》。对故乡先贤古籍的整理传达的正是鲁迅对这些先贤的崇敬与仰慕，以及与先贤们在精神上的沟通。因此，鲁迅是沿着大禹、勾践、嵇康、陆游、王阳明、朱舜水、秋瑾、章太炎等越地先贤的足迹一路走来的，他们以及他们所创造的越文化构成了鲁迅的成长背景和文化资源，鲁迅自己也曾说："不知道我的性质特别坏，还是脱不出往昔的环境的影响之故，我总觉得复仇是不足为奇的"②。地域性格已经内化为鲁迅的一种人格力量通过文字表现出来，形成鲁迅散文的独特的以"深刻"为总标识的风格特征。

一、怀疑思维烛照下的深刻与犀利

郁达夫说鲁迅的杂文"能以寸铁杀人，一刀见血"③，指出的正是其杂文的深刻与锐利。无论是驳斥论敌，针砭时弊，还是解剖自我，鲁迅杂文总是以其透彻明快，对事物本质的洞察而显示出"深刻"的特质。这种风格的形成自然与作家的个性气质、视野、思考的深度等等有关，但也明显受到了越地传统文化精神与散文风格的影响。

越地位于钱塘江以东，属于浙东范畴，由于多山的地理环境而呈现出明显的"土性"特征，民风颇为耿介刚直。再加上环境较为艰辛，稼穑不易，越民形成了"敝衣恶食，终岁勤劳"④的习性，强调务实和经世致用，诞生于越地的浙东学派也强调事功之学。文人在这样的地域文化背景中滋养和成长，既继承了越文

①鲁迅：《呐喊·自序》，《鲁迅全集》第1卷，人民文学出版社2005年，第437页。

②鲁迅：《杂忆》，《鲁迅全集》第1卷，人民文学出版社2005年，第236页。

③郁达夫：《导言》，《中国新文学大系散文二集》（影印本），上海文艺出版社2003年，第14页。

④周作人：《苋菜梗》，《周作人散文全集》第5卷，广西师范大学出版社2009年，第788页。

化注重务实的实践性品格，又有着山岳之气，自然就会形成性格的叛逆和对世事的关注，嵇康就以绝羁独放著名，徐渭的率性放纵也是名闻天下，王思任更是秉着"吾越乃报仇雪耻之国，非藏污纳垢之地"①的观念拒绝明军的退守，最终在明亡后绝食殉国。以这样的秉性发而为文，自然会往"洞彻"和"犀利"上靠近。

　　越地的深刻文风，是从魏晋时期就已经开启的。这种深刻包括论证的力度和思想的力度。章太炎在《国故论衡·论式》中这样概括魏晋文学："魏晋之文，大体皆埤于汉，独持论仿佛晚周。气体虽异，要其守己有度，伐人有序，和理在中，孚尹旁达，可以为百世师矣。"②所谓"守己有度，伐人有序"，指的是论辩过程中说理谨严精密，辩驳锐利有序，这严密锋利的文风正是越地文学的一种表达。而"明论体之能成文者，魏晋之间，实以嵇氏为最"③，越地的嵇康应该是魏晋文风的卓越代表。他的论说性散文以"师心以遣论"④的思维方式和"师心独见，锋颖精密"⑤的论证风格形成文字的辩驳力量和行文的深度。为文之时，嵇康擅长辩难，常常能直接抓住论敌的要害而给人以致命的打击。《难自然好学论》是对张叔辽《自然好学论》的驳斥，张叔辽在文中提出，人们对六经的诵读，就像人的喜怒哀乐一样是与生俱来、"不教而能"的，是一种自然的本能，当然就是"自然好学"。嵇康的驳论一开始就抽空了张叔辽"自然好学"的基础，他提出，在"君无文于上，民无竞于下。物全理顺，莫不自得。饱则安寝，饥则求食"的"洪荒之世"，人们"安知仁义之端，礼律之文"？六经的出现是在"圣人不存，大道凌迟"之后，而且与人们的"荣利之途"息息相关，可以"学以致荣"才获得关注。⑥既是如此，对儒家经典的"自然好学"观当然就不成立了。这样的驳斥方式，直接击中了张叔辽的要害，颠覆了他的观点。《管蔡论》则从文王、武王、周公这三位圣人重用管、蔡的事实中，对"管蔡凶顽"论进行了批驳，从而得出"今若本三圣之用明，思显授之实理，推忠贤之暗权，论为国之大纪，则二叔之良乃显，三圣之用

---

①（明）王思任：《让马瑶草》，李鸣选注：《王季重小品》，文化艺术出版社 1996 年，第 13 页。

②章太炎：《论式》，《国故论衡》，上海古籍出版社 2003 年，第 84 页。

③刘师培：《中国中古文学史讲义》，中国人民大学出版社 2004 年，第 44 页。

④（南朝梁）刘勰：《才略第四十七》，王运熙、周锋：《文心雕龙译注》，上海古籍出版社 1998 年，第 431 页。

⑤（南朝梁）刘勰：《论说第十八》，王运熙、周锋：《文心雕龙译注》，上海古籍出版社 1998 年，第 158 页。

⑥（三国）嵇康：《难自然好学论》，《鲁迅辑录古籍丛编》第 4 卷，人民文学出版社 1999 年，第 95－97 页。

有以,流言之故有缘,周公之诛是矣"的结论。① 无论是对六经的质疑还是对管蔡冤案的重新解读,都显示了嵇康"思想新颖,往往与古时旧说反对"②的精神,与"守己有度,伐人有序"的论证力量共同开启了以嵇康为代表的越地散文的深刻之风。

然后,这种深刻之风就在越地散文的历史变迁中流转。尤其是进入明清之际,从徐渭、黄宗羲到章太炎,都是以深刻见长。《原君》出自《明夷待访录》,是黄宗羲的代表性政论散文。不仅提出了"为天下之大害者,君而已"这一石破天惊的大胆论断,具体阐述中也是层层深入引人入胜。从"有生之初,人各自私也,人各自利也"起笔,引申出古代之君"不以一己之利为利,而使天下受其利;不以一己之害为害,而使天下释其害",即"天下为主,君为客"的为君之道,而后世之君完全颠倒了天下与君王之间的关系"以君为主,天下为客",将天下视作自己的私人财产,不仅不能兴利除弊,反而"屠毒天下之肝脑,离散天下之子女,以博我一人之产业",这样的君主自然被天下之人"视之如寇仇,名之为独夫"。既是如此,那么,设置君主的意义又何在呢?"呜呼! 岂设君之道固如是乎?"而且君主一旦将天下视作自己的产业,"人之欲得产业,谁不如我?"自然会引起其他人对天下的觊觎,君主一人之力又难敌无数觊觎者,"血肉之崩溃"的发生只是时间早晚的问题。因此,作为君主,要"明乎为君之职分",一切经营都要有着"为天下"的意识,这才是为君之道。③ 整篇文章观点鲜明,笔锋锐利,说理透辟,逻辑谨严,显示的正是深刻的文章风格。黄宗羲之后,"毛西河的批评正是深刻一派的代表"④,章学诚、李慈铭也是走的深刻犀利路线,鲁迅评价李慈铭《越缦堂日记》,说"上自朝章,中至学问,下迄相骂,都记录在那里面"⑤。虽然有冷嘲热讽之语,但也是一针见血。清末民初的章太炎,推崇魏晋文章"致思方式的优长,即思想和学术的奇峻独到与析理的缜密深入"⑥,思想方式与行文方式,带有明显的魏晋风骨。他反对康有为将孔儒定为一尊,认为此种做法远离了孔儒的真性,也违背了思想自由的原则。《驳康有为论革命书》则对康有为的立宪保皇

①(三国)嵇康:《管蔡论》,《鲁迅辑录古籍丛编》第4卷,人民文学出版社1999年,第88—90页。

②鲁迅:《魏晋风度及文章与药及酒之关系》,《鲁迅全集》第3卷,人民文学出版社2005年,第533页。

③(清)黄宗羲:《原君》,《黄宗羲全集》第1册,浙江古籍出版社1985年,第2—3页。

④周作人:《地方与文艺》,《周作人散文全集》第3卷,广西师范大学出版社2009年,第102页。

⑤鲁迅:《马上支日记》,《鲁迅全集》第3卷,人民文学出版社2005年,第310页。

⑥李振声:《作为新文学思想资源的章太炎》,《书屋》2001年Z1期。

理论进行了逐条批驳，指斥光绪皇帝是"载湉小丑，不辨菽麦"，要以立宪避免革命的流血更是不可能，康有为主张的"以君权变法"的结果，只是"固君权专制也，非立宪也"，[①]用词犀利，条理缜密，直接抵达康有为行文的纵深。越中散文的深刻一脉，从嵇康到章太炎，一路承传绵延。

　　到现代阶段的鲁迅散文中，深刻之风再一次凸显，"思想文章都很深刻犀利"[②]，他的笔触是能抵达问题的本质的。《娜拉走后怎样》一文就将思考的重心转移到了"娜拉走后"，并给出了"堕落或回来"[③]的答案，认为女子在尚未获得经济权的前提之下，"出走"的结果并不乐观。这样的观念，在被易卜生的《娜拉》激动得热情洋溢的五四时代，无疑有着超越于时代的深刻。鲁迅杂文的行文也有着类似于嵇康攻敌要害的特质。《"丧家的""资本家的乏走狗"》是对梁实秋《资本家的走狗》一文的批驳，梁实秋针对冯乃超送给他"资本家的走狗"的帽子做出答复，认为："《拓荒者》说我是资本家的走狗，是那一个资本家，还是所有的资本家？我还不知道我的主子是谁，我若知道，我一定要带着几分杂志去到主子面前表功……"鲁迅抄录了梁实秋的文字之后，迅速作出判断："这正是'资本家的走狗'的活写真。"因为"凡走狗，虽或为一个资本家所豢养，其实是属于所有的资本家的，所以它遇见所有的阔人都驯良，遇见所有的穷人都狂吠。不知道谁是它的主子，正是它遇见所有阔人都驯良的原因，也就是属于所有的资本家的证据。即使无人豢养，饿得精瘦，变成野狗了，但还是遇见所有的阔人都驯良，遇见所有的穷人都狂吠的，不过这时它就愈不明白谁是主子了"。梁先生既然"不知道'主子是谁'，那是属于后一类的了，为确当计，还得添几个字，称为'丧家的''资本家的走狗'"。[④] 虽然语词中略带意气，但是从梁实秋自己的文字中推导出来，得出"丧家的""资本家的走狗"的结论，直接击中了梁实秋的要害，使梁实秋再无还手之力。这就是鲁迅自己所说的："正对'论敌'之要害，仅以一击给与致命的重伤。"[⑤]有意味的是，鲁迅文字中批驳的是梁实秋，实际上指向的是"梁实秋"这一类知识分子，将之概括为"资本家的乏走狗"是一种类型化的提升。也由此，鲁迅的杂文既继承了浙东的传统，又有其超越性，直抵历史文化的深度和人性的深度，因而也就可以穿越历史，甚至返照到当下。而且，鲁迅的深

　　①章太炎：《驳康有为论革命书》，《章太炎政论选集》，中华书局1977年，第201页。

　　②周作人：《鲁迅的文学修养》，《周作人散文全集》第12卷，广西师范大学出版社2009年，第641页。

　　③鲁迅：《娜拉走后怎样》，《鲁迅全集》第1卷，人民文学出版社2005年，第167页。

　　④鲁迅：《"丧家的""资本家的乏走狗"》，《鲁迅全集》第4卷，人民文学出版社2005年，第251－252页。

　　⑤鲁迅《两地书·一〇》，《鲁迅全集》第11卷，人民文学出版社2005年，第41页。

刻是以从容的文风传达出来的。《灯下漫笔》是对中国社会和历史的批判。他说中国的完整的历史只有两个时代:"一,想做奴隶而不得的时代;二,暂时做稳了奴隶的时代。这一循环,也就是'先儒'之所谓'一治一乱'。"①中国人就在这想做奴隶而不得和暂时做稳了奴隶这两个时代之间循环,从来都没有走出过奴隶的时代,争得过人的自由和精神。而在这一治一乱,暂时做稳了奴隶和想做奴隶而不得的循环和更替中,中国人的精神进一步的麻木。这是对历史和人性的深刻考察,"其深度指向,则是人的精神的现代转型"②。然而这样的深刻思考,落笔却是从日常生活事件展开。国家银行发行纸币,因为"信用日渐其好",人们纷纷将银元换成了纸币,然而接下来时局不稳,银行停止兑现,终于听到暗中有行情,于是赶紧跑去兑现,即使打了折也心满意足。然后再从这个事件中去引出一个厚重的关于历史、关于人的话题。文章很深刻,但又写得从容,有余裕。相比于嵇康、章太炎的峻急,更有说服力和震撼人心的力量。

然而当这种深刻触及某些人或某些知识分子不愿被揭示于大庭广众之下的心理层面、国民劣根性,或者在论辩中抓住了论敌的要害时,鲁迅的杂文常常被冠上了"刻毒"之名,鲁迅本人也因此而多遭人诟病,被"现代评论派的君子"指斥为"刀笔吏","创造社的才子"声称他"睚眦必报"。对此,鲁迅倒也颇为坦然,他说:"我自己也知道,在中国,我的笔要算较为尖刻的,说话有时也不留情面。"③从北京照相馆里长期挂着的梅兰芳的"天女散花""黛玉葬花"像,鲁迅发现"我们中国的最伟大最永久,而且最普遍的艺术也就是男人扮女人",因为在这"最伟大最永久的艺术"中,"男人看见'扮女人',女人看见'男人扮'"④,揭示出了隐匿于中国人心理深层,欲藏却露的畸形审美心理和变态性心理。鲁迅如此的"不留情面"显然就有"刻毒"之嫌了。至于将张资平小说和"小说学"的"精华"提炼为一"△",虽然"刻毒",却揭穿了以"最进步"的"无产阶级作家"自居的张资平的本来面目,抓住的正是张资平的致命伤。攻击施蛰存是"洋场恶少",指称梁实秋是"丧家的""资本家的乏走狗",击中的也是论敌的要害。因此,犀利的洞见和不留情面的揭示构成了鲁迅杂文"刻毒"的要素,实质上正是"深刻"在尖锐性上的延展。

鲁迅总是将思维伸向表象之后,而这种穿透表象的力量,是来自于鲁迅多

①鲁迅:《灯下漫笔》,《鲁迅全集》第1卷,人民文学出版社2005年,第225页。
②汪卫东:《鲁迅杂文:何种"文学性"?》,《文学评论》2012年第5期。
③鲁迅:《我还不能"带住"》,《鲁迅全集》第3卷,人民文学出版社2005年,第260页。
④鲁迅:《论照相之类》,《鲁迅全集》第1卷,人民文学出版社2005年,第196页。

疑、否定的思维方式。他自己就曾一再表达："我看事情太仔细,一仔细,即多疑虑"①,"我的习性不大好,每不肯相信表面上的事情",常有"疑心"②,同时也强调"怀疑并不是缺点"③。"从来如此,便对么"④,便是鲁迅对事物存在的合理性提出质疑的否定性呐喊,《推背图》中所提出的正面文章反面看的思维方式也是多疑的体现。但"疑虑""疑心"蕴含的正是对表象、主观简单判断的不信任,是撕破假象,通过对事物的多方位观察去获得全面的认识。在这种怀疑、否定的思维的烛照下,鲁迅形成了自己的独特眼光,"总能一下子透彻的注视到事物的最深处和最远处"⑤,而且"当我们见到局部时,他见到的却是全面。当我们热衷去掌握现实时,他已把握了古今和未来"⑥。多疑的思维方式,独特的眼光,使鲁迅在行文立论之时自然就获得了一种深刻的力度。

鲁迅多疑、否定的思维方式的形成显然与其个性特征,时代背景有所关联,也与西方的怀疑主义思潮存在着历史的联系,但从精神资源上去进一步考察与挖掘,与越地文化的联系则显得更为绵密。

古越族是远离中原文化僻居东南沿海的古老部族,滨江临海、草泽丘陵的地域特征,湿热的气候条件,再加上山洪潮汐、蛇虫兽类的时时侵袭,注定了他们生存的艰险,"越人断发文身,以避蛟龙之害"⑦的习俗是这种艰险的感性呈现。在这样的环境制约下,越人的求生存谋发展就必须立足于自身的辛勤劳作,并抛弃一切浮华玄想,任何脱离实际的盲目、轻视事实的行为都有可能使他们陷入生存的困境。于是,蕴含不盲从、怀疑质素的理性务实精神在代代承传中逐渐凝聚成为一种越人重要的文化心理和品格。

20 世纪初刊载于《浙江潮》杂志的《浙风篇》一文就曾这样界定浙东古越文化的风尚习俗与人文品性:"浙东之人多厚重……能为实地之研究。"⑧从越地走出的一代代文人和学者,大多是以敢于怀疑,善于思考,注重事功,强调经世致用而在中国学术史上形成思想一脉的。东汉杰出的思想家王充,就是善于质疑,充满否定精神的学者,他自称"淫读古文,甘闻异言。世书俗说,多所不安,

---

① 鲁迅:《两地书·八》,《鲁迅全集》第 11 卷,人民文学出版社 2005 年,第 33 页。
② 鲁迅:《两地书·一〇》,《鲁迅全集》第 11 卷,人民文学出版社 2005 年,第 40 页。
③ 鲁迅:《我要骗人》,《鲁迅全集》第 6 卷,人民文学出版社 2005 年,第 504 页。
④ 鲁迅:《狂人日记》,《鲁迅全集》第 1 卷,人民文学出版社 2005 年,第 451 页。
⑤ 刘纳:《"也是人"的鲁迅作为"人"的独异性》,上编:《21 世纪:鲁迅和我们》,人民文学出版社 2001 年,第 125 页。
⑥ 郁达夫:《鲁迅的伟大》,黄乔生编著:《郁达夫散文》,现代出版社 2014 年,第 310 页。
⑦ (东汉)班固:《汉书·地理志》,中华书局 1959 年,第 1669 页。
⑧ 匪石:《浙风篇》,《浙江潮》第 5 期,中央编译出版社 2014 年,第 5 页。

幽处独居,考论实虚"①。在其著作《论衡》中,他以"疾虚妄","重效验"为指导思想与精神动力,不仅判断筛选了当时越地流行的传说,一笔否定了诸如"越为禹后"和禹到会稽召开诸侯大会等荒谬故事,而且提出了对盛行于当时的"天人感应"论和鬼神迷信说的强烈怀疑和否定,认为"天地合气,万物自生,犹夫妇合气,子自生矣"②;"凡天地之间有鬼,非人死精神为之也,皆人思念存望所致也"③。同时,王充对"生而知之"和圣人"前知千岁,后知万世"的唯心主义论调也作出了怀疑批判。显然在唯心主义神学、迷信控制着主流意识形态的东汉,王充能坚守不轻信权威,不盲从,持怀疑重事实的质疑精神是需要勇气的,后人对之也作出了公正的评判和选择,范文澜颂扬王充"生在东汉的社会里,敢于质问孔孟,怀疑经典,实在是无比的勇士"④。他的敢于怀疑的人文精神,成为了一种重要的精神滋养在浙江思想家中承传。以陈亮、叶适为代表的永康、永嘉学派对宋明理学好谈心性的否定,王阳明对程朱理学教条的批判,直到鲁迅对"从来如此"的封建惯例的质疑,显然是对王充思维特征的延续和发展,是怀疑思维在不同历史时期的具体表现。而这一谱系的共同思维路线也证明,强烈的怀疑、否定意识是越文化传统中的基本思维方式之一,鲁迅的多疑正是对这一思维方式的承传与发展,尽管他的怀疑更具现代理性和科学性,他的否定更为彻底更具整体性。

因此,越文化传统怀疑的思维方式直接影响着鲁迅的深刻风格的形式,而深刻犀利的文风也来自于对越地传统散文风格的承传。

二、叛逆精神基础上的激切耿介与慷慨悲凉

鲁迅是中国现代历史上最勇猛、最悲壮的精神界之战士。初现于文坛之时,他就以对中国传统文化的决绝批判引起人们的关注,《我之节烈观》《我们现在怎样做父亲》等杂文,首先颠覆了中国文化中最具权威性的儒家学说,抨击了忠孝节烈的伪善,宗法制度的不合理,"要除去虚伪的脸谱。要除去世上害己害

---

①(东汉)王充:《论衡·自纪篇》,杨宝忠著:《论衡校笺》(下),河北教育出版社1999年,第922页。

②(东汉)王充:《论衡·自然篇》,杨宝忠著:《论衡校笺》(下),河北教育出版社1999年,第592页。

③(东汉)王充:《论衡·订鬼篇》,杨宝忠著:《论衡校笺》(下),河北教育出版社1999年,第712页。

④范文澜:《中国通史》(第二册),人民文学出版社1994年,第301页。

人的昏迷和强暴"①,从而重构正常健康的家庭人伦关系。进入二三十年代之后,鲁迅依然以叛逆者的姿态对抗着主流话语,批判北洋政府和国民党政权,参与各种社会、文艺思潮的论争,不断揭示社会思想文化的困境,打破一切神话,否定一切因袭与传统。"不克厥敌,战则不止"②的精神使鲁迅从中国文化和中国士大夫知识分子的"中庸""恕道"中脱离而出,呈现出强烈的叛逆色彩。他也用两个字概括了中国古老的传统和历史的本质:"吃人!"这种与主流话语对抗的叛逆姿态是鲁迅一生秉持的精神。

在越文化的流变中,也一直蕴含着浓厚的叛逆特性这一原生态的雏形。"汤汤洪水方割,荡荡怀山襄陵,浩浩滔天"③的恶劣自然环境,使古越人民为了生存而必须与自然进行艰苦卓绝的斗争,从而造就了原始的顽梗不屈的野性和尚武好斗的民风,他们"性脆而愚,水行而山处,以船为车,以楫为马;往若飘风,去则难从;锐兵任死,越之常性也"④。这种原始的野性和强悍的民风,积淀在古越族的发展承传中,成为一种集体无意识。直至《汉书·地理志》中还宣称越地之民"皆好勇"。尚武反抗的精神特质构成了越文化传统的原初形态。鲁迅自己所说的:"于越故称无敌于天下,海岳精液,善生俊异,后先络驿,展其殊才"⑤,便是对这一形态特质的精当概括。而且在漫长的历史演变中,地处东南的越文化一直作为边缘的异端疏离于中原文化圈之外,当然也就与处于中原文化正统地位的礼乐制度保持着对立的姿态。据《越绝书》记载,孔子欲向勾践"述五帝三王之道",却被勾践谢绝,这反映的正是越王对于周朝礼制所表示的拒绝态度。《吕氏春秋·遇合篇》中也记载越王善"野音"的音乐欣赏趣味。这样的文化价值取向显然呈现出了越文化的特殊性和对自身文化的肯定心态,这样的文化空气也有利于叛逆正统的精神追求的形成。

东晋和南宋时期,随着文化中心的两次大规模南移,大批文人学士开始汇集江南,处于集体无意识的强悍民风与原始野性逐渐内化为知识阶层的文化自觉,叛逆反抗作为一种人文精神生长为越地传统文化的重要表征,充满叛逆的文化气质,具有独立不羁人格的文人知识分子营造出了越地浓烈的文化氛围和先进的思想文化场。处于"竹林七贤"之领袖地位的嵇康,发出了"越名教而任自然"⑥的惊世骇俗的异端之声,强调打破生活名教化,恢复人性的绝对自由。

①鲁迅:《我之节烈观》,《鲁迅全集》第1卷,人民文学出版社2005年,第130页。

②鲁迅:《摩罗诗力说》,《鲁迅全集》第1卷,人民文学出版社2005年,第84页。

③冀昀主编:《尚书》,线装书局2007年,第6页。

④(东汉)袁康、吴平辑录:《越绝书》,上海古籍出版社1985年,第58页。

⑤鲁迅:《〈越铎〉出世辞》,《鲁迅全集》第8卷,人民文学出版社2005年,第58页。

⑥(三国)嵇康:《释私论》,《鲁迅辑录古籍丛编》第4卷,人民文学出版社1999年,第83页。

鲁迅对这位无视纲常名教，具有"非汤武而薄周孔""刚肠嫉恶，轻肆直言，遇事便发"①的叛逆人格气质的会稽先贤有着由衷的景仰并保持着精神上的沟通，他不仅用长达 23 年的生命历程去校勘《嵇康集》，而且在《魏晋风度及文章与药及酒之关系》中表达了对嵇康的深沉赞美与推崇："嵇康的论文，比阮籍更好，思想新颖，往往与古时旧说反对。"②显然嵇康的论文之所以"好"，落脚点还是在"与古时旧说反对"上。从对嵇康叛逆精神的肯定与张扬上，不难看出鲁迅自己的精神取向。许寿裳就说过鲁迅"尤其称许孔融和嵇康的文章……因为鲁迅的性质，严气正性，宁愿覆折，憎恶权势，视若蓂如，皓皓焉坚贞如白玉，懔懔焉劲烈如秋霜，很有一部分和孔嵇二人相类似的缘故"③。实际上，鲁迅对整个魏晋时期的文学是有着特别的关注的，原因在于"魏晋著述可谓深埋在封建正统思想下的'火药筒'，一经发现并'点燃'，对延续几千年的封建正统思想具有颠覆性的爆破力"④。因此，在鲁迅的选择中，深具叛逆性的人文精神是"供其景行"的重要思想资源。嵇康之后，在漫长的时间长河里，处于地域空间纬度上的越文化，其叛逆反抗的人文精神得到了充分的延续、丰富和张扬。越地的文人知识分子沿着嵇康的思想线索，完成了对叛逆反抗的人文精神的充分发扬。陆游毕其一生信念力主抗金；徐渭以其狂放不羁、桀骜不驯、愤世嫉俗的处世态度和人格气质被视为异端；明末客死海外的"遗民和逆民"⑤朱舜水，秉持着"窜身海外，志在恢复"⑥的精神；王思任拒绝降清，在病中绝食而亡⑦；章太炎则是"以大勋章作扇坠，临总统府之门，大诟袁世凯的包藏祸心"⑧；秋瑾和徐锡麟更是以生命的全部浓度和力量抗击着清政府的统治。鲁迅对这些越中先贤的叛逆精神

---

①（三国）嵇康：《与山巨源绝交书》，《鲁迅辑录古籍丛编》第 4 卷，人民文学出版社 1999 年，第 39 页。

②鲁迅：《魏晋风度及文章与药及酒之关系》，《鲁迅全集》第 3 卷，人民文学出版社 2005 年，第 533 页。

③许寿裳：《亡友鲁迅印象记》，北京人民出版社 1953 年，第 39 页。

④陈方竞：《鲁迅与浙东文化》，吉林大学出版社 1999 年，第 99 页。

⑤鲁迅：《这回是"多数"的把戏》，《鲁迅全集》第 3 卷，人民文学出版社 2005 年，第 185 页。

⑥鲁迅：《这回是"多数"的把戏》，《鲁迅全集》第 3 卷，人民文学出版社 2005 年，第 186 页。

⑦周作人也强调越地文人的反抗性，他在《〈燕知草〉跋》中说："明朝的名士的文艺诚然是多有隐遁的色彩，但根本却是反抗的，有些人终于做了忠臣，如王谑庵到复马士英的时候便有'会稽乃报仇雪耻之乡，非藏垢纳污之地'的话，大多数的真正文人的反礼教的态度也很显然，这个统系我相信到了李笠翁、袁子才还没有全绝，虽然他们已都变成了清客。"《周作人散文全集》第 5 卷，广西师范大学出版社 2009 年，第 518—519 页。

⑧鲁迅：《关于太炎先生二三事》，《鲁迅全集》第 6 卷，人民文学出版社 2005 年，第 567 页。

是推崇备至的,他说他敬仰"人们和天然苦斗而成的景物"和"倔强的魂灵"①,多次拜谒禹陵缅怀大禹,凭吊"明的遗民朱舜水先生客死的地方"②,对王思任所说的"会稽乃报仇雪耻之乡"念念不忘,"这对于我们绍兴人很有光彩,我也很喜欢听到,或引用这两句话"③,并表达了"身为越人,未忘斯义"④的继承精神,甚至他对章太炎的赞美和崇扬也"并非因为他是学者,却为了他是有学问的革命家"⑤。可见,越文化的叛逆精神已经深深地渗透到鲁迅的人生气质之中,内化为他的一种人格力量。

而南宋以来,开创了反封建思想启蒙传统的一代浙东思想家,又对造就鲁迅的现代人格产生了直接的影响。主张"知行合一"的心学大师王阳明,提出"人者天地万物之心也,心者天地万物之主也。心即天,言心,则天地万物皆举之矣,而又亲切简易"⑥,"吾心之良知,即所谓天理也"⑦,将天道纳入于人心之中,强调了人的个性意识和主观精神;"但开风气不为师"的龚自珍,提出"天地,人所造,众人自造,非圣人所造。圣人也者,与众人对立,与众人为无尽。众人之宰,非道非极,自名曰我"⑧,直接张扬了个体自我的独立性与对"天"的主宰力量。这一批与主流文化形态相悖的思想大家,其核心观念表达的都是对封建传统观念的大胆挑战与反叛,他们对人学思想的倡导直接构成了浙东人文精神传统的重要质素,为鲁迅张扬个体精神自由的"立人"思想体系的建构提供了丰富的思想文化资源。

周作人曾表达过越文化精神对他的浸染移化:"这四百年间越中风土的影响大约很深,成就了我的不可拔除的浙东性……"⑨鲁迅的性格思维、文化气质又何尝没有这种"浙东性",甚至比周作人的越文化印痕表现得更为深刻和直接,他的反封建的斗士精神,对国民性的改造,"立人"思想的建构,各种论争思潮的参与,以及对反动政府的抨击揭露等等,无不体现出鲁迅对越文化叛逆反抗传统的自觉坚守与承传。越地的地域文化和人文传统直接构成了鲁迅的生

①鲁迅:《看司徒乔的画》,《鲁迅全集》第4卷,人民文学出版社2005年,第73页。
②鲁迅:《藤野先生》,《鲁迅全集》第2卷,人民文学出版社2005年,第313页。
③鲁迅:《女吊》,《鲁迅全集》第6卷,人民文学出版社2005年,第637页。
④鲁迅:《360210 致黄苹荪》,《鲁迅全集》第14卷,人民文学出版社2005年,第24页。
⑤鲁迅:《关于太炎先生二三事》,《鲁迅全集》第6卷,人民文学出版社2005年,第565页。
⑥(明)王阳明:《答季明德》,《王阳明全集》第6卷,北京燕山出版社2009年,第1651页。
⑦(明)王阳明:《答顾东桥书》,《王阳明全集》第3卷,北京燕山出版社2009年,第772页。
⑧(清)龚自珍:《壬癸之际胎观第一》,《龚自珍全集》,上海古籍出版社1999年,第12页。
⑨周作人:《〈雨天的书〉序二》,《周作人散文全集》第4卷,广西师范大学出版社2009年,第346页。

长背景,对他的精神范式的形成产生着有效的影响之力,使越文化中叛逆性的精神内核成为了鲁迅思想的一个重要向度。

由此可见,从蕴含着强烈叛逆反抗精神的越文化圈中走出的鲁迅,自觉的叛逆气质、意识的形成是极其自然的,而当这种叛逆精神直接投射到鲁迅的杂文创作之中时,首先形成的就是鲁迅激切耿介的杂文创作风格。鲁迅从来就不是一个平和的作家和思想者,他用“挣扎和战斗”的文字表达自己的感悟、见解和态度。在《小品文的危机》里鲁迅就明确指出:“生存的小品文,必须是匕首,是投枪,能和读者一同杀出一条生存的血路的东西”①,与此相适应,追求与实践的文风自然是激切耿介的,甚至在他初登文坛之际的杂文中就已经比较成熟地显示出了这种风格的趋向。《我之节烈观》的为文过程中,鲁迅设计了诸如“节烈是否道德”“不节烈的女子如何害了国家”等一系列的问题,将“节烈”置于了被审判的地位。尤其是“节烈难么? 答道,很难”,“节烈苦么? 答道,也很苦”,“不节烈便不苦么? 答道,也很苦”,“女子自己愿意节烈么? 答道,不愿”等一问一答的设置,②问的尖锐与答的干脆,不仅表达了鲁迅对主流话语的反叛,对儒教假面的撕破,也形成了文章激切的情绪与节奏,呈现出耿介激切的为文气度。可以看得很清楚,彻底颠覆传统儒家学说的叛逆精神使鲁迅这篇文章的表达呈现出激越的气质,并在以后的创作中将这种气质给予了很好的延续与发展。

《我们现在怎样做父亲》是对“父为子纲”儒家观念的一次激烈的批判,激切耿介的文风也呈现得更为直接和鲜明。在文章中,鲁迅认为要改革家庭,就得废除封建伦常,尤其是要破掉“父为子纲”长者本位的专制家庭关系,因为按照进化论的观点,“后起的生命总比以前的更有意义,更近完全,因此也更有价值,更可宝贵;前者的生命应该牺牲于他”③。于是鲁迅石破天惊地提出了“一切设施,都应该以孩子为本位”的新的伦理观,而这无疑是对控制中国数千年家庭人伦关系的“长者本位”观念的一次彻底反叛,对传统的父子关系中的权力关系的破除,建构了一种新的家庭伦理秩序,用语的激烈和直接也是前所未有的。鲁迅的杂文中也有着“扫荡这些食人者,掀掉这筵席,毁坏这厨房,则是现在的青年的使命”④的激励和鼓动;“好个国民政府的‘友邦人士’! 是些什么东西”⑤的怒斥和声讨。同样激情的呐喊文字建构成的正是鲁迅激切耿介的杂文风格。

---

①鲁迅:《小品文的危机》,《鲁迅全集》第4卷,人民文学出版社2005年,第592—593页。

②鲁迅:《我之节烈观》,《鲁迅全集》第1卷,人民文学出版社2005年,第121—130页。

③鲁迅:《我们现在怎样做父亲》,《鲁迅全集》第1卷,人民文学出版社2005年,第137页。

④鲁迅:《灯下漫笔》,《鲁迅全集》第1卷,人民文学出版社2005年,第229页。

⑤鲁迅:《“友邦惊诧”论》,《鲁迅全集》第4卷,人民文学出版社2005年,第369页。

　　叛逆反抗精神成就的鲁迅另一种杂文风格是慷慨悲凉。鲁迅曾将魏晋风骨的一个方面概括为"慷慨"，他说："当天下大乱之际，亲戚朋友死于乱者特多，于是为文就不免带着悲凉，激昂和'慷慨'了。"①"易代之世"乱离死难的背景，叛逆反抗的异端文人，共同造就了慷慨悲凉的魏晋风骨，同样叛逆的鲁迅身处同样是"易代之世"的时代，又怀着对魏晋风度的景仰，在杂文创作中自然也就呈现出了"慷慨悲凉"的风格。于是在鲁迅的杂文中，我们时时能发现"出离愤怒"之后的悲凉文字。"可是我实在无话可说。我只觉得所住的并非人间。四十多个青年的血，洋溢在我的周围，使我艰于呼吸视听，那里还能有什么言语？长歌当哭，是必须在痛定之后的。""惨象，已使我目不忍视了；流言，尤使我耳不忍闻。我还有什么话可说呢？"②一再的"无话可说"正是"出离愤怒"的结果，难抑的悲愤情绪从如此沉郁的文字中迸裂出来，造就了文章感人的力量和震撼人心的艺术效果。在《为了忘却的记念》中，同样的悲痛和愤怒贯彻在文章的表达中："不是年青的为年老的写记念，而在这三十年中，却使我目睹许多青年的血，层层淤积起来，将我埋得不能呼吸，我只能用这样的笔墨，写几句文章，算是从泥土中挖一个小孔，自己延口残喘，这是怎样的世界呢。夜正长，路也正长，我不如忘却，不说的好罢。"③对年青生命的凭吊和对政府残暴行径的控诉纠结在一起，却又说"不如忘却，不说的好罢"，凝聚的情感在愤激之语中喷薄而出，形成了巨大的穿透力和震撼力。这样的文字，这样的为文风格贯穿在鲁迅的杂文创作中，对当时的文坛、社会和读者产生着极为激烈的冲击之力。无论是直接的描写："实弹打出来的却是青年的血。血不但不掩于墨写的谎语，不醉于墨写的挽歌；威力也压它不住，因为它已经骗不过，打不死了。"④还是曲折的表达："同日就又有一种谣言，便是说还要通缉五十多人；但那姓名的一部分，却至今日才见于《京报》。这种计画，在目下的段祺瑞政府的秘书长章士钊之流的脑子里，是确实会有的。国事犯多至五十余人，也是中华民国的一个壮观；而且大概多是教员罢，倘使一同放下五十多个'优美的差缺'，逃出北京，在别的地方开起一个学校来，倒也是中华民国的一件趣事。"⑤"慷慨悲凉"的内涵是一致的。

　　因此，鲁迅的叛逆精神的生成，从区域文化的角度去进行探究和考察，显然是吸收了越文化的批判内涵，越地具反抗意识的人文传统和浙东文人楷模提供

　　①鲁迅：《魏晋风度及文章与药及酒之关系》，《鲁迅全集》第 3 卷，人民文学出版社 2005年，第 527 页。

　　②鲁迅：《记念刘和珍君》，《鲁迅全集》第 3 卷，人民文学出版社 2005 年，第 289、292 页。

　　③鲁迅：《为了忘却的记念》，《鲁迅全集》第 4 卷，人民文学出版社 2005 年，第 502 页。

　　④鲁迅：《无花的蔷薇之二》，《鲁迅全集》第 3 卷，人民文学出版社 2005 年，第 280 页。

　　⑤鲁迅：《可惨与可笑》，《鲁迅全集》第 3 卷，人民文学出版社 2005 年，第 286 页。

的精神范式构成了鲁迅思想中的一个重要资源和向度,并直接影响着他那激切耿介、慷慨悲凉的杂文风格的形成。

三、越剑鬼气影响下的冷硬与峭拔

周作人在《鲁迅的文学修养》一文中曾经提出,"浙江省中间有一条钱塘江,把它分为东西两部分,这两边的风土民情稍有不同。"①这"不同"就在于浙西更具"杏花烟雨江南"的柔性品质,带着温情脉脉的妩媚,文人学士亦多具风流倜傥的余风遗韵,形成了飘逸秀婉的文化品格,而以会稽山为中心的浙东古文化则与此民情习性不同,趋向一种刚硬劲直,尽管在历史的发展中越文化也融合了中原文化的多种因素,呈现出文化本身的丰富与复杂,然而鲁迅主要汲取的是越文化中的刚劲一脉。《绍兴府志》中有记载:"居会稽、余姚之间,地狭而好矜名。类能饬廉隅,笃孝让,然喜生事,意气多发扬,少含蓄。"②与这种刚烈性格适应,越人对剑有着原始的崇拜情结,《汉书·地理志》云:"吴越之君皆好勇,故其民至今好用剑,轻死易发。"③在漫长的历史演进中,越剑更是被赋予了一种特殊的精神内涵,成为了宁折不弯、矢志复仇的越地品格的象征,越人后裔中的慷慨之士多喜用剑的意象发抒内心的豪迈之情、复仇之意,陆游"少携一剑行天下",秋瑾"夜夜龙泉壁上吟",鲁迅还曾以"戛剑生"自号,并写下了张扬复仇的小说《铸剑》,这都是古越剑崇拜精神的延续与承传,是对"剑"所蕴涵的刚烈健朗民族性格的确认与自觉追求。因此,越地先民的尚武传统内化成了越人勇猛刚毅的民族性格,并构成了越文化代代承传的重要血脉。对此,鲁迅也曾作过解释和界定,他说:"浙东多山,民性有山岳气"④,又说柔石有浙东"台州式的硬气","有时会令我忽而想到方孝孺"⑤。"山岳气"、"硬气"正是对越地刚硬劲直品格的很好概括。

这种历史造就的坚硬文化品性,在浙东文人传统中得到了悠远的承续和张扬。"尚古淳风,重节概"的浙东文人以其刚武、厚重的坚硬形象与硬气人格构

---

①周作人:《鲁迅的文学修养》,《周作人散文全集》第 12 卷,广西师范大学出版社 2009 年,第 641 页。

②胡朴安:《中华全国风俗志》(上编),河北人民出版社 1986 年,第 94 页。

③(东汉)班固:《汉书·地理志》,中华书局 1959 年,第 1667 页。

④徐梵澄:《星花旧影——对鲁迅先生的一些回忆》,《徐梵澄文集》第 4 卷,上海三联书店、华东师范大学出版社 2006 年,第 374 页。

⑤鲁迅:《为了忘却的纪念》,《鲁迅全集》第 4 卷,人民文学出版社 2005 年,第 496 页。

成了越中精神的象征。魏晋时期的嵇康,不仅公开表明"非汤武而薄周孔"的叛逆态度,而且拒绝出仕与司马氏政权合作,并断然同举荐自己的友人绝交,写下了著名的《与山巨源绝交书》。为朋友吕安的遭受诬陷挺身而出仗义执言,最终被司马昭所不容。临刑之时,嵇康泰然自若,"顾视日影,索琴而弹之",一曲《广陵散》"托运遇于领会"①,慷慨赴死的从容气度成就了硬气人格名垂青史。李慈铭在日记中"上至朝章,中至学问,下至相骂"②悉数记录,祁彪佳以自绝于门前水池的方式拒绝清政府的礼聘,章太炎更是"七被追捕,三入牢狱,而革命之志,终不屈挠"③,他们性格中的刚硬质素构成了浙东人文传统的主要精神脉络。鲁迅对此曾多次提及并表达赏识之情。《关于太炎先生的二三事》,是对章太炎刚硬叛逆性格的张扬,《马上日记》中涉及对李慈铭及《越缦堂日记》的评价,《魏晋风度及文章与药及酒之关系》更是对嵇康的"硬气"人格推崇备至,他说:"嵇阮二人的脾气都很大;阮籍年老时改得很好,嵇康就始终都是极坏的。……后来阮籍竟做到'口不臧否人物'的地步,嵇康却全不改变。结果阮得终其天年,而嵇竟丧于司马氏之手。"④在对阮、嵇二人的对比阐述中,掩饰不住的正是对嵇康的始终"极坏"、"全不改变"的坚韧品格的激赏之情。其实,在鲁迅的性格中也正承传了浙东文人的刚硬气质,他一生与无数论敌作战,从不屈服妥协,他肩住了黑暗的闸门,从不放弃与黑暗、绝望等的抗战。因此毛泽东说"鲁迅的骨头是最硬的",他"没有丝毫的奴颜和媚骨"。⑤

越地又有着"信鬼神,好淫祀"的民间信仰。《吴越春秋》记载了越王勾践在越国尊天事鬼:"立东郊以祭阳,名曰东皇公。立西郊以祭阴,名曰西王母。祭陵山于会稽;祀水泽于江州,事鬼神一年,国不破灾。"⑥《越绝书》记:"越王句践即得平吴,春祭三江,秋祭五湖。因以其时,为之立祠,垂之来世,传之万载。"⑦

---

　　①向子期:《思旧赋并序》,(梁)萧统编:《文选》,海荣、秦克标校,上海古籍出版社1998年,第110页。

　　②鲁迅:《马上日记》,《鲁迅全集》第3卷,人民文学出版社2005年,第325页。

　　③鲁迅:《关于太炎先生二三事》,《鲁迅全集》第6卷,人民文学出版社2005年,第567页。

　　④鲁迅:《魏晋风度及文章与药及酒之关系》,《鲁迅全集》第3卷,人民文学出版社2005年,第532页。

　　⑤毛泽东:《新民主主义论》,《毛泽东著作选读》(上册),人民出版社1986年,第387—388页。

　　⑥(东汉)赵晔:《勾践阴谋外传第九》,张觉校注:《吴越春秋校注》,岳麓书社2006年,第230页。

　　⑦(东汉)袁康、吴平辑录:《越绝书》,乐祖谋点校,上海古籍出版社1985年,第101页。

王嘉《拾遗记》也记载:"越欲灭吴……杀三牲以祈天地杀龙以祀川海。"①越国时期的鬼神信仰已经提高到国家制度的高度,可见民间的鬼神信仰应该更为浓厚,所以《史记》记载:"越人俗信鬼,而其祠皆见鬼,数有效。……亦祠天神上帝百鬼,而以鸡卜。"②绍兴的民间鬼神信仰正是源于古越国的传统,至近代依然不绝。这些鬼灵崇拜在民间生活中就具体化为祭祀与祭祀剧形式的盛行。在这样的民间氛围、文化背景中走出的鲁迅,对鬼灵也就有着一种特殊的情感。他在文本中多次涉及祝福、社戏、目连戏、迎神赛会等祭祀活动。小说《祝福》对绍兴的鬼神信仰有集中的描述。祥林嫂遇见"我"时,极秘密似的切切地说:"一个人死了之后,究竟有没有魂灵的?"这让"我"想到"这里的人照例相信鬼"。祥林嫂第二次结婚后,有人告诉她:"你将来到阴司去,那两个死鬼的男人还要争,你给了谁好呢?阎罗大王只好把你锯开来,分给他们",解决的唯一办法就是"捐门槛"以示赎罪。③《药》一文中华老栓用浸了人血的馒头为小栓治肺结核,则近于古人的"接触巫术",也是民间的一种俗信,给绝境中的人们寻找的一条看似踏实而虚无的路:"这样的趁热吃下。这样的人血馒头,什么痨病都包好!"④与此类似的,是《明天》里单四嫂子用"求神签""许愿心"的方式给宝儿治病。绍兴民间社会对神鬼巫术的信仰古已有之,王充在《论衡》卷23《言毒篇》中记载:"太阳之地,人民促急,促急之人,口舌为毒。故楚、越之人促急捷疾,与人谈言,口唾射人,则人脉胎肿而为创。南郡极热之地,其人祝树树枯,唾鸟鸟坠。巫咸能以祝延人之疾、愈人之祸者,生于江南,含烈气也。"⑤有学者认为这是越人一种古老的毒咒巫术。另外应劭《风俗通义》卷9《怪神》中记载:"会稽俗多淫祀,好卜筮,民一以牛祭,巫祝赋敛受谢,民畏其口,惧被祟,不敢拒逆;是以财尽于鬼神,产匮于祭祀。或贫家不能以时祀,至竟言不敢食牛肉,或发病且死,先为牛鸣,其畏惧如此。"⑥

由此可见,越地民间对鬼神的信仰与习俗在日常生活中占据着重要的地位,鲁迅书写善良母亲对"显灵"的期待(《药》),祥林嫂对"人死后有没有灵魂"的疑问,单四嫂子希冀在梦中会他死去的宝儿的企盼,等等,也显示出渗透进人

---

①(宋)李昉:《太平御览》第2册,上海古籍出版社2008年,第758页。

②(西汉)司马迁:《卷十二·孝武本纪第十二》,《史记》,线装书局2006年,第75页。

③鲁迅:《祝福》,《鲁迅全集》第2卷,人民文学出版社2005年,第5—23页。

④鲁迅:《药》,《鲁迅全集》第1卷,人民文学出版社2005年,第468页。

⑤(东汉)王充:《论衡·言毒篇》,杨宝忠著:《论衡校笺》(下),河北教育出版社1999年,第725页。

⑥(东汉)应劭撰,王利器校注:《怪神》,《风俗通义校注》(下册),中华书局1981年,第401页。

的精神世界的鬼灵信仰构成了鲁迅文本塑造的一种内涵和形式。

在杂文中,鬼灵更以具体的面孔出现了,从活无常,死有分,羊面猪头,"油豆跌滑小地狱"(《知识即罪恶》),到怨鬼(《杂感》)、故鬼、新鬼、游魂、牛首阿旁、畜生、化生、大叫唤、无叫唤(《"碰壁"之后》)等等,简直构成了一个众鬼驰骋的鬼灵世界。但是值得注意的是,鲁迅对越地的民间鬼灵信仰的采信是有自己的选择的,他选择的是对厉鬼精魂表达激赏之情。他说:"是的,你是人!我且去寻野兽和恶鬼……"[①]而鲁迅找到的恶鬼就是"这鬼而人,理而情,可怖而可爱的无常","在许多人期待着恶人的没落的凝望中,他出来了,服饰比画上还简单,不拿铁索,也不带算盘,就是雪白的一条莽汉,粉面朱唇,眉黑如漆,蹙着,不知道是在笑还是在哭"。[②] 这位阴间之鬼既有"我道 nga 阿嫂哭得悲伤,暂放他还阳半刻"的慈悲,也有"难是弗放者个!那怕你,铜墙铁壁!那怕你,皇亲国戚"[③]一个都不放走的誓言,刚硬坚定的性格在充满人情味的行为中凸显出来。

鲁迅找到的第二个厉鬼是浙东民间所创造的"带复仇性的,比别的一切鬼魂更美,更强的鬼魂"[④]女吊。无论是无常还是女吊都是绍兴目连戏中塑造的重要形象,鲁迅也将之称为绍兴"两种特色的鬼"[⑤]。而鲁迅对这两个鬼魂的激赏与倾心,正显示了他与越文化的深刻联系。女吊在绍兴民间被称作"吊神",鲁迅曾说:"横死的鬼魂而得到'神'的尊号的,我还没发见过第二位,则其受民众之爱戴也可想。"[⑥]确实,在越地民间对横死的恶鬼不仅仅是恐惧,更多的是对他们坚毅品性的爱戴。目连戏开场是"起殇",是为召回横死的怨鬼,而《九歌》中的《国殇》云:'身既死兮神以灵,魂魄毅兮为鬼雄'……明社垂绝,越人起义而死者不少,至清被称为叛贼,我们就这样的一同招待他们的英灵"[⑦]。越人历史上因反抗而牺牲的"孤魂厉鬼"成为"鬼雄"得到了越的民间后裔的长期祭奠和礼拜。因此,在越地的鬼灵信仰中蕴涵着对硬气品格的推崇,或者说,在硬气品格的流贯之下,越文化中的鬼灵信仰呈现出刚硬的质素与品性,而鲁迅汲取与继承张扬的正是这透着坚毅品性的鬼灵信仰。

与鲁迅的硬气品行以及对具有刚硬性格的鬼灵的推崇相联系的,是他创作中的冷硬峭拔的文风。正如鲁迅自己所说,他的杂文"发表一点,酷爱温暖的人

①鲁迅:《失掉的好地狱》,《鲁迅全集》第 2 卷,人民文学出版社 2005 年,第 205 页。
②鲁迅:《无常》,《鲁迅全集》第 2 卷,人民文学出版社 2005 年,第 281、280 页。
③鲁迅:《无常》,《鲁迅全集》第 2 卷,人民文学出版社 2005 年,第 280－281 页。
④鲁迅:《女吊》,《鲁迅全集》第 6 卷,人民文学出版社 2005 年,第 637 页。
⑤鲁迅:《女吊》,《鲁迅全集》第 6 卷,人民文学出版社 2005 年,第 637 页。
⑥鲁迅:《女吊》,《鲁迅全集》第 6 卷,人民文学出版社 2005 年,第 637 页。
⑦鲁迅:《女吊》,《鲁迅全集》第 6 卷,人民文学出版社 2005 年,第 638－639 页。

已经觉得冷酷了,如果全露出我的血肉来,末路正不知要到怎样"①。而且,在他的杂文中,由于文体的审美特性与表达要求,作者的刚硬气质能得到更淋漓尽致的融入与呈现,于是"冷"的色调总是交织着"硬"的精神,透出一种力度之美,又不失空灵之气。概而言之,就是冷硬峭拔。"默默地铁似的直刺着奇怪而高的天空,使天空闪闪地鬼眼"②的树枝;两个裸着全身,捏着利刀,对立于广漠的旷野之上,既不拥抱也不杀戮,报复看客的无聊的复仇者(《野草·复仇》),就是对这种杂文风格的形象化塑造与表达。

在鲁迅的杂文里,他在描写了袁世凯的"大杀党人","北京城里,连饭店客栈中,都满布了侦探;还有'军政执法处',只见受了嫌疑而被捕的青年送进去,却从不见他们活着走出来"之后,总结出的历史教训是:"中国革命的闹成这模样,并不是因为他们'杀错了人',倒是因为我们看错了人。"③对现实的冷峻揭示与对蒋介石袭用袁世凯故伎屠杀革命者的抨击两相结合,使文章有了一股冷飕飕的力量。在《我还不能"带住"》里,鲁迅宣告:"中国的青年不要高帽皮袍,装腔作势的导师","倘有带着假面,以导师自居的,就得叫他除下来,否则便将它撕下来",使他们从"麒麟皮下露出马脚"。④《〈华盖集〉题记》中也说:"现在是一年的尽头的深夜,深得这夜将尽了……而我所获得的,乃是我自己的灵魂的荒凉和粗糙。但是我并不惧惮这些,也不想遮盖这些,而且实在有些爱他们了,因为这是我转辗生活于风沙中的瘢痕。"⑤刚健勇毅的精神气质,叛逆勇士的不屈灵魂,在凌厉冷峭的表述中透示出来。而最能代表鲁迅这种杂文风格的应该是《女吊》。女吊来自冥间,带着阴冷的气息,但女吊又不是一般的鬼魂,满含冤屈的自杀本来就是对环境的一种公开抗议,而且在这以死相争之后,还要"作厉鬼以复仇",强烈的复仇意志与来自冥间的阴冷气息缠绕在一起。为此,鲁迅还为女吊画出了一幅绝妙的肖像画:"石灰一样白的圆脸,漆黑的浓眉,乌黑的眼眶,猩红的嘴唇。"纯白、漆黑、猩红这三种极强的色彩塑造出了女吊凛然不可侵犯的刚硬性格,而"易于和生人相接近"的"大红衫子"的选择,又将女吊的复仇意志渲染强化到极致。于是,身着"大红衫子"的女吊出现在舞台上,伴随着激越高亢的音乐,痛诉身世:"两肩微耸,四顾,倾听,似惊,似喜,似怒,终于发出悲哀的声音,慢慢地唱道:'奴奴本身杨家女,呵呀,苦呀,天哪!……'"自有一种惊

①鲁迅:《写在〈坟〉后面》,《鲁迅全集》第1卷,人民文学出版社2005年,第300页。
②鲁迅:《秋夜》,《鲁迅全集》第2卷,人民文学出版社2005年,第167页。
③鲁迅:《〈杀错了人〉异议》,《鲁迅全集》第5卷,人民文学出版社2005年,第100—101页。
④鲁迅:《我还不能"带住"》,《鲁迅全集》第3卷,人民文学出版社2005年,第259、260页。
⑤鲁迅:《〈华盖集〉题记》,《鲁迅全集》第3卷,人民文学出版社2005年,第4—5页。

心动魄的力量。① 显然鲁迅突出这些色彩词来描绘女吊的形象,表达的正是自己的独特审美情趣与对冷硬峭拔文风的追求。实际上,在女吊出场之前的"起殇"描写中,这种冷硬,充满着力度之美的风格就已表达得淋漓尽致:一群由少年扮演的野鬼,手捏钢叉纵马驰骋,在野外孤坟处大叫刺坟,然后拔叉驰回,一同大叫一声掷出钢叉,钉在台板上。鲁迅近乎用一种兴味盎然的语气去描述这少年时的扮鬼经历,张扬出这群"野鬼"的生机生气,文气摇曳而不板滞,又有一种力量从文字间溢出。因此,在杂文《女吊》中,鬼灵的阴冷、复仇者的硬气,辅之以鲁迅的准确、满蕴情绪的表达,共同营造出了一种充满力度美的冷硬杂文风格。所以郁达夫才认为读鲁迅的作品,"读者会感到一种即使喝毒酒也不怕死的凄厉的风味"②。茅盾也评述说鲁迅的作品"直刺入你的骨髓,像冬夜窗缝里的寒风,不由你不毛骨悚然"③。无论是郁达夫还是茅盾,他们言说的核心都是表达鲁迅散文所显示出来的是冷硬峭拔之力,这确实是对鲁迅散文的正确解读。

四、捎带一击的任性与较真

鲁迅的散文以深刻冷硬、耿介有力见长,也曾因为不够宽容的"刻毒"而遭人诟病。但对这些显在风格的反复强调和论证,又不自觉地限制了研究者的学术思维与视野开拓,忽视了对鲁迅散文风格的进一步开掘与探讨。其实,在鲁迅的散文中,较真任性的特点也有着明显的表征。他总是对小事当真,为小事斗气,常常捎带着刺论敌一下。在这些一直被视为"气量小"的文字中,有些是带着睚眦必报的元素,"刻毒"的成分,如指称杨荫榆为"寡妇主义",梁实秋为"丧家的资本家的乏走狗",但有些确实更多带有斗气的成分,或只是捎带一击,表现出的是孩子般的任性和较真,而不是成人的刻意和圆滑。

在鲁迅的杂文中,我们常常能看到这样"捎带一击"的文字。《拿来主义》是阐述如何对待中外文化遗产问题的文章,针对当时要么全盘继承,要么一概否定的偏激倾向,鲁迅提出批判继承的"拿来主义"观点,而且"要运用脑髓,放出眼光,自己来拿"。然后他举例说譬如一个穷青年得了一所大宅子,"且不问他是骗来的,抢来的,或合法继承的,或是做了女婿换来的",首要的问题是"不管

---

①鲁迅:《女吊》,《鲁迅全集》第 6 卷,人民文学出版社 2005 年,第 640—641 页。

②郁达夫:《鲁迅的伟大》,黄乔生编:《郁达夫散文》,现代出版社 2014 年,第 310 页。

③茅盾:《鲁迅论》,《小说月报》第 18 卷第 11 期,1927 年 11 月。

三七二十一,'拿来'!"①而这"做了女婿换来的"就是对当时的诗人邵洵美的讽刺,他娶了清末大买办官僚盛宣怀的孙女为妻,用岳家的钱开书店,办刊物。显然《拿来主义》的主题与对邵洵美的讽刺并没有太大的关联,鲁迅只是在严肃地表达自己的"拿来主义"姿态的过程中,顺带着对邵洵美的行为给予了一定的嘲讽,而且只是一笔带过,粗心的读者或者不知道事件真相的人们甚至会忽略文字背后的潜在指向。因此,很难说鲁迅的这一句"做了女婿换来的"讥嘲里面有太多的深意,模糊的表达似乎也没有刻意让读者领会自己的意图,只是像一个孩子施了一个心眼,耍了一回任性,获得了一种孩子似的满足。同样《女吊》在盛赞女吊的复仇精神与意志的同时,也没有忘记对上海的"前进作家"的讥讽:"一般的绍兴人,并不像上海的'前进作家'那样憎恶报复。"②《〈阿Q正传〉的成因》叙述了小说的创作过程,并对阿Q革命的可能性与大团圆结局作出了切合国情的论述,而接下去的表述:"我自己将来的'大团圆',我就料不到究竟是怎样",是"'官僚'乎,还是'刀笔吏'呢?'思想界之权威'乎,抑'思想界先驱者'乎,抑又'世故的老人'乎?"③显然又偏离了文章的集中指向,是回击性的文字了,"官僚""刀笔吏"是陈西滢对鲁迅的攻击,"思想界的权威""思想界先驱者"皆出自高长虹批判鲁迅的文章《走到出版界》。这一连串对论敌语词的引用,又引而不论,引而不驳,只是在文章表述过程中偶尔荡开笔墨顺便刺一下论敌,并且一刺就收笔,不穷追猛打,这样的为文风格,显然以"任性"的概括更为确切。而且,对某些论敌的捎带一击会一而再地出现在各种文本之中。"刀笔吏"的引用就不仅出现在《〈阿Q正传〉的成因》里,也多次在其他文章中提及,"我向来常以'刀笔吏'的意思来窥测我们中国人"④;"我先前的弄'刀笔'的罚,现在似乎降下来了"⑤。对顾颉刚的嘲讽"禹是一条虫",也在《崇实》《理水》等杂文、小说中一再出现。对鲁迅的这种杂文风格,有学者将之归结为"睚眦必报"、"气量小"。其实,更确切地说,应该是鲁迅的爱较真,执拗。他在文章中顺便讽刺的并不一定都是他的论敌,"仇人""睚眦必报""气量小"的论断显然有失公允,邵洵美就没有主动攻击过鲁迅,鲁迅与之也没有深仇。鲁迅只是比一般人更多一份清醒,即使在小事上也爱较个真,又不轻言放弃,于是在文风上就呈现出较真任性的特质。

---

①鲁迅:《拿来主义》,《鲁迅全集》第6卷,人民文学出版社2005年,第40页。

②鲁迅:《女吊》,《鲁迅全集》第6卷,人民文学出版社2005年,第637页。

③鲁迅:《〈阿Q正传〉的成因》,《鲁迅全集》第3卷,人民文学出版社2005年,第398页。

④鲁迅:《空谈》,《鲁迅全集》第3卷,人民文学出版社2005年,第296页。

⑤鲁迅:《答有恒先生》,《鲁迅全集》第3卷,人民文学出版社2005年,第475页。

　　鲁迅这种杂文风格的形成是与他的为人与性格有关联的。早有学者说过"风格即人"，歌德也说："一个作家的风格，是他内心生活的准确标志。"①在鲁迅的性格里就有较真、执拗、任性的元素。这从鲁迅处理成仿吾对《呐喊》的批评的方式上有明显的表现。1923年8月《呐喊》出版，在一片肯定的评价声中，成仿吾独树一帜，认为《呐喊》中的《狂人日记》《孔乙己》《药》等都是"庸俗"的"自然主义"作品，"《阿Q正传》为浅薄的纪实的传记"，"描写虽佳，而结构极坏"，惟有《不周山》一篇是可以进入"纯文艺的宫庭"的"杰作"。② 鲁迅当时对这一批评所持的态度很有意思：你说好，我就偏说不好，性格中较真劲的特点呈露无疑。他说：《不周山》"陷入了油滑"，而"油滑是创作的大敌，我对于自己很不满"，"《不周山》的后半是很草率的，决不能称为佳作"，"于是当《呐喊》印行第二版时，即将这一篇删除；向这位'魂灵'（指成仿吾——笔者注）回敬了当头一棒——我的集子里，只剩着'庸俗'在跋扈了。"你既然"以'庸俗'的罪名，几斧砍杀了《呐喊》，只推《不周山》为佳作"，③我偏偏把你认定的"佳作"从小说集中删除，只剩下"庸俗"，你又奈何？而且在将《不周山》编辑进《故事新编》时，又易名为《补天》，把成仿吾偏爱的东西剔除了个一干二净。鲁迅还因成仿吾攻击他"闲暇，闲暇，第三个闲暇"④而将杂文集定名为《三闲集》，"尚以射仿吾也"⑤；面对高长虹的攻击和诽谤，创作了小说《奔月》，塑造了逄蒙形象"和他（指高长虹——笔者注）开了一些小玩笑"⑥；与林语堂的相得复疏离，也有非常浓厚的斗气成分。由此可见，鲁迅的性格气质中，除了耿介激切、硬骨头精神等常见元素之外，还有任性、执拗、较真等带有孩子气的特征。

　　返观鲁迅的这种性格和文风，其实也是一种越文化传统的承续。溯鲁迅而上，徐渭对于所有他不满意、不赞成、讨厌、反对的人和事，都敢于嘲骂、攻击和挑战，他所呈现出来的肆无忌惮、罔顾一切的精神，为所欲为、言所必言的风格，正与成人的世故圆滑背道而驰；陆游因"不拘礼法人讥其颓放"而并不申辩，反而"自号放翁"⑦，还专门制作了《放翁赞》；嵇康与司马氏的"别扭"，也是一种较真，他不仅没有吸取何晏娶曹操之女而被司马懿杀掉的教训，在司马氏权倾朝野，连曹魏皇帝都只能仰其鼻息讨生活的情境之下，嵇康偏偏做了曹魏皇室的

　　①[德]爱克曼辑录：《歌德谈话录》，朱光潜译，人民文学出版社1978年，第39页。

　　②成仿吾：《〈呐喊〉的评论》，《创造》季刊第2卷第2期，1924年1月。

　　③鲁迅：《故事新编·序言》，《鲁迅全集》第2卷，人民文学出版社2005年，第353—354页。

　　④成仿吾：《完成我们的文学革命》，《洪水》第3卷第25期，1927年1月。

　　⑤鲁迅：《三闲集·序言》，《鲁迅全集》第4卷，人民文学出版社2005年，第6页。

　　⑥鲁迅：《两地书·一一二》，《鲁迅全集》第11卷，人民文学出版社2005年，第280页。

　　⑦（宋）陆放翁：《剑南诗钞》（上），顾佛影评注，上海中央书店1935年，第3页。

女婿，娶了曹操的曾孙女为妻，有意与司马氏政权挑战。他还故意去惹司马昭的心腹钟会，在钟会率领着一批"贤俊之士"到嵇康府上拜访之时，"康方大树下锻，向子期为佐鼓排。康扬槌不辍，傍若无人，移时不交一言"①。嵇康的故意怠慢与不屑使钟会拂袖愤然离去，并开始公开大张挞伐嵇康，为司马昭清除嵇康找到了机会和理由，从而直接招致了嵇康的悲剧结局。审视嵇康的这些行为举止，其实更多的是不谙世事和意气用事，除了激怒小人钟会又能有什么效果？也只有自称"不识人情，闇于机宜"②的嵇康，才会有如此放达的举动。无论是徐渭、陆游还是嵇康，他们一系列有悖常情的举止态度的背后，蕴涵的正是较真任性的性格元素，而这些性格元素已经构成了越地的一种气质，在众多乡先贤和普通越人的身上都可以找到。联系前文所及鲁迅的为人性格，不难发现他与越人这种性格气质的承传关联。也正是在此种性格气质的影响之下，这些越先贤的文风亦呈现出任情任性、率真的特征。嵇康的《与山巨源绝交书》，是拒绝山涛向司马昭举荐而作的，拒绝推荐而至于与推荐者绝交，这样的顽梗较真姿态在文人中并不易见，而且在绝交书中嵇康公开亮出了自己的观点，自说不能忍受礼法的束缚。"又每非汤武而薄周孔，在人间不止，此事会显，世教所不容"③，淋漓尽致而又挥洒自如，在显示不阿附于世俗强权的气质品格过程中，传达出率真任性的为文风致；而徐渭文艺思想的核心是"本色"，主张创作应任意而作，率性而为，"一丝不挂任天真"，从而达到"风从萍末天然起，叶自萧萧无意鸣"（《鸢子歌赠汪山人》）的境界；张岱的文艺思想与散文创作又是承继徐渭而来，适情任性，纯任自然。考究这些越地文人的创作风格，其核心主旨是毫不掩饰自己的喜爱、情感，任由性子去坦露自己的真实心迹。显然在这一层面上，鲁迅的较真任性、捎带一击，是烙下了同乡先贤们文风的烙印。

因此，从越文化场中走出的鲁迅，他的散文创作有着明显的越地印痕，越地文化的积淀和气质，建构了鲁迅散文"深刻"文风的最初元素，鲁迅在越地文化的浸润与西方文化的吸取中，既对应浙江"三百年文风"中的"深刻"特质，又包蕴着思想文化和散文艺术的当下发展，以其深刻、犀利的杂文、回忆散文和散文诗，实现了社会批评和文明批评的两重职能，显示出极高的美学价值，最终完成

①（南朝）刘义庆：《简傲第二十四》，徐震堮：《世说新语校笺》，中华书局1984年，第411页。
②（三国）嵇康：《与山巨源绝交书》，《鲁迅辑录古籍丛编》第4卷，人民文学出版社1999年，第38页。
③（三国）嵇康：《与山巨源绝交书》，《鲁迅辑录古籍丛编》第4卷，人民文学出版社1999年，第39页。

了"鲁迅风"的缔造。同样从越地的文化语境中生长起来的许钦文、徐懋庸等散文家,在对鲁迅的自觉追随中加入了"鲁迅风"的谱系,为文有着对现实的严肃批判与尖锐讽刺,笔锋犀利而冷峻,共同建构起了越地散文的"深刻"脉络。

第六章　越地散文风格呈现："飘逸"的启明风

　　郁达夫在《〈中国新文学大系·散文二集〉导言》中评价周氏兄弟的散文是："鲁迅的文体简练得像一把匕首，能以寸铁杀人，一刀见血。重要之点，抓住了之后，只消三言两语就可以把主题道破——这是鲁迅作文的秘诀，详细见《两地书》中批评景宋女士《驳复校中当局》一文的语中——次要之点，或者也一样的重要，但不能使敌人致命之点，他是一概轻轻放过，由它去而不问的。与此相反，周作人的文体，又来得舒徐自在，信笔所至，初看似乎散漫支离，过于繁琐！但仔细一读，却觉得他的漫谈，句句含有分量，一篇之中，少一句就不对，一句之中，易一字也不可，读完之后，还想翻转来从头再读。当然这是指他从前的散文而说，近几年来，一变而为枯涩苍老，炉火纯青，归入古雅遒劲的一途了。两人文章里的幽默味，也各有不同的色彩；鲁迅的是辛辣干脆，全近讽刺，周作人的是湛然和蔼，出诸反语。"①这个对后世产生过重要影响的郁达夫评价，正是从周氏兄弟散文的不同风格出发，凸显出鲁迅的犀利深刻和周作人的飘逸古雅。张中行也有类似的表达："常听人说，我自己也承认，散文，最上乘的是周氏兄弟，一刚劲，一冲淡，平分了天下。"②中国现代散文也正是在周氏兄弟富有风格化的散文的引领之下，最终发展出了鲁迅风和启明风这两大流派。

　　周作人的散文确实呈现出平和冲淡的飘逸风致，《谈酒》从家乡做酒、饮酒的习俗谈起，引出自己的酒量、酒趣，最终落实到"喝酒的趣味在什么地方"的讨论，写得率性随性，行云流水。《喝茶》则从徐志摩讲"吃茶"起笔，思考所及都纳入笔端，日本的茶道、茶食、绍兴乡下的茶豆腐干、日本的茶淘饭等等，其间又不时地引入葛辛《草堂随笔》、冈仓觉三《茶之书》等书籍的表述，插入民歌童谣，广征博引又从容不迫，呈现出一种超脱飘逸的气度。这样的散文创作"文笔平淡

---

①郁达夫：《导言》，《中国新文学大系·散文二集》（影印本），上海文艺出版社2003年，第14页。

②张中行：《再谈苦雨斋并序》，《月旦集》，经济管理出版社2012年，第70页。

轻妙,别成一种风格"①,与鲁迅的散文一起,共同构成了现代散文中的"两种不同的趋向"②,周氏兄弟也由此而代表了中国现代散文的最高成就,"中国现代散文的成绩,以鲁迅周作人两人的为最丰富最伟大"③。然而从飘逸洒脱的小品文这个层面上切入,又"不得不推周作人坐第一把交椅",因为"散文之美,美在适当——如以这个标准(看似容易,做起来却困难的),来评衡现代中国散文作家的文章,那末,只有周作人先生的可以说是合乎这理想而且有这种美的条件的"④。

这种飘逸文风的形成,自然有其性格、文学观尤其是西方文学的影响。周作人在提出"美文"概念时就专门提到了"爱迭生,阑姆,欧文,霍桑……高尔斯威西,吉欣,契斯透顿"⑤等英语领域美文作家的模范,鲁迅论及五四时期的小品文时也提出"常常取法于英国的随笔(Essay)"⑥,西方文学无疑是周作人散文创作和风格形成的重要资源。另一方面,正如鲁迅的深刻文风可以追溯到越地的文化精神以及王充、嵇康、黄宗羲、章太炎等传统越地作家,周作人的飘逸风格,同样可以追溯到越地的地方文化和传统散文脉络之中。

如前文所述,在漫长的历史绵延过程中积淀而成的越文化,有着剑文化和书文化的融合,具有显见的矛盾性和复杂性。各种不同甚至对立文化因素的并存与互容构成了越地一种独特的文化景观与文化现象:绍兴的名胜东湖与柯岩,都是一潭风波不兴、宁静柔美的碧波环绕着巉岩斗壁,直削而下的坚硬的山的线条与柔美的水波相辅相成;绍兴的民居多为乌瓦粉墙,完全构成对比的两种颜色大块地出现在一幢独立的建筑中;绍兴流传的地方戏是激越高亢的绍剧和柔美婉转的越剧;绍兴人的饮食也喜新鲜蔬菜与腌制食品同煮于一锅之中,周作人曾在介绍绍兴的一种常见腌制食品苋菜梗时说:"卤可蒸豆腐,与'溜豆腐'相似,稍带苦涩,别有一种山野之趣"⑦,苋菜梗卤蒸豆腐正是绍兴民间的常见吃食……这些在自然景观、审美取向、饮食习惯等多重领域中的矛盾对立因素的共存与相映,表达出的是越文化内涵的丰富与复杂。在这样的文化的熏陶

---

①王哲甫:《周作人的小品文》,陶明志编:《周作人论》,上海书店出版社1987年,第107页。

②阿英:《周作人的小品文》,陶明志编:《周作人论》,上海书店出版社1987年,第103页。

③郁达夫:《导言》,《中国新文学大系·散文二集》(影印本),上海文艺出版社2003年,第15页。

④李素伯:《周作人的小品文》,陶明志编:《周作人论》,上海书店出版社1987年,第84—85页。

⑤周作人:《美文》,《周作人散文全集》第2卷,广西师范大学出版社2009年,第356页。

⑥鲁迅:《小品文的危机》,《鲁迅全集》第4卷,人民文学出版社2005年,第592页。

⑦周作人:《苋菜梗》,《周作人散文全集》第5卷,广西师范大学出版社2009年,第786页。

之下,越人的精神性格也呈现出显见的矛盾性:勇决善斗与妩媚飘逸;"越人皆有四方之志不敢偷安家居"①与"越人安越"②;刚烈与柔婉;等等。越人总是以矛盾的形式表达着自身的性格魅力。只是就具体的个人而言,会呈现出文化选择上的偏向性,比如鲁迅更多呈现的是刚健、硬的一面,"性情和顺,不固执己见"③又心性淡泊的周作人更偏向于柔性的一面。周氏兄弟的深刻和飘逸文风的形成,自然是跟这种文化选择有关联的。这也就能解释,为什么同为越地作家,却有着深刻和飘逸两种文风的流转。

周作人在《地方与文艺》中举出来的浙江飘逸一派的诗文的代表人物徐文长、王思任、张岱等等也都是越地文人,④确切地说是明代以来的越地文人。其实再往前追溯,魏晋时期的越地同样有着这飘逸之风的流转。王羲之的一篇《兰亭集序》,"群贤毕至,少长咸集。此地有崇山峻岭,茂林修竹,又有清流激湍,映带左右,引以为流觞曲水,列坐其次,虽无丝竹管弦之盛,一觞一咏,亦足以畅叙幽情"⑤,写得清俊通脱,气韵生动。周作人对这些越中乡贤也是推崇有加。早在1916年的《越中游览记录》就列出了四种自己喜爱的文集,分别为张岱《陶庵梦忆》、王思任《文饭小品》、李慈铭《梦庵游赏小志》和祁彪佳《越中园亭记》。《〈文饭小品〉》《关于谑庵悔谑》等文章则表达了对王思任《文饭小品》中的游记的欣赏,认为王思任的游记以"表现之鲜新与设想之奇辟"取胜,尤其是"以诙谐手法写文章,到谑庵的境界,的确是大成就"。⑥ 不过,在越地文人中,周作人最为推崇的应该是张岱,他说"王季重文殊有趣,……不及张宗子的自然"⑦,张岱才是越中文人的代表。而以飘逸为主调的"启明风"正是周作人对越地散文的承续。

---

①(清)范寅:《占验之谚第六》,《越谚》(影印本),上海文艺出版社1987年,第58页。

②(战国)荀况:《荣辱篇第四》,《荀子》,杨倞注,耿芸标校,上海古籍出版社2014年,第34页。

③周建人:《鲁迅和周作人》,《新文学史料》1983年第4期。

④周作人《地方与文艺》中说:"浙江的文人略早一点如徐文长,随后又王季重张宗子都是做那飘逸一派的诗文的人物;王张的短文承了语录的流,由学术转到文艺里去,要是不被间断,可以造成近体散文的开始了。"《周作人散文全集》第3卷,广西师范大学出版社2009年,第102页。

⑤(东晋)王羲之:《兰亭集序》,(清)吴楚材、吴调侯选注:《古文观止》,施适点校,上海古籍出版社2016年,第264—265页。

⑥周作人:《〈文饭小品〉》,《周作人散文全集》第6卷,广西师范大学出版社2009年,第361页。

⑦周作人:《周作人书信》,河北教育出版社2002年,第86页。

一、日常生活书写里的闲适

周作人在 1924 年的时候写过一篇《生活之艺术》，在文章中他说："生活不是很容易的事。动物那样的，自然地简易地生活，是其一法；把生活当作一种艺术，微妙地美地生活，又是一法。"①明确提出了生活艺术化的人生主张。尽管这时候的周作人依然保持着浮躁凌厉的叛徒姿态，是语丝群体中主张"对于一切专断与卑劣之反抗"的主将，退守"闭户读书"还是几年以后的事情，但是在此时期的散文中，周作人已多次提到对于生活的艺术化、对于闲适的境界的推崇与倾心：

> 在这样的时候，常引起一种空想，觉得如在江村小屋里，靠玻璃窗，烘着白炭火钵，喝清茶，同友人谈闲话，那是颇愉快的事。②

> 茶道的意思，用平凡的话来说，可以称作"忙里偷闲，苦中作乐"，在不完全的现世享乐一点美与和谐，在刹那间体会永久……喝茶当于瓦屋纸窗之下，清泉绿茶，用素雅的陶瓷茶具，同二三人共饮，得半日之闲，可抵十年的尘梦。喝茶之后，再去继续修各人的胜业，无论为名为利，都无不可，但偶然的片刻优游乃正亦断不可少。③

> 我们于日用必需的东西以外，必须还有一点无用的游戏与享乐，生活才觉得有意思。我们看夕阳，看秋河，看花，听雨，闻香，喝不求解渴的酒，吃不求饱的点心，都是生活上必要的——虽然是无用的装点，而且是愈精炼愈好。④

完成于 1923 年、1924 年的《〈雨天的书〉序》《喝茶》《北京的茶食》这三篇文章，与《生活之艺术》一起，表达的都是生活的艺术化，无论是江村小屋与友人的清谈、现实生活的美与和谐的享乐、刹那间的永久的体会，还是追求"无用的游

---

①周作人：《生活之艺术》，《周作人散文全集》第 3 卷，广西师范大学出版社 2009 年，第 513 页。

②周作人：《〈雨天的书〉序》，《周作人散文全集》第 3 卷，广西师范大学出版社 2009 年，第 242 页。

③周作人：《喝茶》，《周作人散文全集》第 3 卷，广西师范大学出版社 2009 年，第 568—569 页。

④周作人：《北京的茶食》，《周作人散文全集》第 3 卷，广西师范大学出版社 2009 年，第 377 页。

戏与享乐",都是对日常生活的关注和对生活闲适趣味的追求。这种关注与追求,一方面自然是周作人人生观、文学观的转变,另一方面其实也是五四时期对个人的关注的延续。在发表于 1918 年的《人的文学》一文中,周作人将人道主义界定为"一种个人主义的人间本位主义",凸显出"个人"的核心地位,以此为生发点,周作人提出"我们所信的人类正当生活,便是这灵肉一致的生活",人的理想生活,"首先便是改良人类的关系。彼此都是人类,却又各是人类的一个。所以须营一种利己而又利他,利他即是利己的生活。……使人人能享自由真实的幸福生活"①。所以,从五四时期开始,个人主义、对个人的关注就是周作人的重要观念,他肯定的是个体的人的灵肉一致和真实幸福的生活。周作人的文学观是建立在这样的个人观基础之上的,"人的文学"就是以"个人主义的人间本位主义"为本,对人生诸问题的记录和研究。进入 20 年代初中期,周作人在自我形象的塑造和独立人格的追求上,以个人为核心的文学观的建构上,依然不曾改变。"文学是情绪的作品,而著者所能最切迫的感到者又只有自己的情绪,那么文学以个人自己为本位,正是当然的事。"②直接提出了文学创作中的个人本位主张,将文学史上常常被遮蔽和冷落的个人形象推进到了文学的核心地位,言志的小品文被奉为"个人的文学之尖端"③。而以个人为中心,文学就成为了自我传达、自我表现的方式,"我们太要求不朽,想于社会有益,就太抹杀了自己;其实不朽决不是著作的目的,有益社会也并非著者的义务,只因他是这样想,要这样说,这才是一切文艺存在的根据。我们的思想无论如何浅陋,文章如何平凡,但自己觉得要说时便可以大胆的说出来,因为文艺只是自己的表现,所以凡庸的文章正是凡庸的人的真表现,比讲高雅而虚伪的话要诚实的多了。……我只想表现凡庸的自己的一部分,此外并无别的目的"④。在周作人的文学观中,个人的情绪、个人本身才是文学的目的,"个人"始终处于其话语的核心,"文艺以自己表现为主体"⑤,"我始终承认文学是个人的,但因'他能叫出人

①周作人:《人的文学》,《周作人散文全集》第 2 卷,广西师范大学出版社 2009 年,第 87—88 页。

②周作人:《文艺的统一》,《周作人散文全集》第 2 卷,广西师范大学出版社 2009 年,第 572 页。

③周作人:《〈冰雪小品选〉序》,《周作人散文全集》第 5 卷,广西师范大学出版社 2009 年,第 695 页。

④周作人:《〈自己的园地〉旧序》,《周作人散文全集》第 3 卷,广西师范大学出版社 2009 年,第 188—189 页。

⑤周作人:《文艺上的宽容》,《周作人散文全集》第 2 卷,广西师范大学出版社 2009 年,第 512—513 页。

人所要说而苦于说不出的话’，所以我又说即是人类的。然而在他说的时候，只是主观的叫出他自己所要说的话，并不是客观的去体察了大众的心情，意识的替他们做通事”①。他的注重日记与尺牍的写作，也是因为这两种文体“比别的文章更鲜明的表出作者的个性”②；而将文集命名为《自己的园地》，则是文学观的一种重申方式。由此可以认为，周作人“坚持文学是作家‘自己的园地’，可以说与‘五四’文学精神是一以贯之的”③。

这种坚持就形成了与文以载道的文学历史的疏离，对接上了明末的文学思潮和文学观念。“我们读明清有些名士派的文章，觉得与现代文的情趣几乎一致，思想上固然难免有若干距离，但如明人所表示的对于礼法的反动则又很有现代的气息了。”④公安派、竟陵派等对礼法的反动和对正统的反抗，呈现出的正是人性的复苏，人的声音出现在了明末的语境之中，“独抒性灵，不拘格套”的文学主张里张扬出来正是对个性的肯定，而伴随着人性复苏而来的是对人的世俗生活的关注。其实，人本身就是世俗中的人，尽管文人士子有着他们的闲情逸致和清高绝俗，但依然是生活于世俗中的个体，对人的关注也更使他们返归到世俗世情之中，李贽的著名表达就是“穿衣吃饭，即是人伦物理”⑤，更何况整个晚明，是有着浓重的世俗生活气息的时代，“明代的士绅阶层一方面在物质上追求适世乐生，过的是一种穷奢极欲的享受生活，另一方面，他们在精神上则追求艺术化，别有一番闲适雅致的情趣”⑥。生活的享受和艺术化是明代士绅和文人的人生选择。袁宏道声称：“然真乐有五，不可不知。目极世间之色，耳极世间之声，身极世间之鲜，口极世间之谭，一快活也。堂前列鼎，堂后度曲，宾客满席，男女交舄，烛气熏天，珠翠委地，金钱不足，继以田土，二快活也。……士有此一者，生可无愧，死可不朽矣。”⑦将活色生香的现实享受标举为人生的五大真乐事，并慨叹得此乐事才能“生可无愧，死可不朽”。张岱也不避讳“极爱繁华，好精舍，好美婢，好娈童，好鲜衣，好美食，好骏马，好华灯，好烟火，好梨园，好鼓

①周作人：《诗的效用》，《周作人散文全集》第2卷，广西师范大学出版社2009年，第521页。

②周作人：《日记与尺牍》，《周作人散文全集》第4卷，广西师范大学出版社2009年，第90页。

③温儒敏：《中国现代文学批评史》，北京大学出版社1993年，第37页。

④周作人：《〈陶庵梦忆〉序》，《周作人散文全集》第4卷，广西师范大学出版社2009年，第832页。

⑤（明）李贽：《答邓石阳》，《焚书　续焚书》，中华书局1975年，第4页。

⑥陈宝良：《明代社会生活史》，中国社会科学出版社2004年，第85页。

⑦（明）袁宏道：《龚惟长先生》，孙虹、谭学纯注评：《袁宏道散文注评》，上海古籍出版社2016年，第7页。

吹,好古董,好花鸟"①的声色犬马。此外,王思任的谐谑自然是从生活世俗中来的,屠隆的清言小品也来自他对生活的细致观察和艺术化的追求。可见,从晚明到五四,以对日常生活和世俗人生的肯定来完成对礼法的反抗和个性的张扬,是一种明显的途径,只是进入五四的语境之后,人的解放更多带上了现代性的成分。周作人《人的文学》中指出违反人性、妨碍人性生长的一切规则、制度、礼法,当然都应该没有存在的理由和资格,因为"我们相信人的一切生活本能,都是美的善的,应得到完全满足"②,人的世俗追求是有其合理性的。被遮蔽的日常生活开始呈现出毛茸茸的质感。鲁迅在 30 年代的时候写过一篇《"这也是生活"……》,在文中,他说:"街灯的光穿窗而入,屋子里显出微明,我大略一看,熟识的墙壁,壁端的棱线,熟识的书堆,堆边的未订的画集,外面的进行着的夜,无穷的远方,无数的人们,都和我有关。我存在着,我在生活,我将生活下去"③,一向硬朗的鲁迅在这里呈现出了温情的一面,更重要的是这些文字里所流露出来的对于生活的体味、欣喜和留恋,以及对于"人们以为这些平凡的都是生活的渣滓,一看也不看"④的惋惜,在鲁迅的"这也是生活呀。我要看来看去的看一下"⑤的感慨中,读者自然也触摸到了鲁迅对生活本身的沉潜,对日常性的肯定。

在这样的观念之下,日常生活以主体的形式进入到了作家的创作空间就是顺理成章的了。明代的小品呈现出了生活的驳杂样子,"涉及的内容非常广泛,举凡人生哲理、人情世态、论文谈艺、山水泉石、花草虫鱼,无所不有"。⑥ 张岱的《陶庵梦忆》就是对江南日常生活的记录,迎神放灯、扫墓祭祖、说书演戏等等,不一而足。而且他笔下的江南生活带着可亲近的日常样子。比如越地的扫墓:

> 越俗扫墓,男女祓服靓妆,画船箫鼓,如杭州人游湖,厚人薄鬼,率以为常。二十年前,中人之家尚用平水屋帻船,男女分两截坐,不坐船,不鼓吹。先辈谑之曰:"以结上文两节之意。"后渐华靡,虽监门小户,男女必用两坐船,必巾,必鼓吹,必欢呼畅饮。下午必就其路之所近,游庵堂寺院及士夫家花园。鼓吹近城,必吹《海东青》、《独行千里》,锣鼓错杂。酒徒沾醉,必岸帻轰嗥,唱无字曲,或舟中攘臂,与侪列厮打。自二月朔至夏至,填城溢

①(明)张岱:《自为墓志铭》,《琅嬛文集》,栾保群点校,浙江古籍出版社 2013 年,第 157 页。
②周作人:《人的文学》,《周作人散文全集》第 2 卷,广西师范大学出版社 2009 年,第 86 页。
③鲁迅:《"这也是生活"……》,《鲁迅全集》第 6 卷,人民文学出版社 2005 年,第 624 页。
④鲁迅:《"这也是生活"……》,《鲁迅全集》第 6 卷,人民文学出版社 2005 年,第 624 页。
⑤鲁迅:《"这也是生活"……》,《鲁迅全集》第 6 卷,人民文学出版社 2005 年,第 623 页。
⑥张德建:《明代山人文学研究》,湖南人民出版社 2005 年,第 300 页。

国，日日如之。①

形式上是祭祖扫墓，实质是"袨服靓妆，画船箫鼓"的出游，有锣鼓错杂，也有醉酒撕打，呈现出一幅世俗生活的鲜活样式和闲情逸致，而且在笔墨之中流淌出来的是张岱对这种生活样式的认同和留恋。对绍兴灯景的书写，重心也放在观灯的场景和观灯的人上："市廛如横街、轩亭、会稽县西桥，闾里相约，故盛其灯。更于其地斗狮子灯，鼓吹弹唱，施放烟火，挤挤杂杂。小街曲巷有空地，则跳大头和尚，锣鼓声错，处处有人团簇看之。城中妇女多相率步行，往闹处看灯；否则，大家小户杂坐门前，吃瓜子糖豆，看往来士女，午夜方散。"②无论是挤挤杂杂的热闹，还是杂坐门前的悠闲，都透示出绍兴灯景的烟火气和世俗气。所以周作人评价张岱是："张宗子是个都会诗人，他所注意的是人事而非天然，山水不过是他所写的生活的背景。"③抓住的正是张岱倾心世俗的生活态度和文学观念。

对张岱推崇备至的周作人，落笔为文，也是将日常生活视为他创作的重要维度，将琐屑的日常纳入自己的题材领域。他絮絮地介绍故乡酿酒饮酒的习俗，"所用的大约是糯米，因为儿歌里说：'老酒糯米做，吃得变 nionio'——末一字是本地叫猪的俗语。做酒的方法与器具似乎都很简单，只有煮的时候的手法极不容易，非有经验的工人不办，平常做酒的人家大抵聘请一个人来，俗称'酒头工'，以自己不能喝酒者为最上，叫他专管鉴定煮酒的时节"④；乌篷船的构造是"乌篷船大的为'四明瓦'（Symenngoa），小的为脚划船（划读如 uoa）亦称小船。但是最适用的还是在这中间的'三道'，亦即三明瓦。篷是半圆形的，用竹片编成，中夹竹箬，上涂黑油，在两扇'定篷'之间放着一扇遮阳，也是半圆的，木作格子，嵌着一片片的小鱼鳞，径约一寸，颇有点透明，略似玻璃而坚韧耐用，这就称为明瓦。三明瓦者，谓其中舱有两道，后舱有一道明瓦也。船尾用橹，大抵两支，船首有竹篙，用以定船"⑤；还有喝茶的环境和清淡的茶干、野菜里的浙东风俗与市井风情；等等。似乎沉浸在草木虫鱼、日常琐屑之中，《谈酒》《喝茶》

①（明）张岱：《越俗扫墓》，《陶庵梦忆 西湖梦寻》，夏咸淳、程维荣校注，上海古籍出版社2001年，第15页。

②（明）张岱：《绍兴灯景》，《陶庵梦忆 西湖梦寻》，夏咸淳、程维荣校注，上海古籍出版社2001年，第96页。

③周作人：《〈陶庵梦忆〉序》，《周作人散文全集》第4卷，广西师范大学出版社2009年，第832页。

④周作人：《谈酒》，《周作人散文全集》第4卷，广西师范大学出版社2009年，第647页。

⑤周作人：《乌篷船》，《周作人散文全集》第4卷，广西师范大学出版社2009年，第795—796页。

《故乡的野菜》《苍蝇》《乌篷船》等标题也透示出周作人扑入日常生活的闲适。同样的,《秉烛杂谈》一"书中诸文颇多闲适题目"①,"文字意趣似甚闲适"②。而主张生活艺术化的周作人又不是客观化的日常性书写,将生活上升到艺术的层面,自然就过滤掉了生活中的一地鸡毛,使琐屑的日常呈现出趣味和诗性。而且,周作人"很看重趣味,以为这是美也是善"③,又很擅长发现这种趣味,能在"清茶淡饭中寻其固有之味"④。《乌篷船》的目的自然不仅仅是故乡交通工具的介绍,文章的重心是在表达"你坐在船上,应该是游山的态度",可以喝清茶、读随笔、看风景、听水声橹声招呼声鸡犬声,这在"我看来"是"很有意思"、"颇有趣味的事",也都是"我""喜欢的"。⑤ 对越地的人来说是常态的坐船出行,周作人翻出的是赏玩的趣味而非旅途的枯燥,并获得了在自然乡野中心无旁骛的和谐与率性,直接抵达了人生的审美境界。《苦雨》更显示出生活的别趣。文中尽管尽情铺写了北京的雨带来的"苦":淋坍了西墙冲倒了南墙、"浸入了西边的书房"、水退以后却留下了臭味、雨声也让"我"夜不安眠等等。这样的雨自然是"苦"的,但是雨又带来了别样的情趣:孩子在水里快乐嬉闹,蛤蟆因欣喜于雨而发出格格格的不漂亮叫声,而且,"我"对这诸人所嫌恶的蛤蟆叫声的感觉居然是"很有趣味的,不但是这些久成诗料的东西,一切鸣声其实都可以听",洋溢着的是对自然万物和日常生活的体恤之心,自然的、日常的生活也是诗意的富有趣味的生活。更有意思的是,当早晨起来查看书房,水不出所料地浸满了全屋,作者的态度竟然是:"这才叹了一口气,觉得放心了;倘若这样兴高采烈地去,一看却是没有水,恐怕那时反觉得失望,没有现在那样的满足也说不定。"⑥有着一种大水果然浸满了书房的满足和放心。这样的生活趣味的发现,又是另外的一种生活的艺术化,在并不完美的现实生活里发现美与和谐。

所以,周作人对日常生活的书写,与张岱、与明末的小品文,是有着承续关

---

①周作人:《〈秉烛后谈〉序》,《周作人散文全集》第9卷,广西师范大学出版社2009年,第154页。

②周作人:《〈风雨后谈〉序》,《周作人散文全集》第9卷,广西师范大学出版社2009年,第10页。

③周作人:《笠翁与随园》,《周作人散文全集》第4卷,广西师范大学出版社2009年,第754页。

④周作人:《喝茶》,《周作人散文全集》第3卷,广西师范大学出版社2009年,第570页。

⑤周作人:《乌篷船》,《周作人散文全集》第4卷,广西师范大学出版社2009年,第795—797页。

⑥周作人:《苦雨》,《周作人散文全集》第3卷,广西师范大学出版社2009年,第452—453页。

系的，但又与前人不同。周作人的散文呈现出他对雅致生活的向往与想象，比如他建构出来的在蜘蛛丝似的雨丝笼罩下的江村小屋，用素雅的陶瓷茶具喝清茶，和友人谈闲话的场景，这样精致诗意的清雅生活是周作人的理想，他希望在此种生活状态中获取精神的闲适。此种清雅的情致与张岱《湖心亭看雪》有着相通之处，也与屠隆围绕生活而写的清言小品意气相投："净几明窗，好香苦茗，有时与高衲谈禅；荳棚菜圃，暖日和风，无事听闲人说鬼"①。周作人与屠隆所建构出来的生活场景，一样的幽趣雅致。同时，周作人的富有雅趣的日常生活书写，又不仅仅是想象与虚构，而是充溢着生活的真实和亲切，野菜、菱角、茶干、苋菜梗、时萝卜、麻花等是越地百姓的日常食材，石板路、石桥等是绍兴随处可见的街景，目连戏、上坟等是越地的民间风俗，这些都是触手可及的，本来就是越地凡俗生活的本真状态和构成成分。这与张岱日常生活世俗化书写有着相似之处，但又与张岱的完全扑入世俗，在日常生活中赏玩世俗不同，周作人常常是以一个博学的文人的眼光去发现和彰显日常生活的雅趣。他能发现凡俗生活中蛤蟆叫声的动听、越地随处可见的普通的石板路的有趣味、坐乌篷船是有"特别的风趣"的，即使"遇着风浪，或是坐得少不小心，就会船底朝天，发生危险，但是也颇有趣味"②等等。在生活艺术化的观念之下，周作人感受到的是日常生活的趣味，而这趣味，是心灵与自然和谐的文人眼里的趣味，又是用带有文人雅趣的方式书写出来的。如写绍兴的扫墓风俗，周作人的《上坟船》从抄录张岱的《越俗扫墓》入手，再辅之以顾铁卿《清嘉录》、范寅《越谚》等文献，考证张岱文中的细节，细数上坟的仪式，有俗趣，更有雅情。《故乡的野菜》也在引用《清嘉录》、《西湖游览志》、日本《俳句大辞典》等典籍以介绍荠菜、马兰头、紫云英等日常野菜之后，颇有兴味地写道："浙东扫墓用鼓吹，所以少年常随了乐音去看'上坟船里的姣姣'；没有钱的人家虽没有鼓吹，但是船头上篷窗下总露出些紫云英和杜鹃的花束，这也就是上坟船的确实的证据了。"③同样是生活趣味与文章风雅的交织，也体现出了周作人在日常生活中的精神贵族化倾向与追求。这就与张岱的《越俗扫墓》将越地的扫墓风俗以世间凡人扫墓众生相的形式呈现出来、偏向于"俗"的写法有所不同。

所以，周作人的散文写作，有着对日常性的关注，以及闲适的人生态度与审美态度的表达。这样的写作气质和追求的形成，可以追溯到越地的传统文化和

①（明）屠隆：《屠隆集·娑罗馆清言》卷上，浙江古籍出版社 2012 年，第 541 页。

②周作人：《乌篷船》，《周作人散文全集》第 4 卷，广西师范大学出版社 2009 年，第 796 页。

③周作人：《故乡的野菜》，《周作人散文全集》第 3 卷，广西师范大学出版社 2009 年，第395 页。

传统散文,也与周作人以个人为中心的文学观念有关,是在传统的基础之上融合了现代的质素和个人的特质的写作,以对日常生活的书写和其中的趣味的发现呈现出生命本身的丰盈和对生命存在的关怀。对此,可以借用周作人评价俞平伯的话:"平伯所写的文章自具有一种独特的风致","这风致是属于中国文学的,是那样地旧而又这样地新"。① 此评价同样可以用在周作人自己的身上。当然,在周作人的文章中,日常性的张扬是明显的事实,但是闲适是否真正做到是可以再讨论的,毕竟,周作人自己也承认"闲适不是一件容易学的事情,不佞安得混冒! 自己查看文章,即流连光景且不易得,文章底下的焦躁总要露出头来,然则闲适亦只是我的一理想而已"②。

二、平和冲淡里的"本色"

1925 年,周作人写了《〈雨天的书〉序二》一文,文中明确表达了他对行文平和冲淡的向往:"我近来作文极慕平淡自然的景地,但是看古代或外国文学才有此种作品,自己还梦想不到有能做的一天,因为这有气质境地与年龄的关系,不可勉强。像我这样褊急的脾气的人,生在中国这个时代,实在难望能够从容镇静地做出平和冲淡的文章来。我只希望,祈祷,我的心境不要再粗糙下去,荒芜下去,这就是我的大愿望。"③这是周作人散文创作"平和冲淡"风格的一次公开申明。之后,他也一次次重申他的这种风格追求:"文章要平淡"④;"那种平淡而有情的小品文我是向来仰慕的,至今也爱读,也是极想仿做的"⑤。而创作上的平和冲淡,则比这些声明要更早一些。

周作人五四时期的白话散文,兼有"浮躁凌厉"和"平和冲淡"两种风格,他试图调和、融汇飘逸和深刻,然而结果却是浮躁凌厉之气渐收,平和冲淡渐渐成

①周作人:《〈杂拌儿〉跋》,《周作人散文全集》第 5 卷,广西师范大学出版社 2009 年,第454 页。

②周作人:《自己的文章》,《周作人散文全集》第 7 卷,广西师范大学出版社 2009 年,第351 页。

③周作人:《〈雨天的书〉序二》,《周作人散文全集》第 4 卷,广西师范大学出版社 2009 年,第 346－347 页。

④周作人:《〈苦茶随笔〉后记》,《周作人散文全集》第 6 卷,广西师范大学出版社 2009 年,第 690 页。

⑤周作人:《两个鬼的文章》,《周作人散文全集》第 9 卷,广西师范大学出版社 2009 年,第646－647 页。

为创作的主体气质。他在 1921 年西山养病期间写给孙伏园的信中记过一件"琐事"，就很有平淡的禅意。信中说寺内和尚养鸡，晚上就将鸡盛入一只小口大腹的藤篓里，夜里黄鼠狼来咬鸡，和尚们听到动静，在禅房里发出"唆，唆——"之声以示驱赶……周作人絮絮地介绍事件的经过，从容淡定，自然平和。更有意味的是接下来的评论："其实这小口大腹的篓子里，黄鼠狼是不会进去的，倘若掉了下去，他就再也逃不出来了。大约他总是未能忘情，所以常来窥探，不过聊以快意罢了。倘若篓子上加上一个盖——虽然如上文所说，即使无盖，本来也很安全——也便可以省得他的窥探。但和尚们永远不加盖，黄鼠狼也便永远要来窥探，以致'三日两头'的引起夜中篓里与禅房里的驱逐。"[①]文中透示出富有机锋式体会的禅意，平淡而又幽隽。同样写于西山的《美文》，强调的也是"艺术性的"叙事抒情散文，即"美文"。到了 1925 年左右，《北京的茶食》《故乡的野菜》《苍蝇》《鸟声》《谈酒》《乌篷船》等文章的出现，则明显地是对"平淡自然"声明的文学呼应，1928 年宣称闭户读书之后，周作人依然是在"自己的园地"中耕耘，关注草木虫鱼、民俗风景、日常生活，写作大量的以书籍为主题的读书笔记。这些文章行文从容有致，恬淡平易，形成了周作人散文中非常富有个人特质的部分，也获得了很高的评价。曹聚仁称"他的作风，可用龙井茶来打比，看去全无颜色，喝到口里，一股清香，令人回味无穷……属于'语丝派'的，只有他能做到'冲淡'二字"[②]，用龙井茶的清淡来比拟周作人行文的冲淡，是深得周作人散文创作的神髓的。张中行也是从淡而无法的角度谈论周作人散文的特点："这比《滕王阁序》之类的文章要难，因为那是浓，这是淡；那是有法，这是无法。……像是家常谈闲话，想到什么就说，怎么说方便就怎么说。布局行云流水，……话很平常，好像既无声（腔调），又无色（清词丽语），可是意思却既不一般，又不晦涩。……像个白发过来人，冬晚坐在热炕头说的，虽然还有余热，却没有一点点火气。"[③]"没有一点点火气"的闲谈，确实是周作人散文平淡冲和的表征。

　　不过，周作人对自己创作表现的平淡冲和上并不满意，"有人好意地说我的文章写得平淡，我听了很觉得喜欢但也很惶恐。平淡，这是我所最缺少的，虽然

---

　　①周作人：《山中杂信三》，《周作人散文全集》第 2 卷，广西师范大学出版社 2009 年，第 345 页。

　　②孙席珍：《论现代中国散文》，周红莉主编：《中国现代散文理论经典》，苏州大学出版社 2008 年，第 196 页。

　　③张中行：《再谈苦雨斋并序》，《月旦集》，经济管理出版社 2012 年，第 72 页。

也原是我的理想，而事实上绝没有能够做到一分毫"①，因为"褊急的脾气"因为中国的现实，终于"一直未能写出一篇满意的东西来"②。这种不满意也表达周作人对行文"没有一点点火气"或者完全若龙井茶般清淡的追求的执着。所以，周作人在1944年概括自己四十年散文创作状况时作出了如下判语："鄙人执笔为文已阅四十年，文章尚无成就，思想则可云已定，大致由草木虫鱼，窥知人类之事，未敢云嘉孺子而哀妇人，亦尝用心于此，结果但有畏天悯人，虑非世俗之所乐闻，故披中庸之衣，着平淡之裳，时作游行，此亦鄙人之消遣法也。"③坦陈自己的创作是"着平淡之裳"，与1925年所提出的"极慕平淡自然的景地"的向往是一致的，或者说，周作人的散文创作是在努力地实践着自己的创作主张。而且，在这段表述中，周作人也为这种"平淡"的行文找到了思想或者理论的依据，即"披中庸之衣"。

周作人在不同的文章中多次宣称："我原是一个中庸主义者"④、"平常的理想是中庸"⑤、"我终于是一个中庸主义的人"⑥，表达对"中庸"的人生态度和审美理想的肯定，为人为文寻求温柔敦厚和从容淡泊，欣赏节制和均衡，也就是要有一个"度"，过了度就是俗恶了，他甚至将幽默也界定为"幽默是不肯说得过度，也是Sophrosune——我想就译为'中庸'的表现"⑦。所以"不过火"的"中庸"是一种理想的状态。以此为出发点，周作人推崇英国的思想家蔼理斯，指认其为"我所最佩服的一个思想家"⑧，也在《两个鬼的文章》《蔼理斯的话》《生活的艺术》《我的杂学》等文章中多次提及蔼理斯的观点等相关材料，而"蔼理斯的思

①周作人：《自己的文章》，《周作人散文全集》第7卷，广西师范大学出版社2009年，第348—349页。

②周作人：《两个鬼的文章》，《周作人散文全集》第9卷，广西师范大学出版社2009年，第647页。

③周作人：《〈秉烛后谈〉序》，《周作人散文全集》第9卷，广西师范大学出版社2009年，第153页。

④周作人：《〈谈龙集〉〈谈虎集序〉》，《周作人散文全集》第5卷，广西师范大学出版社2009年，第164页。

⑤周作人：《两个鬼的文章》，《周作人散文全集》第9卷，广西师范大学出版社2009年，第646页。

⑥周作人：《上海气》，《周作人散文全集》第5卷，广西师范大学出版社2009年，第3页。

⑦周作人：《上海气》，《周作人散文全集》第5卷，广西师范大学出版社2009年，第4页。

⑧周作人：《蔼理斯的话》，《周作人散文全集》第3卷，广西师范大学出版社2009年，第345页。

想我说他是中庸"①，"据我看来还是很有点合于中庸的"②，比如蔼理斯认为"生活之艺术，其方法只在于微妙地混合取与舍二者而已"③，是节制，是纵欲与禁欲的调和，接近于中国世俗化的中庸观念。同样，周作人推崇希腊文化，是因为"希腊民族，诚为世界最有节制之民族"，"具有中和之性（Sophrosyne），以放逸（Hybris）为大戒"，并由此而能"发达极盛，不至于偏"。④ 由此可见，节制、中和是周作人的人生态度，也是他的文化理想。而这样的"中庸"思想又不完全是中国传统文化的延续，而是蕴含着西方文化的因子。也正是在这个层面上，周作人提出："中国现在所切要的是一种新的自由与新的节制，去建造中国的新文明，也就是复兴千年前的旧文明，也就是与西方文化的基础之希腊文明相合一了。"⑤无论是新文明的建构还是文学风格的追求上，周作人的主张都是平淡中和。再加上他生性和顺，自称"我到底不是情热的人"⑥，甚至"很惭愧老是那么热心，积极"⑦，张中行也描述周作人是"一团和气，以温厚的态度对人，甚至从不大声说话"⑧。这样的性格和人生态度、文化主张投射到创作之中，自然就显示出和淡的风格，行文之中充满节制和平衡。对此，钱理群有过精到的概括："蔼理斯理论的核心，是主张让人的生物本能、欲念自由发展、自由生长，同时又用人所区别于动物的道德、精神力量加以克制，以达到一种和谐的平衡。周作人将这种'自由'与'节制'相协调、相平衡的原则贯彻到了一切方面……在周作人的散文里，不仅在内容上着意表现返归自然，顺乎天性，自由率性而适度的生活情趣，而且在艺术表现上追求表现自己与隐蔽自己，感情的倾泻与控制，放与收，通与隔，丰腴与清瘦，奇警与平淡，猥亵与端庄……之间微妙的平衡。"⑨

---

①周作人：《我的杂学·蔼理斯的思想》，《周作人散文全集》第 9 卷，广西师范大学出版社 2009 年，第 216 页。

②周作人：《我的杂学·性的心理》，《周作人散文全集》第 9 卷，广西师范大学出版社 2009 年，第 215 页。

③周作人：《生活之艺术》，《周作人散文全集》第 3 卷，广西师范大学出版社 2009 年，第 513 页。

④周作人：《欧洲文学史》，河北教育出版社 2002 年，第 57 页。

⑤周作人：《生活之艺术》，《周作人散文全集》第 3 卷，广西师范大学出版社 2009 年，第 514 页。

⑥周作人：《〈谈虎集〉后记》，《周作人散文全集》第 5 卷，广西师范大学出版社 2009 年，第 433 页。

⑦周作人：《〈苦茶随笔〉后记》，《周作人散文全集》第 6 卷，广西师范大学出版社 2009 年，第 691 页。

⑧张中行：《再谈苦雨斋并序》，《月旦集》，经济管理出版社 2012 年，第 56 页。

⑨钱理群：《周作人研究二十一讲》，中华书局 2004 年，第 18 页。

这种"微妙的平衡",在周作人的散文中就是有余热而没有火气,有龙井茶的清淡又回味无穷,在不急不躁的从容中将蕴藉的情感恬淡自然地表达出来。正如《故乡的野菜》开篇就是:"我的故乡不止一个,凡我住过的地方都是故乡。故乡对于我并没有什么特别的情分,只因钓于斯游于斯的关系,朝夕会面,遂成相识,正如乡村里的邻舍一样,虽然不是亲属,别后有时也要想念到他。"强调对故乡情感疏淡,"没有什么特别的情分",但是妻子从市场回来谈起荠菜,却将"我"的浙东记忆和情感自然地勾起:"荠菜是浙东人春天常吃的野菜,乡间不必说,就是城里只要有后园的人家都可以随时采食,妇女小儿各拿一把剪刀一只'苗篮',蹲在地上搜寻,是一种有趣味的游戏的工作。"①采食荠菜的场景在记忆里复苏,呈现在温婉的语气和表达里,而且记忆本身也是温婉的。然后又由荠菜而引出浙东常见的马兰头、黄花麦果、紫云英等野菜,并且由野菜而述及浙东的风俗、故乡的童谣等等。故乡以凡俗的样式进入"我"的话语空间,融合着"我"的生活体验,作者也正是借助于野菜这一乡野之物,将"我"与故乡之间的牵连表达出来,情感似乎热切不足,又在整个文本之中弥漫。《故乡的野菜》之外,《乌篷船》《谈酒》《苋菜梗》《石板路》《谈目连戏》等篇章,也莫不如此,对故乡的情感不浓郁,但在对浙东记忆的饶有趣味的讲述中,又自然地洋溢出对故乡的想念,即使这想念也只是和淡的。

这就是周作人的情感表达,含蓄而蕴藉,节制而均衡,正如日常生活中,"人的脸上固然不可没有表情,但我想只要淡淡地表示就好,譬如微微一笑,或者在眼光中露出一种感情,——自然,恋爱与死等可以算是例外,无妨有较强烈的表示,但也似乎不必那样掀起鼻子露出牙齿,仿佛是要咬人的样子"。② 在周作人这里,情感的锋芒是不能直接呈现的,即使是死生爱恋等浓郁的情感,可以有"较强烈"的表示,最终也应该只是淡淡地写去。《初恋》常常是被作为平淡冲和的典范来进行解读的,确实,文章中的初恋是质朴平淡的,甚至"对于异性的恋慕的第一人"三姑娘,"我"都"不曾和她谈过一句话,也不曾仔细的看过她的面貌与姿态",甚至连记忆当中的三姑娘也是模模糊糊的,只"仿佛"记得她是瘦小的、尖脸庞的普通小脚少女。而"一种淡淡的恋慕"又从一些细节中展露出来,"每逢她抱着猫来看我写字,我便不自觉的振作起来,用了平常所无的努力去映写,感着一种无所希求迷蒙的喜乐",反复述说对于三姑娘的"亲近"感,也解释了不曾仔细看过三姑娘样貌的原因是"似乎为她的光辉所掩,开不起眼来去端

①周作人:《故乡的野菜》,《周作人散文全集》第 3 卷,广西师范大学出版社 2009 年,第393－395 页。

②周作人:《金鱼》,《周作人散文全集》第 5 卷,广西师范大学出版社 2009 年,第 630 页。

详她了"，这"迷蒙的喜乐""亲近感"等恰恰是一个懵懂少年的青涩情感非常合贴的表达。尤其是文章的结尾，"我"闻得三姑娘的死讯，"我那时也很觉得不快，想像她的悲惨的死相，但同时却又似乎很是安静，仿佛心里有一块大石头已经放下了"。① 似乎显得冷隽与漠然，而在这淡漠的背后又矗立着跳动的心。

周作人笔下的初恋，是一种"淡淡的恋慕"，情感节制温和，文章显示出"平淡而有情味"的审美特征。甚至心中有大的悲痛，周作人用笔也依然节制。如《若子的死》是周作人在"送殡回来之夜"写下的文字。女儿若子因医生的误诊而致不治，中年痛失女儿，又是误诊所致，这对周作人的打击无疑是沉重的。"想执笔记若子的死之前后，乃属不可能的事，或者竟是永久不可能的事亦未可知；我以前曾写《若子的病》，今日乃不得不来写《若子的死》，而这又总写不出，此篇其终有目无文乎。只记若子生卒年月以为纪念云尔。"女儿突然离去的伤痛已经让作者无法行文，直到一年之后，周作人还写下了这样的文字："死生之悲哀，爱恋之喜悦，人生最深切的悲欢甘苦，绝对地不能以言语形容，更无论文字，至少在我是这样感想。"②可以想见作者内心的郁积和伤痛之深，然而，所有的情感都浓缩在"写不出"的表达困境之中，情感依然是节制的，没有倾泻而下。文章中更多的是这样的文字："十六日若子自学校归，晚呕吐腹痛，自知是盲肠，而医生误诊为胃病，次日复诊始认为盲肠炎，十八日送往德国医院割治，已并发腹膜炎，遂以不起。"以朴素平实的语言简要记述女儿发病四天里的经过，情感似乎是凝滞的，然而女儿"我要死了""我不要死"的啼哭，以及要求招来兄弟姊妹相见的情形的书写，又将作者的沉痛心情丝丝缕缕地传递出来。其实，越是节制，越是显出伤痛之深。尤其是全文的开头："若子字霓苏，生于民国四年十月二十三日午后十时，以民国十八年十一月二十日午前二时死亡，年十五岁。"③文字如此的简淡，却又如此的让人痛彻心扉。

所以，现实的语境、和顺的性格、中庸的思想等等因素，使周作人的散文创作追求平和冲淡的审美效果，讲究节制和均衡，"仙人掌似的外粗厉而内腴润的生活是我们唯一的路"④，借用周作人评价森鸥外和夏目漱石的话就是"清淡而

---

①周作人：《初恋》，《周作人散文全集》第 2 卷，广西师范大学出版社 2009 年，第 734－735 页。

②周作人：《〈草木虫鱼〉小引》，《周作人散文全集》第 5 卷，广西师范大学出版社 2009 年，第 697 页。

③周作人：《若子的死》，《周作人散文全集》第 5 卷，广西师范大学出版社 2009 年，第 582－583页。

④周作人：《玩具》，《周作人散文全集》第 3 卷，广西师范大学出版社 2009 年，第 49 页。

腴润"①,即在清淡的底色中透示出腴润,平淡的表达里蕴含着情味,但落脚点还是在清淡和平淡里。这就是散文的理想状态,是去除所有矫饰之后向"本色"的回归,而且,"本色可以拿得出去,必须本来的质地形色站得住脚……必须洗去前此所涂脂粉",②由此,文章的境界就在"本色"二字上了,周作人的平和冲淡即是本色的表征。

三、娓娓叙谈里的博雅

夏志清对周作人有这样的评价:"周作人是首屈一指的小品文家。……那时,有许多人想模仿周作人的文体,但是无论在哲学的认识上和文章的典雅上,谁都及不上他。"③在标举思想自由和表达自由的时代,闲话风的小品文的盛行是有目共睹的事实,胡适、林语堂、丰子恺、梁实秋等作家的创作,都以娓娓而谈的笔调表达个人的情志,语丝派也以"任意而谈"的姿态建构了自由的语丝文体。然而,在思想和情感的深刻以及文章的典雅上,周作人是无人能及的。"北京大学今年整五十岁了。在世界的大学之中,这个五十岁的大学只能算一个小孩子。欧洲最古的大学,如意大利的萨劳诺(Salerno)大学是一千年前创立的;如意大利的波罗那(Bologna)大学是九百年前创立的。"④胡适《北京大学五十周年》之中的这段文字,平淡浅易,平白如话,是叙谈风格的典型样态,但又少了一点耐咀嚼的余味;梁实秋的《雅舍》:"'雅舍'共是六间,我居其二。篦墙不固,门窗不严,故我与邻人彼此均可互通声息。邻人轰饮作乐,咿唔诗章,喁喁细语,以及鼾声,喷嚏声,吮汤声,撕纸声,脱皮鞋声,均随时由门窗户壁的隙处荡漾而来,破我岑寂。"⑤文字典雅雍容,有周作人闲话风的气质,但行文又略显刻意。而周作人则是以去除一切矫饰的本色姿态进行散文的创作,以博雅的识见和从容的笔调传递对日常生活的关注以及对生活趣味的发现,在清淡的笔墨中蕴含着情味,娓娓叙谈中透示出的是博雅之姿、博学之态。实际上,周作人的闲适、本色和雅致,都是以他的博学为基底的。

周作人无疑是个杂学家,古今中外,从文学到哲学到历史、地理等等,都是

①周作人:《森鸥外博士》,《周作人散文全集》第 2 卷,广西师范大学出版社 2009 年,第 710 页。

②周作人:《本色》,《周作人散文全集》第 6 卷,广西师范大学出版社 2009 年,第 882 页。

③夏志清:《中国现代小说史》,复旦大学出版社 2005 年,第 93—94 页。

④胡适:《北京大学五十周年》,《胡适论读书》,安徽教育出版社 2013 年,第 253 页。

⑤梁实秋:《雅舍》,徐静波编:《梁实秋散文选集》,百花文艺出版社 2009 年,第 26 页。

他的涉猎对象;周作人也自称从小就喜欢杂览,各式书籍都在他的阅读范畴之中。1944年,还专门写文《我的杂学》,梳理他的阅读情况,其中涉及的品类包括中国古典文学、欧洲文学、希腊神话、人类学、性心理学、儿童学、佛学、医学史、地理类的杂地志、戏剧史等等,具体的书目更是驳杂,阅读的广泛造就了周作人学识的宏富。周作人的博学也是世人所公认的。张中行在《再谈苦雨斋》中说:"在我熟识的一些前辈里,读书的数量之多,内容之杂,他恐怕要排在第一位。多到什么程度,详说确说,他以外的人做不到。但可以举一事为例,他说他喜欢涉览笔记,中国的,他几乎都看过。如他的文集所提到,绝大多数是偏僻罕为人知的,只此一类,也可见数量是如何大。何况还有杂,杂到不只古今,还有中外。"①数量多到无人能及,涉猎范围杂到古今中外,周作人的阅读兴趣确实是广博的。这样的博学也使周作人与越地的先贤们心意相通。如周作人颇为推崇的张岱,亦是好书之人,"自垂髫聚书四十年,不下三万卷"②,经史子集、天文地理等等都有涉猎,所著的《夜航船》,更是一本百科全书式的书籍,涉及20个大类125小类4000多个条目,涵盖天文地理、礼乐科举、植物走兽、神仙鬼怪等等诸多内容,自谓所记皆为非常肤浅的事,目的只为提供夜航船上的谈资,但也彰显出张岱学识的博杂。《四书遇》同样显示了张岱的读书之多。屠隆、王思任等越地文人也都是饱学之士。周作人则从朱舜水《舜水朱氏谈绮》等书籍的琐屑细微之处读出了作者学问的广博,"《谈绮》卷上关于信函笺疏的式样,神主棺木的制法,都详细图解,卷中说孔庙的构造,大有《营造法式》的派头,令人不得不佩服。……卷下辨别名物,通彻雅俗,多非耳食者所能知"。③ 从信函笺疏的式样到孔庙的构造到名物的辨别,都在朱舜水的学识范围之内。周作人还特意抄录《答野节书》中关于青鱼的一段文字以例证朱舜水学识的丰富:

> 敝邑青鱼有二种,乃池沼所畜,非江海物也。其一螺蛳青,浑身赤黑色,鳞大味佳,大者长四五尺。其一寻常青鱼,背黑而腹稍白,味次之,畜之二年可得三四尺,未见其大者,以其食小鱼故不使长久。

在抄录朱文之后,周作人又引用范寅《越谚》中关于青鱼的记载:"鲭鱼又名螺蛳青,专食螺蛳,其身浑圆,其色青,其胆大凉",并评论:"此螺蛳青正是越中

---

①张中行:《再谈苦雨斋并序》,《月旦集》,经济管理出版社2012年,第58页。

②(明)张岱:《三世藏书》,《陶庵梦忆 西湖梦寻》,夏咸淳、程维荣校注,上海古籍出版社2001年,第37页。

③周作人:《关于朱舜水》,《周作人散文全集》第8卷,广西师范大学出版社2009年,第456页。

俗语,不意范氏之前已见于舜水文集,很有意思。"①这一例子,一方面周作人借此说明了朱舜水的丰富学识,另一方面当周作人引用《越谚》的记载以验证朱舜水的学识的时候,其实也呈现出了周作人阅读的宏富和识见的广博。

所以,无论是朱舜水、张岱还是周作人,都是对读书有瘾,读过又都能记住的大学问家。朱舜水的门人安积觉在《朱文恭遗事》中曾说:"藏书甚少,其自崎港带来者不过两簏,而多阙失,好看《陆宣公奏议》《资治通鉴》。及来武江,方购得京师所镌《通鉴纲目》。至作文字,出入经史,上下古今,娓娓数千言,皆为腹中所蓄也。"②学识的累积是行文纵横古今的底气,朱舜水是如此,张岱也是如此,"张岱的《夜航船》,所谓记取'眼前极肤浅之事',养成博识与趣味,对于文人来说,并非可有可无。这个学问基础,对于成就文章家张岱的真正功业,……实在功不可没。"③体现"文章家张岱的真正功业"的,就是《陶庵梦忆》《西湖梦寻》和《琅嬛文集》,这三本书中,张岱无所不谈,民俗风情、花卉茶道、美食方物、风景名胜等等,都娓娓道来,而且还常常能上下古今。出自《西湖梦寻》的《明圣二湖》,谈论的是西湖,先从绍兴的鉴湖和萧山的湘湖说起,以鉴湖的淡远和湘湖的眠娗羞涩突出西湖的冶艳;又借用"董遇三余"的境界来说明西湖春夏秋冬、雨雪晴明不同的美;由西湖又说到"湖上四贤"白居易、林逋、李泌、苏东坡;最后又抄录了苏轼、欧阳修、袁宏道、张岱、柳永、夏炜等人的西湖诗和词。广博的学识使作者在创作中信手拈来,融通古今。

周作人,更是能在古今中外各种杂学的杂糅中,来表达他的思想和观念,或者说是将他人的书籍文献融入到自己的思考之中,呈现出博雅之姿。如出自《夜读抄》的《鬼的生长》,一本正经地讨论一个似乎是虚妄的命题:鬼会不会生长?讨论的方法是从文献当中去寻找记录。文章首先抄录了清代纪昀《如是我闻》中的一个故事,验证了鬼是不生长的,容貌年纪就是去世时的样子,但是作者又评论说鬼的不生长会带来诸多的不方便,比如少夫老妻等等。鉴于此,周作人抄录了宋代邵伯温《闻见录》中的一则材料,论证了鬼是生长的。然而,问题又来了,人是看不见鬼的,若鬼是生长的,多年后松柏间相见,新鬼又怎能认识已经生长变化了的"老鬼",这岂不又生出许多的不方便。周作人抄了两本书,兴致勃勃地讨论鬼的是否生长,而结论却是:"邵纪二说各有短长,我们凡人

---

①周作人:《关于朱舜水》,《周作人散文全集》第 8 卷,广西师范大学出版社 2009 年,第457 页。

②周作人:《关于朱舜水》,《周作人散文全集》第 8 卷,广西师范大学出版社 2009 年,第456 页。

③陈平原:《"都市诗人"张岱的为人与为文》,《文史哲》2003 年第 5 期。

殊难别择,大约只好两存之罢,而鬼在阴间是否也是分道扬镳,各自去生长或不生长呢,那就不得而知了。"认真地抄录和论证却得出了如此的结果,似乎讨论本身根本是没有意义的。然而,周作人又提出了新的参证材料,即《望杏楼志痛编补》,其中的《乩谈日记》记录的是钱鹤岑与亡故的子女扶乩笔谈的事情。周作人用了较多的篇幅抄录日记的内容,涉及孩子有否长大、有否结婚生子等等,都是一个凡间的父亲最为关心的消息。这些日记似乎是佐证了鬼是生长的观点。然而抄到这里,周作人却说:"我不信鬼,而喜欢知道鬼的事情,此是一大矛盾也。虽然,我不信人死为鬼,却相信鬼后有人,我不懂什么是二气之良能,但鬼为生人喜惧愿望之投影则当不谬也。"明明不信鬼,却又费了那么多的笔墨去抄录和论证鬼的生长问题,似乎是矛盾的,但又是不矛盾的,作者的写鬼,实际上是对现实的人的关怀,"听人说鬼实即等于听其谈心矣",再结合女儿若子的死给周作人带来的深深的创痛①,也就能够理解文章为什么要大段地抄录《乩谈日记》,这是一个凡间的父亲对于亡故的孩子的爱,却只能通过扶乩的方式去进行表达,这是怎样的伤痛,然而连这样的表达最终也都将失去,孩子们陆陆续续地前去投生,"则扶鸾之举自此止矣"。读到此处作者不禁黯然,"《望杏楼志痛编补》一卷为我所读过的最悲哀的书之一,每翻阅辄如此想"②。抄了三本书来论证鬼的生长,最终却落脚在"悲哀"二字上,似乎是游离了鬼的生长的话题,而这悲哀又恰恰是作者的主要意图所在。

如果说《鬼的生长》只涉及中国的典籍,大段的抄录也有"抄书"的嫌疑,那么,《苍蝇》一文更能显示出富有文化色彩的博雅和博识。文章从童年玩苍蝇的记忆入手,并引用希腊路吉亚诺思(Lukianos)《苍蝇颂》中的文字为苍蝇的玩法作注解:"苍蝇在被切去了头之后,也能生活好些时光。"之后又插入希腊的苍蝇由来的传说,以"诃美洛思(Homeros)在史诗中尝比勇士于苍蝇"和法勃尔(Fabre)《昆虫记》里一种剽悍敏捷的蝇的记载,来说明苍蝇的"固执与大胆",又引用《诗经》"营营青蝇,止于樊。岂弟君子,无信谗言"等诗文以及陆农师《埤雅》中的文字、日本小林一茶"不要打哪,苍蝇搓他的手,搓他的脚呢"的俳句,说明在中国和日本的文化语境中塑造出来的苍蝇形象。③ 文章从绍兴到古希腊、

①《鬼的生长》写于1934年,这一年,周作人还写了《自述》,其中有云:"一九〇九年娶于东京,有子一女二,末女于民国十八年冬卒,年十五。"这是若子亡故五年后,周作人用极简的文字提及若子,依然可以感觉到他的悲伤。

②周作人:《鬼的生长》,《周作人散文全集》第6卷,广西师范大学出版社2009年,第284—289页。

③周作人:《苍蝇》,《周作人散文全集》第3卷,广西师范大学出版社2009年,第447—449页。

从中国的诗歌到日本的俳句到荷马史诗、从希腊神话到绍兴的谜语儿歌到法布尔的《昆虫记》,周作人围绕"苍蝇"这一形象娓娓道来,在简短的篇章中包容了丰富的知识,又写得从容有致,呈现出一个学者的博学与趣味,是博雅的典范代表。《喝茶》《菱角》《故乡的野菜》等小品文,也与《苍蝇》有着同样的特质,似乎写的都是琐碎的茶、菱角、野菜、苍蝇等普通之物,又呈现出这些普通之物与文化之间的关联。

这正是周作人行文的特色,丰厚的学养使他能随手征引合适的材料,又能用自己的逻辑重新编排和解读文献,将各种文献内化为传达自己思想和观点的工具,或者说,文献之中融入了周作人的思考和智慧,而不是纯粹的为抄而抄,为引而引。孙席珍说:"徐志摩氏说过他是个博学的人;赵景深氏说'看了他的小品,仿佛看见一个博学的老前辈在那儿对你温煦的微笑',他们的话都是极真实的。因为他的博学睿知,我看出他无论谈到什么,总不肯以所谈的孤立的对象为止境,而要在那对象上认出价值所在的总渊源,投入于全文化的批判。章锡琛氏说:'他随手引证,左右逢源,但见解意境都是他自己的。'"[1]突出的也是周作人借材料以表达自己观点的思维和行文特点。

四、飘逸与深刻的交织

周作人因其闲适趣味、平和冲淡、博学雅致的散文创作而成为越地现代散文中飘逸一脉的重要代表。然而,周作人散文又不仅仅是飘逸的。五四时期的《祖先崇拜》《思想革命》《碰伤》等文章,或批判传统文化,或抨击北洋政府歌赞请愿学生,都呈现出明显的浮躁凌厉之气。即使到了1924年左右,周作人已经提出了生活的艺术化,艺术上追求平淡自然等观念,也写出了《喝茶》《北京的茶食》《故乡的野菜》等返回个人、平淡冲和的小品文,然而,当1926年三一八惨案发生之时,周作人当晚就写出了《对于大残杀的感想》,"在民国时代,不,就是在满清,自我有知以来,不曾听见北京有过这种残杀。现在却不料发现在国民军统治下的北京"[2]。犀利的语言和激烈的情绪,与鲁迅投枪匕首的杂文如出一辙。之后,又写下《关于三月十八日的死者》《新中国的女子》《死法》等文章表达

---

①孙席珍:《论现代中国散文》,周红莉主编:《中国现代散文理论经典》,苏州大学出版社2008年,第197页。

②周作人:《对于大残杀的感想》,《周作人散文全集》第4卷,广西师范大学出版社2009年,第533页。

他的愤怒与悲愤,呈现出明显的浙东性和师爷气,这也是浙东叛逆刚硬的文化在周作人性格中的一种浸润:"这四百年间越中风土的影响大约很深,成就了我的不可拔除的浙东性,这就是世人所通称的'师爷气'。本来师爷与钱店官同是绍兴出产的坏东西,民国以来已逐渐减少,但是他那法家的苛刻的态度,并不限于职业,却弥漫及于乡间,仿佛成为一种潮流,清朝的章实斋、李越缦即是这派的代表,他们都有一种喜骂人的脾气。……检阅旧作,满口柴胡,殊少敦厚温和之气;呜呼,我其终为'师爷派'矣乎?"①"师爷气"的留存,使周作人的文章自然也有"殊少敦厚温和之气"的一个向度。

前文已经论述,越地的文化有着剑文化和书文化刚柔兼济的复杂性,周作人的和顺性格使其文化选择上偏向柔的一面,但满口柴胡的浙东性依然是他不能脱却的。周作人常提及他的心中有流氓和绅士两个鬼,当流氓鬼当道的时候,就批判旧文化旧道德,态度也颇为激烈,当绅士鬼出头的时候,就写一些闲适的小品文,这绅士的气质和流氓的精神其实都是越地文化刚柔兼济的表征。而且,绅士鬼和流氓鬼"这样的两个段落也并不分得清,有时是综错间隔的,在个人固然有此不同的嗜好,在工作上也可以说是调剂作用,所以要指定那个时期专写闲适或正经文章,实在是不可能的事"②。绅士和流氓不时地在心中纠缠,飘逸和深刻时时呈现,阅读和写作上"喜欢和淡的文字思想,但有时亦嗜极辛辣的,有掊臂见血的痛感"③,于是就有了平和冲淡和浮躁凌厉两种风格,有闲适飘逸的美文,也有讽刺深刻的杂文。周作人也自称总是忍不住"在风吹月照之中还是要呵佛骂祖,这正是我的毛病,我也无可如何。……这实在只是一点师爷笔法绅士态度"④。

甚至是闲适的趣味之文里,周作人也不是一味地闲适和趣味,同样是师爷笔法和绅士态度的杂糅。"格尔特堡批评蔼理斯说,在他里面有一个叛徒与一个隐士,这句话说得最妙:并不是我想援蔼理斯以自重,我希望在我的趣味之文里也还有叛徒活着。"⑤文章要有趣味,也要有叛徒。循着这样的思想线索和审

---

①周作人:《〈雨天的书〉序二》,《周作人散文全集》第4卷,广西师范大学出版社2009年,第346页。

②周作人:《两个鬼的文章》,《周作人散文全集》第9卷,广西师范大学出版社2009年,第645页。

③周作人:《杂诗题记》,《周作人散文全集》第9卷,广西师范大学出版社2009年,第671页。

④周作人:《〈瓜豆集〉题记》,《周作人散文全集》第7卷,广西师范大学出版社2009年,第460页。

⑤周作人:《〈泽泻集〉序》,《周作人散文全集》第5卷,广西师范大学出版社2009年,第281页。

美理想往前追溯,周作人自然就发现了徐渭、王思任、张岱等明代的越地作家,"明朝人即使别无足取,他们的狂至少总是值得佩服的"①,徐渭的狷狂、叛逆性自不待言,王思任的谐谑中满写着的也是对现实的批判,张岱的为人和为文,周作人一再评价其是有趣味的,然而趣味之中蕴含的是对人生的体悟,是不平之气和亡国之思。

张岱的朋友,同是绍兴人的祁豸佳给张岱的《西湖梦寻》写的序里说:"余友张陶庵,笔具化工,其所记游,有郦道元之博奥,有刘同人之生辣,有袁中郎之倩丽,有王季重之诙谐,无所不有。其一种空灵晶映之气,寻其笔墨又一无所有。"②既是对张岱文章源流的梳理和点评,也是对张岱文章风格的概括,有博奥、有生辣、有倩丽、有诙谐,总括起来却是"空灵晶映",意蕴丰富而又让人心领神会。《湖心亭看雪》《明圣二湖》《西湖七月半》等小品文,都写得空灵晶映,尤其是《西湖七月半》,一开头就是:"西湖七月半,一无可看,止可看看七月半之人",游人如织繁华热闹,七月半的西湖,无论是月亮还是西湖都无可看之处,那就看看七月半的人。看似透着一种无奈但又显得通达和洒脱,用闲适的心情看那些形态各异的看月之人,把玩他们或摆阔或表演的心态,从对世俗生活的把玩和观赏中呈现一种审美的趣味。待到游人散去,"吾辈始舣舟近岸",纵酒欢歌,这时的西湖,脱却了喧嚣和庸俗,"月如镜新磨,山复整妆,湖复颒面",高人雅士也从"影树下"、"里湖"出来,与"吾辈往通声气",获得了心曲的互通。然而这还不是"我"的西湖,直到月色苍凉东方将白,高人雅士亦都散去,"吾辈纵舟,酣睡于十里荷花之中,香气拍人,清梦甚惬",才独享西湖七月半的高雅和清寂,任小舟和自己沉醉于十里荷花的香气之中。③ 这样的雅趣"突显的是晚明文人优雅的生活风度,一种优美的生活趣味"④,文字倩丽又有着深厚的味道,优雅的情趣中蕴含着对生活和人生的感知与体会,正是越地飘逸风格散文的典型代表。然而,无论是"梦忆"还是"梦寻"都是对往昔生活的回忆与反顾,是明朝的遗民张岱对往事的追怀,于是行文之中也就充满着感伤和苍凉的意味。《越俗扫墓》在描述了越人扫墓的世俗相之后,张岱写下的是:"乙酉方兵划江而守,虽鱼菱舠,收拾略尽。坟垅数十里而遥,子孙数人挑鱼肉楮钱,徒步往返之,妇女

---

①周作人:《〈陶庵梦忆〉序》,《周作人散文全集》第 4 卷,广西师范大学出版社 2009 年,第831 页。

②(明)祁豸佳:《祁豸佳序》,《陶庵梦忆 西湖梦寻》,成胜利点校,岳麓书社 2016 年,第108 页。

③(明)张岱:《西湖七月半》,《陶庵梦忆 西湖梦寻》,夏咸淳、程维荣校注,上海古籍出版社 2001 年,第 111—112 页。

④朱晓江:《伟大的捕风——周作人散文反抗性研究》,复旦大学出版社 2015 年,第 85 页。

不得出城者三岁矣。萧索凄凉,亦物极必反之一。"①"划江而守"之后,"男女袨服靓妆,画船箫鼓"的扫墓盛景已经不再,船只已都被收缴,子孙们扫墓只能挑着祭品徒步往返,妇女们更是三年不得出城了。往昔扫墓的热闹已然逝去,只剩下"萧索凄凉",两相对照,国破家亡的忧思自然地漾溢出来。同样,《彭天锡串戏》的重心似乎是要表达"彭天锡串戏妙天下",而之所以"妙天下",得出的原因是"盖天锡一肚皮书史,一肚皮山川,一肚皮机械,一肚皮磊砢不平之气,无地发泄,特于是发泄之耳。"②是一肚皮的不平之气,糅合了一肚皮的书史、山川和机械,才成就了彭天锡的串戏之妙。说的是彭天锡,其实也是张岱的夫子自道,貌似闲适趣味,实际上蕴含着忧国之思,即周作人所说的明末以及现代的散文:"文学是不革命,然而原来是反抗的。"③

　　周作人对闲适也有自己的理解。在《自己的文章》中,周作人提出:"闲适是一种很难得的态度","可以分作两种。其一是小闲适……其二可以说是大闲适罢"④。小闲适如秦观的"醉卧古藤阴下,了不知南北"的流连光景与欣然有会;大闲适是陶渊明"向来相送人,各自还其家,亲戚或余悲,他人亦已歌"等对死生的通达态度之类的闲适,这样的大闲适更是常人所不可得,"唯其无奈何所以也就不必多自扰扰,只以婉而趣的态度对付之"⑤。所以,周作人肯定闲适,将闲适作为自己的理想,这不是对现实的规避,而是对人生更高境界的追求。这一观点在《〈文载道文抄〉序》中再一次申明,文章中将古代的闲适分为两种,"一是安乐时的闲适,如秦观张雨朱敦儒等一般的多是,一是忧患时的闲适,以著书论,如孟元老的《梦华录》,刘侗的《景物略》,张岱的《梦忆》是也"⑥。显然,生在忧患时代的周作人,他的闲适是"忧患时的闲适",跟张岱的《陶庵梦忆》处于同一个闲适维度上,这也符合了周作人"闲适原来是忧郁的东西"⑦的界定。由此也就

---

①(明)张岱:《越俗扫墓》,《陶庵梦忆 西湖梦寻》,夏咸淳、程维荣校注,上海古籍出版社2001年,第15页。

②(明)张岱:《彭天锡串戏》,《陶庵梦忆 西湖梦寻》,夏咸淳、程维荣校注,上海古籍出版社2001年,第93页。

③周作人:《燕知草跋》,《周作人散文全集》第5卷,广西师范大学出版社2009年,第519页。

④周作人:《自己的文章》,《周作人散文全集》第7卷,广西师范大学出版社2009年,第350页。

⑤周作人:《自己的文章》,《周作人散文全集》第7卷,广西师范大学出版社2009年,第350页。

⑥周作人:《〈文载道文抄〉序》,《周作人散文全集》第9卷,广西师范大学出版社2009年,第254—255页。

⑦周作人:《〈风雨后谈〉序》,《周作人散文全集》第9卷,广西师范大学出版社2009年,第10—11页。

能够理解，为什么周作人肯定公安派对个性的张扬，但对公安派散文的评价却有所保留，因为公安派的散文"空疏浮滑，清楚而不深厚"，现代散文中胡适、冰心、徐志摩等的散文也跟公安派很像，"清新透明而味道不甚深厚。好像一个水晶球样，虽是晶莹好看，但仔细的看多时就觉得没有多少意思了"，呈现出现代散文对晚明的传承关系，这样的散文清浅平易，有飘逸之风但是不耐读，公安派的优点和不足都是非常明显。后来竟陵派起来加以补救，但是竟陵的"文章很怪，里边有很多奇僻的词句"，一直到明末清初"公安竟陵两派文学融合起来，产生了清初张岱(宗子)诸人的作品，其中如《琅嬛文集》等，都非常奇妙。……这也可以说是两派结合后的大成绩。"①融合了公安和竟陵的集大成者张岱，他的文章才是周作人所推崇的，既清楚又深厚，既飘逸又满蕴着忧郁，是"忧患时的闲适"。

以此态度出发，周作人的《喝茶》《谈酒》等散文都透露出他对"一种以生活趣味为中心的文学内容与风格的偏爱"②，呈现出闲适、趣味的飘逸之气，"我的所谓喝茶，却是在喝清茶，在赏鉴其色与香与味，意未必在止渴，自然更不在果腹了"③。这样的情趣，确实可以与张岱互通款曲。然而在"大闲适"观的影响之下，周作人形成的是"有涩味与简单味……有知识与趣味的两重的统制"④的散文观，"以科学常识为本，加上明净的感情与清澈的理智"⑤是他散文的风格特质，这又与张岱故国之思的忧患有所区别。于是，周作人的散文既体现出对张岱为代表的越地晚明散文的继承，也因科学理性、思想观念等的发展而超越了传统散文的飘逸与趣味的范畴，有了独具的现代诉求，也透示出行文的深刻。《故乡的野菜》《喝茶》等文章都是从悠然闲散起笔，颇有趣味地介绍谈论荠菜、马兰头等野菜，体会茶的"自然之妙味"，似乎沉醉在生活的趣味之中。然而本该清淡的茶食，在中国却变成了瓜子和"满汉饽饽"，清淡甘香的茶淘饭，中国百姓也只是出于穷困或节省才吃，"殆少有故意往清茶淡饭中寻其固有之味者"，⑥远离了"自然之妙味"。《北京的茶食》更是感叹有着建都五百余年之久的北京，理应在衣食住方面有"精微的造就"，然而，偌大的北京城却连好吃的点心都买

①周作人：《中国新文学的源流》，《周作人散文全集》，第6卷，广西师范大学出版社2009年，第71页。

②朱晓江：《伟大的捕风——周作人散文反抗性研究》，复旦大学出版社2015年，第84页。

③周作人：《喝茶》，《周作人散文全集》第3卷，广西师范大学出版社2009年，第569页。

④周作人：《〈燕知草〉跋》，《周作人散文全集》第5卷，广西师范大学出版社2009年，第518页。

⑤喻大翔：《周作人言志散文体系论》，《文学评论》1999年第2期。

⑥周作人：《喝茶》，《周作人散文全集》第3卷，广西师范大学出版社2009年，第570页。

不到,只有"粗恶的模仿品",这使作者"总觉得住在古老的京城里吃不到包含历史的精炼的或颓废的点心是一个很大的缺陷。"散文谈的是茶食,是北京"包含历史的精炼的或颓废"的茶食的缺失,最后推导出的是:"可怜现在的中国生活,却是极端地干燥粗鄙。"①这一方面显示出了周作人"精致"的生活趣味,他的生活的艺术化追求,另一方面,生活趣味又是与文化精神联系在一起的,点心的"粗恶"不精致,也是文化的粗恶和心灵的粗糙的表征。所以表面上谈酒谈茶谈点心,实际上关注的是中国的文化和中国人的心灵。这样的飘逸就不仅仅是以趣味为底色的了,是飘逸和深刻的融合,绅士与流氓的融合。周作人说过,对他心里的绅士鬼和流氓鬼,"都有点舍不得,我爱绅士的态度与流氓的精神……我希望这两个鬼能够立宪,不,希望他们能够结婚,倘若一个是女流氓,那么中间可以生下理想的王子来,给我们做任何种的元首"②。两个鬼能够立宪、结婚甚至"生下理想的王子来",也就抵达了周作人所希求的理想的文学状态。胡适说周作人的散文"用平淡的谈话,包藏着深刻的意味"③,大概也有这样的意思在里面。

同样,以深刻闻名的鲁迅的散文中,也常常蕴含着飘逸的成分。出自《野草》的《雪》是一篇富有浓郁象征意味的散文,有它的晦涩和深刻,却也有着飘逸的笔致和风格。文章用非常诗意的笔触描写出了一副江南的雪景图。在严寒的冬天,这雪"隐约着青春的消息,是极壮健的处子的皮肤",充满着美艳的特质和生命的活力。尤其是雪野中那在花、草映衬之下的色彩,更是为雪野增添了一抹明亮和温暖,血红、白中隐青、深黄、冷绿等等,在洁白的雪的掩映之下,更透示出了色彩的丰富和明亮。而且,这雪景中还有孩子,"孩子们呵着冻得通红,像紫芽姜一般的小手"在叠雪罗汉,虽然叠的罗汉像葫芦,可是,因为雪"很洁白,很明艳,以自身的滋润相粘结,整个地闪闪生光"。在孩子们给他配上龙眼核做的眼珠和擦上胭脂做的嘴唇的时候,这个罗汉已经是"目光灼灼地嘴唇通红地坐在雪地里"了。这个场景,进一步强化了对江南的雪景的美好描写,而且,在安静的雪景中增加了动的元素,更呈现出了江南的雪的丰富。然而,这样丰富、美艳的雪景,依然是有着不完美的。在宝珠山茶、梅花、腊梅花的盛开中,"胡蝶确乎没有;蜜蜂是否来采山茶花和梅花的蜜,我可记不真切了"。雪中的花儿们依然有着生命的冷清;再看雪罗汉,"但他终于独自坐着了。晴天又来消

---

①周作人:《北京的茶食》,《周作人散文全集》第 3 卷,广西师范大学出版社 2009 年,第 376—377 页。

②周作人:《两个鬼》,《周作人散文全集》第 4 卷,广西师范大学出版社 2009 年,第 709 页。

③胡适:《五十年来中国之文学》,《胡适全集》第 2 卷,安徽教育出版社 2003 年,第 343 页。

释他的皮肤,寒夜又使他结一层冰,化作不透明的模样;连续的晴天又使他成为不知道算什么,而嘴上的胭脂也褪尽了"。被塑造出来的雪罗汉终于在晴天、寒夜的更迭中变成了不透明的模样,失去了目光灼灼嘴唇通红的精神。如此看来,对江南的雪的描写中,是蕴含着复杂的态度的,美丽的、温暖的世界,也是脆弱的世界,滋润美艳的江南的雪,终将随着雪罗汉的消融而消融,美丽和温暖也都在这消融中逝去了。诗意的文字最终指向了一种深刻的思考。与滋润美艳、自相粘结的南方的雪不同,朔方的雪则是"永远如粉,如沙,他们绝不粘连";与有多彩的花的衬托的南方的雪不同,朔方的雪只是在枯寒的冬天里孤独地撒在屋上、地上和枯草上;南方的雪消融在阳光里,而朔方的雪则在灿灿的日光中蓬勃地奋飞,在太空中旋转升腾并闪烁,而且还带动整个太空旋转、升腾和闪烁。而这个孤独的雪,雨的精魂,正是鲁迅的选择。他放弃了美丽温情的世界,江南的雪尽管美艳得出奇,但是这美艳是脆弱的,唯有这朔方的雪,有着一种孤独的反抗的力量,在它身上,有着永不灭绝的希望在的。鲁迅有一篇几乎与《雪》写作于同时的散文,就直接命名为《希望》,在文章中,鲁迅感慨自身生命已经衰老,然而身边青年是消沉的,只能"由我来肉薄这空虚中的暗夜了",绝望与希望纠缠在了一起。从某种层面上来讲,《雪》与《希望》是有着内在的关联性的,或者说是对《希望》的进一步阐发:身外的青春即使已经不存在了,也还依然有着反抗的力量,依然有着希望。如此深刻的主题,却借助于"雪"这一意象,通过飘逸灵动的文字呈现出来,是希望与绝望的交织,深刻与飘逸的互融。《从百草园到三味书屋》《阿长与〈山海经〉》《藤野先生》等《朝花夕拾》中的篇目,也有着飘逸与深刻的交织。

因此,更倾向于接受越地山水的清幽与自我性情的抒发的周作人,其散文对应的是浙江"三百年文风"中的"飘逸"特质:"如名士清谈,庄谐杂出,或清丽,或幽玄,或奔放,不必定含妙理而自觉可喜"[1],散文富有思想含量,兼具知识性、趣味性,显出平和、冲淡的美学特质,创造性地发展了现代散文的一个流派[2],越地散文家孙福熙、徐祖正等,都是洒脱、随意的"启明风"的追随者,浙江之外又获得了梁实秋、林语堂等散文家的承传,呈现出一条清晰的"启明风"脉络,在新

---

[1] 周作人:《地方与文艺》,《周作人散文全集》第3卷,广西师范大学出版社2009年,第102页。

[2] 阿英在《俞平伯小品序》中说:"周作人的小品文,在中国新文学运动中,是成了一个很有权威的流派。"阿英编校:《无花的蔷薇——现代十六家小品》,河北人民出版社1991年,第29页。

文学创作中显出现代性意义。鲁迅风和启明风的形成,也证明越地的散文发展到现代阶段,依然有着深刻和飘逸两种文风的自然流转和承传,并在不同的风格取向上汇聚了一批有着相同散文观的作者,从而呈现出散文发展的内在生成机制和脉络,是传统和现代相互激荡,越地文化和现代文化的相互渗透、汲取和绵延基础上的生成与发展。这样的散文创作,一方面从传统的散文中获得滋养,越地的文化尤其是传统散文资源,是现代越地散文生成和发展的积淀性因素;一方面当然也受到现代西方散文和文学观念的润泽,鲁迅从厨川白村的《出了象牙之塔》中"想到什么就纵谈什么"的 Essay 获得启示,提出"散文的体裁,其实是大可以随便的,有破绽也不妨。……与其防破绽,不如忘破绽"①的散文观念,以余裕的心态落笔行文,文章自然就呈现出任心闲谈的从容风姿,深刻里面蕴含着飘逸的气息。周作人等越地散文作家也多次提到西方 Essay 对五四散文的影响。因此,现代越地的创作散文既是传统的传承,也有传统基础上的丰富和发展,无论是飘逸还是深刻,都带上了现代散文的意蕴;而且,深刻和飘逸的分流也不再那么泾渭分明,周作人和鲁迅的散文,都是飘逸与深刻兼而有之,"更准确的解释应该是:周作人的文风不无'深刻'但更显'飘逸';鲁迅的文风则是,不无'飘逸'但却更见'深刻'"。② 这也是越地散文发展到现代的一种充实和丰盈,并为现代散文的发展提供了一种范型。

---

①鲁迅:《怎么写》,《鲁迅全集》第 4 卷,人民文学出版社 2005 年,第 25 页。
②陈方竞:《鲁迅与浙东文化》,吉林大学出版社 1999 年,第 45 页。

第七章　现代越地散文的时空播散

越地独特的山水滋养和地域文化的承传,积淀了丰富的散文资源,并形成了一个古今绵延的散文脉络。进入现代阶段之后,这个脉络又以"鲁迅风"和"启明风"的形式,沿着"深刻"和"飘逸"两个向度,继续引领着中国现代散文的潮流,对中国现代散文的转型产生了有力的影响。因而,追寻和梳理"鲁迅风"和"启明风"的时空播散,可以建构起现代越地散文发展的全貌,描画出现代越地散文的文学地图,并彰显现代越地散文在中国现代散文版图中的重要位置。

一、现代散文中的"鲁迅风"

越地现代散文是由周氏兄弟领衔的,鲁迅深刻犀利的杂文和周作人平和冲淡的小品文构成了越地现代散文的两种基本创作,其他越地作家以这两种风格和走向为重心,各有选择也各有个性,共同造就了现代越地散文的繁荣之态。在鲁迅这个维度上,他所开创的"鲁迅风"是贯穿着整个 20 世纪中国散文的风格潮流,"鲁迅在'五四'时期开创的杂文,经过 30 年代、50 年代、60 年代上半期,到 80 年代的现在,一直在继承,在发展,这条线一直没有断"。[1] 时间上持续传承,地域上也从越地播散到了全国。

1.浙籍作家的"鲁迅风"

"鲁迅风"创始于鲁迅,他的投枪匕首的杂文成为越地散文的一种典型形态,并以其深刻犀利的文风照亮了 20—30 年代的中国文坛和中国社会。但是,鲁迅也不是一个人在战斗,在他的身边,有着一批追慕、模仿他的浙江作家,他们出于共同的地域文化资源的熏陶和相似的文学理想,自觉地汇聚到了"鲁迅风"的旗下,"语丝散文"中的杂文一派就是典型的鲁迅风,"语丝"之外,也有更为广泛的杂文作家群体。

---

①任白戈:《序》,徐懋庸:《徐懋庸杂文集》,生活·读书·新知三联书店 1983 年,第 4 页。

　　这些浙籍作家中,与鲁迅有着绍兴同乡之谊的许钦文、章川岛等,早在1920年鲁迅在北京大学开设的"中国小说史略"课程中,就已经与鲁迅相识,"当时鲁迅先生在北大国文系教授中国小说史,川岛是从不缺课的学生之一"①,而且交往颇为频繁。据《鲁迅日记》记载,许钦文1924年"去鲁迅处四十三次",1925年"去鲁迅处四十三次,往来信件十六次"②,鲁迅对他们的扶持与提携,更是文坛的佳话之一。尽管,许钦文的散文创作的成熟期是在30年代之后,也并非所有的散文都有着鲁迅风的气质,然而,正如对鲁迅小说创作的追随,许钦文"在开始做小说以前,是先写了些杂感和杂谈的"③,就是发表在《晨报副刊》《妇女杂志》上面的《女子为什么不可参政》《小杂感》《这不是好现象吗》等文章。之后,散文与小说一起共存于许钦文的创作空间之中,"我曾经有过这样的时期,在停止了一时写作以后,重行开始做小说以前,总要先写几篇小品文;好像是为着准备演说,吐掉口中的痰的样子"④,从中也不难梳理出比较明显的鲁迅痕迹。《帐子》的故事发生在福建的永安,在这个山城里,依然保留着"古色古香"的"风俗习惯":"生下女儿来,除非少数新式的几家,照例自家不养,送给人家。没有人要的就装进畚箕挂起,任凭哭喊,冻饿而死以后拿出去埋葬。趁有奶,到别人家去抱得刚生下的女孩子来养,准备做媳妇。是'易女而养'的。"女儿生下来,要么送给人家做童养媳,要么饿死埋掉,这就是女子的出路。就算有幸做了人家的童养媳,她的人生也是悲惨的,挑水、淘米、洗衣服等一切家务活自不在话下,这里还有一个"乡风":"做媳妇的,——其实女子大都这样,要到结婚以后才有帐子可挂。""我"的房东家的童养媳就因为没有帐子被蚊子咬得实在受不了,哭着嚷着要结婚。而且这个"乡风"跟物质无关,"大湖原是有名出做帐子的夏布的,我这房东是当地的富翁",纯粹是对女子生命本身的漠视。⑤ 许钦文用幽默而讽刺的方式揭露出福建乡间民风的粗陋,这跟他在小说里揭示浙东乡村的各种陋习是一样的思路,同样是鲁迅"揭出病苦,引起疗救的注意"国民性改造的目的。《鬼的世界》对纸币贬值、抽壮丁等的揭露,对"直脚鬼不种田,也不斫柴,却要穿得好,吃得好。许多血是涂在蓬头鬼的脸上,也滴在吊死鬼的嘴唇上

---

　　①彭龄、章谊:《岁月留痕》,文化艺术出版社2006年,第49页。

　　②钱英才:《许钦文年谱简编(初稿)》,《杭州师院学报(社会科学版)》1985年第3期。

　　③许钦文:《关于小品文》,周红莉主编:《中国现代散文理论经典》,苏州大学出版社2008年,第233页。

　　④许钦文:《关于小品文》,周红莉主编:《中国现代散文理论经典》,苏州大学出版社2008年,第233页。

　　⑤许钦文:《帐子》,《许钦文散文集》,浙江文艺出版社1984年,第25—27页。

面"①的不合理现实的批判;《殉情的鲎》从重情的鲎反转出"只是人,无论是殉情也罢,殉种族也罢,总要捉得来吃,连小的都要收罗得来供玩弄"②的感慨;《怀大桂》以对战争之前闲适的故乡家居生活的书写,反衬出军阀战争对普通人的生活和心理所带来的伤害等等,都可以明显地看到鲁迅的影子,对现实对陋习,都有着不留情面的讽刺、批判和揭露,"只因学的是现实主义的手法,闻见到了认为不该的事情,无论是男子的或者女子的,总要加以讥刺"③。只是许钦文的散文略微缺乏鲁迅的辛辣尖刻之气,更多一点沉郁感伤。这可能跟许钦文的散文观有关,许钦文曾说:"小品文原是以朴素、自然为本来面目的。但也可以加上点幽默和讽刺,使得生动起来。"④散文要追求平易质朴和自然本色,然而要生动风趣起来,也需要加上幽默和讽刺,朴素自然和幽默讽刺并存,这是许钦文的散文追求。有学者认为,"在许钦文散文创作的道路上,周氏兄弟对他具有十分重要的影响。他学习鲁迅杂文的幽默讽刺,却缺少鲁迅'论时事不留面子,砭锢弊常取类型'的辛辣尖刻;他借鉴周作人散文的平和冲淡,又没有周作人'苟全性命于乱世'的听说鬼、学画蛇、玩骨董、吃苦茶的悠然闲适。他似乎企图将鲁迅杂文抨击时弊的尖刻犀利和周作人小品谈天说地的平易亲切融为一体,平和而不闲适,更无飘逸之气;明朗而不浅露,绝无晦涩之语。时有诙谐之处,却不乏针砭的锋芒;感情真挚朴实,却不作空洞冗长的抒情。"⑤这是确切的评价和分析,只是许钦文描摹人生世态,抨击丑陋的现实,在平易质朴的语言里有着针砭时弊的锋芒,从散文的风格上看,是更趋向于鲁迅风的。

浙江上虞人章廷谦(字矛尘)即川岛,和鲁迅也是师生及同乡,而且关系是颇为亲近的。鲁迅居住于八道湾时,川岛即是邻居,当 1926 年 8 月鲁迅离京赴厦门之后,川岛也在 12 月抵达厦门,鲁迅在 1926 年 12 月 24 日的日记中专门记有一笔"矛尘至"⑥。随后几天,鲁迅又分别记录:"矛尘赠精印《杂纂四种》、《月夜》各一本,糟鹅、鱼干一盘,酥糖二十包";"访矛尘";"下午同矛尘访玉堂"⑦等

①许钦文:《鬼的世界》,《许钦文散文集》,浙江文艺出版社 1984 年,第 38 页。

②许钦文:《殉情的鲎》,高松年,龙渊编:《许钦文散文选集》,百花文艺出版社 2009 年,第11 页。

③许钦文:《在给鲁迅先生责骂的时候》,《许钦文散文集》,浙江文艺出版社 1984 年,第362 页。

④许钦文:《关于小品文》,周红莉主编:《中国现代散文理论经典》,苏州大学出版社 2008年,第 233 页。

⑤杨剑龙:《论许钦文的散文创作》,《扬州大学学报》1987 年第 3 期。

⑥鲁迅:《鲁迅全集》第 15 卷,人民文学出版社 2005 年,第 650 页。

⑦鲁迅:《鲁迅全集》第 15 卷,人民文学出版社 2005 年,第 651 页。

条目。可见往来之频繁。鲁迅日记对"矛尘"的记录当然不仅这几条,在 1924
年和 1925 年的日记中,"矛尘来"分别出现了 15 次和 9 次,1926 年 8 月 26 日鲁
迅离京前的大半年也有 11 次"矛尘来"和 1 次"川岛来"。显然,川岛是鲁迅家
的常客之一。除此之外,《鲁迅全集》中收录的 1926 年、1927 年、1928 年鲁迅致
章廷谦的信分别是 12 封、15 封和 17 封。川岛也在 1958 年出版了回忆录《和鲁
迅相处的日子》,记载鲁迅的生活琐事,回顾与鲁迅先生在厦门短暂相处的日
子,也梳理鲁迅先生送的书,"鲁迅先生所送给我的书,从 1922 年他的译著《桃
色的云》起,到 1936 年精印的白纸绸面本《死魂灵百图》止,十五年中,不论是他
自己的著作、译作,或者他所编辑的书、刊,总送给我一本;在我结婚之后,是送
给我和我的爱人各一本"。① 由此可见川岛与鲁迅关系的亲厚。尤其是在北京
《语丝》时期,"从 1923 年 8 月鲁迅先生迁出八道湾故居以后,弟兄俩就如同'参
商',因之只好由我们几个双方都相识而且比较熟的'乳毛还未褪尽的青年',来
居中接头,跑腿,打杂。不论是《语丝》的形式、内容,以及稿件的处理,我们都去
征求鲁迅先生的意见"②。这些"接头,跑腿"可能也是川岛频繁地出入鲁迅家的
原因。而《语丝》时期也是川岛散文创作中的重要阶段,北京《语丝》上的 27 篇
文章可以算作明证。这些文章中有偏向叙事抒情有着小品文的美的《一个小动
物的诞生》《桥上》《晒开鹅肉》等,也有《欠缺点缀的中国人》《"西滢"的"吃嘴
巴"》《"又上了胡适之的当"》等杂文。此类杂文是属于鲁迅风的谱系的。《欠缺
点缀的中国人》是就溥仪离开紫禁城迁居后海的事所作出的议论,文章认为,溥
仪的迁居"是一件私事,不但算不得中国历史上一件名誉的事,也算不得中国历
史上一件不名誉的事,也谈不到孝悌忠信",只是个人的一件私事而已,可以出
于私人的友谊而劝告溥仪或者如钱玄同般为他谋划前途,但不应该遭到干预。
然而一些"政务倥偬"的外国人却来干预了,他们怀着"好心",打着"正谊"与"人
道"的旗号,与中国的外交官交涉,也公开容留溥仪于日本驻华公使馆。这样的
行为,引出了文章出于愤怒的讽刺之语:

> 我已经证明中国人的爱中国不如外国人"爱"中国的热烈,更谈不到替
> 外国人顾体面:爱尔兰总统囚禁在培法司特(Belfast),不听中国政府派朱
> 兆莘去警告;日本惨杀大杉荣家族与朝鲜人,不听中国人想去弄个"领事裁
> 判权",也不听美朝联军去攻打东京城;照例这些事中国人都应该做的,最
> 低限度也该学他们"正谊"与"人道"的办法。偏偏中国人和我们的长官都

①川岛:《鲁迅先生所送给我的书》,《和鲁迅相处的日子》,四川人民出版社 1979 年,第
88 页。

②川岛:《忆鲁迅先生和〈语丝〉》,《和鲁迅相处的日子》,四川人民出版社 1979 年,第 36 页。

忘记了——大概注全力于防止赤化的宣传,忽略了这一路。

确实,既然要提倡对中国实行"国际共同管理",那么中国人当然也要"替外国人顾体面",主动参与到列国事务的商讨和执行中,这是中国人的义务和责任,"于此我感到中国海陆军之不但不可裁,且也当发明千百种'死光'才能来整理你的家务,至于'正谊'与'人道'实在只配点缀。呜呼"!① 表达的犀利与讽刺的笔调,与鲁迅几乎是如出一辙。川岛的笔也总是能够抵达事物的本质,也是不留情面的,在《"西滢"的"吃嘴巴"》中直接驳斥了陈西滢的辩解;《"又上了胡适之的当"》里"能算出盘古开辟天地时用的一把斧头有多少分量,虽可显其渊博,却已走错了路。至于掉'西式书包',写古怪字,看梅兰芳,也可显其渊博,好古,却也走错了路"②,是对复古派的批评,用的是将复古派讽刺性地勾勒出来的方式;《哭》是对打着"正义"的旗号的打打杀杀的批判:"本来大帅打大帅,大帅打老总,老总打咱们,咱们打老婆,老婆打孩子,孩子长大了再打别人,总是这样下来也没甚了不得。再如'打蒋干,打李逵',阿三打阿四,大的打小的,有枪有钱的打无枪无钱的,也都是常事"③,表面上是肯定"打"的合理性和常态化,却将这些"合理性"的根底"正义"抽取出来加以否定,用类似于"釜底抽薪"的方式完成了对各种"打"的讽刺性否定。川岛的这些杂文,有着对现实的关注,尽管他"人本幽默,性尤冲淡"④,但在杂文的写作中主动学习和模仿鲁迅的笔法,认同鲁迅的"猛烈的攻击,只宜用散文,如'杂感'之类,而造语还须曲折"⑤的观念,和语丝派的其他作家一起,"以散文为主要战斗武器,并利用它的特点,有时鲜明、泼辣,毫无顾忌的;有时幽默,滑稽,隐约其词的来作斗争"⑥,行文深刻泼辣,甚至用词造句和行文的语气,也与鲁迅颇为相似。

与川岛同为浙江上虞人的徐懋庸,可能是绍兴作家中,在杂文风格上最为接近鲁迅的了。这可以由一个典故为证。《徐懋庸回忆录》中记载徐懋庸与鲁迅的第一次见面是 1934 年 1 月 6 日黎烈文邀集的《申报·自由谈》撰稿人聚餐会上,在此次聚餐会上,林语堂将"徐懋庸"误认为是鲁迅的笔名:

林语堂晚到,那时,大家已经入席了。他坐下之后,就对鲁迅先生谈起

---

①川岛:《欠缺点缀的中国人》,《语丝》第 4 期,1924 年 12 月 8 日。

②川岛:《"又上了胡适之的当"》,《语丝》第 5 期,1924 年 12 月 15 日。

③川岛:《哭》,《语丝》第 31 期,1925 年 6 月 15 日。

④郁达夫:《导言》,《中国新文学大系·散文二集》(影印本),上海文艺出版社 2003 年,第 17 页。

⑤川岛:《说说〈语丝〉》,《和鲁迅相处的日子》,四川人民出版社 1979 年,第 43 页。

⑥川岛:《说说〈语丝〉》,《和鲁迅相处的日子》,四川人民出版社 1979 年,第 43 页。

来，他说："周先生又用新的笔名了吧？"因为当时鲁迅的笔名，是经常改变的。鲁迅反问道："何以见得？"林语堂说："我看新近有个'徐懋庸'，也是你。"鲁迅先生哈哈大笑起来，指着我说："这回你可没有猜对，徐懋庸的正身就在这里。"大家也笑了起来。①

连林语堂都将徐懋庸的文章成功误认为是鲁迅所作，由此可见徐懋庸与鲁迅在文风上的相似之处。尽管徐懋庸与鲁迅之间的关系最终以绝交结束，但是徐懋庸的创作确实是从对鲁迅的崇拜和模仿开始的。早在 20 年代，身处上虞的徐懋庸就"树立了做一个进步作家的决心，胡愈之是我的模范，而最高的目标是鲁迅。那时我已对鲁迅十分崇拜，读了许多他著译的书，还订了一份《语丝》"②。以对鲁迅的崇拜和鲁迅杂文的阅读为基础，徐懋庸的杂文创作自然就是对鲁迅的学习和借鉴："后来我也写起杂文来，而且也模仿鲁迅的笔法"③，"学习尖刻的用笔，不留情面的说话"④，以"浮躁凌厉"的笔墨"批评时事"，"唐突名流"⑤。任白戈在给徐懋庸的杂文集作序时也指出："懋庸的杂文，师承于鲁迅。他热爱鲁迅的作品，学习鲁迅的文章，特别是学习鲁迅的杂文，学得很好，很出色，连鲁迅先生杂文的气魄、风格、笔调，他都学得很象。"⑥鲁迅对这个来自故乡的年轻人，也是多方扶持和褒奖。曹聚仁说："鲁迅先生对余兄的才华十分看重，有一段时期，相当接近。余兄先后刊行了《不惊人集》和《打杂集》，都为鲁迅所称许。在小品文盛行时期，其面对现实，富有战斗性的，我们称之为'杂文'，和林语堂先生所提倡的'闲适小品'相对立。余兄可以说是杂文作家中的一支健笔。"⑦这样的叙述与评价是中肯的。徐懋庸与鲁迅确实有着相当接近的交往，1933 年 11 月 15 日的日记中，鲁迅有"得徐懋庸信并《托尔斯泰传》一本，夜复"⑧的记录，这应该是两人书信往来的开始，之后到 1936 年 5 月 2 日鲁迅回复

①徐懋庸：《我和鲁迅的关系的始末》，鲁迅博物馆等选编：《鲁迅回忆录》（中册散篇），北京出版社 1999 年，第 966 页。

②徐懋庸：《徐懋庸回忆录》，人民文学出版社 1982 年，第 38 页。

③徐懋庸：《我和鲁迅的关系的始末》，鲁迅博物馆等选编：《鲁迅回忆录》（中册散篇），北京出版社 1999 年，第 964 页。

④徐懋庸：《我所受于鲁迅的影响》，王韦编：《徐懋庸研究资料》，知识产权出版社 2009 年，第 209 页。

⑤徐懋庸：《不惊人集·前记》，王韦编：《徐懋庸研究资料》，知识产权出版社 2009 年，第 213 页。

⑥任白戈：《序》，徐懋庸：《徐懋庸杂文集》，生活·读书·新知三联书店 1983 年，第 3 页。

⑦曹聚仁：《初谈"余致力"》，《我与我的世界》，北岳文艺出版社 2001 年，第 438-439 页。

⑧鲁迅：《鲁迅全集》第 16 卷，人民文学出版社 2005 年，第 408 页。

徐懋庸的最后一封信，两年多的时间里，两人通信不曾中断，《鲁迅全集》中收录的鲁迅致徐懋庸信件就共计 45 封，这是比较频繁的联系。鲁迅确实将徐懋庸视作"是一个努力上进的青年，可以培养的，对我期望颇殷，爱护甚深"①。他劝告徐懋庸自己读书，自己投稿，找可靠的书局出版译著，不要跳到"泥塘"里面去，也对徐懋庸每年尚有译著出版写有不少杂文而颇为赞许，并为徐懋庸的《打杂集》写了序，序言中鲁迅肯定和赞扬了徐懋庸的杂文创作："这些杂文的和现在切贴，而且生动，泼刺，有益，而且也能移人情。"②

泼辣生动地针砭时弊是徐懋庸杂文的特征，也正是"鲁迅风"的重要表征。《神奇的四川》是对四川的现实政治的揭露和批判。文章首先界定了四川的"神奇"，是在于四川的年过得特别快。具体的例证就是叶翔之对于四川的现实政治的调查，调查结果显示，四川各军征收的粮税，不仅附加加重，而且都已经预征到了六七十年之后，最恐怖的甚至已经预征在民国一百年以上。由此可见四川民众生活的艰辛和负重，政坛的黑暗更是令人触目惊心。作者不由得感叹："四川各军的预征粮税，据说在民五以后，自民五至今，已征到一百余年，这样加速度地下去，说不定在民国一百年之前预征到一千余年，'生年不满百，常怀千岁忧'，这两句诗，也可为四川农民咏了"，深刻犀利地批判了各路驻军的横征暴敛，并指出，这样的盘剥和搜刮，将必然导致"官逼民反，酿成民变"，或者金融崩溃军队瓦解。③《观绍兴戏有感》则从一出绍兴戏《高平关》生发开去，戏中的英雄高行周在"天数"面前，不得不将自己的必不可借的头"借"给了赵匡胤，显示了命定论在中国民间的力量，然而作者的意图还不是在批评命定论，而是对列国"租借"中国领土的行为的控诉："头是必不可借的，借去就不成其为人；同样，土地也是必不可借的，借去就不成其为国。然而，借头的人竟会有，借土地的人竟也有，同是《三国演义》上的'借荆州'，也许出于小说家的渲染，而中国各地的'租借地'，则明明是事实。"④徐懋庸文章的用心还是在现实层面上，他自己曾说过："我写杂文，本来是批判国民党统治下的黑暗现状的居多。"⑤这个"黑暗现状"的范畴是开阔的，可以是政治、风俗、民众心理、文艺思想等诸多领域。如

---

①徐懋庸：《我和鲁迅的关系的始末》，鲁迅博物馆等选编：《鲁迅回忆录》（中册散篇），北京出版社 1999 年，第 969 页。

②鲁迅：《徐懋庸作〈打杂集〉序》，《鲁迅全集》第 6 卷，人民文学出版社 2005 年，第 301 页。

③徐懋庸：《神奇的四川》，《徐懋庸杂文集》，生活·读书·新知三联书店 1983 年，第 153－155 页。

④徐懋庸：《观绍兴戏有感》，《徐懋庸杂文集》，生活·读书·新知三联书店 1983 年，第 36 页。

⑤徐懋庸：《徐懋庸回忆录》，人民文学出版社 1982 年，第 69 页。

《七月十四》从"上海的法国民主纪念节,特别热闹"起笔,作者指出,黄脸的人是特别爱赶热闹的,一九三四年七月十四日的上海是热闹的,一百四十五年前的七月十四号的巴黎,是更热闹的,"然而这两种热闹有怎样的不同呢! 一百四十五年前的巴黎的七月十四日,法兰西的暴徒摧毁了代表法兰西的封建政治的巴士提尔堡垒,一百四十五年后的同日,法兰西的在上海的统治者,使得被统治的黄脸的人儿'纵情陶醉,得意忘形'。巴黎的短裤党所创造的七月十四日革命纪念,被法兰西的资产阶级所变质,命令'普天同庆',拥护法兰西共和国于万岁,于是连黄脸的人儿也在灯彩下面凑热闹。这是多么'幽默'的一回事啊! 然而,上海的黄脸的人儿们所善于凑的,似乎只有这一种热闹而已"。[①] 一百五十多年过去了,法国革命的气质在法兰西资产阶级这里已经变质,他们曾经推翻过封建政治,然而,现在已经成了上海的统治者,他们的庆祝本身已经变了味。而被统治的黄脸的人儿,也是一贯的爱凑热闹,不管怎样的热闹,他们都是要去赶的,正如鲁迅笔下那无处不在的"看客"。文章既是对法国资产阶级的批判,也是对麻木的国人的批判。文章的犀利深刻自不待言,也很好地达成了杂文对社会有用的目的。而且,在行文上,在文章的建构方式上,也与鲁迅的杂文有相通之处。鲁迅总是用形象化的议论来完成他的社会批评和文明批评,他从雷峰塔的倒掉中引出了我们民族灵魂上的弱点,也从梅兰芳男扮女装的照相里挖掘出国人的病态心理和病态审美,等等。徐懋庸的酣畅淋漓的批判和讽刺也常常建立在具体的事件当中,如前述从法兰西的纪念日引出对民众的麻木愚昧的批判;以《高平关》这出绍兴戏为切入点,表达的是对列强"租借"中国领土的侵略行为的不满;《桥头三阿爹们的言论》借助于"对于世间的一切,一律加以嘲笑"的"桥头三阿爹"形象的建构,申明桥头三阿爹们的言论其实就是泼冷水,这泼冷水"也确实是杀人不见血的软刀子,因为它使人神经过敏,使人主张无定,使人勇气消失",而当时的不少幽默文学作家,其实就是"桥头三阿爹[②]";《一个笑话的写法》也是从胡适《三论信心与反省》一文中所引的一则笑话写开去的。这样的文章思路或者说论证的方法,徐懋庸将之概括为:"小品文虽从小处落笔,却是着眼在大处的[③],以小见大,从看似平常的事物中推导和发现深藏的内涵,行文相对比较隐晦曲折。这是一种文章的写法,也是作者的格局。

---

①徐懋庸:《七月十四》,《徐懋庸杂文集》,生活·读书·新知三联书店 1983 年,第 149－152 页。

②徐懋庸:《桥头三阿爹们的言论》,《徐懋庸杂文集》,生活·读书·新知三联书店 1983 年,第 156－158 页。

③徐懋庸:《大处入手——为太白社〈小品与漫画〉特辑作》,《徐懋庸杂文集》,生活·读书·新知三联书店 1983 年,第 211 页。

徐懋庸是自觉在创作上追随鲁迅的杂文作者,模仿鲁迅的行文方式,以深刻犀利的文字批判现实与文化,讲究文章的战斗性与艺术性。他也倾心于杂文的写作,"我之所以不管人们轻蔑,自顾做我的'杂文'就是因为相信在现在这个时代中,'杂文'对于社会实在很有点用处。……所以《人间世》要我做'闲适'的文章,我就做不出"①。这种对杂文写作的执着不仅见于30年代的创作中,进入到50年代之后,徐懋庸再次进入了创作上的丰收期,尽管他感慨:"二十年来社会变化很大,而鲁迅先生又不在了,这也是快乐而酸辛的"②,语境的改变并没有使徐懋庸从杂文走向闲适小品,《小品文的新危机》《关于杂文的通信》等文章预示着他在新中国成立以后对鲁迅杂文传统的延续,依然辛辣深刻,有着斗争的锋芒,具有鲁迅风,而不仅仅是对鲁迅杂文的形式模仿。

与徐懋庸并称为30年代杂文"双璧"的浙江镇海作家唐弢,同样属于鲁迅风的谱系。碰巧的是,唐弢和鲁迅的第一次见面,跟徐懋庸一样,也是在黎烈文邀集的《申报·自由谈》撰稿人聚餐会上(1934年1月6日)。对此次会面,唐弢在《琐忆》《记鲁迅先生》《第一次会见鲁迅先生》等文章中都有记录。"一个偶然的机缘,我却不期而遇地晤见了鲁迅先生,互通姓名之后,鲁迅先生接着说:'唐先生写文章,我替你在挨骂哩。'……鲁迅先生看出我的窘态,连忙掉转话头,亲切地问:'你真个姓唐吗?''真个姓唐。'我说。'哦,哦,'他看定我,似乎十分高兴,'我也姓过一回唐的。'说着,就呵呵大笑起来。"③鲁迅替唐弢挨骂的原因是两人都在《申报·自由谈》上发表文章,正如林语堂将"徐懋庸"误认为是鲁迅的笔名一样,也有人将"唐弢"误认为是鲁迅的笔名,将唐弢的《好现象》《新脸谱》《著作生活与奴隶》等篇章,认定为是鲁迅的作品而加以围攻,"那些所谓'看文章专用嗅觉'的文豪们……在我的文章里嗅到了一点异端气,却向鲁迅先生'呜呜不已'……表面上是围剿我,骨子里却暗暗地指着鲁迅先生……为了避免使别人蒙不白之冤,我就用了一个比较固定的笔名,但有人说:这也是鲁迅。直到如今,施蛰存先生还不肯相信天地间有我这么一个人存在。"④这种误认,也恰恰说明了唐弢在文风上与鲁迅的接近,几可乱真。而且,唐弢也是被纳入"鲁门弟子"的行列当中的。尽管唐弢自己认为他没有听过鲁迅的课,"没有资格充当鲁迅先生的学生",然而也承认确实受教于鲁迅先生,"我是专诚向他请教,他也是

①徐懋庸:《作者自记》,《徐懋庸杂文集》,生活·读书·新知三联书店1983年,第128—129页。

②徐懋庸:《我的杂文的过去和现在》,《徐懋庸杂文集》,生活·读书·新知三联书店1983年,第571页。

③唐弢:《琐忆》,《唐弢文集》第6卷,社会科学文献出版社1995年,第75页。

④唐弢:《记鲁迅先生》,《唐弢文集》第6卷,社会科学文献出版社1995年,第13—14页。

直接对我作答的"①,学业、生活上的疑惑,都曾得到鲁迅的指点,也由此而改变了唐弢的人生和写作,"直等读了鲁迅先生的文章,得到和先生通信的机缘,以至面领先生的教诲以后,这才渐渐地使内心充实起来……这以后,我的匕首和投枪,就有了较为明确的目标"②。所以,唐弢是"鲁门弟子",是鲁迅风的传承者,是不错的。

　　唐弢的杂文追寻的是鲁迅一般的尖锐锋利,虽然他自认为没有刻意地模仿鲁迅,但在借一点历史和现实的因由,生发为对旧文化的抨击和对现实的针砭这样的写作策略上,又可以明显地触摸到鲁迅的风骨。他的杂文是"凌厉削拔,富于战斗性的"③,也是从容舒展,曲折迂回的。被贴上鲁迅标签的《好现象》一文,从全国运动会有黑、吉、辽三省运动健儿参加这一"好现象",说到国难日益深重而好现象也日益增多:"大约是国难开始的时候罢,租界里的华人们也颇曾热闹过一番:跑到十几层大厦,朝着东北,高喊:杀,杀,杀! 这是救国,是好现象。商店的门前贴上一张'本号誓不买卖仇货'的纸条儿;杂志刊物上登几篇关于日本的文章;学生们三三两两去躺在火车轨道上。 一会儿开会讨论,通电出兵,好不热闹。为的是要救国,谁敢说不是好现象。"这些所谓的"好现象",实质上也只是救国的"表演"而已。然而就两年的时间,即使连这样"热闹"的"好现象"也逐渐地消失了,商店门口的纸条换成了"国货大甩卖"的旗帜,关于日本的文章已经不大能够看见,卧轨的学生已经分化,革命的革命,做官的做官。面对这样的现实,文章用自问自答的方式给出了答案:"这些究竟怎么了呢? 曰:'是救国,是呐喊后的实行,是好现象紧接着好现象。'"④整篇文章从现实中的一个普通事件入手,落脚在对社会痼弊的揭露上,情感内蕴不张扬,用语节制,而又字字反语,将对现实的批判迂回曲折地表达了出来。《丑》则从"当代丑角大王"叶盛章到上海开始入题,似乎是在讨论中国戏曲的丑角艺术是有限地听从主子的指挥和一本正经地插科打诨,其妙处在于不动声色,不留痕迹,无需解释说明人们一看就能明白。文章的重心却从有形的戏台上的丑角延伸到戏台之外的各种丑角,如文中所列举的"日汪条约"签订后立马公布的"中日'满'三国共同宣言",一面声称"互相尊重其主权及领土",一面占领着中国的东北三省,并宣布"我们"从前、现在和将来都是"同胞"。这完全符合丑角的技艺,"说得多

---

　　①唐弢:《鲁迅先生》,刘纳编:《唐弢散文选集》,百花文艺出版社 2009 年,第 162 页。

　　②唐弢:《记鲁迅先生》,《唐弢文集》第 6 卷,社会科学文献出版社 1995 年,第 13 页。

　　③唐弢:《答〈文艺知识〉编者问(关于散文写作)》,《唐弢文集》第 2 卷,社会科学文献出版社 1995 年,第 379 页。

　　④唐弢:《好现象》,《唐弢文集》第 1 卷,社会科学文献出版社 1995 年,第 39—40 页。

么正经,然而又何等滑稽! 倘不是出色的丑角,我想,决不会有这拿手的插科的"。① 全文没有直接的情感宣泄和直白的谴责,然而作者的批判态度又是明显呈现的。《从"抓周"说起》《宫刑及其他》《明枪和暗箭》等篇章也都从历史和现实中截取因由,以达成对现实的针砭。这就是唐弢杂文的风格,有着热烈的情感和犀利的态度,但这情感和态度不是一泻而下的,而是通过杂文形象的建构从容曲折地表达出来,这样的风格流贯在唐弢的文字之中,是鲁迅风的明显延续。

然而唐弢也明确表达,鲁迅是要好好学习的,"不过要学的是鲁迅的精神,……精神一致,花式多样,不能斤斤于形骸的相似。人应该有他自己,文学艺术更不能没有自己的个性与创造,这种个性与创造正是一个民族艺术风格成长和发展的因素。如果千篇一律,并无不同,我写的也就是鲁迅写的,那么,天地间又何贵乎有我这个人,何贵乎有我的这些文章呢?"②学习鲁迅的抗争、战斗精神,但不拘泥于鲁迅杂文的形式,在杂文创作中追求个人的个性与风格。在这样的观念之下,唐弢杂文"讲究艺术表现的方法与手段……也曾作过种种尝试:意境也,韵味也,格调也,旋律也,气氛也,色彩也,一个都不放过"③,于是,他的杂文就呈现出较为浓郁的诗意和艺术化特征。当然鲁迅的杂文也是富有诗意的,在诗意的大前提下,鲁迅和唐弢都讲究杂文的技法,"鲁迅的杂文之具有诗意美,不仅在于它能以物感人,以情动人,还在于它有浓厚的诗趣:善于运用笑的艺术,在风趣、诙谐的笔墨中,把文字写得摇曳多姿,趣味横生"。④ 以物感人、以情动人、风趣幽默的笔墨是鲁迅杂文诗意美的重要途径,然而唐弢尝试的是"意境""韵味""格调"等等,"常注意于作品里的环境的制造:在百忙中插入闲笔,在激动的前面布置一个悄静的境界"⑤,这些尝试也就意味着唐弢逐渐形成了区别于鲁迅的个人风格。《释放四题·奴才见识》是对将释放政治犯作为一种恩典的当局、以及将政治犯诬为"反动派"并呼吁将之处以极刑的奴才们的抨击。文章的开头却是一段很诗意的文字:"四周的声音已经静寂,夜是渐渐地深了。听窗外,又潇潇地下起雨来,而且还吹着风,坐在当窗的地方,居然有了一

---

①唐弢:《丑》,《唐弢文集》第 2 卷,社会科学文献出版社 1995 年,第 265—267 页。

②唐弢:《我与杂文——〈唐弢杂文集〉代序》,《唐弢文集》第 5 卷,社会科学文献出版社1995 年,第 128 页。

③唐弢:《我与杂文——〈唐弢杂文集〉代序》,《唐弢文集》第 5 卷,社会科学文献出版社1995 年,第 131 页。

④王嘉良:《论鲁迅杂文的诗意美》,《江海学刊》1984 年第 5 期。

⑤唐弢:《我与杂文——〈唐弢杂文集〉代序》,《唐弢文集》第 5 卷,社会科学文献出版社1995 年,第 131 页。

点凄冷的感觉,我猛的想到:现在已经是秋天了。"①由凄冷的秋天谈到民国以前的"秋决",引出释放政治犯的事件和言论,最终要表达的意思是:政治犯是"不安于做奴隶的人们",释放他们不是恩典,而是需要,也应该是无条件的。于是,这段诗意的文字不仅是全文的起点,也使作者的情感自然地进入到了文本之中,看似闲笔,实际上却建构起了全文的气氛和环境,并增强了文章批判的力量,也与作者"杂文之所以异于一般的短评,就因为前者是文艺的"②观念相符。在唐弢的杂文中,这样诗意的句子或段落经常会从犀利的议论的间隙里流淌出来,比如"不料又到了冷冷的细雨的夜里。人们都睡熟,连狗声也在疏落下去。我拈着一息的烟火,遥萦着远天的峰烟,说不出是亢奋还是悲哀,我的心象一颗冰冻的火球,盘旋于广漠的空际"③;"谣言也真像是爬天的云梯。然而却又是奴隶们的粮食"④;等等。诗一般的语言与深刻的议论相互生发相互映照,使唐弢的战斗性杂文凸显出艺术的感染力,在"鲁迅风"的总的维度之下,又促成了唐弢杂文的艺术个性。

唐弢曾说:"我的杂文,以'孤岛'时期为最多,短兵相接,不容或懈,真切地感到发挥了杂文的匕首的作用。"⑤30年代尤其是孤岛时期,确实是鲁迅风颇为盛行的时代,唐弢之外,柯灵、王任叔、文载道(金性尧)、曹聚仁、孔另境、周黎庵等浙籍作家,几乎构成了30年代鲁迅风杂文的主力。绍兴的柯灵,用笔看似散漫随意、涉笔成趣,实则尖锐深刻,以对文化、社会的批判而表露出鲜明的战斗锋芒。《猎人与鹰犬》将租界的"华捕"比作"鹰犬",指责他们在肆意屠杀中国民众的时候俨然已经忘记了自己是中国人,认为要扫荡中国的血痕,也必须扫清某些同胞头脑里的奴隶性;《招牌文化》是对投机商人以及文人借招牌以行骗的行径的批评;《看热闹》《凑热闹》的"闲人之多,直到上海沦陷,日军'胜利大游行'的时候,也还呈着'观者塞途'的奇景"⑥;等等。文章总是能直抵事情的本质,发现问题的真相,在抓住要害之中给予贬斥。这样的文风的形成,柯灵承认是源自于鲁迅:"我这路笔墨的形成,是受鲁迅杂文熏陶的结果。……我曾说

---

① 唐弢:《释放四题·奴才见识》,《唐弢文集》第1卷,社会科学文献出版社1995年,第361页。

②唐弢:《我与杂文——〈唐弢杂文集〉代序》,《唐弢文集》第5卷,社会科学文献出版社1995年,第130页。

③唐弢:《株连草》,《唐弢文集》第2卷,社会科学文献出版社1995年,第165页。

④唐弢:《谣言种种》,《唐弢文集》第1卷,社会科学文献出版社1995年,第372页。

⑤唐弢:《我与杂文——〈唐弢杂文集〉代序》,《唐弢文集》第5卷,社会科学文献出版社1995年,第129页。

⑥柯灵:《〈横眉集〉后记》,《柯灵文集》第2卷,文汇出版社2001年,第10页。

'生平有一件铭记不忘的事,是我开始接触新文艺时,有幸读了鲁迅先生的作品,由此看到了一颗崇高的、战斗的心灵,开始懂得人世的爱和憎。'在我艰辛的人生探险中,鲁迅先生是我最早不相识的向导。"①奉化的王任叔自称"谈狐说鬼的'冲淡'得要命的杂文是写不出来的"②,确实,他的《略论刺激性》《论私交之类》《不必自杀》等文章,无论是谈论时弊还是参与论战,都写得痛快淋漓,有着一种泼辣犀利之气。浦江的曹聚仁、桐乡的孔另境和茅盾、定海的文载道、镇海的周黎庵、杭州的夏衍、富阳的郁达夫、海宁的宋云彬等杂文作家,虽然在创作上各有特色,各具个性,但也都承续了鲁迅的风格,成为"鲁迅风"谱系中的重要作家。因此可以说,鲁迅所开创的"鲁迅风",在浙籍作家这里,有着一条清晰的承传脉络。

2. 中国文学地理版图中的"鲁迅风"

"鲁迅风"在越地作家以及浙籍作家的共同努力下流转于中国的现代文坛,成为中国现代散文的重要收获之一。但是"鲁迅风"又不仅仅是浙江的,尽管浙江以鲁迅为核心的作家群体是"鲁迅风"的主体力量,然而浙江之外的"鲁迅风"作家的光芒依然是闪亮的,这也使"鲁迅风"从浙江这一地域延伸到了中国的版图之中,超越地域性成为中国文学的一种重要潮流和风格。

江苏的瞿秋白在 30 年代的杂文作家中与鲁迅是颇为接近的。他因为《〈鲁迅杂感选集〉序言》而显示了其在鲁迅杂文研究中的重要价值,"杂感这种文体,将要因为鲁迅而变成文艺性的论文(阜利通——feuilleton)的代名词"③,成为后世鲁迅杂文研究中的常见引文,透示出的正是瞿秋白对鲁迅杂文的深度理解和对杂文文体的精准认识,也是一个杂文作家的认识和体悟。作为杂文家的瞿秋白,创作起步于 20 年代,他的明白晓畅、富有战斗力量的杂文曾获得过鲁迅的赞赏,称其"尖锐,明白,'真有才华'",但"深刻性不够、少含蓄、第二遍读起来就有'一览无余'的感觉"④。真正的成熟应该是在与鲁迅交往之后,尤其是 1932年、1933 年曾经三次避难于鲁迅家,与鲁迅的接触更为亲近与深入,鲁迅也将瞿秋白引为知己,在得知瞿秋白遇害后,多次表达惋惜之情:"这在文化上的损失,真是无可比喻"⑤,"译这类文章,能如史铁儿(史铁儿是瞿秋白的笔名——笔者

---

①柯灵:《〈柯灵杂文集〉序》,《柯灵文集》第 2 卷,文汇出版社 2001 年,第 61—62 页。

②王任叔:《关于〈边鼓集〉》,孔另境等著:《横眉集》(影印本),上海书店 1985 年,第 78 页。

③瞿秋白:《〈鲁迅杂感选集〉序》,《瞿秋白文选》,四川文艺出版社 2010 年,第 177 页。

④冯雪峰:《回忆鲁迅》,《冯雪峰忆鲁迅》,河北教育出版社 2001 年,第 74 页。

⑤鲁迅:《350522 致曹靖华》,《鲁迅全集》第 13 卷,人民文学出版社 2005 年,第 462 页。

注)之清楚者,中国尚无第二人,单是为此,就觉得他死得可惜"。① 又亲自编选瞿秋白的译文为《海外述林》出版以示纪念。鲁迅与瞿秋白,可谓是相知相惜。而从杂文创作一隅而言,尤被传为佳话的是两人的合作,《王道诗话》《曲的解放》《迎头经》《关于女人》等十几篇杂文,是由瞿秋白执笔又以鲁迅曾经用过的笔名发表的。许广平在多年后这样回忆:"这些文章,大抵是秋白同志这样创作的:在他和鲁迅见面的时候,就把他想到的腹稿讲出来,经过两人交换意见,有时修改补充或变换内容,然后由他执笔写出。……鲁迅看后,每每无限惊叹于他的文情并茂的新作是那么精美无伦。"②杂文是出自两位作家的共同思考和理性讨论,有着明显的鲁迅风味,也几乎代了瞿秋白杂文的最高水准。

　　《人才易得》用到了两个形象"刘姥姥"和"老鸨婆",来讥刺吴稚晖和汪精卫。在四一二反革命政变中,作为"智识阶级的吴稚晖忽然会大发其杀人狂"③,瞿秋白将吴稚晖的此种"对着手无寸铁或者已经缴械的小百姓,大喊'杀,杀,杀'"的行径,称作为是《大观园》里的压轴戏"刘姥姥骂山门",是"老气横秋的大'放'一通,直到裤子后穿而后止",这无疑是"一个人才";现在时世不同,代替刘姥姥压轴的是"丰韵犹存,虽在卖人,还兼自卖"的老鸨婆,一边卖人和自卖,一边又一把鼻涕一把眼泪地哭诉"我不入火坑,谁入火坑",压轴戏换成了"似战似和,又战又和,不降不守,亦降亦守",直接指向将抗战喻为"跳火坑"的卖国投敌的汪精卫。④ 文章形象生动,笔墨酣畅辛辣,似乎明白晓畅又耐人寻味。《王道诗话》是从胡适的人权论集序中所引的鹦鹉救火的故事来驳斥胡适的"人权论"和"政府权",抓住的正是胡博士观点上的要害之处,能一击制敌。这样的杂文的写法,是属于鲁迅风的。当然,瞿秋白的杂文又有着自己的个性,否则也不会被鲁迅誉为"文情并茂""精美无伦"。他文思敏捷思想深邃,总是能从历史典故、文学形象等之中找到历史和现实的扭结点,就如吴稚晖的大喊杀人与刘姥姥的骂山门;宣扬"君子远庖厨"的孟子与"人权论"的胡适等等,在纵横捭阖中将批判引向深入。杂文的形式又是多样的,《王道诗话》借用的是"诗话"的体式,文章最终以诗作结,是诗和杂文的相互结合和映照;《曲的解放》采用杂剧的形式来建构杂文;《迎头经》用的"传"的格式;等等。由此可见写法的多元与丰富。这使瞿秋白的杂文打上了个人的鲜明印记。

---

①鲁迅:《361015 致曹白》,《鲁迅全集》第 14 卷,人民文学出版社 2005 年,第 168 页。

②许广平:《瞿秋白与鲁迅》,《鲁迅回忆录》,作家出版社 1961 年,第 128 页。

③周作人:《怎么说才好》,《周作人散文全集》第 5 卷,广西师范大学出版社 2009 年,第 320 页。

④瞿秋白:《人才易得》,《瞿秋白文选》,四川文艺出版社 2010 年,第 162—163 页。

　　平生转辗多地的湖北籍作家聂绀弩，也在 1934 年与鲁迅结识，从此开始追随鲁迅。虽然他的创作涉及小说、诗歌等多重领域，但影响最大贯穿一生的还是杂文，并以其继承中有新变的创作，成为鲁迅风谱系中一个标志性的作家。40 年代和聂绀弩在桂林一起创办《野草》杂志的夏衍，曾经对聂绀弩有过这样的评价："绀弩的杂文成就是很高的。当年在《申报·自由谈》上，有两个人的杂文写得很像鲁迅，可以乱真，一位是唐弢，一位就是绀弩；唐弢是刻意学鲁。绀弩是随意而为之。……鲁迅以后杂文写得最好的，当推绀弩为第一人。"①可以乱真的作品自然就属于鲁迅风脉络之中，而鲁迅之后"写得最好"的界定，又将聂绀弩杂文的价值标示出来。确实，无论是形象化的说理、抓住要害的致命一击、论证的逻辑性、对现实和文化的抨击和批判以及见解的深刻和犀利等等，都打上了明显的鲁迅印记。如《我若为王》对封建王权以及王权覆盖下的奴性的激烈批判："生活在奴才们中间，作奴才们的首领，我将引为生平的最大耻辱，最大的悲哀。我将变成一个暴君，或者反而正是明君：我将把我的臣民一齐杀死，连同尊长和师友，不准一个奴种留在人间。"②《蛇与塔》里认为导致雷峰塔倒掉的百姓的偷砖行为，其实是出自百姓对白蛇的同情，"天乎冤哉，刚刚把偷砖者的本意忘掉了！本意如何？曰：要塔倒，要白蛇恢复自由。愚民百姓也自有愚民百姓的方法和力量"。③百姓用自己的方式和力量来帮助有人性有人情的白蛇获得自由。《历史的奥秘》是对以汪精卫为代表的国民党投降派的讽刺："它们将永远作为人类史上的污点而存在。"④这样激情而犀利的文字，在聂绀弩的杂文当中并不是独立的存在，由此也可以清晰地感受到聂绀弩杂文的斗争性，孙郁就认为："聂绀弩的文字带有血性，没有孱弱的样子，是热风的喷吐，以炽热的光照着周边的世界。这种行文，趋于斗士的风格"⑤，有着鲁迅般的尖锐和锋利。

　　然而聂绀弩又是一个落拓不羁的"狂狷之士"，他承认"我就是学习乃至仿效鲁迅的杂文的一个……曾经爱好、学习、甚至模仿鲁迅的杂文"⑥，同时也强调："无论内容和形式，其不会相像，毫无是处，相隔十万八千里……我的杂文和鲁迅的杂文如此不同，相去如此之远。……所以我的杂文，只是我的杂文，与鲁

---

　　①夏衍：《绀弩还活着》，《随笔》编辑部编选：《〈随笔〉三十年精选》（中），花城出版社 2009年，第 92—93 页。

　　②聂绀弩：《我若为王》，《聂绀弩全集》第 1 卷，武汉出版社 2004 年，第 388 页。

　　③聂绀弩：《蛇与塔》，《聂绀弩全集》第 1 卷，武汉出版社 2004 年，第 2 页。

　　④聂绀弩：《历史的奥秘》，《聂绀弩全集》第 1 卷，武汉出版社 2004 年，第 59 页。

　　⑤孙郁：《聂绀弩的"鲁迅体"》，《天涯》2017 年第 1 期。

　　⑥聂绀弩：《〈聂绀弩杂文集〉序》，《聂绀弩全集》第 4 卷，武汉出版社 2004 年，第 70 页。

迅的杂文扳附不上。"①聂绀弩的杂文确实在洒脱不羁汪洋恣肆上有他的独特表现。夏衍说聂绀弩的学习鲁迅是"随意而为之",应该也是这样的意思,即"他写杂文不拘一格,不陷于一个程式,绝对不八股,真是多彩多姿。"②确实是知人之语。如著名的《韩康的药店》,文章的触发点是桂林著名的生活书店被查封,而且还在原址开设了一家国防书店,愤慨之余,聂绀弩写下此文。有意思的是,这篇杂文将汉朝的真实人物韩康与《金瓶梅》中虚构的西门庆并置到了同一空间之中,并用小说的笔法虚构出一个故事。故事里的韩康老实巴交,开设的药店因卖真药、定价便宜、钱款可以拖欠等,常常门口穿进涌出人山人海。而西门庆的药店则"说真方卖假药"生意自然清淡门可罗雀。于是西门庆强行顶下了韩康的药店以及招牌,然而当他将老店的药材都搬到新店之后,生意又冷落下去,韩康新开的药店则又借着他的"货真,价廉,可以拖欠"而人山人海,西门庆又强行顶下了韩康的药店,如此一而再再而三,西门庆霸占了韩康开在十字街、东街、南街、西街、北街的五处药店,结果都是门庭冷落。文章没有剑拔弩张地去张扬现实批判锋芒,但是其战斗锋芒,尖锐的讽刺又通过小说的场景和情节建构含蓄地表达出来。《怎样做母亲》,标题明显地表达了此文是从鲁迅的《我们现在怎样做父亲》翻出来的话题,也同样是从鲁迅杂文的"立人"维度展开。文章提出,相对而言,家庭中的父亲比较有见识,有理智,眼光远大,在家的时间又少些,所以"父严"倒不可怕,"母严"才是最倒霉的,它在家庭里的渗透无微不至,并极大地影响了孩子的性格,在母亲的鸡毛帚教育之下,孩子常常会缺乏热情、懦弱、畏缩、自我否定等等。文章的独特之处在于从自己6岁时被母亲屈打成招等等回忆中徐徐道来,带着叙事抒情的气质,但又不仅仅是现身说法,文章挖掘出的是母亲打孩子的心理、现实和文化根源:"中国的妇女受的压迫太厉害,生活太枯燥,活动范围太狭窄,知识水准太低。这都会使人变成度量窄小,急于找寻发泄郁闷的对象的。而这对象,在家庭里,除了锅盘碗盏,鸡犬牛羊之外,也实在只有孩子们了。"而且还从一个家庭的鸡毛帚教育论及到了国家的治理:"中国的社会也真怪,……家是靠母亲的鸡毛帚齐的,学校是靠老师的板子办的。'国'或'天下'的治平,恐怕也靠着扩而充之的鸡毛帚和板子。人生在这样的社会里头,就会一天到晚,'如临深渊,如履薄冰'。"③既有深刻的批判,又是从容叙述而来,带着回忆叙事散文的笔法。聂绀弩在杂文形式上的创新也获得

①聂绀弩:《〈聂绀弩杂文集〉序》,《聂绀弩全集》第4卷,武汉出版社2004年,第70页。
②夏衍:《绀弩还活着》,《随笔》编辑部编选:《〈随笔〉三十年精选》(中),花城出版社2009年,第93页。
③聂绀弩:《怎样做母亲》,《聂绀弩全集》第1卷,武汉出版社2004年,第12—15页。

了杂文史家们的肯定:"除了常见的以驳论和立论为主的常规杂文格式和写法外,还有鲁迅《故事新编》式的,如《韩康的药店》、《鬼谷子》;有虚拟、幻想和寓言式的写法的,如《残缺国》、《我若为王》、《兔先生的发言》;有创造带象征性的美好形象的,如《圣母》、《巨象》;有类似鲁迅说的'贬锢弊常取类型'的,如《阔人礼赞》、《魔鬼的括弧》;有像鲁迅的《朝花夕拾》那样,在回忆融进抒情和议论的,如《怎样做母亲》、《离人散记》、《怀〈曲子〉》;也有对古典小说的'古为今用'、'推陈出新'的,如关于《封神演义》的一些杂文;也有以简约、浓缩、跳跃的语句写成的格言警句式的杂文。"①聂绀弩的杂文洒脱不拘,文体内部自由切换,随意打通,使杂文这一文体走向了艺术样态的多样化。这样的杂文其实还是对鲁迅杂文观念的承传和发展,聂绀弩曾说:"鲁迅曾经说过,他文章的分类是不严格的,他把小说以外都算做杂文了,于是杂文的概念便很宽,甚至跟小说都没有截然的界线。"②由此可见,杂文之"杂"不仅在内容,也在杂文创作形式上的自由和驳杂。杂文为"大自由主义者"聂绀弩提供了纵横捭阖、自由挥洒的开阔语境。

周木斋是鲁迅风谱系中与鲁迅关系比较特殊的一位。这位江苏籍的作家与鲁迅先是有笔墨上的交锋,互相诘难过,后又冰释前嫌。这交锋主要是两次,一次是1933年周木斋的《骂人与自骂》一文,谴责北平学生在日本入侵之后的顾自逃难:"最近日军侵占榆关,北平的大学生竟至要求提前放假,所愿未遂,于是纷纷自动离校。敌人未到,闻风远逸,这是绝顶离奇的了……论理日军侵榆……即使不能赴难,最低最低的限度也不应逃难。"③由此引发鲁迅的诘难,写了《论"赴难"和"逃难"》《逃的辩护》等多篇文章加以批评。一次是周木斋发表《第四种人》对鲁迅以"何家干"为笔名发表的《文人无文》提出质疑,尤其是文中的"听说'何家干'就是鲁迅先生的笔名"一句,最让鲁迅不满,认为这是一种"揭露"行为。这两次交锋也使周木斋其人其文在中国文坛上的评价比较复杂。实际上,交锋双方早已经握手言和,"鲁迅的确有点误会,认为'周木斋'乃是某君的化名,意在讽刺'鲁迅'。后来,我告诉鲁迅,周木斋另有其人,并非'化名';那段杂文,只是主张一个作家着重在'作',并无讽刺之意。过了一些日子,鲁迅在我家中吃饭,周木斋也在座,相见倾谈,彼此释然了。"④鲁迅先生不计前嫌,多次"对木斋表示赞扬"⑤;周木斋也多次表达:"鲁迅先生真正伟大"⑥,"'五四'运动

---

① 姚春树、袁勇麟:《20世纪中国杂文史》(上册),福建教育出版社1997年,第484页。

② 聂绀弩:《关于"杂文"文体的通信》,《杂文选刊》2001年第1期。

③ 周木斋:《骂人与自骂》,《涛声》第2卷第4期,1933年1月21日。

④ 曹聚仁:《史料述评》,《文坛五十年续集》,新文化出版社1973年,第380页。

⑤ 唐弢:《鲁迅和周木斋》,《消长新集》,海峡文艺出版社1985年,第221页。

⑥ 周木斋:《阿Q相》,《消长新集》,海峡文艺出版社1985年,第39页。

以来,杂文争取了发展的形势,鲁迅先生尤其得到质和量的最博大精深的成就,而成为杂文的象征"①,并写下了《鲁迅杂文集解题记》《鲁迅先生和中国文学》等多篇解读和评价鲁迅的文章,对杂文的"战斗性"的认同和提倡也使周木斋自觉地汇聚到了鲁迅风的旗下。

　　唐弢和柯灵在周木斋因病去世的 1941 年分别写了《悼木斋》和《伟大的寂寞》以悼念周木斋,在文章中,两人不约而同地用"落落寡合""沉默""寂寞"等词语来形容周木斋,柯灵甚至称其为"寂寞的战斗者"②,周木斋自己也承认:"我也就是漂泊于欺凌者群之间的一个,以沉默为反抗,日积月累,便酿成了一副戆脾气。"③沉默而反抗,可见在周木斋这里,沉默、寂寞、反抗是三位一体的,又对辩证法有着颇为精辟的研究,于是,"辩证癖和戆脾气的反映于文学,便是喜欢说理……重质,而不计文,实在有点野气"④,这就使周木斋的杂文在战斗性的底色上呈现出与唐弢、聂绀弩等不同的气质,即细密周到极富思辨性。《凌迟》是对汪精卫发表叛国艳电公开投降日本的行径的批判。文章说汪精卫一不如意就称病,这病自然是政治病,是卖弄风骚的心病,这一回的"出亡"同样也是出卖自己的丧心病狂,而且病根很深,是做行政院长时就已经种下的,虽然看不见,流毒和传染是一直在的。由此而想到《三国演义》里诸葛亮知道"火"是周瑜的病根所在,于是开出了"借东风"的药引子,周瑜的心病自然就痊愈了。然而同样是心病,周瑜是为抗曹,汪精卫是为"灭火",于是文章中淋漓尽致地鞭挞汪精卫:"出卖自己,出卖难友,出卖民众,汪精卫都出卖过了,现在更大出卖民族和国家,以至友邦英美法苏的友谊的援助,诚所谓大拍卖。"这样的行径一方面令人不齿,一方面也令人生疑,身居国民党副总裁的高位的汪精卫"干么还要通敌求降?"文章给出的答案是:"奴隶总管的心理,首先是'宁赠外寇,不给家奴'。"然而日机散发的汪精卫的艳电,是"经过检查的节录"。⑤ 全文有感而发,有着很强的批判性战斗性和思辨性,行文又颇为安详,是沉着冷静的解剖和分析。《"压宝"观止》《阿 Q 相》《算命看相者流》《乡原和董·吉诃德》等杂文,也都显示出精密周到的思辨性,常常能"以深刻的观察和严密的逻辑,对准要害,猛地一击,然后左一个理由,右一个理由,逐点分析,使对方腾挪不得"⑥,从而在杂文创

---

①周木斋:《重振杂文的关键》,《消长新集》,海峡文艺出版社 1985 年,第 210 页。

②柯灵:《伟大的寂寞》,周木斋:《消长新集》,海峡文艺出版社 1985 年,第 227 页。

③周木斋:《〈消长集〉前记》,《消长新集》,海峡文艺出版社 1985 年,第 99 页。

④周木斋:《〈消长集〉前记》,《消长新集》,海峡文艺出版社 1985 年,第 99 页。

⑤周木斋:《凌迟》,《消长新集》,海峡文艺出版社 1985 年,第 90—91 页。

⑥唐弢:《序》,周木斋:《消长新集》,海峡文艺出版社 1985 年,第 4—5 页。

作中形成了以周木斋为代表的"趋于思辨的,说理的""思辨性的杂文"的一脉①。

与周木斋相交颇厚的除了唐弢、曹聚仁等,还有一位就是陈子展,有别于周木斋的深沉,陈子展更多湖南人的率直,他和周木斋一样是"常有赤膊打仗,拼死拼活的文章"②的《涛声》杂志的重要撰稿人,也在《申报·自由谈》等刊物上发表"他声东击西、借古讽今的稿子"③,《正面文章反面看》《关于放屁文学》《短视非病说》等文章的出现自然将其纳入到了鲁迅风的范畴之中。陈子展的同乡徐诗荃(徐梵澄),是颇受鲁迅宠爱的青年作家,他们相识于 1928 年,之后交往密切,《鲁迅日记》中提及"诗荃来"或"得诗荃信"的文字多达三百余处,徐诗荃晚年也写有《星花旧影》专门回忆与鲁迅的交往。而且,徐诗荃的不少文字是由鲁迅代为转寄甚至誊抄后推荐到《申报·自由谈》等杂志发表的,这些文字"行文,又多有摹拟鲁迅的风格"④,《认真》一篇就是比较典范的代表。山东田仲济的杂文同样是鲁迅的追随,有着直面现实的深刻与辛辣,甚至写下了《送灶日随笔》《作文秘诀》等同题散文。江西的夏征农,上海的陆象贤、孔罗荪,安徽的丁易,广西的秦似,山东的孟超等等,也都有着鲁迅杂文风格承传上的发展。

因此,现代越地散文的"鲁迅风",有着明显的时空上的播散。时间上,唐弢、聂绀弩、巴人、田仲济等诸多作家的创作激情和成就都延续到了新中国成立以后,新时期以后的摩罗、余杰、何满子等的杂文也被视为是鲁迅谱系的承续。空间上,从越地扩散到了整个中国的地理空间。由此而呈现出了"鲁迅风"在时空上对中国文学的覆盖,在越地文化和传统散文滋养下形成的"鲁迅风",具有了超越地域的意义。尤其值得关注的是,"鲁迅风"的传承者,也常常不是单打独斗的,起初是自觉汇聚在鲁迅的周围,形成一种集体的力量。鲁迅去世之后,相通的创作诉求与艺术追求也使他们自然群集,最典型的例子是孤岛的"鲁迅风"和国统区的"野草"杂文流派,作家们创办《鲁迅风》和《野草》杂志,出版杂文的合集和丛书,形成了相对稳定的团体,也由此而以群体的集束性力量产生广泛而深远的影响。尤为可贵的是,"鲁迅风"的作家一方面模仿与学习鲁迅,一方面也并非"只会守成,不求发展,只知模仿,忘却创造"⑤,而是努力追求自己的个性,正如鲁迅的杂文风格"是泼辣的,以示韧;是热烈的,以示爱;是从容的,以示理智;是讽刺的,以示抗争;是幽默的,以示生动,'给人以愉快和休息'"⑥,不

---

①卢豫冬:《跋》,周木斋:《消长新集》,海峡文艺出版社 1985 年,第 255 页。

②鲁迅:《祝〈涛声〉》,《鲁迅全集》第 4 卷,人民文学出版社 2005 年,第 462 页。

③唐弢:《序》,周木斋:《消长新集》,海峡文艺出版社 1985 年,第 3 页。

④孙波:《徐梵澄传》,崇文书局 2019 年,第 90 页。

⑤阿英:《守成与发展》,《阿英全集》第 5 卷,安徽教育出版社 2003 年,第 705 页。

⑥唐弢:《鲁迅的杂文》,《唐弢文集》第 7 卷,社会科学文献出版社 1995 年,第 136 页。

拘一格,样态丰富,唐弢、聂绀弩、周木斋、徐懋庸、王任叔、周黎庵等的创作也在"鲁迅风"的总纲之下有着个性化的创造,这其实也是"鲁迅风"能在 20 世纪的中国文坛传承的底气。

二、"启明风":"苦茶庵文脉"的流转

周作人散文自成流派并作为传统之一形成对中国散文的深远影响,"启明风"的追随者甚众,这是毫无疑问的。周氏四大弟子自然是"苦茶庵文脉"的中坚,诸多的现当代散文家也沿着周作人的足迹前行。台湾学者张堂锜曾提出白马湖作家群是周作人散文流派的一条支脉的观点,尽管有可商榷与遭质疑之处①,然而夏丏尊、丰子恺等散文中凸显的生活的艺术化、冲淡平和的文风,确实与周作人处在同一文章维度上。孙郁的《当代文学中的周作人传统》更是将张中行、钱钟书、黄裳、孙犁等等都纳入到了周作人的传统之中,显示出苦茶庵文脉从五四到当下的流动不息。当然,也有作家如黄裳对被"编入"到"周作人传统"提出质疑:"近来有研究者说,有一种异于'鲁迅传统'、'胡适传统'的所谓'周作人传统'存在。还开出一张文化人的大名单,说这批人都是浩浩荡荡地默默地沿着周作人的思路前进,看情形未免有点滑稽。名单包括老中青三辈人,其中有钱钟书与孙犁在,因为钱有《管锥篇》,孙有《书衣文录》,周有《知堂书话》,就觉得他们是走着同一条道路了。绝不顾及他们读的书是否相同,他们的研究方法、着眼所在是否一致,他们的文风有无差别。像这样匆遽地来作比较文学研究,可能有些欠思量吧。"②黄裳的质疑自然有其充分的个人理由,然而他在 40 年代的《读〈药堂语录〉》《读知堂文偶记》等文章中又充分表达了对周作人散文的喜爱,"几年来陆续买读知堂所著书,……总算起来,大大小小,已经有三十册左右了。每常翻读,觉得有一种乐趣。……自《看云集》《夜读抄》《苦茶随笔》《苦竹杂记》以次,直到《瓜豆集》《秉烛谈》,都为我所爱读。"③"这种记述儿时

①张堂锜认为白马湖作家群"和北方的语丝社的美文系统合流,形成以周作人为主的小品散文流派,因此,若从现代散文史宏观的角度来看,将其视为周作人散文流派的一翼比较适切"。朱晓江在《"白马湖作家群"研究中若干问题的考辨》一文中则认为这一观点"不妥",白马湖作家群散文风格的多样化以及对现实人生的关注思考使其自成特色。具体参看《中国现代文学研究丛刊》2009 年第 6 期。

②黄裳:《我的集外文》,《来燕榭文存》,生活·读书·新知三联书店 2009 年,第 151—152 页。

③黄裳:《读知堂文偶记》,《掌上烟云》,江苏文艺出版社 2018 年,第 130 页。

故乡琐事,加以微淡的情感,最为我所爱读"①,阅读顺理成章地影响到了写作,黄裳此时期发表在《古今》杂志上的文章确实有周作人文风的痕迹,甚至自认为"有意识地模仿鲁迅先生在《病后杂谈》、《题未定草》中用过的方法"所写的一些历史笔记,"在形式上却表现为抄古书"②,行文方式还是周作人的,80年代《榆下说书》又被钱钟书誉为是"深的苦茶庵法脉"③。因此,早在1982年唐弢就已经将黄裳纳入了周作人的传统之中,唐弢认为,学者散文,更确切地说是随笔性散文,"这方面的代表应推周作人……上海有个黄裳,他的散文是学者的散文,有考证,有闲谈,有读书札记,随手写来,娓娓动听,写得非常漂亮"。④ 当然,不仅黄裳,钱钟书、梁实秋等的学者散文,都是对周作人散文传统的承传与延续。那闲适趣味、平淡飘逸而又内蕴着人生的深沉感悟与理解的"启明风",是流转在中国散文的发展脉络中的。

周作人四大弟子中散文成就颇高的是废名与俞平伯。既然是弟子,三人之间的关系自然是亲厚的,尽管,周作人专门发文澄清非"弟子"而是"朋友"⑤,但是从他们的日记中可知,废名与俞平伯确实都是苦雨斋里的常客,"从1921年至1938年,他(俞平伯——笔者注)在北京的时候,每月总要去周宅数次,平均五六天一聚的。如上世纪30年代日记中,多有'进城谒苦雨斋'字样,所叙相聚之乐,非外人可知的"。⑥ 同在苦雨斋的文化圈中,创作上受到周作人的影响自然是顺理成章。周作人对废名与俞平伯的文学,也有着倾心的推重与赞赏,在选编《中国新文学大系·散文一集》时就分别收录了废名和俞平伯的6篇和5篇散文,并专门对废名的选文作了解释:"废名所作本来是小说,但是我看这可以当小品散文读,不,不但是可以,或者这样更觉得有意味亦未可知。今从《桥》中选取六则,《枣》中也有可取的文章,因为著作年月稍后,所以只好割爱了。"⑦

---

①黄裳:《读〈药堂语录〉》,《掌上烟云》,江苏文艺出版社2018年,第126页。

②黄裳:《读书生活杂忆》,《书海沧桑》,江苏文艺出版社2018年,第131页。

③黄裳:《故人书简——钱钟书》,《书之归去来》,湖北人民出版社1997年,第307页。

④唐弢:《从香港"中国现代文学研讨会"谈到我的一点看法》,《唐弢文集》第9卷,社会科学文献出版社1995年,第363页。

⑤周作人在1944年发表《文坛之分化》,专门澄清所谓的"四大弟子"之说:"世间传说我有四大弟子,此话绝对不确。俞平伯江绍原废名诸君虽然曾经听过我的讲义,至今也仍对我很是客气,但是在我只认作他们是朋友,说是后辈的朋友亦无不可,却不是弟子,因为各位的学问自有成就,我别无什么贡献,怎能以师自居。"《周作人散文全集》第9卷,广西师范大学出版社2009年,第162—163页。

⑥孙郁:《周作人左右》,贵州人民出版社2009年,第44页。

⑦周作人:《〈中国新文学大系散文一集〉导言》,《周作人散文全集》第6卷,广西师范大学出版社2009年,第732页。

周作人还几乎为废名的每一本重要的小说集写了序言或跋,对《莫须有先生传》《桥》等文本的评价甚高,可见其对废名的青睐。也有学者提出:"追随周氏的学生,在为文之道上,得了真传者,惟废名一人"①,虽是一家之言,却也是对废名深得周作文文脉真髓的肯定。俞平伯的《杂拌儿》《杂拌儿之二》《燕知草》等文集也是由周作人题序或者跋,对《燕知草》集亦有着不俗的评价,认为:"平伯这部小集是现今散文一派的代表,可以与张宗子的《文秕》(刻本改名《琅嬛文集》)相比,各占一个时代的地位。"②而周作人对废名和俞平伯的青睐的基石是理解,是懂得。周作人曾说:"据友人在河北某女校询问学生的结果,废名君的文章是第一名的难懂,而第二名乃是平伯。本来晦涩的原因普通有两种,即是思想之深奥或混乱,但也可以由于文体之简洁或奇僻生辣,我想现今所说的便是属于这一方面。"③废名和俞平伯散文内容的深奥和形式的奇僻确实造就了他们行文的"晦涩",但在周作人看来,晦涩本身就是优点:"他们的作品有时很难懂,而这难懂却正是他们的好处。同样用白话写文章,他们所写出来的,却另是一样,不像透明的水晶球,要看懂必须费些功夫才行。"④否则一清如水,没有余味,不够深厚,使散文流入空疏浮滑之途,这是周作人所不认同的,他强调散文要有涩味、耐读,理想的状态是涩味与简单味的并重。

因为这晦涩,废名与俞平伯的散文就显示出对苦茶庵文脉的承续,但是晦涩与"涩味与简单味"的并重,是不同的文风,周作人将废名与俞平伯归入到竟陵派的晦涩一脉,自己则自比为张岱,是融合了公安和竟陵的,显示出的正是周作人与废名俞平伯风格上的差异。然而,废名俞平伯晦涩文风所蕴含的文章态度,又是与周作人一脉相承的。刘绪源在《今文渊源》中说:"胡适是天生的老师,他面对广大的学生而谈;周作人则把学生以至民众都排除在外,他只写给自己的朋友看。……真正为自己而写——为朋友也正是为自己,朋友亦即所谓'知己'者——这才有可能保留作者完整的趣味和性灵。"⑤读者与作者因为趣味、性灵的差异而读不懂文章时,文章即为晦涩、难懂,而"知己"却懂得这晦涩,因为懂得,就能会心一笑,从而获得心灵的慰藉。周作人和废名、俞平伯,他们

①孙郁:《周作人左右》,贵州人民出版社2009年,第34页。

②周作人:《〈燕知草〉跋》,《周作人散文全集》第5卷,广西师范大学出版社2009年,第519页。

③周作人:《〈枣〉和〈桥〉的序》,《周作人散文全集》第5卷,广西师范大学出版社2009年,第765页。

④周作人:《中国新文学的源流》,《周作人散文全集》第6卷,广西师范大学出版社2009年,第71页。

⑤刘绪源:《今文渊源》,上海文艺出版社2011年,第78、80页。

的创作是给自己的朋友看的，追求的就是这种知己、朋友的会心一笑。废名在多篇文章中提到这种阅读时的悠然会心之感：

> 我记得小时读"一去二三里，烟村四五家，楼台六七座，八九十枝花"，起初只是唱着和着罢了，有一天忽然觉着这里头有一二三四五六七八九十，十个字，乃拾得一个很大的喜悦，不过那个喜悦甚是繁华，虽然只是喜欢那几个数目字，实在是仿佛喜欢一天的星，一春的花。①
>
> 庾信文章，我是常常翻开看的，今年夏天捧了《小园赋》读，读到"一寸二寸之鱼，三竿两竿之竹"，怎么忽然有点眼花，注意起这几个数目字来，心想，一个是二寸，一个是两竿，两不等于二，二不等于两吗？于是我自己好笑，我想我写文章决不会写这么容易的好句子，总是在意义上那么的颠斤簸两。因此我对于一寸二寸之鱼三竿两竿之竹很有感情了。②

在一首诗歌所包含的十个数字里，突然之间就"拾得一个很大的喜悦"，而且那种喜悦是"繁华"的，就像"喜欢一天的星，一春的花"，但是为什么喜欢，又是无法解释的，是突然之间的心领神会，于是也就不需要解释和说明；对"一寸二寸之鱼，三竿两竿之竹"的感情，也是如此。俞平伯对这种悠然会心的解释似乎清楚一点，但也是需要读者去领悟的："作品自身有一种拒绝任何说明，注疏，翻译的特性，以我所知，有时竟没法克制它。这并不是说作品一定怎么不容易懂，它是可以使你懂得的，但在一个条件底下：只许你直接，面对面的懂得它。仿佛当面站着一个人，你瞅他一眼两眼，忽然'似曾相识'起来，脱口叫一声'张三！'那就恭喜。"③这一声脱口而出的"张三"就是"懂得"，所以俞平伯在课堂上讲李清照的"帘卷西风，人比黄花瘦"，是"真好，真好！至于究竟应该怎么讲，说不清楚"④。只是这份懂得，"作者虽分明地知道而说出了，也没法使人亦同样分明地知道耳"⑤。废名曾经为自己文章的晦涩辩护："有许多人说我的文章 obscure，看不出我的意思。但我自己是怎样的用心，要把我们的心幕逐渐展出来！我甚至于疑心太 clear 得厉害。这样的窘况，好像有许多诗人都说过。"⑥被

---

① 废名：《五祖寺》，北京鲁迅博物馆编：《苦雨斋文丛·废名卷》，辽宁人民出版社 2009 年，第 30 页。

② 废名：《三竿两竿》，北京鲁迅博物馆编：《苦雨斋文丛·废名卷》，辽宁人民出版社 2009 年，第 22 页。

③ 俞平伯：《诗的神秘》，《杂拌儿之二》，江西人民出版社 1983 年，第 7 页。

④ 张中行：《俞平伯》，《月旦集》，经济管理出版社 2012 年，第 171 页。

⑤ 俞平伯：《诗的神秘》，《杂拌儿之二》，江西人民出版社 1983 年，第 11 页。

⑥ 废名《说梦》，《语丝》第 133 期，1927 年 5 月 28 日。

疑为"晦涩",恰恰是因为不懂得。所以,无论是创作还是阅读,讲究的还是欣然会心,是懂得和心心相印。这正是对周作人"只写给自己的朋友看"的创作态度的理解和阐发,也是对"晦涩"的注解。

　　文章既然是写给朋友看的,作为知己的读者自然能从文字当中体会到作者的用意和思路,是能够"脱口叫一声'张三'"的,那么行文之中就不需要循循善诱,可以文思跳脱,意到笔随,"知己"的读者自然能够懂得。废名的《北平通信》是向上海的读者介绍北平,然而行文奇僻生涩,思路跳跃,没有严谨的逻辑和布局,似乎是随意地乱写,甚至句子与句子之间都是不连贯的:

　　　　我大约是北平的一个情人,这情人却是不结婚的,因为对于北平可说一点也不知道,也因此知道北平的可爱,北平人自己反不知道。这样说来,我同北平始终还是隔膜的。就我说,我是长江边生长大的,因此我爱北方,因此我爱江南。北平之于北方,大约如美人之有眸子,没有她,我们大家都招集不过来了。我们在北平总看不见湿意的云,"朝为行云暮为行雨"此地人读之恐无动于中,高唐一赋是白赋的了,此刻暮春已过初夏来了,这里还是刮冬天的风。①

　　从"我"与北平的隔膜说到北平湿意的云、初夏的风,每一句都有一个表达中心,意思似乎都是不顺的,但仔细咀嚼,又能感觉到文气的连贯,在诗一般的跳跃中,呈现出带着个人情感的北平的林林总总;句子内部又似乎充满着悖论,不知道北平"因此知道北平的可爱",推理有点诡异,又带有理解的会心。而文中说到北平夏天的大雨时,"蛤蟆我们觉得它实在是喜欢,小孩们实在是喜欢,我也实在是喜欢了",暗合了周作人《苦雨》里对蛤蟆和小孩的叙述,是两人之间的悠然会心,"我也实在是喜欢了"又翻出了周作人文意之外的内容。俞平伯的《清河坊》也有着《北平通信》般的文思跳跃,抛弃了思维逻辑的规则,看起来散乱飘忽,枝蔓甚多,又常常让人心领神会。对清河坊"无事忙"的"闹热"中所蕴含的"真闲散"、"悠悠然的闲适"的质地的体悟,是与周氏的文学理想与人生态度相通的。

　　废名与俞平伯行文的晦涩和跳跃,与周作人叙谈之中含涩味的风格是颇为不同的。张中行说俞平伯"尊苦雨斋为师,可是散文的风格与苦雨斋不同。苦雨斋平实冲淡,他曲折跳动,像是有意求奇求文。这一半是来于有才,一半是来于使才。"②这个判断也同样适用与废名。四大弟子中,若从文章的形态上看,最

①废名:《北平通信》,冯健男编:《废名散文选集》,百花文艺出版社 2009 年,第 57—58 页。
②张中行:《俞平伯》,《月旦集》,经济管理出版社 2012 年,第 172 页。

靠近周作人确实不是废俞二人,而是沈启无,"他的文章,语气与内容,均在模仿着周作人",然而过度模仿又形成了束缚,"给人一种学步的印象……好像跳不出苦雨斋的套子,就显得有些生硬"①,文学成就上显得平平。废名和俞平伯与沈启无不同,行文上看似与周氏颇远,内在气韵和精神上则是靠近的,所以朱自清说:"这一派人的特征……大约可以说是'以趣味为主'的吧?他们只要好好自己地受用,什么礼法,什么世故,是满不在乎的。他们的文字,也如其人,有着'洒脱'的气息。"②由此生发开去,他们在创作中将读者设定为知己、朋友,最大限度地保留了完整的自己,完整的趣味与性灵。于是,废名与俞平伯,深得苦茶庵文脉的精髓,又在苦茶庵的精神底色上形成了个性化的风格和创造。

林语堂和梁实秋的散文有着与周作人类似的叙谈风格,在娓娓而谈中传递出对生活的闲适态度,这使他们自然地汇入到了启明风的潮流当中。林语堂也将读者视若朋友,他"认读者为'亲热的'(familiar)故交,作文时略如良朋话旧,私房娓语……作者与读者之间,却易融洽,冷冷清清,宽适许多,不似太守冠帽膜拜恭读上论一般样式"③。仔细品味此表达,又可发现他和周作人的不同,林语堂是将所有的读者认作"'亲热的'故交",周作人是将读者缩小到知己、朋友的圈子,以此为出发点,就可发现林语堂与周作人所呈现的谈话风与闲适意味的区别。周作人是朋友之间的倾心叙谈,追求会心之趣,行文上是简单味和涩味并重,有点类似于名士、绅士间的清谈,有意趣,带点参禅顿悟的快乐。林语堂则是下沉到读者之中,用"亲切和漫不经心的格调"④,毫无顾忌地"去论谈人间世之一切,或抒发见解,切磋学问,或记述思感,描绘人情,无所不可","凡方寸中一种心境,一点佳意,一股牢骚,一把幽情,皆可听其由笔端流露出来"⑤,形成一种"娓语式笔调"、"个人笔调",朴质自然而又亲切可喜。他谈论"西装",认为西装既不美观又不卫生,除了容易获得异性的青睐之外,几乎一无是处,甚至妨碍人的自由和呼吸:

> 西人则在冬天尤非穿刺身之羊毛里衣不可。卫生里衣之衣裤不能无褶,以致每堆积于腹部,起了反抗,由是不能不改为上下通身一片之 Union

---

①孙郁:《周作人左右》,贵州人民出版社 2009 年,第 46 页

②朱自清:《〈燕知草〉序》,孙玉蓉编:《俞平伯研究资料》,知识产权出版社 2012 年,第 316 页。

③林语堂:《论小品文笔调》,周红莉主编:《中国现代散文理论经典》,苏州大学出版社 2008 年,第 175 页。

④林语堂:《论谈话》,《林语堂全集》第 16 卷,群言出版社 2011 年,第 4 页。

⑤林语堂:《论小品文笔调》,周红莉主编:《中国现代散文理论经典》,苏州大学出版社 2008 年,第 176 页。

suit。里衣之外，必加以衬衫，衬衫之外，必束以紧硬的皮带，使之就范，然就范不就范就常成了问题。穿礼服硬衬衫之人就知道其中之苦处。衬衫之外，又必加以背心。这背心最无道理，宽又不是，紧又不是，须由背后活动钩带求得适宜之中点，否则不是宽时空悬肚下，便是紧时妨及呼吸。凡稍微用脑的人，都明白人身除非立正之时，胸部与背后之直线总有不同，俯前则胸屈而背伸，仰后则胸伸而背屈。然而西洋背心偏偏是假定胸背长短相称，不容人俯仰于其际。惟人即不能整日挺直，结果非于俯前时，背心不得自由而摺成数段，压迫呼吸，便是于仰后时，背心尽处露出，不能与裤带相衔接。①

用闲谈的笔调娓娓道出西装对人的束缚，那一份亲切，透出林语堂所特有的"私房娓语"的气息，这也正是林语堂所追求的理想散文的气质："如在风雨之夕围炉谈天，善拉扯，带感情，亦庄亦谐，深入浅出……读其文如闻其声，听其语如见其人"②，有着一种围炉谈闲天的平易率真和无拘无碍。而且当林语堂在谈西装的时候就真的只是谈西装，正如他也谈过戒烟、论过避暑之益、记录过买牙刷的历史，真的就只是戒烟、买牙刷的过程的书写和避暑的多重益处的历数，没有更复杂的心境的融入，也就少了一点深沉与回味。而周作人，是常常能从平常的事物中感悟出涩味和苦味来的，林语堂即说周作人的小品文，"其话冲口而出，貌似平凡，实则充满人生甘苦味"③。因此，同样提倡闲适，周作人的闲适是貌似闲适，实则苦涩，正如他自己所说，是忧患的闲适，而林语堂的闲适是真正的闲适，并且是沉浸在这种闲适中的：

> 现在我是住在一所人类所应住的房宅，如以上所言。宅的左右有的是土，足踏得土，踢踢瓦砾是非常快乐的，我宅中有许多青蛙蟾蜍，洋槐树上的夏蝉整天价的鸣着，而且前晚发现了一条小青蛇，使我猛觉我已成为归去来兮的高士了。我已发现了两种的蜘蛛，还想到城隍庙去买一只龟，放在园里，等着看龟观蟾蜍吃蚊子的神情，倒也十分有趣。我的小孩在这园中，观察物竞天择优胜劣败的至理，总比在学堂念自然教科书，来得亲切而有意味。只可惜尚未找到一只壁虎。壁虎与蜘蛛斗起来真好看啊！……我还想养只鸽子，让他生鸽蛋给小孩玩。所以目前严重的问题是，有没有

---

① 林语堂：《论西装》，纪秀荣编：《林语堂散文选集》，百花文艺出版社1987年，第166页。
② 林语堂：《小品文之遗绪》，周红莉主编：《中国现代散文理论经典》，苏州大学出版社2008年，第205页。
③ 林语堂：《论文（下篇）》，周红莉主编：《中国现代散文理论经典》，苏州大学出版社2008年，第182页。

壁虎？假定有了，会不会偷鸽蛋？①

行文之中没有苦涩的意味，在"十分有趣""真好看啊"等等的感慨中呈现出的是对生活的满足，是从闲适自在的心境中流淌出来的文字。

梁实秋的散文也没有周作人般的苦涩之味。梁实秋也谈喝茶、饮酒，谈狮子头、核桃酥、酸梅汤和糖葫芦，正如周作人的谈茶谈酒，谈故乡的野菜和北京的茶食，但梁实秋只是沉浸在如烟的往事里，周作人却从北京找不到精致的茶食感悟出了文化的粗鄙和灵魂的粗鄙，那种苦涩和深度，是梁实秋的文章中所没有的。梁实秋的闲适里透着对生命和生活的理解、接受和品味。《老年》一文，写到进入老年之后，牙齿脱落、皮肤松弛、目视茫茫、两耳聋聩、登高腿软、久坐腰酸……人生而老，不仅丑而且少了很多生的趣味。然而面对老年，梁实秋自有他的泰然、旷达和洒脱，文章说，"老不必叹，更不必讳。花有开有谢，树有荣有枯。……人吃到老，活到老，经过多少狂风暴雨惊涛骇浪，还能双肩承一喙，俯仰天地间，应该算是幸事"，生老病死是生命的规律，老年的不期而至、各种不便的症候，自然面对就好。坦然进入老年接纳老年，显示的正是梁实秋对生命的通透认识和智慧。况且，老年自有老年的意趣，"人生如游山。年轻的男男女女携着手儿陟彼高冈，沿途有无限的赏心乐事，兴会淋漓，也可能遇到挫沮，歧路盘桓，不过等到日云暮矣，互相扶持着走下山冈，却正别有一番情趣"②。生命的每一个阶段都有其独特的情味，相扶着走下山冈的情趣、看到的风景也是年轻人所没有的，一样值得珍惜。这样的闲适和豁达，是属于梁实秋的。生命有荣枯，生活有起伏，这是人作为存在必须面对的，在人的一生中，也总会陷入生命的或者生活的窘境，尤其是梁实秋他们这一代生于动荡年代的文人，窘境甚至于他们是如影随形的，可喜的是梁实秋能以优雅恬适、豁达俊逸的态度应对之，从而获得人生的完满。《雅舍》就是对这种闲适态度的完满传递。"雅舍"是梁实秋在重庆北碚的居所，"篱墙不固，门窗不严"，鼠子瞰灯，蚊子猖獗，"风来则洞若凉亭"，"雨来则渗如滴漏"，③如此陋室却命之以"雅舍"之名，带一点自嘲更有顺应境遇的达观乐生，里面的底色就是对生命的恣意品味。正如梁实秋对"闲暇"的认识："人类最高理想应该是人人能有闲暇，于必须的工作之余还能有闲暇去做人，有闲暇去做人的工作，去享受人的生活。我们应该希望人人都能属于'有闲阶级'。有闲阶级如能普及于全人类，那便不复是罪恶。人在

---

①林语堂：《论避暑之益》，纪秀荣编：《林语堂散文选集》，百花文艺出版社 1987 年，第32—33 页。

②梁实秋：《老年》，《梁实秋散文》，浙江文艺出版社 2014 年，第 23—25 页。

③梁实秋：《雅舍》，《梁实秋散文》，浙江文艺出版社 2014 年，第 1—3 页。

有闲的时候才最像是一个人。手脚相当闲，头脑才能相当的忙起来。我们并不向往六朝人那样萧然若神仙的样子，我们却企盼人人都能有闲去发展他的智慧与才能。"①梁实秋所认为的理想生活是人人能有闲暇，能享受人的生活，是一种过滤掉了苦味和涩味，平和安适的生活，而面对窘境，又能安时处顺、心平气和，闲适之中透着一种旷达俊逸和从容优雅。

梁实秋的闲适没有周作人的苦涩之味，然而行文雍容大度、娓娓而谈，是属于周作人的"谈话风"谱系之中的。不过其间的差别依然存在。林语堂曾说："在中文，向来闲谈文体不发达，一则因为死文言不便闲谈，二则因为深受假文学观念之遗毒，做文章的人全在遣词用字堆砌辞藻上下工夫，不然便是讲什么章法格套，说什么'言之无文，行之不远'。"②过于讲究辞藻和章法，限制了中国闲谈散文的发展，而文章的写作应该是"以自我为中心，以闲适为格调"③，"不为格套所拘，不为章法所役"④，任性随性，无拘无碍。无论是周作人还是林语堂，都以个人的笔调随意地写去，没有刻意的经营，看似散漫支离，舒徐自在，而又自成风景，甚至句句都有分量，真正呈现出散文的闲话风格。林语堂也将周作人奉为这类文章的代表，"近人著作中，最擅个人笔调者，莫如周作人"⑤。梁实秋的观念与林语堂正好相对："我们为文还是应该刻意求工，千锤百炼，虽不必'掷地作金石声'，总要尽力洗除一切肤泛猥杂的毛病。"⑥刻意求工，芟除所有的枝蔓，才是创作的正途，因此，梁实秋主张创作中应节制情感和想象，这样的散文自然就比较工整规范，讲究谋篇和章法，与"启明风"行文的散漫支离、不拘一格颇为不同。

张中行的散文，成名于八九十年代，然而他与周作人的相识，要上推到30年代，在北大的课堂上。主要的交往是在新中国成立以后，那时的周作人经过老虎桥监狱，苦雨斋已不再座上客满，而张中行对于周作人"学识和文章的景

---

①梁实秋：《闲暇》，徐静波编：《梁实秋散文选集》，百花文艺出版社 2009 年，第 229 页。

②林语堂：《小品文之遗绪》，周红莉主编：《中国现代散文理论经典》，苏州大学出版社 2008 年，第 204 页。

③林语堂：《发刊〈人间世〉意见书》，周红莉主编：《中国现代散文理论经典》，苏州大学出版社 2008 年，第 169 页。

④林语堂：《论文（下篇）》，周红莉主编：《中国现代散文理论经典》，苏州大学出版社 2008 年，第 182 页。

⑤林语堂：《说个人笔调》，周红莉主编：《中国现代散文理论经典》，苏州大学出版社 2008 年，第 188 页。

⑥梁实秋：《作文的三个阶段》，《梁实秋散文》，浙江文艺出版社 2014 年，第 141 页。

仰"①,依然不变,于是,去苦雨斋探望周作人成为张中行生活中的一部分,自然进入了苦雨斋的弟子圈,周作人也多有手稿、砖石拓片等相赠。尽管入门较晚,张中行却无疑是周氏弟子中颇得真髓的传人,"苦雨斋的弟子里,就文采和智慧而言,废名第一,张中行当属第二。废名是周氏早期的学生,张氏则属后来的弟子。……我想周氏绝不会料到,承传自己的文学风格的竟是这个弟子"。② 在为人和为文上,张中行是亲近周作人的,他说:"周氏兄弟。一位长枪短剑,一位细雨和风,我都喜欢。尤其喜欢老弟的重情理、有见识、行云流水、冲淡平实的风格。"③对周作人的"用平实自然的话把合于物理人情的意思原样写出来"④的创作风格特别推重,所以在自己的创作中,张中行也自招为"闲话风"的延续者:"有事实为证,是绝大多数拿笔杆的,口中,笔下(除描述对话以外),都是两套,甚至确信,既然动笔,就应该是另一套。我没有这样的本领,也用不惯这套新文言的起承转合的规程和'由于——因此'等等的腔调,所以有时率尔操觚,就只能写成不登大雅之堂的'闲话体'。"⑤《负暄琐话》《负暄续话》等标题就显示出文章的闲话气质,自觉承传了周作人的风格,并使八九十年代的中国文坛重新触摸到了清淡驳杂的周作人文脉。

读张中行的散文,就如坐在篱下听一位长者谈闲天,将历史上的人物和趣事,絮絮地说来,又内蕴着说者历经沧桑的感悟,古朴而又亲切。《苦雨斋一二》是对周作人的回忆,从1917年进入北京大学一直写到1967年周作人的离世,涉及周作人笔下功力之深、读书之丰富、行事之认真,也谈到柴米油盐和为人处世等等,似乎只是拉拉杂杂地写去,朴实自然,不拘格套,语言也是谈天式的语言,"学问文章谈了不少,还应该谈点家常"⑥,摆出的完全是一副拉家常的行文架势。在闲谈当中写出了一个张中行眼里心里的周作人。张中行在八九十年代的语境中,就以这种闲谈的方式回望历史,将胡适、梁漱溟、熊十力、刘半农、俞平伯、朱自清、废名等等一代知识分子呈现在文本空间之中,笔调随意闲适,似乎是与读者娓娓叙旧。他写《辜鸿铭》,抓住的是辜鸿铭的怪,然而进入正文之前,又说了一大堆"我"和辜鸿铭之间虽没有见过又存在着的因缘,之后才"言归正传",从字、文、性格、思想,"由外而内,或由小而大"⑦,逐层诉说辜鸿铭的

---

① 张中行:《再谈苦雨斋并序》,《月旦集》,经济管理出版社2012年,第62页。
② 孙郁:《北平苦雨中的张中行》,《新文学史料》2009年第1期。
③ 张中行:《再谈苦雨斋并序》,《月旦集》,经济管理出版社2012年,第62页。
④ 张中行:《再谈苦雨斋并序》,《月旦集》,经济管理出版社2012年,第71页。
⑤ 张中行:《复杨呈建》,范锦荣编:《张中行选集》,内蒙古教育出版社1995年,第144页。
⑥ 张中行:《苦雨斋一二》,《月旦集》,经济管理出版社2012年,第51页。
⑦ 张中行:《辜鸿铭》,《月旦集》,经济管理出版社2012年,第5页。

"怪"。有意思的是周作人在《北大感旧录》中写的第一个人物也是辜鸿铭,开篇第一句话就是:"北大顶古怪的人物,恐怕众口一词的要推辜鸿铭了吧。"[①]主要记录的是与辜鸿铭的两次相遇。然而张中行生也晚,对辜鸿铭"怪"的感受更多是来自同时代人的记录,所以在行文中,张中行抄录了陈昌华、罗家伦、林语堂、温源宁以及辜鸿铭自己的诸多文字,来完成"怪人辜鸿铭"形象的建构,只是人物形象的建构方式,比周作人的平实自然多一点小说的笔法,使人物更加生动可感。"抄书"的方式又与周作人的"文抄公体"相通。抄的过程中,又如周作人般夹杂着自己的思考,文章结尾在抄录了《文坛怪杰辜鸿铭》所记载的几间轶事之后,作者引出了这样的议论:

> 这虽然都是骂人,却骂得痛快。痛快,值得听听,却不容易听到,尤其在时兴背诵"圣代即今多雨露"的时代。痛快的骂来于怪,所以,纵使怪有可笑的一面,我们总当承认,它还有可爱的一面。这可爱还可以找到更为有力的理由,是怪经常是自然流露,也就是鲜明的个性或真挚的性情的显现。而这鲜明,这真挚,世间的任何时代,总嫌太少;有时少而至于无,那就真成为广陵散了。这情况常常使我想到辜鸿铭,也就不能不以未能在北大红楼见到这位戴红顶瓜皮小帽下压发辫的怪人为不小的遗憾。[②]

从辜鸿铭的"怪"里面生发出了深层的思考,有一点感伤的意味。有学者评价张中行的散文,认为:"苦雨斋主人在文体上给张中行的影响是巨大的。《负暄琐话》的风格明显是从《知堂回想录》那里流出来的。那组红楼的回忆文章分明有周氏的谈天说地的影子,话语的方式有连带的地方的。差别是前者是亲历的漫语,无关乎历史评价;后者则多了往昔的追忆,是感伤的文本,有大的无奈在里。"[③]这是非常确切的。因此可以说,张中行的文章娓娓而谈,散淡冲荡,有着周作人的风致,又形成了自己独特的气质和韵味,是"不衫不履,如独树出林,俯视风雨"[④]。

这样的散文创作在八九十年代的中国文坛并非孤立的存在,汪曾祺、邓云乡、黄裳等等都有着苦茶庵文脉的流转。汪曾祺曾在他应出版社的要求为《蒲桥集》自拟的广告中这样表达他的散文观:"此集诸篇,记人事、写风景、谈文化、

---

① 周作人:《北大感旧录一——辜鸿铭》,《周作人散文全集》第13卷,广西师范大学出版社2009年,第672页。

② 张中行:《辜鸿铭》,《月旦集》,经济管理出版社2012年,第12-13页。

③ 孙郁:《北平苦雨中的张中行》,《新文学史料》2009年第1期。

④ 启功:《读〈负暄续话〉》,孙郁、刘德水编:《说梦楼里张中行》,中国工人出版社2007年,第224页。

述掌故,兼及草木虫鱼、瓜果食物,皆有情致。间作小考证,亦可喜。娓娓而谈,态度亲切,不矜持作态。文求雅洁,少雕饰,如行云流水。春初新韭,秋末晚菘,滋味近似。"①从内容到形式,都是典型的闲话风,《沈从文先生在西南联大》《胡同文化》《随遇而安》《端午的鸭蛋》等散文,实践的正是"我是希望把散文写的平淡一点,自然一点,'家常'一点的"②散文理想,闲适自然,平淡亲切。黄裳的《榆下说书》被钱钟书誉为是"深得苦茶庵法脉",而钱钟书自己也是苦茶庵文风的同道,"钱锺书先生晚年的《管锥编》,那种大量引用以打通中外古今的写法,与周作人中后期的抄书之作,也有着某种微妙的联系。"③再从八九十年代的时间线推演开去,可以发现一个更为庞大的苦茶庵脉络。钟敬文曾说:"我的文章,很与周作人先生的相像,几位朋友都这样说。……是的,我承认,我喜欢读周先生的文章,并且,我所写的,确也有些和他相像。"④文载道(金性尧)、纪果庵、周黎庵等也对周作人充满敬意,《两都集》《风土小记》"多记地方习俗风物,又时就史事陈述感想"⑤,显示出对周作人的自觉追随,周作人也对文载道和纪果庵有充分的肯定和褒奖:"自己平常也喜欢写这类文章,却总觉得写不好,如今见到两家的佳作哪能不高兴,更有他乡遇故知之感矣。"⑥唐弢、舒芜、止庵、刘绪源等都带有远离制艺的平和素雅。

因此,周作人的苦茶庵余脉,是流转在整个中国五四之后的文学历史之中的,从早期弟子、同道,到当下文人的自觉追随,属于苦茶庵文脉的散文作者,可以梳理出一份颇为丰富和充实的名单。有意味的是,这份名单也会与鲁迅风的名单重叠。比如文载道、周黎庵孤岛时期的杂文泼辣犀利,是"鲁迅风"的追随者,之后转向周作人;唐弢30年代的杂文能与鲁迅的乱真,40年代开始写作的书话,则有明显的苦茶庵之风,"唐弢的书话红于五十年代,但文风里可见《夜读抄》的境界。唐弢说自己是追随鲁迅的,可是只是形似,文章的神呢,却颇像周作人。周氏的《药堂语录》《书房一角》乃书话中的极品,非常人可以为之,唐弢

---

①汪曾祺:《文集自序》,《汪曾祺全集》第6卷,北京师范大学出版社1998年版,第51—52页。

②汪曾祺:《〈蒲桥集〉自序》,《汪曾祺全集》第5卷,北京师范大学出版社1998年版,第274页。

③刘绪源:《解读周作人》,上海文艺出版社1994年,第202页。

④钟敬文:《〈荔枝小品〉题记》,《文学周报》第4卷,开明书店1928年,第559页。

⑤周作人:《〈文载道文抄〉序》,《周作人散文全集》第9卷,广西师范大学出版社2009年,第254页。

⑥周作人:《〈文载道文抄〉序》,《周作人散文全集》第9卷,广西师范大学出版社2009年,第254页。

暗中追随,章法文气多有吻合,惟气象略逊,这是一眼就可看到的"①;黄裳自认为是属于鲁迅的传统,但却常常被纳入到苦茶庵法脉之中。这样的重叠其实也印证了周氏兄弟自身创作中深刻与飘逸交织的状态。然而,无论"鲁迅风"和"启明风"在中国的散文发展中有着怎样的走向和演进,都显示了从越地起步的"鲁迅风"和"启明风"在中国地理空间中的播散,由此也彰显了越地现代散文在中国散文版图上的价值和意义。

---

①孙郁:《当代文学中的周作人传统》,《当代作家评论》2001 年第 4 期。

结语　文学地理视域下现代越地散文的意义

现代散文作为中国现代文学中的重要文学门类,取得过令人瞩目的成就。鲁迅、胡适等都曾提到现代散文的繁盛状态。如此辉煌业绩,必引起众多研究者的浓厚研究兴趣,在整个中国现代文学研究中,散文研究一直呈现出良好发展势头,发表的论著之多不亚于小说戏曲和诗歌研究。以往研究中,举凡散文文体阐释、流派风格形成、散文名家名篇解读等等,几乎都有数以千计的论著;即便是对其作出整体性历史描述的,也出版有多部中国现代散文史,由此显示出散文领域的深巨研究潜力。

现在需要切实面对的是:在以往研究基础上,如何突入一个更深层次,促进中国现代散文研究的深化?例如,中国现代散文是在"外援"与"内应"的合力作用下生成、发展、繁盛的,作为重要"内应"的文化地理、传统散文在何种程度上影响了现代散文的发展,是否有一种"地域散文"在现代散文发展途中起到了标杆性和旗帜性的作用,引领着中国现代散文发展潮流,总结具有相当代表性、典型性的地域散文在古今传承中形成的散文理念、创作经验,对于我国未来散文创作的发展、创新有何种借鉴意义等等,这都是饶有兴味的话题。笔者以为,对上述问题的探讨,抓取"现代越地散文"进行阐释,是一个很有意义的视角。现代越地不但有一个庞大的散文创作群体,其地域性因素十分显豁的创作文本构成了中国现代散文地理版图上的一个重要板块,而且其领军人物周氏兄弟独创"美文""抗争杂文""小品散文"等多种文体范式,开创了我国两大现代散文流派"鲁迅风""启明风",成为中国现代散文的标杆和旗帜。因此,抓住地域性、地理性切入越地散文的探讨,必将有助于上述问题的探究。

越地是一片有着独特的文化地理气息的区域,遥远的古越族的奋斗性格、叛逆特质和变革精神内化为文化基因,在越的土地上代代承传;晚近的启蒙文化思潮、人本主义思潮等等又跨越时代与五四的精神遇合;开启于上古,后来又有王充、嵇康、徐渭、王思任、张岱、章太炎等大家融入的丰富的散文资源,赋予了越地深厚的散文精神传承。越地的现代散文就在这样的内源性因素的孕育与推动之下,获得了丰硕的散文创作实绩,周氏兄弟、语丝散文、白马湖作家群的散文创作等等都在文学史中有着独具的地位和价值,而越地独特的文化地理空间,又影响与塑造着越地散文家和散文创作中的文化底蕴、气质禀赋、审美倾向等等,由此而形成了一个可以被称为现代越地散文的作家群体,他们跟传统越地文化的对接,彰显出明显的地域性特征。鉴于此,借助文化地理学的相关理论切入研究越地散文,应该是有效的途径。"越地散文"对"越地"空间的强调,本来就包含着文化地理的因素,从文化地理学的角度审视越地散文,运用文化地理学的相关理论建构越地散文研究的背景和框架,更能呈现出越地散文的地域特征和独特价值。

　　具有丰富的文学创作成就,长时期引领中国现代散文发展潮流,而且又具有显著的地域性表征,在特定地域风尚和地域文化渗透下形成的古今传承特色十分鲜明,这使现代越地散文在中国现代散文发展中具有范型的意义。本书从越地这一区域地理为切入口,侧重探讨越地的文化地理是生成越地散文的重要创作机制,使中国现代散文经验的揭示与总结更具个性化特色,又注重越文化精神内蕴的考察,主要探讨在此种精神内蕴作用下古今散文传承的可能性,阐释承传越地自然地理、文化传统和越地文风是现代越地散文生成的重要驱动力和积淀意义,以此凸显中国现代散文的生成不可或缺的地理因素作用。对周氏兄弟领衔的现代越地散文群体也形成了一种整体的观照,探讨越地的地理景观对他们的浸润,以及他们对越地文风的承续和发展,"鲁迅风"和"启明风"的形成以及在中国现代散文中的意义,彰显出越地作家的散文创作实绩和这两大谱系对中国现代散文历史进程的推动意义,从而多层面地展现越地散文的成就和特质,以及其对中国 20 世纪散文的辐射和影响。越地散文是越地的,也是超越了越地的。因此,透过对现代越地散文的整合研究,我们获得的是这个创作群体的丰厚创作业绩及其提供丰富经验的认知,其中汲取优秀地域文化传统和传统文学精粹是发展、创新我国文学必不可少的。尤其是当今我国的散文创作仍现持续发展态势,极需要总结历史经验以汲取教益,越地散文便是提供了一个范例。对现代越地散文的研究,既是汲取散文创作经验值之所在,亦是地域文学研究魅力之所在。

参考文献

鲁迅:《鲁迅全集》,人民文学出版社 2005 年。

鲁迅:《鲁迅辑录古籍丛编》,人民文学出版社 1999 年。

周作人:《周作人散文全集》,广西师范大学出版社 2009 年。

《语丝》,1924—1930 年。

《春晖》,1922—1928 年。

(东汉)袁康、吴平辑录:《越绝书》,乐祖谋点校,上海古籍出版社 1985 年。

(东汉)赵晔著,张觉校注:《吴越春秋校注》,岳麓书社 2006 年。

(明)张岱:《琅嬛文集》,栾保群点校,浙江古籍出版社 2013 年。

(明)张岱:《陶庵梦忆　西湖梦寻》,夏咸淳、程维荣校注,上海古籍出版社 2001 年。

(明)王阳明著,邓艾民注:《传习录注疏》,上海古籍出版社 2012 年。

(明)徐渭:《徐渭集》,中华书局 1983 年。

(清)李慈铭:《越缦堂诗文集》,刘再华校,上海古籍出版社 2008 年。

(明)袁宏道著,钱伯城笺校:《袁宏道集笺校》,上海古籍出版社 2008 年。

(明)屠隆:《屠隆集》,浙江古籍出版社 2012 年版。

(明)王思任:《王季重十种》,任远点校,浙江古籍出版社 2010 年。

(明)王思任:《文饭小品》,蒋金德点校,岳麓书社 1989 年。

夏弘宁编:《白马湖散文随笔精选》,中国文联出版社 2001 年。

[英]迈克·克朗:《文化地理学》,杨淑华、宋慧敏译,南京大学出版社 2003 年。

[英]凯·安德森等:《文化地理学手册》,李蕾蕾等译,商务印书馆 2009 年。

杨义:《文学地理学会通》,中国社会科学出版社 2013 年。

曾大兴:《文学地理学概论》,商务印书馆 2017 年。

梅新林、葛永海:《文学地理学原理》,中国社会科学出版社 2017 年。

朱海滨:《近世浙江文化地理研究》,复旦大学出版社 2011 年。

陈桥驿:《吴越文化论丛》,中华书局 1999 年。

叶岗:《越文化发展论》,中华书局 2015 年。

费君清编:《中国传统文化与越文化研究》,人民出版社 2004 年。

朱志勇、俞婉君:《越文化精神论》,人民出版社 2010 年。

高利华:《越文学艺术论》,人民出版社 2011 年。

王灿朝:《越水悲歌:明末清初越中文人及文学研究》,南京大学出版社 2011 年。

王晓初:《鲁迅:从越文化透视》,北京大学出版社 2012 年。

陈方竞:《鲁迅与浙东文化》,吉林大学出版社 1999 年。

钟敬文:《民俗学概论》,上海文艺出版社 1998 年。

黄健:《两浙作家与中国新文学》,浙江大学出版社 2008 年。

顾琅川:《周氏兄弟与浙东文化》,人民出版社 2008 年。

王嘉良:《辉煌"浙军"的历史聚合:浙江新文学作家群整体透视》,中国社会科学出版社 2009 年。

潘正文:《两浙人文传统与百年浙江文学》,中国社会科学出版社 2010 年。

方爱武:《浙江现代散文发展史》,杭州出版社 2011 年。

刘大杰:《中国文学发展史》,商务印书馆 2015 年。

丁晓原:《行进中的现代性——晚清"五四"散文论》,中国社会科学出版社 2016 年。

周红莉主编:《中国现代散文理论经典》,苏州大学出版社 2008 年。

俞元桂:《中国现代散文史》,山东文艺出版社 1988 年。

范培松:《散文脉络的玄机》,广东人民出版社 2016 年。

陈离:《在"我"与"世界"之间:语丝社研究》,东方出版中心 2006 年。

张堂锜:《白马湖作家群论稿》,复旦大学出版社 2014 年。

陈星、朱晓江:《从湖畔到海上:白马湖作家群的形成及流变》,上海三联书店 2009 年。

钱理群:《周作人研究二十一讲》,中华书局 2004 年。

朱晓江:《伟大的捕风——周作人散文反抗性研究》,复旦大学出版社 2015 年。

孙郁:《周作人左右》,贵州人民出版社 2009 年。

王嘉良:《诗情传达与审美构造:鲁迅杂文的诗学意义阐释》,天津人民出版社 1997 年。

图书在版编目（CIP）数据

越文化视阈中的现代越地散文研究 / 王黎君,宋浩
成著. —杭州:浙江大学出版社,2021.5
ISBN 978-7-308-21314-1

Ⅰ.①越… Ⅱ.①王… ②宋… Ⅲ.①散文－文学研
究－浙江－当代 Ⅳ.①I207.67

中国版本图书馆 CIP 数据核字(2021)第 080979 号

越文化视阈中的现代越地散文研究

王黎君　宋浩成　著

责任编辑	宋旭华
责任校对	蔡　帆
封面设计	浙江时代出版服务有限公司
出版发行	浙江大学出版社
	（杭州市天目山路 148 号　邮政编码 310007）
	（网址:http://www.zjupress.com）
排　　版	浙江时代出版服务有限公司
印　　刷	广东虎彩云印刷有限公司绍兴分公司
开　　本	710mm×1000mm　1/16
印　　张	13
字　　数	241 千
版印次	2021 年 5 月第 1 版　2021 年 5 月第 1 次印刷
书　　号	ISBN 978-7-308-21314-1
定　　价	68.00 元